长篇历史小说

郝经传奇

郭平和 著

山西出版传媒集团
山西人民出版社

图书在版编目（ＣＩＰ）数据

郝经传奇 / 郭平和著. —— 太原 ： 山西人民出版社，
2018.12
ISBN 978-7-203-10614-2

Ⅰ. ①郝… Ⅱ. ①郭… Ⅲ. ①传记文学－中国－当代
Ⅳ. ①I25

中国版本图书馆 CIP 数据核字（2018）第 277378 号

郝经传奇

著　　者：郭平和
责任编辑：郭向南
复　　审：武　静
终　　审：秦继华
装帧设计：李艺平

出 版 者：山西出版传媒集团·山西人民出版社
地　　址：太原市建设南路 21 号
邮　　编：030012
发行营销：0351—4922220　4955996　4956039　4922127（传真）
天猫官网：http://sxrmcbs.tmall.com　电话：0351—4922159
E—mail ：sxskcb@163.com　发行部
　　　　　sxskcb@126.com　总编室
网　　址：www.sxskcb.com

经 销 者：山西出版传媒集团·山西人民出版社
承 印 厂：河南新起点印务有限公司

开　　本：787mm×1092mm　　　1/16
印　　张：24
字　　数：346 千字
印　　数：1—2000 册
版　　次：2018 年 12 月　第 1 版
印　　次：2018 年 12 月　第 1 次印刷
书　　号：ISBN 978-7-203-10614-2
定　　价：68.00 元

序

——天风海涛遂大节

中共陵川县委书记　胡晓刚
陵川县人民政府县长　任彩虹

　　江月不随流水去,天风常送海涛来。

　　陵川,历史悠久,人文荟萃。金元之际,更是陵川文化的繁盛期。二百年间,有状元六名、进士五十五名,一时之间,名士如涌,对历史影响之深,对文化贡献之巨,至今让陵川人心生向往,言之而豪气顿生。

　　沧海横流,英雄本色。郝经以其"大节"成为这一时期最突出、最具代表性的陵川人,成为陵川历史的骄傲,成为陵川文化的骄傲,更成为陵川人的骄傲。

　　郝经的大节表现在他致力于"以生民为己任",从而成为救民于水火的人道主义精神的历史典范。"选明干通直者为之总统,俾持其纲维,一其号令,轻敛薄赋以养民力,简静不繁以安民心。"(郝经《河东罪言》)郝经一生将自己的有用有为之志贯穿竭尽全力"救民命"的实践中,其所表现出的历史作用,对我们今天仍然极具教育和启发意义。

　　郝经的大节也表现在他致力于国家统一,从而成为用夏变夷的儒家汉法实践的政治家。"今日能用士而能行中国之道,则中国之主。"(郝经《与宋国两淮制置使书》)以先进的诸夏文化去影响和感化中原以外的文化落后的偏远部族和基于文化而不是基于种族、地域来划分夷夏的观点,促成了忽必烈实行汉法,加快了民族大团结大融合的进程。

郝经的大节还表现在他致力于民族文化交流互补，从而成为道济天下的安邦治国的思想家和大学问家。"上溯洙泗，下迨伊洛诸书，经史子集，靡不洞究。掇其英华，发为词章。"（阎复《元故翰林侍读学士国信使郝公墓志铭》）郝经治学涉及哲学、文学、史学、政治学、军事学、天文学等诸多领域，更重要的是在促进民族文化交流融合过程中，形成了完整的顺应历史潮流的"多元一体的大中华思想理论体系"。

郝经的大节更表现在他出使南宋时遭南宋奸相贾似道扣留，身陷囹圄达十六年之久，不为利所动，不被威所屈，大义凛然，全节而退。

弘扬优秀传统，传承郝经精神，延续陵川文脉，再造文化辉煌，是陵川人持之不懈、久久为功的一项事业。细细算来，有全国郝经暨金元文化学术研讨会在陵川的召开，有《郝经传》《郝文忠公陵川文集》点校本、《一代学问大家陵川郝经》诸书的面世，有《雁帛书评注》的挖掘整理，有郝经公园游览中心的建成开放，总之一大批关于郝经的研究成果和纪念实体相继推出；2017 年，郝经《续后汉书》点校工作又提上日程，上党梆子剧目《郝经》搬上戏剧舞台并于 2018 年 3 月首演。凡此种种，以期唤醒乡情，激发文化自信，打造响亮的郝经及金元文化品牌，推动陵川文化产业发展，为陵川全域旅游再添重彩。

今阅《郝经传奇》一书，通过郝经四上国策、奉节使宋、孝亲睦僚等曲折的故事情节，演绎了郝经传奇的家世、爱情和仕途，体现了其"仁义礼智信""人皆可为尧舜"的道德观念，赞扬了其"达则兼济天下"的刚健精神，讴歌了一代鸿儒敢于牺牲、坚贞不屈的人格操守。相信本书的出版，将为郝经文化研究增添新的色彩，为金元文化研究增添新的内容，为美丽陵川增添新的内涵，成为陵川文化旅游发展的一个重要组成部分。

是为序。

二〇一八年三月

引　言

　　才华横溢的郝经和能歌善舞的郭守贞是青梅竹马的恋人,经过一场象棋比赛平息了一场两县对领地的纷争,却被战乱所迫走上了逃亡的道路。就在郝家下聘之前,郭守贞被认出是宫变中逃出来的蒙古公主。

　　郝经一家辗转来到保州,土财主徐耕看上了郝经出身名门望族且博学多才,必不久居人下,遂将女儿嫁与郝经。徐女却终因郝经家境贫困,久未入仕,嫌弃他,且经不住诱惑,屡屡出轨。徐耕逼郝经写下休书,将女儿另嫁他人,将郝经无情抛弃。

　　蒙古大帅张柔有两个儿子待学,郝经也被张府万卷藏书所吸引,就做了张府的家庭教师。张柔养女庆娘,既仰慕郝经的学识才华,又对徐家嫌贫爱富愤愤不平,七月初七,向郝经表达了爱慕之情,二人终成眷属。

　　郝经上书《河东罪言》,揭露蒙古政权的血腥统治造成河东地区民不聊生的真实情况,试探蒙古汗廷的态度,受到忽必烈的赏识。郝经与友人游学齐鲁,忽必烈千里迢迢,一路追到泰山,将郝经邀入幕府。

　　郝经四上国策,终于把忽必烈推上皇帝宝座。郝经在开平府见到了朝思暮想的守贞妹妹,然而,此时的守贞已经是独木干公主,远嫁汪古汗国。他们在这里重吟"问世间情为何物,直教生死相许"的千古佳句,还救助了一只受伤的大雁。

　　郝经析华夷之辨,附会汉法,即在蒙古族地区实行祖宗之法,在中原地区实行汉法,皆被忽必烈所采纳,并取得了显著成效。

　　为了弭兵息民,救亿万生民,郝经主动提出与南宋议和,南北各安。不料南宋丞相贾似道怕暴露当年鄂州之战忽必烈忽然退兵的秘事,将郝经扣留真州,羁押十六年之久。郝经和贾似道之间究竟发生了什么？

宋人赠雁以充馆供，郝经想起汉使谎称"鸿雁传书"救回苏武的故事，乃缚书雁足，放飞大雁，正好为独木干公主所获。

郝经回来了。

南宋灭亡了。

这是郝经想要的结果吗？

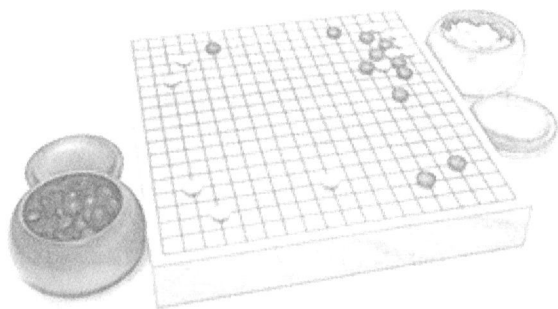

目　录

目　录

第一回　麒麟送子降祥瑞
郝经出世耀门庭

故国包全晋，吾家压太行。

高寒雄地势，潇洒静云庄。

六月衣冠冷，千年草木香。

长松撼潮海，绝壁隐虚堂。

这首诗乃故大元朝翰林侍读学士国信使郝文忠公所作，单表家乡陵川之美。这郝公，名经，字伯常，泽州陵川鲁山村人，是元朝名儒，思想家、政治家、外交家、文学家。

郝经是一个传奇人物，在鲁山村，人们称他为圣人——郝圣人。

古云：奇人生于异地。大凡奇幻莫测、光怪陆离之事，皆为异地之兆也。看官，你道将这陵川称为异地是何缘故？且听说话人慢慢道来。

陵川县乃八百里太行山最南端的一个小小的县城，别看城池不大，却是雄踞太行，俯瞰中州，群峰拔地，列嶂摩天。壶口扼其后，山阳据其前；泫氏倚为右臂，苏门界其东偏。为秦赵之要害，乃河北之喉咽；民纯俗厚，表里河山……

陵川不仅地势险要，且景色如画，自古就有八处美景流传于世。古陵八景首推龙门晚照，其余尚有黄围灵湫、西溪春色、仙台胜概、秦岭卧云、灵泉瀑布、熊山吐月、锦屏朝霞。八处胜地，迤逦相连，自相映发，往往令游人目不暇接。

先说这龙门晚照，甚是奇特。县城西侧，有一座龙门山，横亘于城郭之外，南北走向，两端隆起，中间凹陷，形似龙门。每当夕阳西下，光辉被山峰完全遮住，整个县城就进入暮色之中。少顷，天暑渐进，又从龙门照进县城，一束红光直射县衙大堂门前，形成奇特景象——龙门晚照。后人有诗赞曰：

排闼山形类禹门，夕阳返照倒金盆。

落霞随鹜争高下，宿霭和州互吐吞。

鸦闪残晖投远圃，马嘶官道盼孤村。

陵川胜景真如画，天设元①无斧凿痕。

龙门山是陵川名山，站在龙门山向西眺望，重峦叠嶂，万木争荣，是为秦岭。若是雨后初晴，隐约可见一峰耸立，山中庙宇，依稀可见，名曰宝应寺。其下云雾缭绕，辗转翻腾，便是有名的秦岭卧云。在龙门山和秦岭之间，有五座山峰相连而围，形似莲花，中间有个村庄叫作鲁山村。若出陵川城西，登龙门山，沿着一条青石大路行十五里，上得一岭，望见人家住处，那就是鲁山村了。

鲁山并不是村庄本来的名号，这个村子四面环五座山峰，有北神山、西庙山、东岭山、药王山、朝山，因此唤作五山村。

五山村东有一块地，名为黎家峁。有一年春天，人们正在黎家峁耕地，忽然一头怀胎三年六个月的母牛要生产了。只见一道亮光闪过，产下一头仔来：头，似马非马，长着一对奇怪的犄角；身，麝腰蜃腹，生满金色鳞片，刚从母腹出来，就把耕地的犁辕、犁镜、犁铧吃掉了。人们以为这是只怪物，纷纷拿了锨镢锄耙上前去打它，只见它从容地撒了一泡尿，屙下一坨屎，闪着光，驾着彩云向东南飞去。惊愕之余人们仍觉眼前发亮，仔细一看，那怪物尿的是银子，屙的是金子。后来有识者称之为麒麟，从此，方圆百里传出口号：

五山人，真是鲁，五山有个黎家峁。

天降祥瑞竟不识，牛下麒麟当怪物。

于是五山村改为鲁山村。

鲁山村有一百四五十家，南低北高，分三簇，恰如一枚布币②斜依北山之阳。村北枕山，从高到低次第排列，待到中间，出溪泉，将百姓人家分作东西两簇。西头这一簇人家一色姓郝，世传郝姓本籍太

---

① 元通原。
② 布币，因形状似铲，又称铲布，是中国春秋战国时期流通于中原诸国的铲状铜币。

原郝乡,十世祖郝仪迁于潞州龙庄,八世祖郝祚自潞州迁至陵川鲁山,遂植槐立户,倒也是个好去处。但见——

倚山通路分三叉,中有溪泉贯南北。处处柴扉掩,家家小院关。老槐宿鸦鸹清梦,嫩柳春鹃啼牡丹。牧童弄短笛,稚女叩玉盘。陌头村犬吠疏篱,古井辘轳提清涓。

吉兆瑞祥时见有,麒麟送子几回闻?多少年过去了,鲁山村依然是一个普普通通的小村庄。直到有一个名叫郝经的人在这里出生,才使得鲁山村闻名遐迩,令人刮目相看。

说起来话就长了:在鲁山郝姓中,有位才高八斗、学富五车的宿儒,名叫郝天挺,字晋卿。郝天挺一直跟着叔父东轩先生在陵川县官学就教,平时就随叔父住在棣华堂内。

在陵川说起郝家棣华堂,那真是无人不知、无人不晓。陵川县城不大,方圆不过二里。依势而建有东、北、西南三个城门,城中有一座环柱悬梁、气势宏伟的牌楼,牌楼四面悬挂着四面匾额,东曰“循良”,西曰“贞烈”,南曰“忠节”,北曰“孝义”。楼下十字洞衢通向东西南北的街道,俗称四牌楼。四牌楼上首是县衙、县学,下首西南向便是郝氏家族的大宅院——棣华堂。只见:

门垂翠柏分两列,宅近青山棣棠开。

墙壁本是粉泥罩,园圃四围砌灰砖。

高堂多壮丽,大厦甚清安。

从来耕读传家久,自古诗书济世安。

棣华堂乃郝经的曾叔祖郝震所创建。郝震是当时赫赫有名的儒学大家,号东轩先生,世代业儒。

东轩老人过世后,侄子郝天挺就接替他主持县学。凡陵川境内聪明又喜欢学习的小孩子,无论出自富人家还是出自穷人家,不管出得起束脩①还是出不起束脩,他都一样悉心施教。

———————————

① 十条干肉,古代入学敬师的礼物,泛指学费。

郝天挺有子名郝思温,从小跟着父亲读书,一十八岁便在县学教书授课,卓有祖风,二十岁时娶妻许氏,多年无子。

奈何正逢金源败亡,蒙金易代。有道是"劫灰到重泉,兵尘满阡陌。乾坤一战场,血尽骨更白",那时候蒙古军循太行山东麓南下,攻克保州、邢州,直抵上党、泽州,所到之处烧杀抢掠,惨不忍睹。为避战乱,郝天挺率领郝氏家族的老老少少,一路逃难,来到许州城外八里桥暂时住了下来。

可是席不暇暖,蒙古军已经直逼洛阳,郝家继续南逃。经过十几天的长途跋涉,郝家总算逃到一个暂时还算平静的地方,叫舞阳镇。他们找了一间破房子住了下来,不幸的是郝天挺在逃难路上淋了一场大雨,又赶了两天路,病倒了,而且一直没有好起来。

秋令已过,时至小雪,骤然降温。郝思温担心父亲的病,早早就在破屋子里生了木炭火,晚上思温给父亲烧了暖炕。就这样,郝天挺仍然冻得直发抖。郝思温将家中所有的破被子都盖在父亲身上,仍无法帮父亲御寒。

一天思温的夫人许氏收拾完屋里,发觉父亲有点不对劲儿,似睡非睡,一声不吭。她伸手摸摸父亲的额头,烫得灼手,急忙把外出谋生计的夫君找来,商量着找一个医生给父亲看病。在当地人的指引下,他们终于在镇西请到一位医生。但是医生来到炕边用手摸摸天挺的额头,又抓起他的右手诊了下脉,摇了几下头。思温见状赶忙把大夫拉过一旁悄悄问道:"我父亲的病到底怎样?"医生慢腾腾地说:"准备后事吧。"说完转身而去。

思温扑向郝天挺,大喊大叫:"父亲,你可不能丢下我走了!你醒醒,我还有话和你说!这里不是咱的家呀,不是在陵川呀!这山高路远的,怎么回去呀?"郝思温痛哭流涕,许氏也号啕大哭起来。就在夫妇俩手足无措时,天挺慢慢地睁开了双眼,他看了看面前的儿子、儿媳,用微弱的声音断断续续说:"我怕是不行了,不管怎样,你俩也得……有……个一男半女。郝氏业儒……自吾叔东轩老……人始,……唉,无论如何也不能后继无人。再者,我……死葬其侧,得庶奉杖于……地下……"说完一丝游魂飘逝而去。

郝思温找来也在逃难中的堂叔郝天祐和郝舆、郝莘两兄弟,草草安葬了父亲。自此将父亲归葬和为郝家添丁,成了思温两口子的最大夙愿。

一天,思温与夫人念叨:"父亲去世三年了,将先父骸骨归葬才是。"许氏点头答应。叔父郝天祐与堂兄弟莘、舆皆来阻止,说河朔兵乱,恐有危险。思温夫妇决意要回。

两人负骸启程,日不便,乃夜行。走了二十多天,步行千里之遥,终于将先父的遗骨迁回陵川,葬于东轩老人墓侧,完成了夫妇二人多年心愿。

思温夫妇在陵川守孝三年,就在思温准备回转河南的时候,许氏告诉思温,自己已经身怀六甲,行动不便了。郝思温欣喜若狂,总算不负父亲厚望。于是决定暂不回去,让妻子居于棣华堂养胎。

一日许氏似觉即将临产,便叫思温雇了一乘软轿,从棣华堂赶回鲁山村郝氏老屋。老四门的奶奶早已把家里家外收拾得干干净净。安排妥当,先于祠堂祭祀,祝告祖先保佑郝氏添丁进口、大小平安。

这几天,许氏每天在村中本家上串串门子、说说话儿遛胎。一日下午,许氏感觉肚里折腾得厉害,便腆着个大肚子,在屋里走来走去。郝思温心疼地一会问"喝点糖水吧",一会又问"饿了吗? 再吃点什么吧"。

老四门奶奶在旁边侍候着,这时候谁都得听她的。奶奶说:"让她安生会儿吧,你先出去,有事我叫你。"郝思温一宿未睡,搓手踱步,整整折腾了一夜。

曙光初露,霞色万千,由橙而绯,瞬息万变,形貌各异,深浅不一。忽而又转紫金瑰丽,其变化之曼妙,非言语可名状矣。须臾之间,金乌微露,彤云喷涌,如龙如麟,隐约其间。

郝家,老四门奶奶忙碌着,又是烧开水,又是撕红布;许氏在炕上声嘶力竭地喊叫着,湿漉漉的头发贴在她的额头上,眉毛拧作一团,眼睛几乎要从眼眶里凸出来,鼻翼一张一翕,她急促地喘息着,嗓音早已沙哑,双手紧紧抓着早已被汗水浸湿的床单。

这时候天完全亮起来,太阳从东方冉冉升起,烧红了半边天空,村子里弥漫着氤氲的雾气,在朝霞映射下呈淡淡紫色,一缕一缕从大门口、院墙上飘进庭院。正当郝思温在院子里踱来踱去,满头大汗,心里着急可又帮不上忙之时,只听"哇"的一声,屋子里传来小孩的啼哭声,郝思温提着的心掉到了肚子里。不一会儿,老四门奶奶欣喜地向思温道喜:"恭喜了,是个小公子,母子平安。"

思温沉吟片刻,为子取名曰"经"。郝经慢慢长大,刻苦研习经学,成为一代名儒,辅佐元世祖忽必烈统一天下,使国家逐步走向大治。官至翰林侍读学士,国信使。他为中华一统耗尽心血,令郝氏门楣熠熠生辉。这是后话,暂且不提。

且说郝思温将父亲的遗骨葬于东轩老人之墓侧,又为郝氏添丁,总算是完成了天挺老人遗愿。转眼郝经已满一周岁,郝思温在棣华堂为儿子做周。这天,前来祝贺的亲戚朋友还真不少。除了思温的叔父郝天祐及堂弟舆、辇和许氏的父亲外,天挺老人的弟子和文友元好问、刘昂霄、秦略等也远道赶来庆贺。

此时元好问和他母亲张氏迁到了宜阳的三乡镇,刘昂霄在宜阳,秦略则在洛阳。趁着郝家添丁之喜,乱世之中,三五亲朋相聚,亦可稍慰离愁。这些文人聚集一堂,暂时忘却了身处乱世颠沛流离的艰辛和烦恼,谈天说地,评诗论经,一下子就使郝家里里外外的气氛活跃起来。思温和许氏铆足了劲儿招待这些亲人和朋友,许氏亲自下厨掌勺。酒足饭饱以后,就是小孩做周的压轴大戏——抓周。

郝思温将笔、墨、纸、砚、算盘、钱币、书籍等各种物品摆放于供桌之上,秦略从怀中掏出一串佛珠也放在一旁,说:"看他和我佛家是否有缘。"

思温和许氏就将郝经抱过来,大家一看小郝经脸蛋又白又胖,眼睛大大的,红嘟嘟的小嘴一逗就笑,甚是可爱,都抢着要抱着小郝经抓周,最后还是刘昂霄抱到了,他得意地抱着小郝经靠近供桌。小郝经瞪着大眼看看这,看看那,最后抓着一本书。好问等人一起贺道:"看来我儒林又多了一位学子。"秦略开玩笑道:"那么,是我佛界后继无人了?"逗得众人哈哈大笑。

两年以后,一个和郝经休戚相关、患难与共的女人出生在远方异地。她是何人?两个出身不同、命运相似的人,是在何时何地有了不同寻常的交集?欲知后事如何,且听下回分解。有诗为证:

抱来天上麒麟子,送与人间积善家。

读书堪行万里路,治国能聚大中华。

第二回　王妃昼梦太子晋
王爷夜得玉笙簧

娲皇遗音寄玉笙，双成传得何凄清。

丹穴娇雏七十只，一时飞上秋天鸣。

水泉迸泻急相续，一束宫商裂寒玉。

旖旎香风绕指生，千声妙尽神仙曲。

曲终满席悄无语，巫山冷碧愁云雨。

这首诗叫《吹笙引》，乃唐人王毂所作。说的是女娲娘娘炼石补天，抟土为人，初，亲手捏之，称其为华，其工剧①务，力不暇供，乃以手握泥，捻绷作声，弹向四方，是为诸华，立下了人世。

这娲皇是一个创造万物的自然之神，每天至少能创造出七十样东西，她于繁忙的政务中抽出一点点时间，制造了笙簧、瑟和埙等乐器，并亲自弹奏演习，教会人民在男女欢会之时吹奏助兴，敦伦②相戏，增添欢悦，激起心中的情感涟漪，从而创造人伦，立下婚姻法度，乃姻缘之开山、律吕③之始祖也。

自从女娲娘娘抟土为人，三皇立世，五帝为君，秉承天意治理天下，是为天朝，诸华环绕其周，称为东夷、西戎、南蛮、北狄。先是舜帝，生于诸冯，迁于负夏，卒于鸣条，东夷之人也；后有文王生于岐周，卒于毕郢，西夷之人也，皆以贤德君临华夏。看官，你道在下为何提起这般前朝往事？只因那北方边远之地，游牧之乡，也出现了一位雄才大略，以聪明善良、公正谦和赢得百姓拥护的君主——成吉思汗，在他的带领下，建立了一个繁荣富强的无敌帝国，演绎出无数可歌可泣的

---

① 剧，甚也，指工作特别艰巨。

② 特指夫妻之间的房事。

③古代对音乐的统称，也有规则、标准的意思。

英雄故事,成就了诸多出类拔萃的优秀儿女。且听说话的慢慢道来。

闲话少说,言归正传。

却说这成吉思汗戎马倥偬,征战终生,统一蒙古各部落后,立志统一诸华,入主中国。就在成吉思汗远征西夏之时,金国大将完颜合达乘机夺取平阳、雁门两关,向河北西路进军;怀州、潞州、泽州三郡的金军合兵北进,形势十分危急。成吉思汗命四皇子拖雷回师东进,在平阳与河北西路兵马都元帅史天倪会师,一举拿下河东。金朝怀州元帅王荣、潞州元帅裴守谦、泽州太守王珍皆献城投降。

拖雷是成吉思汗铁木真的幼子,封地在不儿罕山麓斡难河流域。这里是蒙古族的发祥地,也是成吉思汗即大汗位的圣地。成吉思汗铁木真嫡妻孛儿帖一共为他生下了四个儿子,拖雷却是同胞四兄弟中最有胆略才干的。因此,成吉思汗对拖雷喜爱自是情理之中。而且按照蒙古习俗,幼子为守产之子,要继承父亲的封地和牛羊,因此成吉思汗又为他娶了克烈部王罕的弟弟札合敢不之女——唆鲁禾帖尼为妻。唆鲁禾帖尼端庄美丽,聪明贤惠,机智果断,是拖雷的贤内助。

拖雷王爷随父出征已有数年,远在斡难河畔的拖雷夫人心中充满无尽的思念。这一日午后,天气闷热,金蝉乱鸣,不禁念道:"打起黄莺儿,莫教枝上啼。啼时惊妾梦,不得到辽西。"

绿油油的草原一望无际,美丽的斡难河蜿蜒曲折地从草原上流过,斡难河源头有一片一望无际的海子。海子边有一座华丽的行宫,叫作圣山宫,这是拖雷的行宫。宽厚仁和、聪明贤淑的拖雷夫人唆鲁禾帖尼就住在这座宫里。唆鲁禾帖尼是拖雷的长妻,生有四个儿子:蒙哥、忽必烈、旭烈兀和阿里不哥。她坚定、谦逊、贞洁、聪明、有才能,善于抚育子女,蒙古人称她为"赛因额客①",意即最好的母亲。

却说这日午后,唆鲁禾帖尼回到寝宫,感觉非常困倦,就斜倚在毡毯子上假寐。恍惚间,她随着宫女来到海子边。湖岸上绿草如

① 古蒙古语"最好母亲",也译作"赛因额赫"。

茵,草丛中野花似锦,点缀在这片绿色的海洋里,让草原变得五彩斑斓……

深呼吸一口,清香的花草香味扑鼻而来,让人心旷神怡、如痴如醉。牛马和羊群漫游在草原上,风吹草动,好一幅如诗如画的景象。美丽的湖水边,白色的蒙古包里,拖雷王爷正在款待一位尊贵的客人。唆鲁禾帖尼不知此人为谁,侍女悄悄告诉她,这位客人姓姬,名晋,字子乔,人称太子晋。

唆鲁禾帖尼仿佛在哪里听人说过。只见大汗帐中珍馐美馔,锦衣华服,珠宝玉器,无所不有。那太子晋却超凡脱俗,面对这些别人眼中的宝物视而不见,独坐彩毡从容地吹笙而悦,其乐音清雅,作凤凰鸣,引来了成群结队的白鸾、朱凤在庭前应节起舞。恰是:

> 嬴女吹玉箫,吟弄天上春。
>
> 青鸾不独去,更有携手人。
>
> 影灭彩云断,遗声落西秦。

一望无际的湖水在微风中轻轻荡漾,灵动的蓝色从眼前一直延伸到天际。天的蓝,水的蓝,连成了一片。天的蓝上,一朵一朵的白云无规律地闲庭漫步;水的蓝上,一波一波的白浪有节奏地舒卷自如。海子里的水清澈见底,可以看到水中的草和天空的云。鱼儿在水中自由自在地游着,像是在草中穿梭,又像在云中飞翔。

那是鱼儿吗,怎么会飞呢?唆鲁禾帖尼抬起头,果然飞来一群洁白的天鹅,有的在天空盘旋,有的落在海子里,优雅地在水面上游弋,忽然有一只美丽的白天鹅扑扑棱棱飞到她的怀里,宫女们开怀大笑。一声"王爷驾到——"的喝道声使她一激灵醒来,却是方才做了一个美丽的梦。唆鲁禾帖尼慌忙起身整衣接驾。

原来,雁门关失守后,成吉思汗命拖雷回兵东进。没过多久,拖雷父子即收雁门,破浑源。不久三皇子窝阔台也奉谕驰援,拖雷与之合兵一处攻破西京。窝阔台是大汗三皇子,待局势稳定后,他一面向成吉思汗报捷,一面命四弟拖雷暂作休养,和家人团聚,于是拖雷让儿子蒙哥镇守云中,自己回到领地,是得胜将军凯旋,王爷回宫来了。

唆鲁禾帖尼王妃迎王爷进帐,自是诉不完的思念,道不尽的衷肠,如斡难河的水涓涓流淌,似草原上的风徐徐吹拂。看看天色已晚,唆鲁禾帖尼王妃摆下酒席为拖雷王爷接风。正待开宴,拖雷王爷道:"慢,夫人,本王有礼相送。"说着一挥手,一十六名司乐抱瑟捧笙,娉娉婷婷走了进来,她们边舞蹈边演奏。正是:

> 佳辰展芳燕,良会欣合并。
>
> 清歌发绮席,鼓瑟更吹笙。

唆鲁禾帖尼仿佛又回到梦中,与拖雷耳语道:"夫君,怎么如妾梦太子晋作凤凰鸣一般无二?"遂将昼梦之事说与王爷。

拖雷道:"此即'彼有所为,此有所梦也'。"就把得笙簧的缘由说了一遍:"本王这次出征,入得河朔,收雁门关,取浑源州,又与三哥合兵连攻数城,直取云中。这云中就是金国西京,也叫凤凰城。你知道为什么叫凤凰城吗?"

唆鲁禾帖尼道:"妾却不知。"

拖雷秘道:"传说天宫有姐妹二人,一凰一凤。瑶池会上,众仙酒醉之后,个个兴高采烈,谈笑风生,说是人间有地,名为云中,美景如画,乐音动听。姐妹听罢心动,私自下凡,化作凤凰来到云中。玉皇大怒,命杨戬带着电母雷公,将凤凰姐妹化作两座石峰,虽然翅尾略有差别,但人们视为小异,体貌姿态浑然相似,所以云中也叫大同。天下大同乃治国之极义、儒学之最高境界也,此即凤凰城起名的因由也。"

唆鲁禾帖尼"哦"了一声。

托雷接着说:"那一日,攻克大同,入夜,金宗室舍人告有宝相送,以求活命。乃破密室,献司乐和玉笙簧以及埙箫钟磬,说是金宣宗之至爱也。原来金朝皇家甚喜奢靡,在城内营建了保安殿、御容宫和西京苑。

"保安殿自是朝班议事之处;御容宫充盈美妇,供其恣意享乐;西京苑却是广罗钟鼓笙簧之乐、妙歌曼舞之姬,收藏着诸多典藏乐器和绝戏稀声的人才。初，金宣宗完颜珣得知本王收复平阳，窝阔台赶来增援，知不可挡，乃向蒙古大汗成吉思汗求和，又与西夏断交。成吉思汗不受，完颜宗室弃城舍燕京而迁都汴梁。大同城破之际，金宗室舍人破密室，将钟鼓笙簧之器、妙歌曼舞之姬献与本王。本王素知爱妃解音律，喜乐舞，故遴选十数者以博爱妃一笑，余皆交王兄窝阔台处置。"

拖雷汗正有一搭没一搭说着，忽然，曲风一转，变得诙谐风趣、轻快流畅，鼓瑟与吹笙轮奏，你一句，我一句，似夫妻斗嘴，如敖包调情。宫女侍婢们看着王爷王妃笑，身体跟着乐音扭动。唆鲁禾帖尼王妃不由自主地在王爷的手上捻了一下，王爷深情地望着夫人美丽的眼睛，流露出无尽的爱意。

唆鲁禾帖尼刚才也喝了几杯酒，两朵红云飞上面颊，一个勾魂摄魄的眼神令这个在战场上叱咤风云的铁汉浑身酥软。王爷遂命撤下酒菜，示意众人退下，拥爱妃入帐。这一夜：

> 言笑遂真性，觞咏畅幽情。
>
> 清阴和月转，不知日东升。

不久夫人有了身孕。在一个月明风清的夜晚，拖雷王爷接到侍女禀报，说是王妃即将临产。拖雷汗刚到，唆鲁禾帖尼即产下一女，呱呱坠地，声如银铃，取名乌英嘎，意即"动听的歌曲"。

乌英嘎长到六七岁时，果然成了一个漂亮的小女孩，尤其喜欢唱歌。她的歌声时而悠扬绵长，时而高亢激越，有时能同时发出两到三种音调，草原上的人们都很喜欢她。

在这喜欢她的人里有一个人最甚。这个人培养了她，成就了她，也连累了她。此人不但善歌，还谙于演奏马头琴。她在教乌英嘎唱歌的时候，用悠扬的马头琴声为之伴奏，使歌声琴声融为一体，琴歌相谐，声振林木，响遏行云，能使草原上的人们跟着垂泪下涕，或喜跃起舞。欲知此人是谁，且听下回分解。有诗为证：

> 黄书古卷觅芳影，女娲一世传英名。
>
> 抟土为人成华脉，补天治水奏玉笙。

第三回　宴大汗宫廷惊变
殃池鱼玉女失踪

煮豆燃豆萁，豆在釜中泣。

本是同根生，相煎何太急？

这首《七步诗》，乃后汉三国魏国曹植曹子建所作。曹操去世后，他的长子曹丕即位，而曹丕的弟弟曹植被封为安乡侯。

曹子建才华横溢，精通天文地理，说起朝中政事滔滔不绝且治理有方，因此在朝中很有威望。曹丕把这一切都看在眼里，心中的妒火油然而生，对曹植产生了怨恨之心，把他视为肉中之刺、眼中之钉。心中暗想："设或他日造反，图谋篡位，随者必众。如不斩草除根，必然后患无穷。"

一日，曹丕把曹植召进宫中，叫他七步之内作诗一首，如果不成即以欺君之罪处死曹植。令他没有想到的是，话音刚落，曹植就应声而吟，诗中字字表达了对曹丕将兄弟赶尽杀绝的不满。曹丕听了，顿时觉得脸上热辣辣的，无比羞愧，却也无法治曹植之罪。

说话的为何道出这段掌故？自是想说从来帝王之家，权力斗争一刻也没停歇过。千年之后历史悲剧重演，蒙古皇室乱成一团，美丽可爱的乌英嘎从此失踪。

欲知其中原委，且听在下慢慢道来。

话说这拖雷和窝阔台大汗乃嫡亲兄弟。成吉思汗驾崩后，根据祖制，所有蒙古人都要会集到蒙古本部召开忽里勒台①，共同推举一位新的大汗。在汗位空缺的两年里，由小儿子拖雷监摄国政。两年后，忽里

---

① 忽里勒台是蒙古汗国和元朝的诸王大会、大朝会。又作"忽邻勒塔"或"忽里台"，即蒙古语"聚会""会议"。最初，蒙古人的忽里台是各部联盟的议事会，用于推举首领、决定征战等大事。

勒台推选新的大汗。有人主张立成吉思汗生前指定的窝阔台为汗，有人恪守旧制，主张立幼子拖雷为汗，大会争议了四十天，议案久拖不决。为了避免酿成大乱，拖雷站出来道："三哥窝阔台意志坚定，见识颖敏，推举他为汗，我们的军队将更加强大，牧民会日益富足，蒙古帝国的疆域会一天比一天扩大。我愿在窝阔台大汗的身边，把他忘记的事情告诉他，在他睡着的时候叫醒他，做他应声的伴从，策马的长鞭。窝阔台汗就是蒙古国的意志，让我们为他长途远征，为他短兵搏战吧。"在拖雷的倡导下，忽里勒台推窝阔台即位当上了大汗。

拖雷就像大宋朝廷中的八贤王一样，忠心耿耿辅佐窝阔台汗。在攻金的战斗中，拖雷屡建奇功。许多想要追求荣誉、武功的人，都投到拖雷麾下效力。

俗话说"功高震主"，拖雷在蒙古各部落的影响力和对军队的控制成了窝阔台的一块心病，他时时感觉自己的汗位受到了威胁。

一天，窝阔台大汗忽然患病，几天几夜昏迷不醒。什么病呢？查不出来，于是召巫师前来占卜。巫师一到，窝阔台就醒了，问巫师吉凶，巫师说："可汗的病要想得愈，必须把可汗的病驱除到一碗水里，施下咒语，让一个亲人来喝。如果有人愿意替代可汗生病，可汗的病就能好了。"言毕，直视大监国拖雷，窝阔台大汗帐下所有人也都朝这边看过来。作为大汗的亲弟弟，忠心耿耿的辅国重臣，拖雷只得喝下这碗"巫咒之水"。三天之后大监国拖雷死了，大汗的病好了。

拖雷王妃唆鲁禾帖尼是个很了不起的蒙古女人，美丽端庄，宽厚仁和，稳重，不争强好胜，但在关键时候却极有心机。她的丈夫拖雷死后，唆鲁禾帖尼不但没有表现出一点怀疑和愤恨，反而放出话来，说拖雷本来就身患疾病，是旧病复发而殁的。窝阔台本欲将拖雷一脉斩尽杀绝，见唆鲁禾帖尼坦荡不疑，便放下心来，没有再加害他的后人,保住了蒙哥、忽必烈等兄弟四人的性命。

拖雷死后,窝阔台的大儿子贵由打算按照蒙古收继婚习俗,娶唆鲁禾帖尼为妻。唆鲁禾帖尼说:"我只愿教养诸子长大成人,别无他求。"婉言拒绝。

却说窝阔台亦有私心,恶①贵由嗜酒无度,好大喜功,意欲传位给三儿子阔出。如果野心勃勃的贵由娶了聪明又有才能的唆鲁禾帖尼,可能会给汗位的传承造成麻烦,所以也没有勉强她。

这一切恩恩怨怨,使得窝阔台和拖雷两家的积怨越来越深,互相之间常常无端地忌恨、猜疑和提防,矛盾随时可能爆发。

唆鲁禾帖尼有个姐姐叫亦巴合别吉。一天,亦巴合别吉来到一处铺满鲜花的草地间,坐在那里望着随风舞动的鲜花,忽然听到一阵让她荡气回肠的琴声,这琴声浑厚、奔放、悠扬、细腻,是她从未听过的。曼妙的乐曲一下子驱散了她内心深处的幽怨和孤寂,使她豁然开朗起来。她寻着琴声走了过去,却见一个牧羊人坐在树荫下,安闲地拉着马头琴。

当亦巴合别吉来到他的身边时,牧羊人站了起来,只见他浓眉大眼、体态硬朗、长着浓密胡子,是一位慈祥的老人。

亦巴合别吉称赞说:"老人家,你的琴拉得太好啦,我还从未听过这样美妙动听的马头琴声呢!难道你的马头琴跟别人的不一样吗?"

老人道:"基本都一样,只不过我把它稍加改动了一下。"

亦巴合别吉问道:"你是怎么改的?"

老人自豪地说:"大家都习惯把马头琴的琴箱冒以革,这样的琴声听起来就松散、沙哑。后来我试着用白松木板做琴箱的面板,在面板的两侧刻出传声孔,这样发出来的声音就浑厚、圆润,你看,就是这种样子的。"说完,他把马头琴提起来给亦巴合别吉看,亦巴合别吉看后惊叹道:"啊!了不起的发明啊!"

---

① 憎恶,不喜欢。

老人说："我在韵律的五声音阶上,又加了两个音阶,变成七个音阶,这样一来,乐曲的韵律就丰富了,拉出来的曲子就更加动听了。"亦巴合别吉听后赞叹道:"啊,这又是一个了不起的发明啊!你能教教我吗?"

老人说:"好啊。"

老人手把手教亦巴合别吉拉琴,亦巴合别吉认认真真地学习,不一会儿,就拉得很好了。几年以后,她成了草原上最善拉马头琴的人,她的歌也唱得特别好听,人们称她为大草原上的"百灵鸟"。

亦巴合别吉每年要从自己的斡尔朵①来汗廷一次,乌英嘎总是粘着她学唱歌,和这个大姨妈亲得像母女俩。

窝阔台六年,蒙古军与南宋合攻蔡州,金哀宗自缢而死,金末帝完颜承麟仅当了一天皇帝就被乱军所杀,成为历史上在位最短的皇帝,金朝从此灭亡。蒙古与南宋都想乘机接管故金之地,窝阔台命塔察儿率军将宋军击溃,迅速收复了洛阳、汴京,并派使者指责南宋发兵入洛。南宋只得屈辱求全,寄望于议和。

自此,窝阔台认为自己功成名就,没有必要再那么辛苦了,伐宋的事便交由皇子阔端、都元帅达海绀卜和刘黑马,西征钦察、斡罗思等未服诸国的事交由拔都、那颜。

窝阔台自己则下决心好好享乐一番。他道:"这人来到世上,一半是为了享乐,一半是为了英名。当你放松自己时,就会觉得自由自在,而当你约束自己时,就会取得丰功伟绩。今既英名盖世,为何还要委屈自己?"

窝阔台从此不愿再受亲征之苦。他在不断酗酒和亲近妖娆美姬中打开恣意欢乐的闸门,踏上了纵欲的道路。

窝阔台大汗从洛阳凯旋,来到六皇妃脱列哥那·乃马真宫中。乃马真皇妃热情地接待窝阔台大汗。大汗注意到皇妃身边有一位波斯

---

① 意为营地或宫殿,又称斡鲁朵,是蒙古族的皇家住所和后宫管理、继承单位。

女子,身材高挑,长长的脖颈,头发高高扎起,面上虽然罩着黑纱,但是,那黑纱根本遮不住她那美丽的高鼻梁、大眼睛和那勾人魂魄的眼神,大汗有点麻酥酥的感觉。

这位波斯女子本是西域女俘,名叫发提玛,时因年幼且美丽,故留于宫中。乃马真皇妃察其善驻颜,通相法,诙谐机变,遂交为亲信。发提玛密授其妖娆媚惑之术,六皇妃屡试不爽,使大汗对她宠爱有加,皇妃便叫她做个"脂粉军师",因之,乃马真皇妃对发提玛言听计从。

亦巴合别吉见窝阔台大汗凯旋归来,就来朝见。窝阔台在那里观看歌舞,亲近歌姬,畅饮美酒。亦巴合别吉演奏起悠扬的马头琴,歌姬们唱起颂扬大汗的赞歌。小乌英嘎那独特的和音,引得窝阔台大汗笑声朗朗,仿佛骑着骏马驰骋在那辽阔广袤的大草原上。

亦巴合别吉有个儿子叫宝儿赤,是窝阔台的厨子。亦巴合别吉为了表示对大汗的敬意,与其子宝儿赤一起向大汗敬酒献菜。大汗喝得酣畅,退入内宫。乃马真妃已令高张灯烛,室中辉煌如昼,弥漫着波斯药水迷人的香味。乃马真、发提玛及诸嫔艳妆侍驾。半夜里,窝阔台汗因纵欲过度,血不营卫,气不摄谷,几近虚脱,突然上吐下泻,汗出如注。幸好有御医及时施救,方保得性命无虞。可怜:

远征三方凭挽弓,半为享乐半为名。

一生枭勇殃迷惑,乐极生悲倚色声。

脱列哥那·乃马真皇妃联络大汗近臣乘机发难,说是亦巴合别吉和其子在酒菜中下了毒,而唆鲁禾帖尼则是幕后指使者。想借机除却拖雷一脉。窝阔台当即命人将亦巴合别吉和宝儿赤杀死,意欲向拖雷家族开刀,乌英嘎和她的乳娘从此下落不明。

唆鲁禾帖尼以其深谋远虑和机智果断以及她在各部落和宗教界的声望和权威,稳定了动乱的局面。她大义凛然地在汗廷陈述:"大家都知道合罕很喜欢喝酒,经常喝得酩酊大醉,并且无所节制。这使他身体日益虚弱,酿成痼疾,无论医官如何阻拦他,都未能成功。相反,大汗身边的近臣和亲信,为了讨好大汗,一味地搜罗美酒,纵容他豪饮,他喝得越来越多了,饮食不节是大汗生病的根源。早些年监国拖雷王爷因病去世,就有人想借此挑起事端,制造战乱,是英明睿智的大汗及时地制止了。今天,又有人欲借大汗生病之机挑拨是非,陷大汗于不义,引起内乱,以阻止伐宋和征服钦察、斡罗思等未臣之国的脚步。这是对大汗英名的污辱,也是对汗廷决策的干预,大汗一定要对这些传播流言蜚语的人加以追查。"

唆鲁禾帖尼讲得有理有据,义正词严,得到大部分宗王和大臣们的支持,窝阔台汗也只好作罢。

后来,唆鲁禾帖尼派人四处打探女儿的消息,但一直没有找到乌英嘎和她的乳娘。

唆鲁禾帖尼身边有一个聪明又忠诚的管家——斯钦赤那,一直在寻找小郡主乌英嘎和她的乳娘。他在草原上奔波了两年,没有获得一点音信。斯钦赤那对王妃说:"既然在草原上没有发现小郡主遇害,那应该是好事,说明她们躲远了。"因此决意南下中原找回小郡主,唆鲁禾帖尼含着眼泪答应了他的请求。欲知乌英嘎郡主下落如何,且听下回分解。有诗为证:

溪边随事有桑麻,尽日山程十数家。

莫怪行人频怅望,杜鹃不是故乡花。

第四回　躲乱兵难民钻洞
灌酸汤郝经救母

慈母手中线，游子身上衣。

临行密密缝，意恐迟迟归。

谁言寸草心，报得三春晖。

这一首《游子吟》是千百年来对母爱最真挚的颂歌。你道出于何人？原来这人姓孟名郊字东野，乃唐朝一个著名的大诗人。他用最淳朴的语言抒发了赤子对慈母发自肺腑的爱。在下今天要说的这位不是用诗文歌颂母亲，而且用实际行动挽救了母亲的性命。这圣人不是别人，正是前回书中讲到的郝经。

闲话少说，言归正传。

话说郝思温喜得贵子，陵川时局也暂时无大乱，不免重操旧业，开馆授徒。郝家本来就是教育世家，代代习儒，元朝大学问家元好问就拜在他父亲郝天挺门下。这思温一十八岁便在县学教书授课历练，开馆乃轻车熟路，不一日便聚得十余可教之童。

郝经的母亲也是大家闺秀，知书达礼，三岁便教经儿《千字文》《百家姓》，六岁始学《诗经》。入泮后郝经白天跟着父亲读书学习，回家后母亲也能督其课读。

有一次，学到"香九龄，能温席；融四岁，能让梨"，郝经问母亲："让梨是懂礼貌，温席是尽孝道，都是一些小事啊？"

许氏甚感怪异，责问道："你小小年纪就瞧不起古时贤人么？再说无论他们后来做了什么惊天动地的大事，也总是要从小事做起呀。"

郝经道："不是。儿知道小事也能见真心。可是我不知道有没有比这二人所为更不容易的孝亲掌故？"

许氏听了笑道："经儿才七岁,就知道刨根问底,好! 娘就给儿讲一个'缇萦救父'的故事。

"缇萦是汉文帝时一个太仓令的小女儿。这个太仓令精通医道,找他治病的人很多,大家不称他为太仓令而亲切地叫他仓公。

"有一次他因有急事出门, 便在门上贴了告示:'这两天不看病。'恰好有个大官来求诊,死在仓公的门外,家属便告他行医害人,官府判他刖刑——就是把脚砍掉。"

"哎呀! 脚砍掉还怎么行医? 那不成了废人了吗?"郝经惊恐不安地说。

"是呀! 但他是朝廷命官,还要经皇帝批准,官府就把他解到京师。他有五个女儿,缇萦最小,一定要跟父亲上京。

"到了京城,缇萦就给汉文帝写信。大意是,我父为官清廉,医术高明,被人诬告要处刖刑,不死也得残废,想改过也不可能了。我愿入宫为奴,替父赎罪。

"汉文帝见她年龄不大 ,孝心却不小,深受感动,不仅赦免了她父亲,让她父女俩回家,还下令废除了这种残酷的肉刑。"

郝经听毕赞道:"这个缇萦才真是儿的榜样。"许氏甚感惊奇,心想:"经儿小小年纪,竟有这般主意,了不得啊。"

郝经从小就受到良好的家庭教育,除此之外,他勤学好问,博览家藏群书,八岁时已涉猎《肘后备急方》《经方小品》等医学著作,常常给人看个小痛小病。思温看在眼里,喜在心中。

郝经九岁那年,蒙古军攻破龙门,拔天成堡,一路向西,势如破竹。金朝派平章完颜合达统重兵守潼关,援陕西,与蒙古军形成对抗之势。这场争斗持续了一年有余。

初,蒙古军在陕西遭完颜合达金军抗击,进展不利。这年秋,斡赤金与蒙哥合围韩城、蒲城,大获全胜,继而进兵凤翔。第二年春,大将速不台攻潼关失败,受到汗廷切责,蒙哥以"胜败乃兵家常事"为之解,命其立功赎过。

斡赤金命速不台与蒙哥佯攻凤翔,诱完颜合达出关相救;自己率劲旅八千,埋伏于五里关。完颜合达提兵出潼关声援凤翔守军,才二十里就与渭北蒙古军接战,被逼转向渭南,正中斡赤金伏击。完颜合达惧,慌忙退回,坚守不出。二月,蒙古军终于克凤翔。降人李国昌向汗廷献策说:"金主迁都汴京,所凭仗的就是黄河、潼关之险。若出宝鸡,入汉中,不一月可达唐州、邓州。唐、邓乃隘道要冲,物阜民丰,历来为兵家必争之地。待得到唐、邓,金人闻之,还不以为我从天而下乎!"汗廷深以为然。不久蒙古军攻破潼关。金帅完颜合达、移剌蒲阿、潼关守将李平仓皇出逃,回兵北上,欲做垂死挣扎,收复河东。完颜合达退守上党,陵川再一次陷入战火之中。思温觉得乡下毕竟偏僻一些,总要比县城安全,于是,一家人离开棣华堂,回到鲁山村。

一日午后,一伙乱兵从高平县城、陈渠、西火一路烧杀抢掠,眼看就要席卷鲁山村。村里的人逃到朝山最南面的南阳地莲花洞躲藏。这个洞就是兵荒马乱时的逃难之所,洞口仅容一人出入,蹬着洞壁上凿出来的小窝窝,下七八尺深方到底。再向里走地稍平,又分成七股八叉,有漏光处,其下为悬崖绝壁。洞内有水池、石磨、水缸、炉灶等营生器具。

郝经一家人随着老乡来到洞口,许氏在乡亲们的托举和挽扶下先下到洞的半中间。思温将郝经抱起趴在洞口慢慢放下去。许氏接了再传给下面的人。思温及乡亲亦一一钻进莲花洞,胆战心惊地听着外面的动静,稍有风吹草动,里面的人就吓得浑身发抖。

乱兵进得村中,挨家挨户抢劫钱财。动乱中的百姓早已学会了坚壁清野,乱兵见少有黄白之物,其他物什又携带不得,为首一人道:"这些村中刁民定是携带金银躲在什么地方了,我们一定要仔细寻找。"遂分兵四处搜寻。

数名骑兵搜至朝山,忽有一人发现了洞口,大声叫道:"这里有个洞口,莫非底下有人?"

众兵下马而前,围住洞口,伸头望去,黑乎乎的,看不见底,喊了许久,无人应声。一人道:"里面必定有人,不如点燃柴草,投入洞中,熏他出来便了。"

众兵遂如其言,找来柴草点燃填入洞内,顿时滚滚浓烟从洞中涌出。洞中人们噤不出声,众兵以为无人,等了一会儿,策马而去。直到乱兵过去,人们才陆续出来。

洞中被烟熏死者十之二三。郝经的母亲也被烟熏得昏死过去,洞内洞外哭声一片。

这时只见郝经非常镇定,从洞中储藏的酸菜缸中取了些酸菜汁,又从躲乱的人群中讨了点蜂蜜,兑在一起,用剪刀撬开母亲的牙齿,灌了下去。过了一会儿,郝母许氏苏醒过来,一家三口抱头痛哭。众人见了,纷纷效仿,又有许多人得救。

郝经随劫后余生者出了洞口,又不敢回家,就守在离洞不远的羊窑里,也好一有风吹草动,再往洞里躲。

过了两天,没见散兵游勇复来,于是人们陆陆续续回到村子里。茶余饭后,人们说得最多的就是郝经救母的事情,众人无不赞叹:"这孩子真是难得!小小年纪就会救娘!还救了咱们许多人。"许氏每每听到别人夸孩儿,总是挂着喜泪甜甜地笑着。

一天许氏搂着郝经说:"那天真是多亏了孩儿,不然娘命休矣。"郝经道:"缇萦一个女孩儿家还能救父,我是男子汉更应救母才是。"郝思温亦觉惊喜异常,搂住郝经不觉流下泪来。

郝经道:"父亲,别伤感了。只要结果好,就算全不坏,也是值得庆幸的。在这兵荒马乱之际,能躲过一劫,值得庆幸,说不定以后会当作一个幸运的回忆呢。"

就这样,一会儿是蒙古军,一会儿是金兵,把鲁山这个小山村闹得鸡飞狗跳,县城更是混乱不堪。这些乱兵不占城占地,只一味地烧杀抢掠——金帛财物、驴马牛羊,无所不要,男人女人也被掠去做奴隶,真是惨不忍睹啊!人们纷纷携儿拖女向南而逃。郝家也被迫做出艰难的抉择——再次弃家南逃。

郝氏一家来到县城棣华堂，收拾了一些细软，仓皇出了东门，毫无目标地一直往东走去。

几天后，他们来到王莽岭，然后进入锡崖沟大峡谷。郝经早就听父亲说过这段山路难走，今日一见，果然凶险无比：但见古藤蔽日，溪水潺潺，又闻飞瀑泻银，蜀鸟哀鸣。好不容易下到谷底，又得气喘吁吁地向上攀爬。偶尔歇脚，驻足山巅，望星月游移，奇峰变幻，瞰云海苍茫，巉岩峥嵘，雄奇险幽，叹为观止。只可惜逃难路上无暇顾及，匆匆赶路，如惊弓之雁。

郝经被眼前的山景惊呆了！山下是平坦的大地，忽地崛起无数孤峰，且是刀劈斧砍那样齐整，很难想象那上头竟然可以居住。

郝思温见母子俩都累了，便叫他们坐下休息一会儿。郝经回头眺望着家乡，想象着他的棣华堂和棠棣树被战火焚烧的烟尘；想象着陵川城被蒙古军和金兵轮番占领，崇安寺、太清观前血流成河的惨状；想象着状元阁、三碑巷老百姓的家产被抢劫一空的情形；想象着房倒屋塌、田园荒芜、树折花谢的凄凉景象，禁不住两行热泪淌了下来。

许氏此时也是泪沾香腮，她想起自己可怜的父亲，城破家亡仍恪守"金窝窝，银窝窝，不如自己的山窝窝"的古训，执意不愿离开家乡，如今也不知流落何方了。

出太行，行七八十里，一山突兀而起，四周并无峰峦相连缀，方圆二十里许，松柏叠翠，静空幽僻，是为苏门山。苏门山虽然高不过百仞，然地处淇卫平原，亦高出四野，故一览无余，然正处劫后，所到之处，生气黯然，所见之象，都是逃难的人群。

郝思温找了户人家，歇息一日，稳定了一下情绪，静下心来，这才商量前途生计。思来想去，也没有什么好的去处，郝思温夫妇决计仍到许州一带看看能不能找到叔父郝天佑和辇、舆他们一家。思温就叫过夫人来，收拾东西，领着郝经随着逃荒的人流向黄河渡口走去。

黄河渡口难民如潮,怎奈人多船少,船又都是民用小船,每次仅能坐七八人,还要两人划橹方可行驶。难民就感觉等渡河的时间太长,一旦望见渡船,就争相向码头涌去,踩伤踩死和溺水事件不断发生,哭声怨声不断。有两个女人拖着个七八岁的小孩在上船时不小心跌倒了,后边的人就踩在他们身上往船上拥,三人当场就被活活踩死了。听着妇女小孩呼救时那凄惨的叫声,郝经心里顿觉毛骨悚然。于是,一家人躲得远远的,慢慢地等着人少的时候再上船。

午后,忽然起风了,卷着尘土的巨风从南面气势汹汹地漫掩过来,顿时天空一片灰黄;紧接着黑云像幕布一样遮过来,一道闪电撕破了天穹,啪啦啦的响雷在头上炸响,紧接着铜钱大的雨点便撒了下来,打在人们的脸上,生疼生疼的。思温一家随难民纷纷跑往渡口旁的破房子里。连惊带吓,加上雨淋,郝经发起了高烧,病得不轻。

风雨交加,摆渡的艄公都下了锚,把船绾在岸边的铁环上躲避风雨去了。傍晚时分,思温远远看见一艘小船顺着风箭一般冲了过来,他对妻子和郝经说:"你们等我一下,我与船家商议一下,看能否行行好,冒雨送咱过河。"

许氏点点头,思温立马跑过去,和气地对船主说:"船公,我孩子有病,行个方便,送我们一趟吧。"

思温妻子许氏找出一件破棉衣,包住郝经在岸边等着。

艄公从舱里探探头,望望发怒的天,又看看等在岸边的小孩,冰冷地说:"双倍的船费。"

思温心里说:"只要能送我过河几倍也成。"他高兴地跑过去将郝经背上了船。许氏踩着泥水跟着也上了船。

这时,大雨浇下来了。艄公顿时就被淋成了落汤鸡,只见他不时用手甩一把脸上的雨水,辨着方向,而后又吃力地顶风摇橹。思温三人虽坐在船舱里,但狂风乱刮,不时将雨箭射进舱来,因而三人也被浇了个透身凉。

就这样,历尽艰辛,总算渡过了黄河。郝经病渐痊愈,跟着父母,从此又走上颠沛流离的苦难之旅。后来郝经再过苏门时,这段痛苦的经历依然记忆犹新,他在诗作中回忆道:

半天遮断连青城,参差雉堞云间横。

当时十岁初渡河,舟中错愕来相迎。

那时,真的是惶惶不可终日,苦不堪言。欲知郝经一家有没有找到叔父他们,动乱之中又在何处落脚,且听下回分解。有诗为证:

彩云红雨暗长门,翡翠枝余萼绿痕。

桃李东风蝴蝶梦,关山明月杜鹃魂。

玉阑烟冷空千树,金谷香销漫一樽。

狼藉满庭君莫扫,且留春色到黄昏。

第五回　遇兵荒举家迁徙
　　　　忍劳碌古寺读书

　　小桃无主自开花,烟草茫茫带晓鸦。

　　几处败垣围故井,向来一一是人家。

　　这首诗描绘了战争过后的惨象,原来人们聚居的地方现在只留下残垣故井,其他都已荡然无存。兵后荒村正是郝经一家在战火烽烟中苦难生活的真实写照。

　　闲话少叙,言归正传。

　　且说那郝思温拖家带口奔向河南许昌一带,兵荒马乱,苦不堪言,时常背着包裹,结队而走,忙忙如丧家之犬,急急如漏网之鱼,担渴担饥担劳苦,此行何处是家乡;叫天叫地叫祖宗,到处唯愿无兵荒。正是:宁为太平犬,莫作乱离人!常有一日数次奔,难得暂享一时安。

　　一天,来到一座山中,登峰极目,四周林海茫茫,炊烟点点,河流蜿蜒,群山逶迤。不见篱笆瓦舍,却闻狗吠鸡鸣。逃难之人难得见此情景,坐下歇息,仿佛到了世外桃源。

　　郝经问:"父亲,我们是不是到过这里?"

　　思温回答道:"咱们一路东躲西藏,尽向人烟稀少之地奔走,却不曾到过此地。"

　　许氏也说:"没有,没有,你看咱被兵追得晕头转向,与其他难民也失散了,竟不知此为何地。也没有个过路之人,好向他打听打听。"

　　"哎!"郝经惊喜道:"父亲,你看,那两座山连在一起,像不像咱村的北神山和玉皇岭?"

　　"像,像,简直一模一样。"父亲和母亲都站起来,向东北眺望,"可惜山下没有村庄。"

正观望间,忽闻得林深之处有人言语。郝思温急忙趋步看来时之路,侧耳细听原来是吟咏之声。诗曰:

> 适与野情惬,千山高复低。
>
> 好峰随处改,幽径独行迷。
>
> 霜落熊升树,林空鹿饮溪。
>
> 人家在何许? 云外一声鸡。

郝思温听得吟诗,满心欢喜,原来这里有人。急忙上前一步施礼,仔细再看乃一个樵夫,年纪不大,担了一担柴薪走来。但看他打扮非常:

头上箬笠乃张志和亲手编就, 身上布衣乃黄道婆自捻之纱,腰间环绦乃春蚕口吐之丝,足下草履乃谢公手搓之绳,腰间斜插一把衔钢斧,肩上横挑一担刘海樵。

思温近前叫道:"樵夫哥哥,小弟有礼。"

樵夫将担儿搁下,坐在一旁,用手把丝绦甩来甩去扇风,问道:"先生有何话讲?"

郝思温说:"在下乃逃难之人,一家三口来到贵地,敢问这里是什么地方,不知有无战事?"

樵夫看了看这一家子,面容憔悴,衣衫褴褛,十分疲惫。问道:"听你们说话口音像是煤灰①,可是从北边儿来的?"

郝思温说:"正是。"

樵夫叹了一口气说:"唉,听说你们那里可乱了。莫说河东界,从这里往西百把里就没有一个安生的地儿。亏这里峰峦起伏,路险沟深,山高林密,人烟稀少,仗暂时还没有打过来,不过,能安生多长时间可就难说了。"

郝思温一家三口听了长长地出了一口气,面露喜色,心想可算走对地儿了。

---

① 当时河南人称太行山上(今山西)一带的人为煤灰,山上的人称河南人为草灰。大概是因为使用的燃料不同。

樵夫说:"前面就是我家,有什么到家再说吧。"说着挑起柴火走在前面,郝思温一家紧紧跟上。

"俺村儿叫十八里铺。"樵夫边走边说,"俺姓刘叫子义,也是个读书之人,只因外面兵荒马乱,窝在家里,就图个安生。"

郝思温问:"大哥刚才所吟可是尧臣梅公的诗吗?"

"是呀。《鲁山山行》写的就是这里的山野风景,是我特别喜欢的一首诗。"

郝经一把拉住刘子义的绦带:"叔叔,鲁山? 这里也叫鲁山?"

"是鲁山啊! 怎么了?"樵夫一脸疑惑,"别看刚才一点村庄也看不见,其实已经很近了,转个弯就到了。"

果然,一条狭窄、凹凸不平的小路通往一条清澈见底的小溪,溪的周围被树掩映着,隐隐约约有几户人家,不用说,这就是十八里铺了。刘子义把郝思温一家领进院子里,放下柴担,招呼郝思温一家洗了一把脸,刘妻已经端来茶水。

坐下喝水工夫,郝思温果然在桌子上看到一本《宛陵先生①文集》。

刘子义说:"十八里铺属鲁山县,此去西南十八里,便是鲁山县城,也许村名就是这么来的吧。怎么? 你们听说过鲁山?"

见提起此事,郝思温一家哈哈大笑,思温说:"奇了,在河东陵川,我们的村子就叫鲁山。今儿来到这里,你们的县竟然也叫鲁山。我们是从鲁山来到鲁山,你说是不是不可思议?"

郝经大喜,想天下之大,真是无奇不有,像这般山同势、地同名岂不是天意? 就请求父亲停下来。思温听说鲁山二字,也是倍感亲切,即刻同意,在刘大哥的帮助下,找了一处闲置房屋,安下了家。几个月后,他们找到叔父郝天佑和辇、舆他们一家。有时候辇和舆也到这里走动走动。郝经在这天高皇帝远的偏僻之地,过了两年相对平

---

① 梅尧臣,字圣俞,世称宛陵先生。

静的日子。耕读之余,游戏于山水之间,倒也自在。

　　然而,平静的日子没有过多久,蒙古军已经攻破洛阳,向伊川、汝州进军,消息从各个渠道相继传来。不巧的是许氏此时又有了身孕,思温辗转来到叔父和堂弟们的家,想在叔父他们家躲躲,也好生下孩子。可是来到这里时已是人去屋空,也不知一家人是死是活。

　　郝思温一家又一次开始逃亡。路上到处都有逃难的人,无奈之下,他们只好毫无目标地加入逃难的人群。走到钧州,方才知道那里正在交战,城里城外到处可见金兵和蒙古兵。他们东躲西藏,也不知跑了多少路,连饿带累,身上像抽了筋一样乏力,腿也像灌了铅再也抬不动。

　　一天郝思温两腿站都站不住,头晕得直打转,一下子昏了过去,什么也不知道了。醒来时,许氏和小郝经围在身边,许氏正用一个破碗灌他水,身边一个拿着大刀的蒙古兵见他醒了,不容置疑地命令他们:"都到庙里去!"三人在威逼下缓缓走进了一座古庙。

　　这是一个早已没了香火的关公庙,殿堂一角早已倒塌,两扇大门也不知去向。蒙古兵在门口把守着,院子里塞满了百姓,为首的一个小头目命令他们在这里暂作休息。

　　从逃难人们的窃窃私语中,思温才知道,押解他们的千户长是大帅张柔的部下,是个汉人。

　　传说,蒙古军破保州城付出很大代价,攻陷之时"焚屠三日,老幼无孑遗",保州城变为一片废墟。保州都元帅张柔正在重建新城,因而收容南逃的百姓,收罗有文才的先生、手艺人、工匠,帮助他们安家落户,劝民修耒耜,树桑麻,恢复农耕。说话间,蒙古兵来叫他们去吃饭。

　　午饭后,一位押解他们的校尉大声喊道:"所有逃难百姓听着,将军有令,要你们一律迁往保州。你们不必害怕,但也不许逃跑!"不容他们寻思,就用一条条长绳子像串糖葫芦一样将十几二十个人串起来,押解着北渡黄河,向保州走去。

思温想:"天命不可测,此去也不知是祸是福,既然是汉将收容,断不会有性命之危。"心中稍安,决定随命安排。好在这些兵只是奉命押送,在路上并不难为他们,按时让他们吃喝,前晌后晌也给他们安排休息时间。歇脚时,他们相互还可说说话。但是,在被押的人中,有六七十岁的老人,有不满周岁的婴儿,有刚生了孩子的产妇,这些人本身就很脆弱,再加上吃的喝的用的都不能适时适意,这些老残妇孺不堪长途奔波、鞭挞驱驰,往往命丧黄泉,一路之上,饿殍遍野,死伤无算。

却说这几天,郝经遇见一个小孩,天天见面,却不知道彼此叫什么。忽然,前面一位老太婆又晕倒了,儿子儿媳赶忙向领路的军官高喊:"快停下,有人晕倒了!"队伍就停了下来,人们也趁机歇歇。休息的时候,两个小孩子相互唠着,知道了各家的大致情况。这个小孩子叫苟宗道,他父亲叫苟士忠。说着就招呼两家大人过来。两家大人见了面,互诉途中遭遇,唠着,唠着,成了半个老乡。原来他们南逃时同在孟州住了好长时间,只是互不认识。闲聊中还得知郝经的叔叔郝舆、郝辇已死于兵乱,郝天佑爷爷也在逃难中病饿而亡。郝思温一家听后如同五雷轰顶,号啕大哭一场。郝思温仰天长叹道:"天哪——想我祖上八世均以习儒授课为业,成为陵川望族,兴兴隆隆两三百年,弟子满天下,如今郝氏三门,仅剩我家一门,天理何在哪——"

士忠叹息一声说:"郝兄节哀吧。自古就说国破家亡,我家也是一言难尽啊!河朔兵乱时,孟州招纳民团,我被推为都统,守孟津渡,帮难民渡河,做了不少好事,可说是积了不少功德。谁知道家中也有两个亲人死于兵乱,好人竟落得这个下场?"

郝思温思量一会儿说:"同是天涯沦落人,两个孩子如此相惜,不如让他们结为兄弟,从今而后两家相互帮衬,不知你意下如何?"苟士忠欣然道:"汝是上党鸿儒,我苟氏幸甚也,以后犬子就交给你了。"

郝经与宗道两人述了年齿,郝经竟长宗道一岁,宗道尊郝经为兄,两家人一下子近乎了许多。

刚到保州,许氏不堪奔波劳乏,不足月就产下一子,取名叫彝。无奈之下,郝家仓促在满城找了一所房子暂时住下。保州城也是战后初定,满城离保州不远,街上乱糟糟的,到处是涌进来的难民。郝思温一时找不到营生,又没有什么积蓄,无以为生,一年间竟搬迁了四次。

却说这满城有一位家道殷厚、喜结交读书之人的财主,姓徐名耕字子勤,人称徐员外。家有一处酒坊,如今兵荒马乱,无法经营。听说郝家乃上党望族,世代业儒,不胜敬佩,愿奉之以交好,郝家暂时有了落脚之地,一时传为美谈。

为维持生计,郝父重操旧业,拾掇好满城学馆,收了几个蒙童,办起学来。

郝思温每天去学馆教书,顾不上打理家中之事,小郝经就担起负薪汲水、舂米推磨等很多家务事,读书的时间越来越少。郝母许氏忧心忡忡地对思温说:"自我来郝家,就听说郝氏之先祖,未有不为学者,一辈一辈在当地都有声望。到我辈却要改变门风,让我儿弃学作劳,对不起先世啊!我们忍几年穷,你教授之余多受点累,我在家中多受点苦,也不能耽搁了儿的学业。假使经儿他年有成,即使我累死饿死也无憾了!"

许氏果断的态度感动得思温眼睛湿润,说:"日月尚随天地在,诗书终疗子孙贫。就叫他每日跟我到学堂去读书吧,家中的事儿就多劳夫人了。"

郝经一天天长大,每天跟着父亲到学堂读书,日诵千言。苟士忠也备了束脩,让宗道过来和郝经一起学习。

两年后,郝家又添了一个孩子,名庸,家中事务益发繁忙。郝经每日要帮助母亲照顾两个弟弟,还要打柴、挑水。有时候顾不上跟父亲课读阅察,母亲在家中便教他些诗文典籍。书读得越多,小郝经自悟能力越强,十二三岁时,便能吟诗作赋。有一天父亲看到他写的一首诗:

日月旋天盖，星辰合斗枢。

光腾掌内铁，气绕泽中蒲。

金帛羞重赐，弓刀奋一呼。

真人翔灞上，天马出余吾。

郝思温高兴得满眼泪光，心想无论受多少辛苦，也不能耽误了小郝经的前程。除了读书，郝经对琴、棋、书、画也有所涉猎。

随着年龄渐长，郝经在父亲的引导启发下，慢慢能自学经传，明其史，考其注，出人意表。此乃天生伶俐，非教习之所能也。正是：

少年才俊赴知音，丞相门栏不觉深。

直到事人男子业，异乡加饭弟兄心。

第六回　圆十五西溪赏春
瞻遗墨山门盟训

更添十岁应为相，岁酒从今把未休。

闻得一毛添五色，眼看相逐凤池头。

四句古诗，乃唐代诗人熊孺登抒发豪情壮志、描绘平生愿景之作。少年哪个不轻狂，男儿谁不思吴钩？

闲话少叙，言归正传。

光阴似箭，日月如梭，虽然日子过得艰难，不知不觉郝经已经十五岁了。

一天，许氏对郝思温说："孩子已长成大人，今年要举行开锁仪式。俗话说十里不同俗，五里改规矩，此离陵川数千里之遥，事情要怎么办，你拿个主意出来。"

思温道："自那年渡河，辟地河南鲁山，辗转至保州，于今已有三年。开锁亦是大事，按说应该回老家去办。只是如今又添两丁，无人照看，想归想，脱不开身亦是枉然。"

许氏说："开锁最重视姥姥家。亲友多以钱物作贺礼，多少不拘，有无皆可。姥姥家的贺礼却格外重要。蒸食、圪馍、衣裤不说，盘羊和长命锁必不可少。咱在这里举目无亲，却如何是好？"

郝思温道："是啊，当年生经儿之时，虽然岳母已经过世，但有岳父在，就觉得有靠山，在这里哪里有外家啊？"

过了两日，许氏兴冲冲地对思温说："好了，苟家太太答应照应彝儿庸儿月余，咱们这就择个日期，动身回陵川吧。"思温说："好，即刻收拾东西准备返乡。"

却说郝经跟着父亲母亲，晓行夜宿，紧赶慢赶，总算在四月初八回到老家，先投在一个远房舅家住了一宿。这个舅舅叫许知远，和母亲还在五服之内。母亲问起:"不知弟弟知清现在可有下落?"知远对郝母说:"姐呀,咱许家在陵川也算是一大家,可这些年兵荒马乱四下逃生,眼看只剩六七家人。我哥知清十几年前和家人失散,至今不知身在何方。这不是,听说有人曾在河南长垣一个道观见过他,嫂子和侄子又去找他了,也不知能不能找到。"许氏叹息良久,默默流泪不止。

第二天,郝思温、许氏带着郝经来到棣华堂。许氏打开门锁,一家人看着老屋旧居,屋舍庭院饱经战争创伤,满目疮痍,心情十分激动,热泪盈眶。所幸有老家鲁山族人照看,尚能遮风避雨。思温展开随身所带的行装收拾一番,总归是自己的家,心里暖暖的,甚感欣慰。

街坊邻居听说思温回来,都来嘘寒问暖,还送来许多吃的用的。得到舅家招呼,许氏各家余脉尚存者都来探望,很是亲切。许氏的堂叔和表弟牛元伟送来必需的生活用品,商量好四月十五开锁仪式的一切细节。

四月十三日,郝经和父母来到鲁山村,通知本家乡党,郝经已经一十五岁,要圆十五。大家来到郝氏祠堂,在祖宗牌位前摆设供品,点燃香火,磕头祭祖。

许氏领着郝经来到老四门奶奶家,奶奶已经老得下不了床了。许氏把从保州带来的满城柿饼和唐县大枣送给奶奶,告诉她这是保州的特产,每天吃一两粒能延年益寿,说着剥了一只枣喂到奶奶嘴里。

老四门奶奶招呼郝经坐到炕边,拉着郝经的手感慨地说:"真是眼不见快长呀!那会儿兵荒马乱的,吃不上,喝不上,生下来才一圪几几①。你看这会儿,长得人高马大的。经儿长大了,要跟你大②好好念书,开了窍才能有出息呀。"郝经不住地点头。

---

① 陵川土话,很小的意思。
② 陵川土话,父亲的意思。

老四门奶奶话一多,那满头的银发便不住地颤抖,手也在空中不停地比划,仿佛那话都在指头尖上,只是嘴的动作跟不上:"咱祖上是太原郝乡,自八世祖来到陵川,到你已经五辈人了,世世代代都是当教书先生的,还没出过个当官的。这是咱家德行还没有修到,也是因为世道太乱,人们都不想做官。要我说,这也不算个理由,既然做官就做个能治治这乱世、让老百姓能过上太平日子的官。咱家呀,就指望你了,不过我是看不见了。"

从老四门奶奶家出来,许氏又带着郝经到几个伯父叔父家拜访了一番,单等十五那天到西溪二仙庙还愿开锁。

开锁仪式在陵川俗称圆十五,也就是举行成年礼。圆十五一般在四月十三到十五举行。

十五这天,郝经一家来到龙门山岭上,会齐外家的人。郝经放眼望去,群山拱翠,松柏掩映,繁花似锦,春色宜人,怪不得人称西溪春色,果然名副其实。远远望去,二仙庙掩隐在苍松翠柏之间,红墙绿瓦,香烟缭绕,仙气氤氲,风光无限。

二仙庙也叫真泽宫。原来陵川县之东北有村名乐家庄,所居村民皆乐姓,其中一户,父讳山宝,母亲杨氏,诞二女,生具颖异,不类凡庶,出言有章,动合规矩,方寸明了,触事警悟有识,知其仙流道侣。生母早逝,继母李氏酷虐害妒。单衣跣足,冬使采茹,泣血浸土,化生苦苣,共得一筐。母犹发怒,执人拾麦,外氏弗与。遗穗无得,畏母捶楚,崝地凌兢,仰天号诉。忽感黄云,二娘腾举;次降黄龙,大娘乘去。至今犹遗起龙之迹,素娥足痕。二女俱换仙服,绛衣金缕,绘以鸾凤,宝冠绣履;又闻仙乐响空,天香馥路,超凌三界,直朝帝所。大娘仙时年方十五,二娘同升少三岁许。邑人感其孝道,于庄后建祠塑像以祀。自后赫灵显圣,兴云致雨。凡有感求,应而不拒。疾病者祷之,沉疴必愈;求男者生智慧之男,求女者得端正之女。苟至诚以恳祝必随心而畀予。

贞观十九年,唐征高丽粮草用尽,忽二女粥饭救度。甑饭虽小不竭所取,罍粥无多倾之不尽。军将欣跃,高丽立克。及凯旋,主帅循迹而下,遍访仙踪,于陵川得二仙验实,奏举于时。太宗颁诏,废祠建庙,移驾西溪,植柏四株以壮宫观;加封二仙为冲惠、冲淑真人,并赐庙号"真泽"。此后每年四月十三到十五日由官府举行祭祀。民间求学、求子,以及子女年满十五成人都要到这儿来许愿还愿谢神。

却说陵川县城中许氏一族能来的人悉数到齐,知远舅舅领着郝经和父母及鲁山村本家一些重要亲人,进得庙来,从右到左绕着转了一圈,瞻仰了前面的戏楼、中殿、东西插花楼和后院的大殿,果然气势恢宏。

戏楼和中殿之间的四株唐柏,虬枝千曲,苍翠挺拔,两人合抱不围,上有十二生肖木瘤,惟妙惟肖、栩栩如生,堪称庙中一绝。大家忙着在树干上寻找小郝经的属相。

"找到了,找到了。"许氏指着西边靠中殿那棵树上的羊头叫众人看,真的是惟妙惟肖,大自然的鬼斧神工令人惊叹。郝经对着羊生肖深鞠一躬。

这一大家子先在后大殿和偏殿敬了各路神仙,之后来到中殿。郝经脖子上戴着远房姥姥家送的一把小银锁,和父母跪在二仙奶奶像前。郝母许氏用五色纸把谷草杆子扎成三角形枷子,套在郝经脖子上,然后向二仙奶奶献花、焚香,再由父亲把郝经脖子上的枷子除下和黄表一起焚掉。然后由表舅用钥匙把银锁打开,圈在用黍米面蒸的母羊馍上。这标志着郝经已经长大成人,把对小孩子的一些束缚去掉了。郝母语重心长地对郝经说:"孩子,你长大了,为家国天下,儒业文章,一定要加倍努力。"父亲郝思温说:"今,汝已成人,你四叔为汝取字伯常。夫常者,恒久也,观古之君子,其载德而荷道者,必源远流长者也。"

郝经一一答应,向二仙奶奶叩头礼拜再三,向父母跪拜谢恩,起身又与思良叔叔唱了个肥诺①。

---

① 一种对人躬身作揖、口中出声的礼节。作揖动作郑重规范,躬身比较深的叫"肥诺"。

　　郝经是第一次来这里,不免各处随喜一番,读了一些碑文和名人题诗。其中有一首吸引了郝经的目光,诗曰:

期岁之间一再来,青山无恙画屏开。

出门依旧黄尘道,啼杀金衣唤不回。

　　郝经不觉拊掌称绝。郝思温道:"这首诗是你师伯元好问所作,题此诗时我也在这里。世事如烟,仿佛昨日,兵荒马乱,不知今在何方。"

　　郝思温陷入对往事的回忆,一脸茫然。郝经细看落款,果是元伯所题。郝思温见郝经认真的态度和充满敬佩的神情,遂笑逐颜开,正色相对,不无自豪地说:"这里不光有你师伯的大作,还有你爷爷的遗墨呢。"说着把郝经领出山门,果见山门中央一块深蓝的匾额上书有"真泽宫"三个遒劲有力的贴金大字。上款:奉邑令元大人虔呈真泽宫,下款:岁在乙丑四月初一日邑人郝天挺沐手焚香敬书。

　　郝思温见郝经面色凝重,穆立肃视,想起父亲执学县庠,多少往事涌上心头,对郝经说:"你爷爷为人有崖岸,耿耿自信,宁落魄困穷,终不一至豪富之门。他老人家的德学风范永远不能忘记。他常常教诲门下弟子,'读书不是为了图名,当官不是为了取利,唯知义者能之'。这些话你要铭记于心,日后自有益处,或许终生受用不尽。"

　　郝经出生时爷爷已经过世。他听父亲讲过,元伯的父亲为了让元伯在爷爷的门下学习,不惜放弃了中都要职,来到陵川做了个小小的县令。爷爷的学识修为、元爷爷的爱子之心、重教之举着实让人敬佩。郝经由衷地弯腰对着匾额深深鞠了一躬。

　　从山门折而西,有小径上山。俯瞰真泽宫,香烟缭绕,加上苍松翠柏的枝丫间漏下的一缕缕阳光,形成一束束明亮的光柱,在与重檐叠阙的暗褐色的对比中形成美丽的光影。钟磬悠扬的声音在山间飘荡,一队队圆十五的人有序地重复着相同的仪式,郝经的心中永远留下一种淡定的、成就大业之前的宁静。

圆十五的一切仪礼结束，郝思温在棣华堂准备了薄酒便饭招待本家乡党以及来贺的亲朋好友、左邻右舍。

饭后，从鲁山老家同来的思良叔叔对郝思温说："还请二哥二嫂带着侄子再回鲁山一趟，咱们本家中有一难解之事相烦。"不知郝思良说出何等事来，且听下回分解。正是：

> 何事居穷道不穷，乱时还与静时同。
>
> 家山虽在干戈地，弟侄常修礼乐风。
>
> 窗竹影摇书案上，野泉声入砚池中。
>
> 少年辛苦终身事，莫向光阴惰寸功。

第七回　察秋毫郝经公断
解名意守贞忘情

十岁裁诗走马成，冷灰残烛动离情。

桐花万里丹山路，雏凤清于老凤声。

看官，这首诗乃唐朝诗人李商隐所作。他有一个表侄名叫韩偓，字冬郎，小时候就很有才华。有一次李商隐在他家做客，告别时家中设宴为李商隐送行，十岁的小冬郎即席赋诗赠别，语惊四座。李商隐遂作此诗称赞他胜过他的父亲。

今儿在下也说一个少年才俊胜过大人的话，这个少年就是上回书中刚刚一十五岁的小官人郝经。

闲话少叙，言归正传。

且说在西溪二仙庙圆十五的一切仪礼结束后，从鲁山老家同来的思良叔叔对郝思温说："还请二哥二嫂带着侄子再回鲁山一趟，咱们本家中有一难解之事相烦。"

思温道："不知有何难解之事？"

思良说："是这样的，咱村西头有一位德高望重的老人，是个无儿无女的寡妇。老人死后有一处地产无人继承，地的东邻西邻便你扒一垄，他挖一铲，扒来挖去两家终于犁锄相见打起官司。里正张祺本是咱西头的外甥，一来不愿两头得罪，二来时过境迁他也查不出个所以然来，官司久拖不决，弄得亲戚不像亲戚，本家不像本家。"

思温道："那便如何？"

思良说："贤侄从小机敏过人，明察善断，今已成人，说不定能说出个子丑寅卯，要紧的是族中人都服他。"

郝思温还在踌躇不决，郝经便道："父亲，中与不中咱们还不能去看看？"又对思良说："四叔，这件事先不要说出去，就当回去玩几天,如不能察,不提也罢,设或能辨,自是解了这个疙瘩。"

思良说:"贤侄所言极是。"

郝经也不要父母陪伴,说:"圆了十五,我就是大人了。我会照顾好我自己的。再说,住到叔叔家,你们有什么不放心的?"

思温说:"那倒不是,我是说断地的事……"

许氏说:"你别再婆婆妈妈的了,孩子大了,就让他自己做主吧,弄不清的事,他自然不会乱说的。"

郝经随叔叔一起回到鲁山村。第二日吃过早饭,已有许多儿时伙伴来到叔叔家的门口找郝经玩耍。郝经问过思良叔叔地名,就和他们一起疯去了。

村子西边有一座寺庙,庙前有一个水塘,那块地就在离水塘不远的地方。他们在水塘里抓了几条鱼,就在水塘旁边烤鱼吃。郝经拾柴火时专门去那块地里看了看,玩伴们都说不要到那里去。郝经问:"为什么?"小伙伴们七嘴八舌,议论纷纷,隐隐约约说到争地的事,郝经从中听出了一两分实情。

接着,郝经带了些去西溪敬神的供果,向在这次圆十五中扎纸花、糊纸鞋、煮馓子的老人和所有帮过忙的人一一答谢。暗中却到村东头张姓、村北头马姓中,找那些给郝婆婆帮过工的人,问些耕事末节,在别人不知不觉中,已得了些来龙去脉,有了三分主意。

这时候郝经让思良叔叔出面,把当事两家找来,让东地邻划出西地邻的地界,让西地邻划出东地邻的地界。郝经看了后已是有了五分主意。

几天之后,鲁山村迎来一年一度的药王节庙会。药王庙坐落在鲁山村前面的药王碣,庙内正殿供奉着药王孙思邈的塑像,两侧偏殿是奶奶殿和关圣殿。山门内有两株参天的古树,山门外对面有一座大庙台。在药王殿东西山墙各镶嵌着一通石碑,即《重修药王庙碑》和《万善同归》碑,碑文记载着药王庙的兴衰以及捐款名单,其中有淮、川、云、播、甘各地药商姓名和捐赠银两。

过去药王庙每年农历四月二十八的庙会很红火。相传这天为药王孙思邈的生日，鲁山村庙会在此举行三天。庙会期间，药王碥通鲁山村大路两侧摊棚店铺鳞次栉比，云川徽药无所不有。当然，四乡八村的游人也是络绎不绝，人们除购买居家必备药品外，还可以购买各种生活用品，尝到各种风味小吃，除此之外，还有各种节目在大庙台上表演。药王庙内香烟缭绕，气氛庄严，不少人来鲁山赶庙会主要是到药王殿神像前上几炷香祈求太平，拜几帖神药以保佑家人健康，还有人将自己的孩子送到庙中"跳墙"，当记名药童，以侍奉药王爷。另外，还有很多的妇女到庙内奶奶殿祈求早生贵子。可惜近几年来战乱不止，庙会的规模大不如从前了。

趁大家都去赶会，郝经来到郝婆婆地里，看看两家的庄稼，拔拔地里的杂草，已有了九分主意。

郝经仔细查看后，回来和思良叔叔交换了意见，便有了十分主张，遂召集当事人到场，划出了郝婆婆的地界。这时候，围观的人纷纷攘攘，大家都说："原来真的就是这个样子。"

郝经说："爷爷、大伯、叔叔、小哥，界线我是划出来了，我划得也许不太准确，但是这一段肯定主要是郝婆婆的地产，纵使有不确切之处，也八九不离十吧。"

有人问他是怎么划出来的，郝经说："东西两头地里都有半夏草，这是深耕之地才能长的草；中间一段地里主要的杂草是打碗碗花和狗尾巴草，地边和地后还有莠草。郝婆婆年老体弱，难种黍、粱等力耕作物，年年种粟，地薄土浅，才长出打碗碗花和狗尾巴草，莠草只有粟谷之地才长，所以不会错的。"

郝经话音一落，周围响起一片欢呼声，比药王碥庙会看秧歌还热闹。东西两地邻，当着郝氏本家之面，在一个孩子跟前丢了脸，很没面子，趁大家伙喝彩时悄悄溜走了。

郝思良说："郝婆婆的地划出来了，他们两家又走了，这地由谁来种呢？"

大家你一言我一语，谁也拿不出个主意。想种这地的人觉得夹在两地邻之间很尴尬，不好意思吱声。

郝经说："这样吧，郝婆婆生前靠祠堂公粮养着，中间这一段就算是公段，充作祠堂地产吧。"

小郝经这么一说，大家都认为很对。这个案子断得公道，东西两地邻虽然不知甚时溜走了，肯定也心服口服。

后来这处地就叫作"公段"了，有时候写成"公断"，都是一个意思。

且说郝经那日被郝思良叔叔及一干族人，用扎了彩绸的毛驴风风光光地送回县城。少年郝经断案的故事传遍了全陵川，慕名来访者络绎不绝，或是在县庠读书的学童，或是左邻右舍的孩子，棣华堂一时间熙来攘往，十五岁的郝经俨然成了陵川少年膜拜的对象。郝思温夫妇喜得合不上嘴。

父亲的好友郭其昌伯伯也前来看望他，一见面就夸个不停，连连向郝经父亲道喜，还说郝经已经是个大小伙子了，英俊潇洒，不知谁家姑娘有福气，能嫁这个如意郎君。郝经听了脸上一阵臊热。郭伯来时还带着他的小儿子守让和女儿守贞，说是要他们好好向郝经哥哥学习学习。

看那守让，头上扎两个朝天揪，柳条布衫下戴一红肚兜，脚上蹬一双捏鼻芒鞋，圆胖的脸蛋，一双大眼睛忽闪忽闪的，即便不笑，嘴角也是微微上翘，有些腼腆，说起话来声音很小，眼睛总是看着脚面。郝经拉他手时他一下子躲到父亲身后。倒是姐姐守贞大大方方，拉住郝经的手一个劲地问："郝经哥哥，你是怎么断案的，快给我们说说。"

说起这个其昌伯伯倒也不是外人，他是和思温在鲁山村一起长大又一起在郝经爷爷那里读书的发小。其昌伯伯祖辈是河北道邢州人，为了生计，由平原道新乡小冀辗转来到鲁山。郝郭两姓本家中也有姻亲关系，所以两家关系很亲密。后来因为家族繁衍生息，郭氏分散到周边各地，其昌家十年前就搬到郭家沟村了。最近又挪了地方。

分别多年,见面后分外亲切。郝思温看看守贞,仿佛失忆了一般,怎么也想不起来,接着忙于拜亲访友,顾不上说,也就忘了。

大人们忙大人的事,小孩子家虽说是来向哥哥学习的,但还是玩耍得更多。

守让虽然才七岁,却已熟读《百家姓》《千字文》《千家诗》等,尤喜算学。小守让三岁时便能数到一百以上,成了郭家的骄傲,郭其昌是走到哪儿夸到哪儿;守贞比弟弟大五六岁,主要学些女红,却也于陪侍诵读之际识得许多文字,只是不求甚解而已。

郝经比守让大七八岁,不时地指出守让的字读得不准确了,写的字缺胳膊少腿了,守让总是不服气,嚷嚷着要和哥哥比算学。郝经就让着他,和他比算学。

郝经也奇怪,守让怎么这么喜欢算学,这么点儿个小孩子,自己会的他都会,他会的一些趣味算题,郝经都没听过。当然,郝经有时候也会故意算错,满足一下这个小弟的虚荣心,让他笑话一下哥哥,乐得前合后仰。

一天,守贞突然问郝经:"我大哥叫守谦,弟弟叫守让,自己叫守贞,这名字可有啥说道?"

郝经问道:"贞妹可会书写?"

守贞说:"有些字会写,许多字还不会写。"

郝经让守贞写几个字,守贞即提笔写了自己的名字。虽然笔画顺序不是很对,字写得小,字体却很娟秀。

郝经问妹妹还会点什么,守贞就背《千字文》《女诫》,挺顺溜的,而且一背就停不下来了。

郝经着实夸了妹妹一通,滔滔不绝讲了起来:"这守字多义,在这里是'持'的意思。宀表房屋;寸是法度。就是要遵守,要保持。谦、让和贞都是美德,表示郭伯希望你们能保持这样的美德。"

郝经还给他们讲了《圯桥拾履》《凿壁偷光》和《孔融让梨》等很多的故事,姐弟俩都听得入了迷。

郝母见孩子们做学问,很高兴,就把人家刚送来的核桃、枣儿和暖缸保存下的隔年梨子端出来,让他们边学边吃。守让毫不客气地拿了个最大的梨子就要啃,郝经和守贞都笑了。

守让悻悻地放下,看着郝经说:"哥哥,可我还是想吃那个大的。"

守贞拿起那个梨子给了弟弟,自己拿了一个最小的,她对郝经说:"弟弟还小,大的让小的也是'让'。咱们给他做了样子,他慢慢会懂的。"

守贞又问:"'贞'是怎样的美德啊?"

郝经说:"贞,白也,曜也,一也。就是清白、光明、专一的意思。贞对女子来说还有特定的意义,就是贞洁,郭伯是……"

守贞笑道:"哦,我知道了,我长大要是嫁给哥哥,一定会守贞的……"没等守贞说完,郝经已经窘得满面通红,守让则勾指做刮鼻状,笑着说:"姐姐不羞,姐姐不羞。"

这时,郝母叫孩子们吃饭了。

守让和守贞在棣华堂住了几天,郭其昌伯伯邀郝经父子到他家做客,思温不假思索就答应了。不知郝经父子是否去了,且听下回分解。正是:

> 郎骑竹马来,绕床弄青梅。
> 同居长干里,两小无嫌猜。

第八回　访旧友家逢疑团
行善举路遇娇女

> 繇来白屋出公卿，到底穷通未可凭。
> 凡事但存天理念，安心自有福来迎。

四句古诗叙过，不过道些人情天理，善行好报，劝人积德罢了。世间果然有无？谁也说不清楚。

暂且不论，言归正传。

却说郭其昌和孩子们回去了，几日后，郝思温备了份礼物，带着郝经回拜。

父子俩找到郭家沟，经人指路，翻过两道墚子才找到其昌的家。

地方不错，从壶关境内发源的清流河到这里拐了个弯一路南下并入丹河。这一拐弯儿，不知道过了多少年，淤了，冲了，冲了再淤，形成一大片黄土堆积。水是高原流动的血液，山脉挺立，成为高原的风骨，山上沟壑中的雨水又把大土堆脚下的土带走，形成一道新的墚。大大小小的墚子集合在一起，年复一年地接受着风雨的洗礼，形成无数的塬墚沟岇。

想必兵荒马乱无人开垦，其昌和他的族人来到这里，拓荒成田，才有了这一片片的好庄稼。庄稼尽头是土崖，其间露出树木、房子以及土崖上一排排的窑洞。说是村子也没有个名字，指路的人说靠北的叫北圪墚，隔河对面叫南坪上。郭其昌家在北圪墚。

村子不大，有三四十户。房子都是新盖的，家家大门的门楣上都有一块匾，匾上写着差不多的字，估计是一人所为。什么"汾阳世第"呀，"晋水流长"呀，一看就知道都是郭姓人家。

问过几个人，父子俩很快就找到郭其昌家，其昌和孩子们早在大门口候着。郝思温直夸村子不错，房子修得很好。其昌道："什么呀就夸个不停,不过'知足常感三餐饭,得意无忘一帆风'罢了。"寒暄过后便张罗吃饭。

望着其昌一家人,郝思温满肚子狐疑:郭其昌有两个儿子,老大守谦已经能下田劳作了,老二守让七岁。这郝思温是知道的,可他从来没有听说他还有个女儿,可这女儿还去了他家。这本来就已经很奇怪了,还没有问清楚,今天居然又发现他家还有一个三十多岁的女人,难不成其昌这家伙还娶了小妾?

不对呀,守贞都十三岁了,比守让都大,这是什么时候的事呀?再说,这郭其昌也不是什么富裕人家,一个老婆,两个孩子,几亩薄地,就算会看个小病,农闲时教几个孩子识字,也挣不了几斗米呀?不行,得空得问问他。

晚饭过后,其昌领着思温老弟绕着村子转了一圈,说些农事家常,回来在院子里老榆树下摆了个小几子,铺开棋盘下起了大棋①。

郝思温棋力本高于其昌,不知怎的,一连几番,不是飞挂不当动辄被困,就是想要跳出又被扭断,意念全乱,无心再下。

其昌会意,说:"不下了,世事如棋局,不着而得才是高手;人生似瓦盆,打破了方见真空。"

看孩子们已经就寝,其昌打了个哈欠,伸手拂乱棋子,笑问:"累否,不若西厢同寝彻夜长谈如何?"郝思温说:"正合我意。"

房子是几年前新盖的,虽然是土墙单瓦,排场还是有的。前后两个院子。前院有养牲口存农具的地方,也有待客和供孩子们读书的地方。后院稍小,是一家人生活起居的场所。

当下两人进了厢房,只见中间墙上挂着一幅中堂,上书:"读书不为艺文,选官不为利养,唯通人能之。"是郝思温的父亲、郭其昌的老师郝天挺的墨宝。其下一桌二椅,别无他物。最显眼的是中堂下挂着一副酸枝木五位的珠算筹,桌子上孤零零摆着一本翻得很旧的

---

① 围棋也称大棋。

《九章算术》。

其昌见郝思温注视了一下墙上的算筹，还翻了翻桌子上的书，就长长地叹了一口气说："老大也就那样了，老二很有天赋，从小爱数数，稍大喜欢算学。这要是在邢州老家，我叔还不高兴死呀。我的叔父郭荣，精通五经，熟知天文、算学。把守让交给他调教，将来必能出人头地。可这……唉，这本书还是托人在潞州费力才找到的，连我也看不明白，还能教他？在那瞎摆着吧。"

郝思温"嗯"了一声，算是答应，其昌知道他心思不在这上面，便催促睡觉。

北山墙是一对简单的棋盘炕，中间有泥火盆，如今天气暖和用不着生火，便用柳条笸箩罩着。靠墙有一张炕桌，上有锡壶一把，瓷杯四只，宜酒宜茶。两边有炕，被子已经铺好。

二人躺下，不等郝思温发问，其昌便道："方才老弟一连三北①，是以为有鸿鹄将至，思援弓缴而射之呢，还是有吹笙过者，情有暂暗？"

郝思温便将所疑之事一一道出。其昌披衣而起，笑着说："就知道你会问这个……因果报应的事你信吗？

"几年前，方善村有个婆婆被儿子打了，伤病交加，痰壅气逆，昏死在街上。街坊邻居见了避之唯恐不及，恰好被我碰上，施以针石，将婆婆救了。后又以山楂、莱菔子、神曲、艾叶、白及、三七、槐花、小蓟调理，竟然一天天好起来。

"婆婆和村里人关系不好，一天她和我说：'真是造孽呀，自己有个儿子，生性好吃懒做，赌博讹诈，无所不为。有金兵蒙古卒进村，必带路祸害百姓，说他几句吧就打我，都是我从小把他惯坏了，也是自作自受。村里没人理我，你以后也别再来了，免惹众怒。'

"就这样，在两年多的时间里，我时不时给她送些粮食蔬菜，她有病的时候帮她看看病、熬熬药，有时也帮她收拾收拾家里院里。

---

① 败的意见。

"后来她病重不治,是我和守谦他妈送她走的。就在老人家入土为安的那天下午,下起了鹅毛大雪,我和老婆沿着清流河往家走,忽然老婆说好像听到有人哭泣。

"我说:'哪能呢?你是不是觉得婆婆没有人送葬发癔症哩。'

"走着走着,哭声越来越大。

"清流河是那种下雨是河、晴天是路的沟壑,两边都是土崖,河中还有那种擎天一柱般的土塔。土崖上有一些洞,用石块垒住的是窑墓,里面有棺材;用柴门挡住的是羊窑,里面圈着羊;还有一些没有遮挡的洞,是供行人避河避雨的洞。

"我往两边搜索着,用石块垒住的窑墓前没有人,哭泣声是从一个避雨洞传出来的。仔细观察,地上依稀可见几乎被雪掩埋住的脚印。循声过去,在一个小土窑中有两个女人,大的有三十来岁,蓬头垢面;小的八九岁,闭着眼睛,奄奄一息,两腮暗紫,摸上去很烫。我感觉小女孩病得不轻,来不及多问,背起孩子,老婆叫上那个女人快步向家中走去。

"回到家一看,小女孩是连冻带饿外加重伤风。再看看那女人,也是红眼挤目糊,鼻涕泪水乱流,只是为了孩子暂且不顾自己。

"老婆赶紧收拾出一间屋子,先烘了一塘大火,把房间烧暖和,又从守谦、守让那里匀出一床被褥,安排小女孩躺下。然后烧了一锅姜汤,叫母女俩喝下。

"风寒感冒是风寒之邪外袭、肺气失宣所致,恶寒无汗、遍体疼痛。我抓了一帖麻黄、荆芥、防风、苏叶,叫那女人熬了给小女孩服下。吩咐老婆煮些热粥或热汤给她们喝。

"过了几天,小女孩好了,可是那个女人却病得越来越重。额头烧到烫手,喘得气促气促①的。我给她下了重药,也不见效。守谦他妈日夜守着,几次和我说,那女人梦里常常惊叫,说的话叽哩呱啦,

---

① 陵川方言,拟声词,表呼吸重且急促。

啥意思也听不懂,每次惊醒,总是非常害怕,蜷缩成一团,战战兢兢,浑身哆嗦着。

"我重新诊断,感觉这个女人肯定经历过非常恐怖的事情,受到了惊吓,早就积下了病根儿,平时尽量掩盖着自己的情绪,只有在高烧昏迷的状态下,才在不知不觉中透露出来。乃阴虚血少、神志不安、心悸怔忡之征,宜用养心安神、解郁镇惊之药。

"我就狠了狠心,把家藏的党参、当归、茯苓拿了出来,佐以玄参、麦门冬、天门冬,配了几服草药,老婆心疼得不行。好在丹参、桔梗、远志、五味、柏子仁、酸枣仁、生地黄等药都是我自己所采,不值几个钱。几帖药服下,总算救过一条命来。

"病好以后,问了半天,小女孩也说不清家住哪里,姓甚名谁。只告诉我她的家离这里很远,战乱过后又遭瘟疫,全家只剩下她一个人,无以为生,只好跑出来要饭,常年在外晒得很黑,别人就叫她黑闺女。在讨饭路上遇到这个女人,认作干娘,一路逃荒来到这里。至于干娘的身世,小女孩不知道,也没问过。那个女人,不管问什么都是摇头,什么也不说。

"女孩病是好了,可是身体很弱,不能再奔波,再说也没有地方可去。那女孩的干娘人很勤快,虽然不会干农活,却外能放得牛羊,内能缝补浆洗,也不算吃白饭。我家正好缺个人,就留了下来。那小女孩更是乖巧伶俐,讨人喜欢。

"守谦他妈早就想要个女儿。你想两个儿子大了,讨了媳妇会自己过,我们将来老了连个走动的地方都没有,如果有个闺女多好呀。我们就和她们娘俩商量了一下,认这个女孩做了女儿,取名守贞,那女孩的干娘就成了亲家。老话说'人心生一念,天地尽皆知。善恶若无报,乾坤必有私'。你说是也不是?"

思温听了,唏嘘不已,迷迷糊糊道:"聿修厥德,自求多福,是以苍天不负也。我也想要个女儿呀。可我的德修还不够……"说着便打起呼噜。

看官,你看这个女孩也够惨的,虽然现在有两个母亲,却是干娘养母,比不得那身上掉肉的娘亲。郝思温就跟听故事一般,终于弄了个明白,解了心中疑惑。

郝经父子在郭伯家住了几天,守谦守让和郝经投缘,玩一会儿,学一会儿;守贞也抽空看他们读书写字,比两兄弟记性更好,悟得也快。思温和其昌下下大棋,看看儿女们学习和嬉笑,很是欣慰。正是:

> 时难年荒世业空,弟兄羁旅各西东。
>
> 田园寥落干戈后,骨肉流离道路中。

第九回　探古洞棋源览胜
祭秋子古庙得书

庙算张良独有余，少年逃难下邳初。

逡巡不进泥中履，争得先生一卷书。

这首《咏史诗·圯桥》乃唐朝胡曾所作。说的是秦朝末年，有一日，张良闲步沂水圯桥头，遇一穿着粗布短袍的老翁，这个老翁走到张良的身边时，故意把鞋脱落桥下，然后傲慢地差使张良道："小子，下去给我把鞋捡上来！"张良很吃惊，但看到老人年纪那么大，就替他取了上来。随后，老人又跷起脚来，命张良给他穿上。张良膝跪于前，小心翼翼地帮老人穿好鞋。老人非但不谢，反而仰面长笑而去。张良呆视良久，只见那老翁走出里许之地，又返回桥上，对张良赞叹道："孺子可教矣。"并约张良五日后的凌晨再到桥头相会。张良不知何意，但还是恭敬地跪地应诺。

原来这个老人叫黄石公，以拾鞋方式试探张良，看到张良能屈人所不能屈，忍人所不能忍，知道他胸怀开阔，将来必有一番作为，遂以《素书》相赠。此书共一千三百三十六言，分原始正道、求人之志、本道、宗道、遵义、安礼六篇。张良得之惊喜异常，爱不释手，日夜研读，心领神会，大彻大悟，没多少天，便把一本《素书》从头到尾背得滚瓜烂熟。

后来，张良做了刘邦的谋士，辅佐高祖定天下、兴汉邦，封为留侯。这些尽是前朝佳话，在下如今也浪说一个偶然得了圣贤之书的千古美谈。

闲话少叙，言归正传。

却说自从圆了十五回到保州，郝经真正像个大人一般，担当了更多的责任。一日，他对父亲说："今我已成人，看看能不能找个营生,一边挣钱养家,一边读书?"

郝思温把这话告诉夫人,许氏喜泪交流,说:"经儿知道为父分忧,真的是长大了。"

思温道:"我看经儿教守让守贞读书有模有样的,要不给经儿也找一个教书的事,既有了学习的时间,又可以补充家用。"

许氏说:"好是好,只是一时间到哪里去找个缺①呢?"

郝经得知父母的想法,脸上也露出了笑容,说:"如果真能那样,教学之余我会好好帮家里干活的。"

却说徐员外和郝家是愈交愈近,时不时送些柴米油盐到郝家,这一日正好过来,听说此事,拊掌笑道:"真是不知道哪块云彩会下雨,无心遇着碰巧了。几日前老朽到保州故城铁佛寺进香,那里的住持张和尚说起,几年兵祸,故城坍塌,庠学荒废,周边蒙童无处求学,就在他那里习字。正欲请个塾师,还托老朽留意。如今这里放着个现成的小先生,不是脊凸遇着塌凹②了?"

思温连连道谢,求徐员外说合则个。徐员外说:"哪儿的话,算是他求着咱们了,你就等着喝聘西席的酒吧。"

保州西北三里有座铁佛寺。寺虽不大,却清静幽雅。寺院仅一个庭院,中间是个大殿,大殿两边柱子上有一副对联,写道:"佛门常会龙门客,禅林时集翰林人。"

相传金太宗完颜晟于天会三年率完颜宗翰、完颜宗望兴兵伐宋,攻下太原、井陉、真定后,却很难巩固统治地位,经常遭到汉人的反抗。完颜晟为了确保大金国长治久安,决定效始皇销锋铸鐻之法,收缴和销毁流散于民间的各种兵器和铁器。

天会五年金太宗命完颜宗望将民间兵器、铁器收罗一空,选其中十万三千斤精铁铸成一尊文殊佛像。这尊文殊菩萨塑像神态祥和,法相庄严,面庞圆润,弯眉细目,眼帘下垂,似静思冥想;头戴宝

① 职务的空额。
② 陵川谚语,意为凑巧。

冠,发髻高束,缯带飘扬于耳后,耳饰圆铛,项缠璎珞,袒上身,身披帛带,蜿蜒缠于手臂,右手握锋利宝剑,为智慧之剑,可斩断一切烦恼,左手持一束莲花,上托经书,乃智慧、慈悲象征,下着长裙,双腿全跏趺而坐;下承单层覆莲台,莲瓣宽大肥厚,也是精铁铸就,造像与莲台浑然一体。

寺内仅有一个僧人,叫张仲安,和徐员外是俗时故交。他长一副弥勒佛一样的面容,慈眉善目,当地人都叫他"弥勒活佛"。

这张仲安最是好善乐施,急人所难。听思温说让儿子郝经在此办学,教化邑人,倒也是一件善事,就把庭院南边几间低矮的平房借给郝经作了学堂。

学生是来自附近的百姓子弟,多寡无定,少则十数人,多时数十人。

这年初夏,私学开学了。思温亲自送郝经到寺里,他看着背着书包来到寺里的学子,看着站在身旁年仅十六尚在贪玩年纪的郝经,心里说不上的高兴和满足。他嘱咐郝经:"我有两句话送你——尽心为童子教授为己任,托生业之助奋力自学是重心,尔要好自为之!"郝经一个劲地点头。

从此郝经白天勤勤恳恳教授学子,自己日诵两千言为课;西时放学则回家碾米磨面,劈柴扫地;戌亥则考传注,穷疑难;寅时打柴提水,帮助母亲做早饭。虽酷暑严冬不敢稍有懈怠。

就这样坚持了三年,郝经因材施教,所教授的学生各显其长,学问日增,受到家长喜爱。郝经自己的学养日渐深厚,也交结了很多文人雅士,声名鹊起。

一日父亲对郝经说:"自从你十五岁时咱们一家去拜了祖坟再没去过,如今眼看清明就要到了,你便和张师傅商量一下,请苟宗道代教几天,今年清明节咱们父子回陵川老家上坟祭祖去吧。"

郝经问道:"就咱两个人吗?"

思温皱着眉头说:"是啊,彝还小,走不得路,庸更是离不开妈妈,你母亲又刚生了你妹,只好咱两人去了。"

郝经点点头说："好吧。"

说走就走，郝经和父亲几经奔波，进得太行山来。虽然刚入三月，山中却已气象万千。南山阴凉处还是白雪斑驳，对面阳坡崖岸上早已桃花点点；峰岭上高枫矮栌依然挂着一些经冬未落的红叶，峡谷中的柳树和杨树却已绿意葱茏。郝思温不禁轻声吟咏："深山杨柳绿——"郝经也兴奋不已，接口道："浅涧矮栌红，雪润连翘雨，桃妍对岸冰。"思温见郝经有些得意，正色道："小子，此杨柳，非彼杨柳也，隋炀帝杨广开凿大运河，两岸遍植垂柳，炀帝巡幸，百官盛赞那垂柳之美，炀帝乃赐柳帝姓，才有了'杨柳'。这太行山中之柳非垂柳，是兼杨兼柳。"郝经道："那我改成'浅涧槭栌红'吧，兼槭兼栌。"思温点头。

见父亲气喘吁吁，额头上沁出点点珠汗，郝经便说："父亲，咱们找个向阳地儿歇歇吧？"父亲点点头，寻得个干净地方坐下。

郝经忽然看见路边石崖上尽是拇指大的石子，有黑的，有白的，皂似点漆，白如昆玉，镶嵌在黄色的砂岩中，煞是好看。有的砂岩年久松散，黑白之子就洒落在地上。郝经觉得很奇怪，问道："父亲，这是什么石子？"

父亲拿过来仔细端详一番，告诉他："这是棋子石，只有咱们陵川才有啊。"

说着站起来，到高处四下观望，招手让郝经过去，高兴地说："孩子，到了！到了！这就是陵川，这就是咱家乡啊。棋子山，陵川的棋子山。"

郝经也很激动，和父亲寻找着鲁山的方向。

父亲还讲了棋子山的许多掌故，他说："棋子山，古名棋子岭，又叫谋棋岭，相传为殷商贵族箕子的封地。箕子是纣王的伯父，面对纣王暴行，他同比干、微子三人联合，一而再再而三向纣王提出劝谏。然而，纣王非但不听，还将比干'摘心'杀害，把微子放逐于上党。

"箕子的心在滴血，只好离开无道的纣王，躲到自己的封地，日则以地为'方'，出入林泉，放浪山野，结庐而居；夜则以象为'圆'，登上山顶观测天象——浩渺夜空，银汉灿烂，星移斗转，变化有序。

"箕子与他的弟子就用眼前这棋子山上的白色和黑色的石子，记录着星图变化。就这样，在横竖线交织成众多方格的天象图上，留下了圆圆的棋子，天圆地方，黑白对垒，充满变数，玄妙无穷……'围棋'乃生。"

休息了一会儿，郝经就满地寻找，果然在山间岩石中黑色和白色的小石子随处可见。郝经想收集一些又光亮又饱满的棋子儿耍，就走到稍远一些的山崖下，忽然发现了一个石头洞，有一股很大的泉水向西流去，忙喊父亲过去。

父亲说："我小时候听说有个棋子洞，可能就是这里了。"

洞的下面有几片梯田，近处几块地里有几个人正在掘地整边。郝经喊道："掘地的大爷——这里是不是棋子洞？"

地里的人看到这父子俩对洞很好奇，都爬了上来。有一个人说："是的，这就是棋子洞。"其他人都说："洞的事这位老大爷最清楚了。"

老大爷姓李，须发洁白，看样子不下七十岁，一点儿也不谦虚，领着父子俩进了洞，边走边说："这个洞其实应该叫'箕子洞'的，当年箕子就是在这里修行的，你看，顶壁上还能隐隐约约看到许多灰白色圆点，形状如围棋一般，或者说更像一幅古代星象图。洞顶岩石上有极似围棋棋盘线条的痕迹，并有像围棋棋子印上去的凹痕。后来就叫成棋子洞了。"

看看天色不早，整地的人们要回家吃饭了。老人邀郝经父子到他家吃饭，郝经和父亲感激不尽。

老人居住的村子叫秋子掌。吃饭时，村里的人七嘴八舌地讲了个因为看神仙下棋烂掉斧把子的故事。

郝经问："你们会不会下围棋？"他们一个劲儿地摇头。

李大爷说："箕子悟生围棋，其艺便由他的弟子在附近的村子里流传开来。围棋是很深奥的，现在村里已经没有人会玩了。他们平时会下下象棋玩，也下得不是很好。"

果然，这秋子掌少年三五成群，学下象棋。郝经不解其意，近前相问。

坐在孩子们旁边的也是一位长者，六十来岁，赤面多须，虽然天气尚冷，老汉却已然袒胸露怀，不惮凉意。见郝经相问，乃自报家门道："老朽姓王，并不会下大棋，却喜欢象戏。后生好学，频问于我，老朽也是好为人师，在此瞎胡耍。要说下棋爱好，此处有上祖遗风，陵川再无第二个村庄。"

郝经好奇，便要问个端的。王老爹把手中大碗连翘花茶递到郝经手中，滔滔不绝地讲了起来："就因为这座棋子山，天生石粒黑白分明。古贤箕子封地于此，箕子于此摆布石子，推演天文，悟生围棋，来这里下棋的人越来越多。

"后来这个村子里有个叫秋卿的人得了箕子真传，成了围棋高手，有很多人拜他为师。

"秋卿根据多年的教学经验，得出一个结论，教棋学棋一定要专心致志。有一回他教授棋艺，听到吹笙的路过，回答不出学生提出的问题。还有一回他教两个学生下棋，一个专心致志，一个想着打鸟，结果那个想着打鸟的学生什么也没学到。这里有条路叫作吹笙过，还有块地，名叫援弓，就是为了让子子孙孙记住这些教训。

"古人尊称圣贤为'子'，人们把孔丘称作孔子，把孟轲称作孟子，所以后世人尊秋卿为秋子，还在山上给他修了庙宇，就是秋子庙。

"这个村子就是因为有秋子庙才叫成秋子掌。陵川的村名中多有带'头'字、带'掌'字的，俗称'九头十八掌'，秋子掌是十八掌中打头的'掌'。

"秋子的后人到鲁国求学遂居于鲁,有秋胡者仕于陈,回到家乡调戏妇女却碰上了自己的妻子。其妻斥之曰:'今也乃悦路傍妇人,下子之装,以金予之,是忘母也,忘母不孝。好色淫泆,是污行也,污行不义。夫事亲不孝,则事君不忠。处家不义,则治官不理。孝义并亡,必不遂矣。'投水而死。俚间有曲《秋胡戏妻》说的就是这个故事。村人以为耻,所以,秋子掌庙会从来不唱这折戏。

"村子里的人相因相袭,多喜欢下大棋。直到唐朝,相国牛僧孺好学博闻,喜传奇书。曾记汝南岑顺梦见金象国与天那国轮番大战,醒后述其事,家人感觉怪异,就顺着鼠洞挖开,发现一座古墓,见砖堂内有金床戏局,列马满枰,皆金铜成形。牛相国依制效之,除其繁,就其简,用车马将士卒,加砲代之为机,是为'宝应象棋'。象棋更简单,玩的人也更多。"

听了王老爹讲的故事,郝经忽然来了诗兴,吟道:

> 天生石粒此山中,皂白分明状如丁。
>
> 河洛阵依幺七道,吴图略出五三宗。
>
> 举棋莫想飞鸿至,落子休闻紫竹声。
>
> 莫道山村稀雅意,时闻耕钓叩楸枰。

村上的人听不懂,你看我,我看你。

郝经复问:"如今为何有这么多人在学象棋?"

李大爷说:"今之县令遍求善下象棋者为用,少年好胜,纷纷欲试,所以到处有下棋为戏者。"

郝经听得津津有味,听说县令专找会下棋的人征用,心中不免有些古怪。问问别人,都只知道是桥会、驮会的人如此传话,其余一概不知。

郝经听说还有下棋祖师的庙,就和父亲到秋子庙拜谒。在村民的指引下,父子俩爬上山坡,到庙里烧香祭奠,打扫灰尘。只见这座庙宇年久失修,屋顶破败,很多地方漏雨。

神座上塑一尊秋子像,冠带紫衣,一手执子,一手扶案,沉静肃穆,若有所思,神情凝重。塑像身上有被雨水滴凿的痕迹,底座开裂,势若不支。郝经意欲修补,忽然发现内有一沓破纸,拿出来一看,原来是一本手抄古本,上面记载了古棋谱以及围棋到象棋的演变过程和相阵破法。

郝经生怕古籍损毁,就和父亲商量了一下,暂住几日,拿出些银两叫人给庙宇屋顶的破洞插椽补瓦,使再无滴漏,又将棋祖塑像的底座加固,将像身修复如初,礼拜而别。郝经将书仔细收藏并带在身边,和父亲一路向县城走去。

且说郝经父子路过棋子山,饱览了太行风光,广闻了棋源轶事,修葺了秋子庙宇。一路上虽然战乱狼藉,仍然有人乘暇对坐手谈,时闻敲枰之声,很是欣慰。

后来郝经精心研读了古棋谱,独得心法,成为一个善于下象棋的人,不想还真的派上了用场。欲知派上何等用场,且听下回分解。有诗为证:

步步出尘氛,溪山别是春。

坛边时过鹤,棋处寂无人。

访古碑多缺,探幽路不真。

翻疑归去晚,清世累移晨。

第十回　祭祖坟故人相遇
　　　宿县衙同窗长谈

十年离乱后，长大一相逢。

问姓惊初见，称名忆旧容。

别来沧海事，语罢暮天钟。

明日巴陵道，秋山又几重。

这首诗是唐朝诗人李益的《喜见外弟又言别》，说的是同外弟久别重逢又匆匆话别的情景。十年阔别，一朝相遇，应该有很多话语要说。

人同此心，心同此理，闲话少说，言归正传。

且说这年清明节，郝思温带着儿子郝经来到陵川，先是联络县城和鲁山的本家，然后知会了一些主要的亲戚、乡党，在棣华堂置办了一餐简单的午饭，下午要去郝家祖坟烧纸，准备进行一次较为隆重的祭祖扫墓。

常言说"清明时节雨纷纷"，但今年的清明却是艳阳高照、春光明媚。在县城通往城北的山道上，路边的柳树垂下一条条碧绿的丝绦，山坡上的桃花一簇一簇地开得那样灿烂。

在草木初绿嫩叶鹅黄的山野中，到处是行行重行行的扫墓人，或三五成群，扶老携幼，或一二孤影，姗姗独行。

已经扫过的墓地挂满了纸钱，正在扫墓的坟前冒着青烟。平常不那么显眼的坟墓今天格外醒目，仿佛百坟拱起、千碑林立。人群中有伤感与寂寥，也有雀跃和嬉笑，缅怀祖辈与踏青游春相映成趣。

郝经跟着父亲，率领郝氏家族的老老少少、男男女女前往祖坟扫墓，隔着老远就看到坟前路边已有六七人候在那里。郝经感到奇怪，问道："怎么已经有人先到了？"本家叔叔思良说："是县令申老爷,每年清明节都要来的,总是在这里祗候着,等我们来了才一起祭扫。"

思温问道:"可是讳大中的申老爷?"思良回答:"正是。"郝思温一阵小跑来到申大中面前,免去一切礼节和寒暄,两人径直抱在一起。

郝氏祖坟规模较大,坐北朝南,背靠绵延起伏的山岭,东边一带森森松林环护,西面从龙门山脚下流出一条弯曲的溪水自陵前蜿蜒而过。松柏、流水给陵区笼罩上一层庄严、肃穆,也带来一片生机。坟前中间有一座石牌坊门,两边是四根青石望柱,柱头为石雕笔尖;神路中间有一座碑亭,后面葬着郝家的列祖列宗,最近归入祖坟的是郝经的爷爷郝天挺。

郝思温拿着铁锹维护坟茔,默默地一锹一锹向每座墓顶上覆土,思良则领着男孩子们往坟头上、树枝上、荆棘上挂墓头财——一种剪得很精致的纸钱。郝经和堂兄弟们将供品摆放在坟茔前的一个长方形石供桌上,拿过香烛、纸钱、纸马、纸轿、纸书,一齐点着,香烟袅袅上升。

郝思温、申大中和郝思良在前头跪下向祖坟叩了三个头,郝经和族人按辈分排列于后,也随之跪下叩头。

申县令并未带人马轿夫,所从皆子弟,迤逦步行而来。祭奠过后嘱思温道:"兄且遣家人亲友各适其所,向晚携公子过衙一叙,有事相商。"郝思温问什么事情,申县令笑而不答。

郝思温送走亲戚本家后,申县令带郝思温父子向县城走去,远远看见一座寺院,于夕阳中轮廓清晰,仿佛镶了金边,分外辉煌。郝经知道那是崇安寺,就说:"天气尚早,莫如到寺中走走,观瞻一番可好?"大家都说好。

还未到寺,早闻鼓钹钟磬之声,循声走过去,只见一伙僧人围坐在寺西北侧门外沤麻池边土丘旁,打坐念经。郝经觉得奇怪,就问:"申叔,这些和尚在此做甚?"

大中说："相传后赵明帝葬于此，每年清明节寺僧都要做法事，超度一番。"

后赵明帝石勒的故事郝经听父亲讲过：奴隶出身而存帝王之志，夷羯胡雏却崇孔孟之道，军旅之中不废《春秋》。使他想不通的是，这个人曾立万乘之国，安一方之民，却为何遭后人唾弃。

他随申叔来到大雄宝殿，果然在内东墙一石碑上看到一首诗：

家口腹闻讥石勒，千秋而后传遗愿，

或云真冢佛龛下，伪冢疑是寺门侧。

随喜一番，天色不早，从崇安寺出来准备回衙，听那伙僧人仍旧禅歌不息。郝经心中暗想，过了这么多年，还有僧人为他守坟诵经，一定有他的道理，世人诋他只不过因为他是胡人而已。忽然思绪上涌，信口吟道：

都门长啸气凭陵，瓜割中原霸业兴。

夜葬山间人不见，至今犹有守坟僧。

申大中和郝思温听了甚是吃惊，想不到郝经小小年纪竟有这般见识，着实夸奖了一番。

太阳缓缓被龙门山隐去，暮色中郝经父子随申县令来到县衙。大中将二人迎入二堂东客厅，此时天色忽然放亮，一束霞光照在大堂东北角处。郝经奇怪地问道："刚想说陵川怎么黑得这么早，却为何又转亮了？"

申大中笑着说："贤侄，难道你父亲没有给你讲过陵川八景，这八景中排在第一的就是龙门晚照。今天是清明节，若是在春分或秋分那天这光就会照在县衙大堂正门口。"

倏忽间天又暗下来，这回是真黑了，东客厅已然掌灯，郝思温这时才看清屋内的布置，正面墙上挂着一幅字画，是父亲当年赠给元好问的一首《送门生赴省闱》：

青出于蓝青愈青，少年场屋便驰声。

未饶徐淑早求举，却笑陆机迟得名。

嗟我再衰空眊矂，喜君初筮已峥嵘。

此行占取鳌头稳，平地烟霄属后生。

落款是"弟子大中录师训以自勉"。两边是陵川乡贤雅士赠申县令的一些诗书画作，多有褒赏之意，说一些亲贤、重农、兴学、廉政之举。屋中一张条案，两边八把椅子。

郝思温指着墙上的书画赞道："难怪一入陵川就闻当今县令卓有政声，原来做了这么多好事，思温真的为先父感到高兴。"

说话间，差人端来酒菜，还有薤白芋头饼，乡间叫小蒜油馍。酒饭间郝思温十分感谢申老弟替自己尽孝道，年年清明节和十月初一给父亲应节扫墓。大中说："一日为师，终身为父，也是学生本分，固当如此。"然后又各叙别后乱世际遇、仕途人生，问了郝经些学问之事和将来打算。

酒没喝多少，话说了好几筐，越说越投机。不知不觉，更漏已残。郝经被安排在申县令书房内休息，郝思温被邀入后堂大中自己房间。

郝经来到书房正待入睡，却被书房的布置吸引住了。书房里的书都被收拾在几口箱子里，但是并没有上锁。桌子上有几册书，都是棋谱。书架不知为何被移走了，墙壁上挂满了稀奇古怪的象棋残局图，有的还用笔做了各种记号。图下面写了一些字，"拱斗""分马""晨雨残星""尺蚓降龙"等等，不一而足。

看到棋局，郝经想起来从秋子庙得来的古抄本，便小心翼翼地拿出来看。

古抄本在秋子像下不知过了多少年代，生绢封皮已经化为极其脆弱的薄片，好像吹口气就会散掉；字迹早已无法辨认，只有星星点点颜色深浅的细微差别。郝经翻来覆去地辨认，终于看出是"橘戏要略"四个楷书大字，估计就是抄本的名字。其余小字已不可考，著者抑或抄手自是佚名。

油灯摇曳暗淡，频频爆出灯花，郝经打了个哈欠，用手搓搓脑门，意欲翻开抄本看看，又怕把封皮弄碎，想想还是等找个行家修补裱褙一番再说吧,于是脱衣就寝。

却说这申大中父亲原是潞州长子人,因避战乱来到陵川,在崇安寺后的山坡上开荒种地,并无意子弟经济文章,所以大中未入县庠。大中父粗通文墨,自己教儿子读读《百家姓》《千字文》而已。是思温在玩伴中发现大中颖悟绝人,痛惋其因穷失学,就把他带回家中。父亲天挺试之果然,乃免其束脩,经史书传,倾情相授。申大中有时就留宿在棣华堂思温家中,与思温对床而眠;后曾回到潞州,不想受命县令又来到陵川,故郝思温对他有知遇之恩。

按惯例申大中一家本应住在县衙后堂,怎奈蒙古重政轻治,劫掠无度,强奸抢劫,时有发生,住在县衙未必安全。申大中就和全家住在先前住过的老地方,此处穷人居多,倒是更安全一些,取其吉意,名为安坡。所以,大中后堂的卧室只是一个临时休息之地。房间内陈设简单,依着山墙两床相对。此情此景,让大中不禁想起唐人牟融名句:

> 故人为客上神州,倾盖相逢感昔游。
>
> 屈指年华嗟远别,对床风雨话离愁。

申大中感慨道:"唐以来凡四百余年,友情依旧,离愁依旧啊。"说着解衣睡下。

郝思温躺在床上也吟道:"故人相会不相忘,频著书来约对床。"这本是元好问《寄答景玄兄》中的句子。

大中见郝思温吟好问诗句,便问:"不知遗山和景玄①今在何方?"

郝思温此时已酣然入睡,回答他的只有呼噜声。大中怅然若失,嘟囔道:"思温兄,你太累了。我还有正事没和你说哩。"

欲知大中有何正事要与郝思温商谈,且听下回分解。正是:

> 忆昔为儿逐我兄,曾抛竹马拜先生。
>
> 书斋已换当时主,诗壁空题故友名。

---

①元好问字遗山,刘昂霄字景玄。

第十一回 斗象戏县令选贤
将界桥郝经取帅

闲来无事不从容,睡觉东窗日已红。

万物静观皆自得,四时佳兴与人同。

道通天地有形外,思入风云变态中。

富贵不淫贫贱乐,男儿到此是豪雄。

一首古诗,单言那明道先生①,静观万物,随时都可以得到自然的乐趣,尽管在生活中遇到诸多的挫折与磨难,一觉醒来,红日已高照东窗了。

闲话少叙,言归正传。

且说郝思温旅途劳顿,昨晚和大中唠着唠着已酣然入睡,一觉醒来,已是日照东窗。思温问大中:"不是说有事相商吗,昨晚好像要说什么来着?"大中说:"嗯,吃过早饭再说吧。"

饭后,申县令邀思温父子在二堂院子海棠树下摆开象棋,说要杀两盘。思温摇手,连说不成。大中说:"我和你要说的事就和象棋有关,来吧,边下边聊,当头炮。"两人说着就杀了起来。

思温善下大棋,这橘中之戏②嘛,只通其径,不谙其略,屡处尴尬,常需郝经提醒,方能应对。申县令见郝经棋艺不俗,便邀其对局,郝经说:"叔父见笑了,侄子怎敢班门弄斧。"大中便叫撤了象棋,换了茶来,说说正事。

原来陵川和壶关两县之间有块不毛之地,成了躲兵之地、逃难之所,后来拓荒建宅,渐成村庄,就是郭其昌居住的那个村子。那个小村子逐渐辟大,已经不再叫北圪墚,改称北坪上了。兵荒马乱之时

① 对北宋理学家程颢的称谓。
② 象棋的别称。

无人问津。五年前，金朝灭亡，中州以北尽属蒙古管辖。时局稍安，这个小村子便成两县争夺的目标。

壶关县令叫秦邦纪，说起来也不是外人，他就是"西溪老人"秦略的侄子。世界上的事就是这样，叔父秦略痛恨官场的污秽，发誓今生今世再不涉足官场半步，一心作诗作赋，教育后人。侄子秦邦纪却因为痛恨官场的污秽，决意清除污秽、整饬吏治，又走进官场。

秦邦纪自许郝天挺门生，其实并未行过奉茶之礼，不过因为叔父和郝家的关系，却也常常受到郝天挺老先生诗书经传的训诲。

秦邦纪喜诗词，爱下棋，和申大中有同乡之谊、同窗之情、同戏之好，私交甚笃。所以两人便决定在两县界桥之上，以村为注，以棋为赌，一决归属，时间定在四月十五日，并邀中书省都事李时峭做评判和见证。

申县令将此事原委陈述一番，和思温父子商量如何应对。如此这般议论了半天，总算有了计议和安排。翌日即召集相关人役分头筹备，志在必得。

先是陵川凡五百八十三庄及桥会、驮会、商会、诗文会等有善弈者皆由地保推举，里正选送，得三十六佳者。四月初一平明，申大中县令率三十六名棋手跪于秋子掌村秋子庙院内，祷祝焚香盟誓，礼拜再三。午后在秋子庙东设擂台轮番博弈。申县令、苇水李半仙、太清观清风道长申清河和郝经做裁判。经过两天激烈角逐，四月初三决出胜者三名，曰李秋贵、郑禹、都存孩。

忙过这阵子，郝经从裱褙行取回修好了的《橘戏要略》，每日自晨至昏研读不辍，不得要领。正好申县令邀思温和郝经到书房商议赌棋之事，郝经指着墙上挂着的棋局图，问道："申叔叔，我可不可以在你的书房读几天书？"申大中问："不知贤侄想读什么书？箱子都开着呢。"

郝经道："那倒不用，我有一解棋抄本，需对照棋局图谱精意覃思，不知可否。"

申大中答应道:"可以，可以。"说着把书房钥匙交到郝经手里。

几天下来，郝经对"三卒单缺象对双车""车马斗车卒""一车战三兵""红黑各七子"等残局都从《橘戏要略》中悟出破招，因其着法深奥、变化多端，往往使人误以为起着即可成杀局而坠入圈套。

一日，郝经破棋陷入僵局，百无聊赖中随意翻弄抄本，见抄本中"砲""炮"混写，初不甚解。伏案假寐，头脑里恍如两军交战，车来炮往。一方驷马驰投石之车，对阵却是座火药射弹之器。忽然打了个激灵，醒来忽若醍醐灌顶：盖"砲"乃古兵，"炮"是后器也。唐朝末年，火药方用于军事。看来抄手是晚唐人，甚至五代人，书法也符合此时风格。兵器在进化，博弈之术岂能墨守成规，想到这里，再看图谱，棋子都活动起来。再与人弈，无不胜也。

四月十五这一天终于到了，经过两个月的紧张准备，在陵川、壶关两县之间的清流河桥上搭起彩楼，摆开阵势，中书省都事李时峭坐在裁决席上，申秦两县令带着各自棋手分列两边。桥南桥北河滩上是两县自发前来助兴的杂耍艺人，附近山坡上聚集了很多看热闹的人群。赌棋尚未开始，地摊秧歌早已各逞所能，耍得好的赢得阵阵掌声、欢呼声、尖叫声，有的还向表演者抛花生、核桃和烧饼。

一通激扬的鼓声拉开赌棋的序幕。第一局两县令对弈，打了个平手，以示谦谦。第二局分别从各自县里挑选高手过招，陵川李秋贵略胜一筹。第三局出现在壶关主位上的是一位古铜面色、眉目清癯、精神矍铄的老者，名叫司老郎。陵川出战的是太清观清风道长力荐的郝经。道长俗姓申，名正，字清河，道号清风，乃申大中远房堂弟，若论象戏陵川不二。他以为自己略逊郝经，故大中不顾郝思温多次劝阻，以象戏奇才把郝经推上主座。

开始司老郎根本没把郝经这个十七八岁的娃娃放在眼里，随着战局的发展，司老郎不得不对郝经刮目相看。老者是步步险招，娃娃是谨慎跟进。

一个时辰过去了,双方不分胜负。壶关一方的观战者唱起了壶关秧歌,老人精神陡增。陵川一方奏响了十不合①。雷鼓、则钐、更锣、煞锣、七星、大梆由慢到快、由松到紧,越打越急,越打越火热,高潮迭起。这是一首多声部混合音乐,以不合求合,以不谐求谐。司老郎从来没有听过这样的声音,有些慌乱。郝经表面上佯驱车马意在士相,暗中卖了个破绽,一车一炮做个连环取将,成陈仓势,欲诱老人跟进,但是老人非常谨慎,步步为营。

忽然,郭守贞领着十个姑娘边舞边唱道:

　　大雁簌簌拍翅膀,成群落在柞树上。王室差事做不完,无法去种黍子和高粱。靠谁养活我爹娘?高高在上的老天爷,何时才能回家乡?

　　大雁簌簌展翅飞,成群落在枣树上。王室差事做不完,无法去种粟子和高粱。赡养父母哪有粮?高高在上的老天爷,做到何时才收场?

　　大雁簌簌飞成行,成群落在桑树上。王室差事做不完,无法去种稻子和高粱。用啥去给父母尝?高高在上的老天爷,生活何时能正常?

守贞的歌声高亢,音域宽广,优美流畅,旋律跌宕,节奏自由而悠长。每阕最后两句,守贞同时发出两种不同的声音,高如登苍穹之巅,低如下瀚海之底,宽如于大地之边。观看的人群发出一阵阵尖叫声、欢呼声。

司老郎闻声,变貌失色,欲观歌者而不得,欲顾棋局而迷离。此时老郎急于取胜,扯襟握汗,马顾盘河而高钓,士频应将又解将,急功贪戮,不计后果。郝经移车取帅,老郎离相招架,只听郝经大喝一声:"将!"一个沉底炮,老郎的红帅已是动弹不得,满面羞愧,掷棋而去。

_____

①十不合(gé),一种富有陵川地方特色的打击乐。

中书省都事李时峭和秦邦纪、申大中在文书上签字画押。从此，这个村子就归陵川管辖了。李时峭道："以棋为赌，移政行权，亦属雅谈，为纪永久，这个村子就叫作'桥将'吧。"秦邦纪、申大中应诺。

却说郝经自四月初六来到北坪村，住在郭伯其昌家筹办棋事，到昨天已有十日，今早起来吃过早饭，便和父亲一起道了叨扰，准备先回棣华堂，三日后启程返保州。郭伯和守谦、守让把他们送出桥将村。郝经一步一回头，远远望见守贞妹妹站在村头大槐树下不停地挥手，亦扬臂而别。

是夜，郝经和父亲刚刚躺下，忽然听到有人敲门。遣人问之，乃其昌一家。待延入，郭氏全家露惊慌之色，人人负大包小裹，不欲放下。思温待问缘故，只见其昌将思温拉过一旁，窃语数言。郝思温忙寻找纸笔，匆匆写下一笺，交与守棣华堂者，劳烦其三日后面呈申县令。收拾行李，带了郝经和郭伯一家仓促出城奔保州而去。欲知后事如何，且听下回分解。正是：

座上戈铤尝击搏，面前冰炭旋更移。

死生共抵两家事，胜负都由一着时。

第十二回　出白陉思温讲古
入邢州其昌议婚

屐齿无泥竹策轻，莓苔梯滑夜难行。

独开石室松门里，月照前山空水声。

四句古诗叙过，说不完的山高坡陡、夜路难行，道不尽的世事艰辛、人生坎坷。

闲话少叙，言归正传。

却说郝思温和郭其昌两家八口，慌慌张张出了东门，往保州而去。其昌小声道："别走来时路，须另择小道。"思温会意，带着大家向东南方向折去。

十七的月儿很圆很亮，两家人谁也不说话，杂沓的脚步声淹没在不知名的鸟叫声中。过了许久，在郝思温的引领下，一行人离开田野和大路，越过一座垮塌的关隘，走上一条用石头铺成的盘山弯道。

山峰越来越高，有时要在山峰的阴影中走很长一段路。即便在月光下，路边的荆棘也会把路遮得黑咕隆咚，大家深一脚浅一脚摸索着前行。路越来越陡峭，一会儿上，一会儿下。深沟里渐渐传来流水的声音，而且越来越大，在寂静的夜、寂静的沟、寂静的山野中传得那么的悠远，听着那么的扎耳朵。当流水声在身后渐去渐远时已折过了好几个弯，开始下坡。下坡的路更陡，而且十几步一折，好像永远写不完的"之"字。人越走越累，几乎拐两个弯就得歇一下。

东方渐渐露出曙光，弯路也到了沟底。"荒鸡起早忽再唱，北斗低尽余三星。"两家人终于来到沟底的小村子，随便找了个地方坐下。等村里有人起来，找了户人家，说是过路的，求借火烧点饭吃。

这个村子叫碲底，听村里人说昨晚走过的路就是白陉关古道，光村子顶上斗折蛇行的"之"字弯就有七十二个，老百姓就形象地称它为"七十二拐"。

吃过小米糊糊就窝头咸菜,继续赶路。可是郭夫人、守贞和她干娘脚上都起了泡,实在走不动了。其昌在村子里雇了三头驴子,驮着她们和行李向淇卫方向走去。路依然是青石铺成的古道,不过全在沟底,不必爬山下坎了。过了紫金关,白陉古道就算走完了,他们打发牲口回去,在鸭口住了一宿。

且说郝郭两家经过夜以继日的长途奔波,惊累交加,倒头便睡。这鸭口已是卫辉地面,众人心里稍安,睡得很踏实,一觉睡到日上三竿,把中饭早饭一块儿吃了,收拾上路。孩子们从来没有见过这样的一马平川,一路撒欢前行。郝经和守贞前一阵子筹备棋事,排练秧歌,接触得多了,自然更加亲近,有说有笑的,守让常常拿他俩打趣,笑话他们是小两口。其昌两口子看在眼里,喜在心里。

休息的时候,说起昨晚走过的路还是心有余悸。郝思温说:"实话告诉你们吧,其实还想走另外一条路来着,那条路叫黑毛沟,就在能听到流水响声的沟底,老百姓叫天开缝。那是一个有三五里路、幽邃的峡谷,两边巍然挺立的巨石像刀切斧劈的一样,高千仞,从中漏进天光一线。比白陉更近,也好走一些。"

"为什么没走?"守谦好奇地问。思温说:"你想想,就天上一条缝,即便有月光能看得见路吗?再说了,即使白日,穿过那么长的夹皮沟,你不害怕?何况我和你婶子还遇见过响马呢。"

"啊?"所有的人都围了过来。

郝思温不由想起二十多年前的往事,眼里闪着泪花,声音有些颤抖:"那时,郝经的爷爷客死舞阳,临终唯一的愿望就是归葬陵川。三年后我和郝经娘将先父的遗骨包成一个包袱,相跟着过黄河一直往北走去。走到黑毛沟最窄的地方,那还是大白天,忽然有人厉声喝道:'站住!'"

"我们俩人被这突如其来的喝声吓得愣在那里,心剧烈地跳动着。'干什么的?包袱里装着什么宝贝?留之与俺,放你们一条生路,

不然别想活着出去！'

"我心里一激灵，醒过神来，这才知道是遇着响马了，一高一矮两人。当时包袱正在郝经母亲身上，矮个响马已经跳到她身边。郝经娘战战兢兢地回道：'此是我公公之灵骸，亡于河南，千里迢迢回太行陵川老家归葬，别无他物。'

"响马打开检视，果如其言，惊讶不已。随后两人低语几句，对我俩说：'好个孝道儿子媳妇，打扰了。'放下几块碎银，倏忽不见了。我大声喊道：'谢谢大王，谢谢好汉。'"

大家听着都发呆了，思温约莫着也歇好了，就催促大家上路。默默走了一段路，郝经忽然问道："为什么不走咱俩来时那一条路，却要走这么难走的小路？"

郝思温看看其昌，其昌长长地叹了口气道："也许是我多心，有件事使我很害怕。十五对棋那天，咱们不是胜了吗，申县令邀请壶关令和中书省李都事回城致谢。我想咱们也应该庆贺一下，就弄了几个菜喝了点酒，那天夜里真是一通好睡。"

其昌转身对郝经说："第二天早上起来，你父子俩刚走，就有人来说昨天晚上有人鬼鬼祟祟在我家院子周围窥探。后来又有人说村子里有些奇奇怪怪的人打听我家的情况。上午和下午我躲在别家的大门后也看到了这些人。他们打扮成挑货郎、卖油郎、推车的、赶脚的，可看着怎么也不像。"

守贞的干娘本来走在两家人的最后，可听着听着也趋步凑了过来。其昌接着说："那些人尽管打扮不一样，可打听的事情都一样，都是问这家有几个孩儿，几个妞儿，啥会儿有的，我很害怕，就想找个地儿躲一躲。"

守贞干娘忽然小声对郭夫人说："是这样啊？因为这就背井离乡呀。亲家娘，肯定没啥事的，你就劝劝大哥，咱们回去吧。我流落怕了，这才安逸几年……"这守贞干娘在郭家是最拘谨的，尽管守贞在这个家就像亲闺女一样，但她从来不在家事上插一句嘴，只知道默默地干活,和善地看着这一家人,她很知足。郭夫人知道这女人很本分,很想替她说句话,可还是悄悄告诉她:"就跟着走吧,他不会听我的。"干娘摇了摇头。

其昌说欲和郝家搭伴而行,顺路到邢州故地避避风头,可又怕贼人觉察到他和郝家一起走会追上来,走来时路不安全,所以才改的道。大家七嘴八舌胡乱猜测着,走着……

有话则长无话则短。两家人晓行夜宿,有时走路,有时也雇辆车让女眷和守让坐上歇息一下。从平原再次走入山区,歇息的次数又多起来。有一次,郭夫人和守贞干娘去方便,回来后等不来干娘,再去看看,见干娘在一树枝上系了一条红红绿绿的布条,双手合十礼拜,还念叨着什么。问守贞这是做什么,守贞说:"我也不知道。"迟疑了一会儿,眼中含泪,悄悄对母亲说:"干娘把我逃出来时穿的一件衣服撕成布条,系在树枝上祷告,我见过好几次了。"说着朝不远处的干娘睃了一眼。郭夫人猜想大概是祈福,也没有多问。

却说这一日来到邢州地面,其昌虽是在邢州长大,却也不知道家在哪里,只得沿街打听。原来这郭家在邢州也是望族,太公郭荣是一位喜欢考查古事,有巧技灵思,精通五经,熟知天文、算学、擅长水利技术的鸿儒,所以没有费什么周折就找到了。

一家人团聚,叙说颠沛流离之痛、思念亲人之苦,如今终得相见,不禁悲欣交集。其昌率家人拜过叔父郭荣,将守谦、守让、守贞一一向其介绍。郭太公不住说:"回来就好,回来就好……"

太公抬头望望郝思温父子。没等太公发问,其昌便将在陵川拜郝天挺为师及郭郝通家之谊简略叙说了一番。郝经、郝思温拜过太公。

却说这其昌一脉自从父亲死于兵祸、举家出逃后,邢州已无至亲。弟弟流落新乡小冀,两家虽有些来往却都没有回过老家,房屋或破败,或转卖,并无安家之处。

　　所幸叔叔郭荣有两个儿子。长子郭其铭,工于技巧,尤善水利,亦谙桥梁、殿宇、寺庙设计。八年前,张柔徙治满城,以满城地窄,不能容众,移镇保州。保州在战乱中已荒废十几年,柔为之画市井,定民居,置官廨,引泉入城,疏通沟渠以泻卑湿。张柔访得其铭,委以保州水利督造使之职。其铭全家移居保州多年,已是儿孙满堂,郭荣老人便成了太公。

　　郭荣次子郭其邃,身体孱弱,疲于兵祸,早卒。有孙郭守敬和他母亲相依为命,业已十一二岁,跟着爷爷读书。

　　两门家业丰厚,使先住下,待收拾出一两庭院,安置其昌一家。

　　守谦和父亲忙着招呼帮工收拾庭院,郭母和干娘很快就拾掇出三四间屋子来,两三天工夫就都安排好了,生活慢慢地有了规律。

　　守让和守敬特别投缘,排了下大小还是守敬大几个月。守敬不叫弟弟,守让也不叫哥哥,见天守敬、守让地叫着。其昌教训儿子不懂规矩,太公笑着说:"也小不了几天,叫名字反而更亲切。"

　　守让来到邢州,觉得哪儿都新鲜,天天缠着守敬带他去玩儿。守敬说:"天宁寺可好玩儿了。"于是领着两兄弟和郝经去了。出西门向北不远,见一寺庙果真不同一般。佛殿建于湖中,湖面上开满莲花,芳香四溢,美不胜收。

　　郭氏乃邢州望族,虚照禅师修复寺院时,太公郭荣也曾鼎力施舍,是天宁寺的大檀越。虚照禅师不敢怠慢,吩咐掌寺和尚子聪领着他们四处随喜。

　　子聪和尚与郝经十分投契,相见恨晚。送走郭家三兄弟,当晚就与郝经长谈一宿,互诉志向和抱负,但恨生不逢时。

　　守让不和父母住在一块儿,就和守敬住一个屋子。两人每天都是你出个难题叫我算,我出个难题叫你算。太公郭荣看了十分喜欢,常常让他们一起上课,还把自己演算的手稿送给守让。

　　过了七八天,郝思温和儿子郝经要回满城,其昌委实难舍。唤过郝经又是拉手摩挲,又是目光逡巡,问道:"贤侄,父亲母亲为你提过婚事没有？"

"没有。"郝经羞得不知如何是好。

"如果父母给你定下一门亲事你会同意吗？"

郝经犹豫了一下，忽然想起守让的打趣，心扑通扑通乱跳，面颊发烧，赶紧回道："自然，必待父母之命，媒妁之言。"

其昌拍了拍郝经的肩膀："好孩子，去请你父亲过来，我有话说。"

却说郝思温来到客厅，见其昌笑眯眯上下打量自己，不知身上哪里不对劲儿，这里看看，那里瞅瞅。其昌请思温坐下问道："明日即别，不及从容熟议，你看我家贞儿可好？"

思温不假思索："好呀，既漂亮又贤惠，且聪明，吟得唐诗三百，背得曹大家《女戒》，要是我的女儿就好了。"

其昌正色道："不要打哈哈，你家经儿乃人中麒麟，要是不嫌弃，我家守贞愿奉帚箕。咱们就算是亲家了。要是没有这个意思，那就啥也别说。"

郝思温还没有反应过来，其昌又说："别看她是我养女，我们老俩却是视同己出，比对守谦守让都亲。"说着就站立起来。思温双手示意其昌坐下："老哥，我才明白，敢情你要把守贞嫁给我们经儿呀，求之不得，求之不得。可是……"

其昌再次站立起来："不要说穷，穷是好事，我怕你家发达起来和我家不登对，让别人抢了我家快婿；不要说小，老郝家三门一苗，就等着子孙繁衍，况且经儿都十八了；也不要说经儿，经儿就等你一句话。"

郝思温简直插不上嘴，好不容易拉其昌坐下问道："贞儿呢？她……"其昌神秘兮兮和思温耳语道："两人好着呢，在桥将那些天，形影不离，嬉笑打闹，不拘情形。我浑家见着她偷偷纳鞋垫哩。"

"她干娘那里？"

"这你就更不用担心了，说是干娘，其实就是逃难时的一个伴当。再说她干娘甚是喜欢经儿，和我夸过好几回哩。"

郝思温本来就看着守贞喜欢,其昌两口子又如此热忱,便说等回去和许氏说了必备花红相聘。

其昌嘱道:"俗话说天上无云不下雨,地下无媒不成婚,咱们两家虽有通家之谊,也没有自说自话的道理。彩礼丰简随意,是必举一位体面的先生作伐,以合六礼之仪。"思温诺。

其昌又嘱:"我素喜干练,请勿误事,其昌专候。"思温再诺。

不知思温回得满城欲遣何人为媒,且听下回分解。正是:

借问吹箫向紫烟,曾经学舞度芳年。

得成比目何辞死,愿作鸳鸯不羡仙。

第十三回　徐子勤受托作伐①
元好问感恩收徒

> 伐柯如何？匪斧不克。
>
> 取妻如何？匪媒不得。
>
> 伐柯伐柯，其则不远。
>
> 我觏之子，笾豆有践。

看官，这《伐柯》乃最古老的媒人诗，载于《诗经》，是为《豳风》。单道那少年见到中意的女子，就央告媒人去说项，使姻缘得定，安排了隆重的迎亲礼，终于把女子娶了过来。有道是"天上无云不下雨，地下无媒不成婚"。男女双方的结合，要有媒人从中周旋，婚姻才能得以成功。

闲话少叙，言归正传。

且说郝思温父子两人离开邢州，没有了眷属、行李，甚是轻便。一路上思温把郭伯许婚之事与郝经提起，郝经面红语讷，但言全凭父母做主。

六七日回到家中，思温见了许氏和两个孩子，一番嘘寒问暖，述说扫墓祭祖、斗弈界桥一应趣事。最后思温支开郝经，将其昌许婚之事细细道来。许氏甚喜，只是媒人却到哪里去寻？也是凑巧，踏破铁鞋无觅处，得来全不费工夫。就在此时彝和庸领着徐员外来了，还叫人送来了米面。许氏双手相击道："好，有请大媒人。"

徐子勤进得大门便听郝夫人说"有请大媒人"，丈二金刚摸不着头脑，问道："哪来的大媒人？"思温和许氏迎上前去，先说了许多感谢的话，叫人收了员外的米面，然后请徐员外客厅叙话。

---

① 古代称做媒为作伐，又称冰人、月老等。

许氏笑道："当初蒙童无师,经儿无事,是员外牵线促成弟子夫子之谊,可不是大媒人吗?"

子勤拍了下脑门说："可不是吗。"

许氏道："如今我家经儿长大,欲成六礼,员外岂能坐视?"

子勤吃了一惊："公子未及弱冠,何以论婚?"

许氏笑道："员外有所不知,吾老家泽州上党郡,十五冠而字,行'圆十五'礼,四叔郝思良赐字'伯常',今十八论婚,止乎礼也。"徐子勤不甚悦。

郝思温便把郝郭两家在陵川时的交好及议婚末节细说一番,又谓郭家乃邢州之望族,郭太公荣乃博学鸿儒,驰名河朔。

说到郭荣,徐子勤眼睛一亮："郭荣?是不是保州水利督造使郭其铭大人的父亲?"

思温道："正是,如今经儿要聘的便是郭其铭大人的堂弟郭其昌的女儿。"

徐耕拊掌笑道："真是欲成称心如意事,还须知根摸底人。在下早年曾经拜在郭荣门下为弟子,若非战乱连年,师弟其邃早逝,先生闭馆,荒废了学业,说不定子勤也能混个满城小儒呢。郝先生,你的事便是我的事。只是……"

许氏问道："员外还有什么不稳便?"

徐子勤扳着手指头道："只是今日便是五月初二,这五月乃一年中之毒月,除却天地交泰九毒日,尚有十不事。黄道不兴,不宜纳采问名。"

许氏看了看夫君,思温颔首。许氏朗声道："员外说的是,且郝氏家寒,筹备雁礼亦需时日,待二十八日便可起身,务于六月初六之前至邢州便可。"

许氏正待细述提亲需要备办的物事,郝经朝院里喊道："父亲,好问伯父来了!"思温赶忙起身,还没有走出,好问已走进屋来。思温朝郝经说："先领你伯父洗一洗,扫扫身上的灰。"

徐员外见有客来访，一一答应，并说："至于所需雁礼用度，徐某自当尽力。"随即告辞。

梳洗过后重新落座，许氏已将茶水端过来。思温十分关心好问的生活，问道："一晃便十七八年了，也不知你是怎么熬过来的？听说你还当过几年县令？"

"一言难尽啊！"好问长吁一声。继而淡淡叙述道："自经儿周岁时陵川别后，吾曾令①镇平一年，令内乡两年，既然于社稷无补，莫如为百姓做点事情：桑条沾润麦沟青，轧轧沟车闹晓晴。老眼不随花柳转，一犁春事最关情。孰料老母去世，丁忧白鹿原，终丧②令南阳，后返京内迁尚书省掾。不久崔立献汴京降蒙古，哀宗逃往河北，我即被蒙古军押往山东聊城。途经山阳，攀上太行山，过泽州，眼前又浮现出陵川一草一木来。那时我离别师乡近三十年，回想儿时求学的情景，泪水止不住往下流，遂写下《高平道中望陵川》二首。

"其一：

列宿澄明墨绶尊，中台良选到名门。

来时珥笔夸健讼，去日攀车余泪痕。

一片青山几今昔，百年华屋记生存。

泰和遗老今谁在？向道甘棠有子孙。

"其二：

铃阁文书到酒卮，诸曹小吏亦抄诗。

座中佳客无虚日，帘下歌童尽雅辞。

棠棣有花移旧巧，樱桃和露斸繁枝。

书郎零落头今白，肠断荷衣出拜时。"

看着诗，思温忆起儿时在父亲教授的县学里的那段美好的时光，眼眶里便充满了泪水，喃喃道："那时真的是'座中佳客无虚日，帘下歌童尽雅词'啊！"

---

① 担任县令。

② 服满母亲去世后三年之丧。

郝经也因好问描绘的景象回忆起了和守让、守贞在棣华堂学习的短暂而美好的时光，痴痴地想，什么时候才能再现'棠棣有花移旧巧'啊！

好问继续回忆道："到了山东，闻蒙古军约宋将合攻，克蔡州，哀宗在幽兰轩自缢谢国。吾亡国之臣恨不能偕死，但又抱着'以诗存史'之图，决计编一部诗歌总集，把金朝各地区、各部族的诗人均视为中州人物，传其诗，立其传，名曰《中州集》。"

"好！"郝经父子几乎同时喊出。

好问接着道："好是好，但手头存稿颇寡，全凭记忆和旁搜远引所得，恐有不确，尤其老师和好友之作。所以远道来访，以求翔实。"说着从背囊中取出部分手稿，翻开作者小传，陵川诗人郝天挺、刘昂霄、秦略等名字赫然出现在书页上。

思温和郝经连忙翻看，郝天挺小传云："好问十四岁，先人令陵川时，从之学。"把"泰和初年，元好问父亲调官中都，元好问已经长大，正在事举业，考虑跟谁去学，和亲朋好友商谈，都说：'濩泽风土完厚，为子求师，此处为宜。'于是，元好问父亲放弃中都繁华之地，就陵川之令，让元好问师从郝天挺"的事迹一一记之。

再看刘昂霄小传，这样写道："为人细瘦，似不能胜衣，好横策危坐，掉头吟讽，拂巾奋袖，谈辞如云，四座耸听，噤不得语。"活脱如生。

看着这些小传，两人感慨万分，心中顿生说不出的酸楚，想到三位诗人在兵乱中相继离世，一颗颗璀璨的文坛巨星就这样过早地陨落了！顿感命运的不测和世事的无奈。思温眼前又浮现出这些熟悉的身影：父亲和元伯的博学坚韧，昂霄的豁达大度，秦略的隐晦深沉……两人不由相对垂泪。再看诗作竟然一字不差，郝经对元好问的博学强记由衷佩服，静静地站立一旁，恭恭敬敬欣赏着祖辈们留下的文学瑰宝。

元好问又拿出一沓手稿说："在东平张彦宝那里，看到一张他画的'西溪图'，又勾起了往事，颇有感触地又写了一首《题张彦宝陵川西溪图》,也计划收入《中州集》中。"

思温静听好问说话,郝经打开书稿,轻轻读道:

> 松林萧萧映灵宇,烁石流金不知暑。
> 太平散人江表来,自讶清凉造仙府。
> 不到西溪四十年,溪光林影想依然。
> 当时膝上王文度,五字诗成众口传。
> 忽见画图疑是梦,而今尘土浣华颠。

两位老人的目光转向郝经,郝经诚恳地对好问说:"伯父,你老的诗真好,四十年弹指而过,侪辈高朋恍如在梦境。把官场的一塌糊涂、乱世的颠沛流离滤掉,只剩下对当年的友情的回忆、对陵川浓厚学风的怀念。干净,深沉。侄儿郝经长见识了。"

好问看着郝经,喜上心头,高兴地说:"当年抓周时我就说儒林又多了一位先生,看来果然没有说错。我观经儿这孩子的状貌、性情、学问都像先师郝老先生,荣望可期!"

思温道:"过奖,过奖。"

说话间,许氏叫吃饭。

饭是好问特别爱吃的饺子,如今郝家境况不好,吃不起白面,就将白面、小米面、豆面和在一起,这三和面饺子虽然颜色不是很白,但光滑爽口,还有股淡淡的豆香,又很有嚼头,比之白面另有一番风味。在家乡时,郝家常吃饺子,好问也极喜欢吃。每逢他来到郝家,郝家就做饺子招待他。今天,好问吃着饺子回忆起当年情趣。思温也高兴地拿出一坛徐员外酒坊中剩下的老酒佐餐。

几杯酒下肚,郝思温有点激动,话自然也多起来:"元兄,这孩子生于乱世,小时候跟着我有一搭没一搭传承家学,书读得不少却没有受过名师指点,一直想尊你为师,却见不着你。我早就盼着你来,把他托付与你,今天终于可以如愿了。"

郝经听说连忙放下碗筷,跪在地上:"老师在上,弟子郝经给老师磕头了。"

思温道:"经儿,哪能这般随意,须择日奉茶,献束脩,然后行拜师礼。"

好问哈哈大笑道:"'舟鹢排风影,林乌反哺声。'鸟尚且如此,人岂能无情?况此儿人中之杰,我巴不得做一个现成的先生,也算对先师的回报吧。"说着随手递给郝经一杯酒道:"今日仓促,不必拘古,来吧。"

郝经捧起酒杯高举过头,望天祝曰:"皇天在上,郝经今日谨拜遗山①先生为师,终生尊训,不辱黉门,请佑我学业有成,报效苍生社稷。"言讫酹酒于地。再请一杯献于先生。

好问接过,一饮而尽,扶郝经起来道:"训诫的话以后再说,今天高兴,送你一首诗吧。"要过笔砚,挥笔写道:

故家珠玉自成渊,重觉英灵赋予偏。

文阵自怜吾已老,名场谁与子争先。

撑肠正有五千卷,下笔须论二百年。

莫把青春等闲了,蔡邕书籍待渠传。

好问换笔书了款,加印,轻轻吹了吹付与郝经。郝经恭恭敬敬接过,说过两天找人裱了好好收藏,悬于壁,铭于心。

翌日,元好问到铁佛寺检视了郝经的蒙馆,见郝经案头经传典籍甚多,习作文章诗词颇丰,大加赞扬。看到案头杂乱无章,正色道:"彼虽细事,宜归类置之。一屋不扫,何以扫天下?"

寺主人张仲安端茶进来,满脸堆笑说:"郝先生一向整理得井井有条,此次回乡祭扫,接替他的小先生生性随意,稍乱,未及整饬。"

先生道谢,喝了口茶,翻看诗词文稿,大喜,说:"孺子可教也。我一向主张写诗要有风骨,要能高古,'曹刘坐啸虎生风,四海无人角两雄'宜其风云悲壮之气,建安之诗,清刚劲健,为诗上品。南方之诗华艳淫靡,格卑调弱,言情言爱之诗多,北方之诗慷慨激昂,'中州万

_____
① 遗山即元好问字也。

古英雄气,也到阴山敕勒川'扬其英雄豪迈之气。再者作诗宜以自然为主,'一语天然万古新,豪华落尽见真淳'。如陶渊明诗,平淡自然,深厚醇美,露其天然纯真之气。"

"老师真知宏论,句句肺腑之言、经验之谈,学生谨记。"郝经被刚才的责备羞得满脸通红,手托腮帮倾耳细听,唯恐稍不留神,漏掉哪句哪段。

元好问将诗稿放回原处道:"观汝之诗颇有祖风,亦合我诗论。听说你文章也做得不错,竟然把一个痴迷求道七年的道士唤回尘俗,果有此事?"

经未及答,张仲安已备就午饭,请元师和郝先生小酌一杯。毕竟郝经如何回话,且听下回分解。正是:

> 虚空无处所,仿佛似琉璃。
>
> 诗境何人到,禅心又过诗。

第十四回　铁佛寺遗山赠墨
邢州城守贞归宗

乱后自江城，相逢喜复惊。

为经多载别，欲问小时名。

对酒悲前事，论文畏后生。

遥知盈卷轴，纸贵在江城。

看官，这首诗单道那博陵崔峒历经安史之乱后来到江城，遇见妻弟郑损，连对方小时候的名字都记不得了。说起这几年兵荒马乱颠沛流离的生活无比悲伤，谈论起学识文章感到这个年轻人进步真大，后生可畏。隐约感到郑损的诗文即将广为流传，江城之纸将为之货缺而贵，盖达知遇也。后来郑损果然累官中书舍人，直至礼部尚书。

闲话少叙，言归正传。

却说张仲安久慕元好问大名，亲自做了几样小菜，拿出几碟时令水果摆在桌上，取出一坛自己酿成的米酒来给元好问和郝经斟上，客气地说："久仰元先生大名，今日有缘相见，实乃三生有幸。寺内没有什么山珍海味，只有自己种的鲜菜、鲜果，以佐小饮。"

元好问谢过，又问起那道士还俗之事。

郝经回道："那年表兄许纬国从陵川到保州专程看望我母亲，说起他父亲因世道艰难、命运不济，抛妻舍子，避世河南长垣紫云观，吸孤风，抱明月，已经七年，许家如同塌了天。求我给舅父写封信，劝他弃道回家，得以父子团圆，我不过是应约而书。"

"后来呢？"好问追问。

"阿弥陀佛。"张和尚不等郝经接嘴便道，"郝先生舅父知清道人接到书信，从头至尾读了一遍，读到最后几句：'茕茕之身，陷于不义，使孝子不得尽侍亲之礼，以忍人之心自为计，不亦过乎？一旦宛然而长归,谴者谁欤?慕者谁欤?其为天下之弃人也必矣!虽然,高明之人,岂亦至于此乎?经不佞,辄以鄙辞相渎,获罪多矣。'不禁潸然泪下,思前想后,求道七年,一无所获,徒使家人遭罪,还是外甥郝经说得有理,遂跟着儿子离了道观,返回陵川。从此全真少了一个念'无量天尊'的了哟。"

三人大笑。

张仲安转向好问道:"不承想郝先生的《请舅氏许道士出圜堵书》不胫而走,广为流传,怎么元先生也知晓这件事?"

元好问看看郝经,笑道:"你说呢?还不是文章写得好,我都见过小抄了。"

郝经面露赧色道:"老师过奖了,学生用情而已。"

元好问赞赏道:"文所以载道也。美教化,移风俗,穷究事物之理,你都做到了。古之王者明于此,所以能够治理天下。汝必不可自贱,应坚持博物洽闻,探颐穷理,虽久不废,将来就可以经天地、佐明君、化万民也。"

郝经站起来满饮一杯谢道:"老师如此看重郝经,学生一定会好好修养道德品行,建立功勋,立一家之言,以不辜负老师的期望。"饭后,元好问由张仲安引领着瞻仰大殿铁佛,随了一炉香。从大殿走出来,好问指着两边柱子上的对联问:"妙对可是出自法师之手?"

张仲安道:"正是老衲拙笔。今元先生光临小寺,请赐佳联。"

好问笑道:"法师莫过谦,'佛门常会龙门客,禅林时集翰林人'已是绝对,精巧凝练,对仗工整,且与智慧教化之佛谐,与南学蒙童之馆谐,与少年才俊之师谐。如若不弃,元某愿意留墨,使与法师妙联共晖。"

张仲安受宠若惊,忙于方丈内铺纸磨墨伺候。元好问敛气凝神思忖良久,振笔疾书,两行行书跃然纸上。非王非米①,却是古意盎然

---

① 王指东晋著名书法家王羲之,米指北宋书法家米芾。

韵味十足。落款"己亥午月秀容①遗山沐手"。

稍事休息，郝经引老师入馆与学生作一面之师，好问和学童互有问答，读书声笑声在铁佛寺回荡着……

数日后，元好问告别郝经一家，到真定去拜访提举赵国宝、总府经略张德辉，商谈刊刻《中州集》事宜；徐子勤带了奉食盒客南下邢州郭府纳采；张仲安在保州造作司寻得两块上好黄檀，将元好问墨宝作了楹联。铁佛寺恢复了往日的平静，只是学馆的蒙童日渐增多，前来瞻仰的文人墨客络绎不绝。"佛门常会龙门客，禅林时集翰林人"一时成了名联。

这时，适有神川遁士刘祁过保州，郝经拜访之，交谈间渐渐器重郝经之才智学识，问以向来志，郝经道："不学无用学，不读非圣书，不为忧患移，不为利益拘，不务边幅事，不作章句儒，达必先天下忧，穷必全一己之愚，贤则颜、孟，圣则周、孔……慨然以兴复斯文、道济天下为己任。"

刘祁立刻刮目相看。知道郝经是元好问的学生后，更加看重，经常到铁佛寺和郝经谈论经史学问。其间郝经仔细拜读了刘先生的《归潜志》，以先生"修身治国平天下，穷理尽性至于命，进则以斯道济当时，退则以斯道觉后世"严格要求自己，学识一天一天进步，并把刘祁视为师长，尊敬有加。

却说一日午后，满城到处热浪袭袭、熏风阵阵、蝉鸣声声、莲叶田田。徐子勤马不停蹄从邢州赶回，带了奉食盒客来到郝家，却是原礼退回。

许氏待问，徐耕让把思温请来细论。许氏一面斟了凉茶，请徐员外和奉食盒客坐在墙阴下纳凉，一面打发人去学馆叫人。

不一会儿，郝思温回到家中，先赏了奉食盒客，令其各自归家歇息，便请徐员外来到客房坐定，细问端的。

---

① 今山西之忻州。

徐员外起身施礼道："徐某不才，伐柯匪①得，有辱使命。"

思温再次把员外让在椅子上细述末节。徐员外从怀中摸出长书一封、黄金一锭，又从礼盒中捧出南缎一匹交与思温。接着和思温许氏如此这般细述一番。这两口子听了目瞪口呆，唏嘘不已。

原来这徐子勤携礼来到邢州，见了郭其昌一家，还没有说话，其昌和夫人便扑簌簌落下泪来，说是在邢州安下家来还不到二十天，便被蒙古兵将郭府团团围住。达鲁花赤着崔千户领着一个老者来到府中，找一个叫乌英嘎的姑娘。其昌看着老者似曾相识，猛然想起那老者原来是壶关县在界桥上斗棋的司老郎。

崔千户和司老郎态度十分谦和，说是那司老郎乃蒙古监国王爷府的管家斯钦赤那，奉命来找王爷的千金乌英嘎郡主。郡主九岁那年因汗廷内乱逃出，现在查实她就是其昌府上的守贞姑娘。斗棋时因为她用古老的浩林潮尔歌唱《唐风·鸨羽》，才得以发现，正待访寻却忽然发现郭家背井离乡，一路追踪，后来在路边发现了郡主衣袍布片，顺着踪迹来到这里，希望郭府能放姑娘认祖归宗，王府必有重谢。

郭其昌夫妇正不知所措，守贞和干娘闻讯奔出。斯钦赤那连忙向乌英嘎行礼，告诉乌英嘎，她的母亲唆鲁禾帖尼王妃天天都盼望着女儿平安回家。干娘也与管家见了礼，三人抱作一团失声痛哭。

崔千户亦不知是哪位汗王，唯知来头不小，便请郭家商量一下别离事宜，甚时动身、有何要求，要其昌想好了第二天回话。

夜幕降临，一家人沉浸在回忆之中。五年的时光转瞬即逝，守贞已经从一个又黑又瘦的小女孩儿出落成一个漂亮的大姑娘；母亲头上添了几绺白发，脸上爬满了皱纹。母女俩虽非骨肉却是至亲，紧紧地依偎在一起生怕立马分开。但是，这一份亲情怎能抚平那一份骨

---

① 通"非"，表示否定。

肉撕裂的伤痛?况君子欲成人之美,焉能夺人所爱?分别是毋庸置疑的。守贞哭哭啼啼不停地说永远不会忘记妈妈,等和亲生母亲团聚之后自会马上来看这里的爸爸妈妈。

翌日,崔千户和斯钦赤那着人送来两担礼盒,计有黄金两锭、南缎两匹、上好毛皮二十张、邢窑白瓷梅瓶一对,不一而足。

郭其昌夫妇找来邢州最好的裁缝,为守贞做了几身新的衣服。守贞几次有话要对妈妈说,妈妈总是摇摇头阻止,她知道女儿要说什么,但不知道等着她的是什么命运……

就这样,几天后,在抽抽噎噎的啼哭中,在撕心裂肺的伤痛中,在遥遥无期的期盼中,郭守贞,不,应该说是乌英嘎跟着管家斯钦赤那,在一队蒙古兵的簇拥下一步一回头地走了。

郭其昌奉黄金一锭、南缎一匹、书信一封。信谓托徐员外代为致歉;闻郝家赁屋而居,搬迁达十余次,愿其造屋,另聘淑媛;不久即回陵川,恐怕短时间内难以再会,唯愿保重。

郝思温夫妇送徐员外出来,正在想不知该怎样和经儿交代,却见郝经坐在门墩上,见他们出来忙站起来,两眼红红的。

原来郝经估摸着徐员外去邢州提亲也该回来了,这天想早早下学回家看看,却赶上徐员外正和父母说这事,无意间知道了事情的全部经过,心里很难受。晚饭的时候谁也不说话,彝和庸很奇怪地看着他们。郝经没怎么吃,起身告辞道:"你们慢慢吃,早点休息,我睡去了。"

郝经回到自己的房间,拿出一方小小的包袱,这是离开邢州那天早上守贞悄悄塞进他衣袋里的。这些天事多还没来得及细看,一层层打开,原来是一双精致的鞋垫。两只鞋垫绣的都是双喜临门,一幅是两只喜鹊站在硕果累累的枣树枝上喳喳鸣叫,另一幅是两只喜鹊落在盛开的梅花枝上互相梳理毛羽。果然是色彩鲜艳,栩栩如生,正是"花随玉指添春色,鸟逐金针长羽毛"。枣即"早"也,梅谐"媒"焉。郝经岂能不知这是暗合着一首闺房诗:

> 一朝相遇意相随，竹马萦床梦牵魂。
>
> 花发有时休赶晚，应挑吉日早差媒。

触景生情，不觉落下泪来，昏昏沉沉竟睡了过去。

正是"上天知我忆其人，使向人间梦中见"。只见守贞妹妹缥缥缈缈向郝经走来。

郝经捶胸顿足道："都是我不好，没有及时差媒人过来，什么九毒日、黄道日，可是害苦了我！"边说边把妹妹揽入怀中，守贞靠在郝经胸脯上唏嘘啜泣不止。

良久，守贞轻轻推开郝经，娓娓道："哥哥前脚走，管家随后到，保州邢州往返岂是刹那可及？况王府严命，便是哥哥亲来，何以抗命？如若有缘，后会可期……"

忽然，郝经自觉胸怀若虚，仙音渐远，惊出一身冷汗，却是南柯一梦。

郝经起床，已是日上三竿，漱洗已毕，母亲叫他吃早饭。一直以来郝经都是四更便起，负薪汲水，忙一早上。今天大家都觉得很诧异，这是怎么了？

思温见郝经面色苍白，想是病了。正准备吩咐人去铁佛寺学堂告一日歇帖，散了学童，就在这时，张仲安差了人来，说是中都有客到，有信来投，请郝先生快去。毕竟是何人来信，郝经去也未去，且听下回分解。正是：

> 昨夜星辰昨夜风，画楼西畔桂堂东。
>
> 身无彩凤双飞翼，心有灵犀一点通。

第十五回　羡望族徐耕荐女
慕学识贾帅延宾

绿野堂开占物华，路人指道令公家。

令公桃李满天下，何用堂前更种花。

唐朝晋国公裴度为将相二十余年，道德文章光耀后世，一生荐引李德裕、李宗闵、韩愈等名士，重用李光颜、李愬等名将，提携白居易、刘禹锡等贤人。

这首诗乃白居易所作，单道那晋国公裴度的"绿野堂"占尽了万物的精华，借桃李以代门生，赞其"桃李满天下"也。不言春风杨柳绿，却是老圃着意栽。

闲话少叙，言归正传。

话说郝经赶到铁佛寺，见过中都来人，接过书信，信封上赫然写着"太极书院赵复缄"几个正楷小字，郝经启缄观之，方知中都太极书院延赵复为书院主讲，以王粹为之佐，有生徒百余人，时为蒙古汗国之最高学府。信中主要询问一些道学方面的见解，并邀经得暇临书院与诸贤论程朱之理。

太极书院是太宗七年行中书省事杨惟中所建。那时候杨惟中跟着皇子阔出，与宋作战时得名儒数十人，并搜集伊洛诸书八千余卷，聚之中都，遂与姚枢建此书院，乃名家荟萃之地、学者云集所在。郝经看了书信，又惊又喜，惊的是自己一介乡里塾师，何以能在太极书院有名，喜的是铁佛寺十年寒窗，终于得到世人认可。安顿了传书之人，天色已晚，郝经急忙赶回满城和父亲商量如何回复。

郝思温边看信边听郝经提出的疑问，稍思，若有所悟，欣喜异常，问道："尚记得赵复先生过满城在咱家论'宋初三先生'主张'文以载道'否？"

郝经道:"记得。"

"尚记得赵先生论周敦颐、张载、邵雍立'太极图说'否?"

郝经道:"记得。"

"尚记得赵先生论'存天理,灭人欲'之《朱子语类》否?"

郝经道:"当然记得,当时我还把思索很久的《论八首》告诉了他,将'道、命、性、心、情、气、仁、教'分三数相陈,赵伯击节叫好,还说理学后继不乏,当贺。"

郝思温拍着大腿说:"这就对了,定是你元师好问、名士刘祁先生在中都上人面前提及经儿的名字,仁甫先生才想起你了。"

郝经从糊涂欢喜中清醒过来,事不宜迟,快快回信。

郝经三两下胡乱扒拉了几口稀粥,算是吃过晚饭,然后坐在书桌前,点着油灯,铺开纸张。思绪随着昏黄的火焰跳动着,他从道学的名词来历,想到道学的历史根源,再跳到自己的道学观,伏案而书,洒脱地写道:"承先生谬顾,学生不胜惶恐,自揣德薄才疏,不足以辱惠教。然师授必允,故坦陈以博见教也。

"夫昊天有至文,圣人有大经,所以昭示道奥,发挥神蕴,经纬天地,润色皇度,立我人极者也。……道非文不著,文非道不生。自有天地,即有斯文,所以为道之用而经因之以立也。……故斯文之大成,大经之垂世,名教之立极,仲尼之力也;斯文之益大,名教之不亡,异端之不害,众贤之功也。自源徂流以求斯文之本,必自大经始;溯流求源,以征斯文之迹,众贤之书不可废也……"

泱泱千言,郝经把自己对道学理学的看法和理解一一剖白。收起回信,意犹未尽。想起上次先生走时情景,郝经的心情久久不能平静,另铺花笺,追忆当时,续写了一首《送仁甫丈还燕》:

> 一鞭天地起孤愁,高戴南冠赋远游。
>
> 济渎醉探窥海眼,岱宗阔步望吴头。
>
> 唐虞问学传千古,伊洛波澜浸九州。
>
> 七十余君皆不遇,却携汉月渡泸沟。

　　翌日将书信付与中都使者。与太极书院的书信往来，使郝经在保州渐有名气，甚至官府幕僚议政亦时称郝经言，亦常有读书人慕名来访。

　　昔张柔以功封河北东西两路都元帅，加荣禄大夫。破蔡州时，俘金状元王鹗，亲解其缚，待以宾礼。乐夔、敬铉等士子成为张柔幕府中宾客，皆与郝经交好，时有诗词文章切磋。一日有诗《呈王内翰①》曰：

　　　　霜落云枯秋尽时，翰林遗得桂林枝。

　　　　春风久已归桃李，劫火从渠照虎貔。

　　　　白发操戈浮世在，赤心倾盖几人知。

　　　　壶中有酒无天地，醉后休歌贝锦诗。

　　读此诗，众皆感慨。王鹗细度其意味，联想自己一生坎坷不平的经历，眼泪止不住流出来。他们和郝经的交情也一天比一天深厚。

　　却说郝经白天忙于教授学童，与文人士子论道，夜里却止不住对守贞妹妹的思念。

　　许氏看见儿子日渐消瘦，在家里也很少说话，忧心忡忡。

　　徐子勤平时常来郝家与思温夫妇说说话。一天，见许氏叹气，便和思温说："尊夫人的心思你应该知道，当初邢州郭家曾赠金一锭，一者婚事不谐略表歉意，二者闻汝赁屋而居，竟搬迁十余次，也是想让你修几间房子，何不就照他们的意思做呢。现在我有一熟人，打听得保州城南有块宅地要卖，不如买下修作新第。我家有女，小字姣鸾，你们也是见过的，愿做你家儿媳妇。虽然郝天挺老先生名扬晋豫，郝氏是上党望族，但我徐家在满城也算略有名望，我姑娘也不至于辱没了你郝家。一来别让经儿把个念想憋在肚里生出病来，二来也了却你二老一桩心愿，不知意下如何？"

　　思温道："承蒙员外美意，只是这金子总归是他人之财，不能花，再说这事也得问过经儿才行。"

――――――――――

　　① 王鹗，金哀宗时状元，授翰林应奉，时翰林称内翰。

徐子勤劝道:"既是朋友所赠,即如自己的一般。拿它先过了这个坎儿,日后岂无发达之时?这才是不负朋友的初衷。至于婚姻当然是父母做主……"

许氏说:"员外说的是,不过,有些事情你不知道。那经儿与守贞原是青梅竹马,如果没有这节事儿,自然父母做主便了。只怕经过这一番风波,他心里有了守贞,一时容不下别人。须等他慢慢凉了这头……"

徐子勤有些懊恼,可又觉得说得在理。况这种事也不能太上赶着,悻悻地说些其他事,便告辞了。

送走徐耕,许氏叹道:"唉,这世道是怎么了?泱泱望族,连娶个媳妇儿都要别人可怜吗?"

思温安慰她说:"也不是,看子勤的意思相中的就是咱郝家的名望,有点攀附的意思哦。"

许氏摇摇头:"要说,这些年咱也从徐家受惠不少,我去徐家,多是答谢人家。那姑娘你见得不多,长得很漂亮,眼睛水汪汪,两弯柳叶吊梢眉,但总是一副看不起人的样子,是个厉害的主儿呢。"

思温道:"好了,好了,这事以后再说,快去做饭吧。"

却说这天郝思温去保州城南看了宅地,十分满意。已打好地基,第二年春天即可开工,越明年即可住进自己的家,心中甚喜。走在返家的路上,想着近来一连串的喜事,心里爽快多了,过去弯腰弓背,低头看路,现在感觉腰杆也直了,走路也精神了。快到自家院子时,远处一个差人骑着一匹枣红骏马由保州方向而来,不知有何事情,到哪里去。却见骑马之人到大门前翻身而下,问道:"有位郝先生,是否在此居住?"

思温疑惑地看着骑马之人,随口说道:"本人就是,不知有何事情?"差人随即将一帖写着"保州府副帅贾辅"的大红聘书交到他的手中。

思温把差人的马拴在门口的老槐树上,请差人进屋,倒了一杯凉茶,具问其详。

差人将差事原委交代了一番,思温连道辛苦。差人起身告辞,原路返回。

原来这几年都元帅张柔在废墟上重建保州已经粗具规模。张柔和他的副帅贾辅都是爱书之人,征战之余,搜集了不少图籍秘录,两家藏书皆万卷余,始储于室,室则盈,储于堂,堂则溢,遂作楼藏之。

贾辅藏书楼先成,名为万卷楼。楼既成,尽以卷帙置其上,而为之第,别而为九:六经则居于上上,尊经也,传注则居上中,诸子则居上下;历代史居中上,杂传居中中,诸儒史论居中下;先正文集及诸著述居下上,百家众流、阴阳图籍、山经地志、方技术数则居下中,法书名画则居下下。

郝经这几年昼则在铁佛寺设馆蒙童,夜则读经传为学。平日里广交文人墨客,声名鹊起,为守帅张柔、贾辅所知。

贾辅时有二子,长曰文备,一十四岁;次曰文兼,略逊两秋。二子从小即聪察岐嶷,七八岁时,智意所及,有如成人。今习举业,先前塾师已不能授,欲延郝经为西席,奉为上客。并特地在楼侧筑“中和堂”一座,让郝经在此居住、阅览、讲经。所以才着人送来大红聘书。

思温拿着聘书,一边向厨房小跑,一边喊着:“夫人快看！贾帅如此高看咱孩儿郝经,真是祖宗积下的德啊！”许氏凑上前去,接过聘书,看了又看,夫妇俩喜泪夺眶而出。

“郝叔在家吗？”

思温夫妇听到有人在叫,连忙出来看,原来是宗道侄子来了。欲知宗道来此做甚,且听下回分解。正是:

> 禁署装成宝缨络,冰盘剖出水晶盐。
>
> 传呼天上好消息,玉果新贡出御查。

第十六回　赴乡试文备得中
承恩泽伯常完婚

久旱逢甘霖,他乡遇故知。

洞房花烛夜,金榜题名时。

有道是人生有四喜,得一且不易。又道是人逢喜事精神爽,月到中秋分外明。郝家近来可谓喜事连连。

闲话少叙,言归正传。

上回书中说的是宗道侄子来了,思温连忙让进屋子。正欲问所为何事,郝经进门。父亲忙把贾帅的聘书拿给他看,兄弟俩高兴得不得了。彝和庸也下了学,正好乐作一堆,宗道竟忘了本来是来做什么。

郝婶留宗道吃晚饭,饭间说道:"经儿这般有出息,也该给他说房媳妇了。"

"啪"的一声,宗道一拍桌子,垒着的馍滚了下来,碗里的米汤几乎荡了出来。

"我怎么把正事给忘了!"

原来徐员外央苟士忠做媒,要把女儿许配给郝经。士忠近有微恙,宗道是代父先来传递消息的。

思温先问士忠身体如何,宗道说只是偶感阳暑,并无大碍。思温请宗道转告,如今郝经要去贾府充任西席,待安排妥帖,定去府上看望,届时可仔细商量。

郝经见说此事,脸色转黑,一脸的不悦,再不发一言。匆匆吃完饭,出去理家务。得空拉宗道出来,悄悄和他说不要管这件事,宗道只得悻悻告辞。

第二天一早,许氏从箱笼中拿出一件平时轻易不让郝经穿的长衫,将郝经打扮得齐齐楚楚,思温则一遍一遍地叮咛,见了副帅要先谢知遇之恩,贾帅问话要想好了再答,千万别信口开河。郝经连声诺诺,听父亲唠叨完,说:"儿子知晓了。"

郝经来到贾府,贾副帅已在中和堂候着,郝经一脸愧疚。

贾帅生得身长七尺五寸,面如冠玉,唇若涂脂,身着汉服,洋溢着书卷气息,却掩不住一身英武豪气,很爽朗但也很和气,一见面便说:"你的文章写得实在不错,我家小儿得其师矣,幸甚。"

郝经谢过贾帅知遇之恩,在贾帅对面坐下。贾帅随手从书桌上拿出一封太极书院递过来的书信,客气地说:"听赵复先生说太极书院请你作记,可有此事?"

郝经道:"曾赴中都从赵先生与诸贤论道,受先生之托,尚未竟。"

贾帅指着书信道:"小儿择师实乃赵先生所荐,请你过府屈就西宾,不知先生意下如何?"

郝经忙说:"谢谢贾帅的恩赐,只是小生才疏学浅,恐负重托,但尽力耳。"

"别客气。姚枢先生、赵复先生都很器重你,我也是相信你的,文备、文兼前途所冀,拜托了。"听贾帅口气,不容推辞。

郝经想了想,请求说:"贾帅,铁佛寺那儿还需找一位合适的先生接替,待安排就绪再过来好吗?"贾帅点了下头。

从贾府回来,郝经把面见贾帅的经过仔仔细细告诉父亲,商量着找一位合适的先生接替自己教铁佛寺之蒙童。思温说:"你看宗道如何,他不是替过你四个多月吗?"

郝经说:"还真是个现成的小先生。听孩子和家长的反映也还不错,而且已经学着写诗了。"

说着想起有一回宗道和他游抱阳山,来到山顶,见苍松古柏拥抱着一座寺院,郝经和宗道完全陶醉在大自然的景色中,郝经心中畅快,随口吟道:

> 孱颜苍玉抱幽村,突兀双龙窟宅尊。
>
> 回首万山东尽处,冷烟平远半乾坤。

苟宗道说:"郝经哥,我不会写诗,也胡乱诌一首吧。你可别笑话。"宗道念道:

> 夕阳归鸟集千树,下界烟平觉寺尊。
>
> 旷古寥寥山骨冷,液灵双注小乾坤。

思温听了觉得写得还可以。郝经到苟家去谈这件事,苟宗道欣然应允。苟士忠执意要儿子拜郝经为师,郝经连连摇手说使不得,怎奈拗不过伯父。宗道也是心悦诚服,不管郝经答应不答应,一个头叩在地上。就这样,郝经将铁佛寺蒙馆的差事交与小苟先生,自此在贾府住下。

告别铁佛寺寒窗,又迈进了贾府的书房,每一件事都令郝经心花怒放,最使他高兴和醉心的还是他拥有了那座万卷楼。这是贾帅藏书的地方,紧邻他教书的中和堂。贾帅告诉他以后可以随便出入万卷楼,并亲手将一把钥匙交给了他,他感到这比交给他多少财物都更让他激动。

郝经白天在书房课读文备、文兼二生,得暇则在万卷楼博览群书;夜晚在中和堂旁边的屋子里歇息;隔数天回家帮父母做些家务。时值中秋,玉兔初升,倒映在莲池水中,风轻云淡,不暑不寒,早开的菊花,晏谢的芙蓉,散发出阵阵清香。郝经心情舒畅,神来遐思,轻声吟道:

> 茂树葱郁,异卉芬茝。庚伏冠衣,清风夏然,迥不知暑。
>
> 澄澜荡漾,帘户疏越,鱼泳而鸟翔。虽城市嚣嚣而得三湘七
>
> 泽之乐,可谓胜地也。

秋韵渐深,枫林尽染黄碧,野岸衰柳芙蓉,杂间白苹红蓼,掩映水际,芦苇中鸿雁群集,嘹呖干云,哀声动人。贾府的花园里各色各样的菊花竞相开放,这儿一簇,那儿一丛,姹紫嫣红,流光溢彩,争妍斗奇。那菊花红的像一团火,黄的像一堆金,白的像银丝。在花丛中有一些含苞待放的花蕾,花瓣一层赶着一层,向外涌去。一朵朵的菊花像用象牙雕刻成的球,在太阳的照耀下傲然挺立……这是郝经有

生以来最快乐、最悠闲的一段日子。

他成为贾府的一位教书先生，自然和王鹗等幕僚常来常往。

一天，他问王鹗："贾帅怎有这么多好书啊？"

王鹗告诉他："贾帅可是一位息民、保境、礼贤、聚书、劝学、事师的好大帅，他率军作战，取众人之所弃以为己有，河朔之书尽归之。"

郝经望着这些典籍，第一次感到自卑，感觉自己学到的知识与万卷楼相比只不过是沧海一粟，自曰："居寺堂者五年，以为凡当治之书及几焉，今甚愧之。"

自此，郝经日则课读文备、文兼二学子，夜则于万卷楼自读至三更，广搜博记，闻所未闻之事，览所未览之典，推本六经三传，细演大汉盛唐之史。

他对文备、文兼的教学也做了调整和安排，计划用全新的方法启蒙学子的学习兴趣。

时近中秋，玉宇澄明，星月交辉，好一派画意诗情。暮云收尽溢清寒，银汉无声转玉盘。贾府里到处悬挂各式的彩灯，照得府内一片光明。

贾帅和往常一样，来到花园开始练拳。只见他双手如同白云一般舞动着，柔和中藏着几分刚劲，忽然双手握拳，转腿，向前缓缓冲拳，推掌，仿佛将混沌的天地轻轻分开；推手发劲时，只见其双目如电，即便旁观者也能感觉到惊心动魄；其身其手，能起在突然之间，以迅雷不及掩耳之势发力，在下即能得机，在上即能得势，上下相随，前后左右无不得力也。

贾帅做完收功，见万卷楼依然亮着灯就轻轻走进去。见郝经还待在那里专心致志地看书，全然没有发觉，便轻轻叫了一声："郝先生，还没有休息啊？"

郝经"噢"了一声，见是贾帅，连忙站起来让座。

"贾帅找我有事？"

"没有。我看见灯还亮着，随便进来看看。"

郝经正容道:"正好,我调整了对令公子的课读思路,想向您禀报一下。"

贾帅即静下心来听他说话。

郝经说道:"初治六经之时,以为感发志意者,莫过乎《诗》,于是乎先治《诗》。二帝三王之心传口授者,莫过乎《书》,于是乎《诗》而后《书》。先王治世之具,莫大于《礼》《乐》,于是乎治《礼》治《乐》。大经大法,拨乱反正,莫大于《春秋》,于是乎治《春秋》。穷理尽性,以至于命,以际天人之学者,莫大于《易》,故以为终身之学。"

贾帅知道这是一个为学的过程,但尚未悟出郝经之意。

郝经接着道:"两位公子年龄不同,已有的学识有异。同时同授,难免使未知者无知,对已知者乏味。"

贾帅似乎听出点道理,频频点头。

郝经继续分析道:"文备《书》至于《礼》《乐》;文兼当《诗》而后《书》。经文、史籍教学应引导学童背诵唐诗宋词,以启发学童读书兴趣。为此,我计划根据学童的特点选编一套唐宋近体诗选。除二生外,广布童馆。"

贾帅非常赞成:"好!思路很好!广布童馆亦是善举,你尽可放开胆去做。"

很快,一本飘着墨香的《唐宋近体诗选》刻印本放在贾帅的案头。铁佛寺和满城学馆童子手里也都有了一册《唐宋近体诗选》。

转眼两年过去,一十六岁的贾文备参加保定路院试,正场考罢,发出案来,却是第一名。接着便是初覆、二覆,不到半月,都已考完。小文备每场都是高居榜首。

院试得中,便是秀才了,不过这才迈进了举业的门槛,以后还有乡试、会试和殿试,为学为仕的道路还长着呢。

贾帅很高兴,在家里办了个谢师宴,请了郝经和其父亲郝思温。其余客人也不多,都是贾帅帐下和郝经交好的幕宾,再有就是郝经的朋友苟宗道和其父亲苟士忠,郝经不认识的人很少。

贾帅和儿子贾文备频频向郝经父子敬酒。郝经虽然有些小兴奋，但怕酒后失仪喝了三杯后便推说不胜酒力，搁了杯子。

席间贾帅笑着问郝经："郝先生可曾成家？"郝经面红耳赤，低头不语。郝思温代为回答道："尚未婚配。"

贾帅看了看士忠，像是无意却是有心地问道："听说满城有大户人家曾托苟先生说项，不知为何没有去提？"

苟士忠不知所措地看着郝思温。

思温又打圆场："提是提来着，不过这几年事多，又是编诗集，又是修房子……"士忠忙接过去："是的，是的，事情又多，手头也……"思温连忙冲士忠摇头。

士忠说："这下好了，帅府公子考中秀才，郝家也搬进新家，我们马上就商量着办这件事。"

贾帅点了点头，对郝经说："郝先生，中国有句古训，叫'成家立业'。这是有一定道理的。一个人成了家，则有了对家的担当。古贤以天下为家，则社稷幸矣。以先生之才德，必不至于终生业塾，老死蒙馆。若此，何以实现'达则兼济天下'的抱负？况吾闻郝氏于战乱中三门独留一脉，曾不闻'不孝有三，无后为大'乎？"

郝经先是心不在焉地听着，后来抬起头来竖着耳朵听着，等贾帅说完，马上站起来鞠了一躬，轻轻说："郝经知道了。"

苟宗道一直偷偷观察着郝经，见郝经松了口，便斟满两杯说："郝经哥，你终于明白了。"和郝经碰了一下，一饮而尽。

贾帅又对思温和士忠道："你们该怎么办就怎么办，彩礼的事就不用操心了。有什么难事，让郝先生捎个话就行了。"不容郝思温推辞，贾帅端起杯子到别桌招呼客人去了。

郝思温目送贾帅，隔着屏风，仿佛看见徐员外和一位官员对坐，面生。问传菜使，不知名，只晓得是水利督造司长官，人称郭都监，此刻正在和贾帅相互敬酒。思温脑子里立刻跳出邢州"郭其铭"三个字，暗道徐子勤这个人不简单呀！

　　回到家里，郝思温把贾帅家宴上的事一五一十告诉夫人许氏。许氏说："难得经儿这么懂事，眼看保州城南的新居已就。我看喜事就在这新建的'积庆堂'里办吧。这些天我多次去徐家，见到姣鸾已经很懂事了，变得温顺达礼了，模样也出落得更俊俏了，咱就托苟先生去提亲吧。只是我一直不喜欢那个'姣'字，要不和员外商量商量，问名时改作'娇'吧。"

　　郝思温说："怎么和我想到一处了？就这么办吧。"

　　过了中秋，贾府着人送来纹银三百两，说是给郝先生的谢仪，权作郝先生娶亲的彩礼之用。

　　却说郝思温忙里忙外，把积庆堂装饰得喜气洋洋。有贾府鼎力相助，有苟先生两相周旋，郝经和徐氏娇鸾婚事确定，只待择日迎娶。

　　这天，郝经把守贞妹妹亲赠绣花鞋垫收入箧中，带回贾府自己卧房。望窗外，一轮血色的圆月从东边的天空徐徐升起，待到树梢时渐渐变浅，洒下淡淡清辉。

　　郝经久久不能入睡，心中茫然，若有所失，不知守贞妹妹如今却在何方，今生今世尚能见否……正是：

　　　　长相思兮长相忆，短相思兮无穷极。

　　　　早知如此绊人心，何如当初莫相识。

第十七回　两部落结盟缔好
一知交地北天南

中庭地白树栖鸦，冷露无声湿桂花。

今夜月明人尽望，不知秋思落谁家？

四句古诗道罢，单道那中秋望月、远思兴叹之情。说不尽那皓月当空、望月怀人的苦楚；诉不完这更深人静、夜不能寐的惆怅。

闲话少叙，言归正传。

话说这几天，乌英嘎的心里如同翻江倒海，久久不能平静。敖伦苏木古城，汪古部落的王后阿剌海别吉带着她的世子聂古台来到斡难。阿剌海别吉是乌英嘎的嫡亲姑姑，这次来，说是趁着中秋团圆节回娘家看看，和世代姻亲聚聚，实则是来求亲的，想要唆鲁禾帖尼王妃答应把乌英嘎嫁给她的世子聂古台。

唆鲁禾帖尼王妃很爽快地答应了这门亲事。当乌英嘎得知这件事后如同晴天霹雳，哭得昏天黑地。女儿哭成这样，母亲全然不顾，定亲的仪式有条不紊地进行着。

两年前，乌英嘎回到家中认了母亲和兄弟姐妹，诉说了这些年的遭遇，唆鲁禾帖尼王妃心痛得如同刀绞，泪都哭干了。

乌英嘎说到郭其昌夫妇这些年待她如同己出，自己也把他们当成亲爹娘。唆鲁禾帖尼王妃说很感激他们，答应以后如有机会会去看看他们。

乌英嘎把认识郝经的前前后后以及和郝经的情感经历，还有郭其昌许婚的细枝末节也毫无保留地告诉了母亲，希望母亲能够成全他们俩，不料唆鲁禾帖尼王妃一下子黑了脸，斩钉截铁地说这绝对不行。为这事乌英嘎和母亲两天没有说话。真个是月明人却远，思深情更长啊。

如今,木已成舟,乌英嘎绝望了。傍晚的时候,她骑着一匹洁白的骏马奔驰在广阔的草原上,四蹄翻腾,长鬃飞扬,往南而去。大管家斯钦赤那欲着人去追,唆鲁禾帖尼王妃阻止了他,说让四个宫女骑马远远跟着就行。

乌英嘎来到一个小山包上,极目望去是无尽的草原,她不知道保州在哪里,甚至不知道保州在哪个方向。

乌英嘎望着那圆圆的月亮,从怀里掏出一方叠得四四方方的桑皮纸来,在袍襟上铺开,往事历历在目,一桩一件涌上心头……

那是在界桥斗棋之前,郝经父子来到北圪塔家中,一同来的还有清风道长和几位棋手,大家忙忙碌碌准备着斗棋的事儿。

除了练棋,还要排练《十不合》,郝经亲自挑选了一首古老的诗歌《唐风·鸨羽》,又把它编成老百姓都能听得懂的词儿,一句一句念给守贞听,说是只要她能听懂,那就谁都能听懂。

下午凉快的时候,郝经和守贞在院子里择择桑叶,讲些有趣的事儿,逗守贞开心。

切好桑叶去喂蚕时,郝经粘着要跟着去看蚕宝宝,可是生人是不能进蚕房的,因为怕惊了蚕神奶奶。守贞端了个板凳让郝经坐下,乖乖地在门外等着。

守贞把桑叶撒好,从蚕房出来,看见郝经靠着廊柱呆呆地向上望着,顺着他的目光看过去,原来是一只大蟢子在椽檐和门遮雕花之间抛丝结网。

"郝经哥,看什么呢,这么专心?"守贞一边坐下一边漫不经心地问道。

郝经远远地坐在板凳的另一头说:"没什么,看蟢蛛子呢。"

守贞看了一会儿,若有所思道:"蚕宝宝还不如这蟢子,刚刚结成了茧就被抛弃了,可怜啊,到底是为了谁不再受冻受寒才这般辛劳呢?哎,你看这蟢蛛儿,可以随心所欲地在椽头和门遮上吐丝结网。"

郝经不语。

守贞是个想象力很丰富的女孩子,说出的话也让人吃惊:"郝经哥,你看这椽檐和门遮隔着两三尺远,谁也挨不着谁,这蟢蛛儿一结网就连在一起了。"

郝经觉得守贞的奇思妙想很有意思,不由好奇她是怎么想出来的,就盯着她看。守贞忽然有所感悟,顿时面红耳赤。虽然脸颊发烧,还是把话说出来了:"郝经哥,有些事就是个机缘,你说,要不是斗棋你能在我家住这么久吗?"

郝经说:"守贞妹妹,我要送你样东西。"说着就奔西厢房去了,板凳失去平衡,把守贞摔了个仰面朝天。

守贞起来跟到西厢房,只见郝经已经磨好墨,铺开一张桑皮棉纸,洋洋洒洒写下四行小楷:

> 作茧才成便弃捐,可怜辛苦为谁寒?
>
> 不如蛛腹长丝满,连结朱檐与画栏。

如今,这方桑皮纸就在自己手中,郝经哥却远在天边。守贞触景生情,不觉潸然泪下。

"公主,时候不早了,回去吧,王妃等着你哩。"不知什么时候,四位宫女已经候在身边。

乌英嘎默默起身,跟着宫女信马向王府走去……

乌英嘎翻身下马,进得帐来,却见唆鲁禾帖尼王妃坐在床边。乌英嘎一下扑进母亲怀中,失声痛哭,满肚子的委屈一下子倾倒出来。

慢慢地,乌英嘎停止了哭泣,微微抖动的肩膀也平静下来。看见母亲亦是泪流满面,乌英嘎忽闪着一双泪汪汪的眼睛疑惑地望着她,仿佛在问:"为什么,这是为什么呀?"

唆鲁禾帖尼慈祥地望着女儿,喃喃地说道:"孩子,母亲知道你的苦处。可是你也得体谅娘的难处呀。有些事你可能永远也不会懂。可是十年前那样可怕的事件再也不能发生了。你还有四个哥哥,在权力斗争的漩涡中,我们家是否能生存下去,就看我们能不能得到更多部落的支持，能不能扩充实力，巩固强有力同盟关系。眼下，贵由汗虎视眈眈地盯着我们，如果我们家族不够强大，就会被他一口一口吃掉。而巩固同盟最有效的方法就是联姻。"

乌英嘎想起了十年前那个血雨腥风的夜晚，不禁打了个冷战。

唆鲁禾帖尼接着说："再说了，即便没有联姻结盟这件事，你也不可能下嫁你说的那个汉人。你是什么人哪？是监国王爷家的郡主，地位很尊贵的。要嫁只能嫁勋臣世族、部落首领或他们的后裔及封国之君。我虽然没有见过你说的那个汉人，照你说的不过是一介书生。他怎么能和未来的汪古汗，英明神武、勇猛善战的聂古台世子相比呢？"

乌英嘎闭上眼，把不平、愤怒和无可奈何咽到肚里，过了一会儿，睁眼一瞪，眉毛一扬说："监国王妃娘娘，儿臣答应就是了。"

唆鲁禾帖尼王妃道："这就对了。"

"娘娘，请你不要老是'汉人，汉人'的，'汉人'怎么了？没有'汉人'乌英嘎早就死了。天下的人都是有尊严的，请你不要蔑视我的郝经哥哥。"这几句话几乎是从乌英嘎牙缝蹦出来的！

唆鲁禾帖尼还要说话，乌英嘎往地上一跪："请娘娘回宫——"

八月十八那天早上，斡难河王府张灯结彩，到处是马头琴和赞美的歌声，唆鲁禾帖尼王妃带领王公贵胄先祭拜成吉思汗，然后由新娘乌英嘎的亲哥哥、拖雷部落的世子蒙哥，赐封乌英嘎为独木干公主。公主将兄王所赐的银册举过头顶致谢。

汪古部落的世子聂古台，在随从的簇拥下向王府中央的神坛走去。后面跟着抬着礼品的队伍，玉器、金器、银器和牲畜排成一溜。聂古台将景教的十字架从脖子上摘下，交给随从，然后由大喇嘛将一串念珠挂在他的脖子上，到佛像前礼拜再三，皈依佛教。

新郎聂古台在欢乐的礼乐声中，佩带蒙古刀和弓箭，手捧着洁白的哈达向唆鲁禾帖尼王妃、世子蒙哥和他的胞弟忽必烈、旭烈兀、阿里不哥等长亲逐一敬献，进酒，行跪拜礼。

礼毕,唆鲁禾帖尼王妃把独木干公主交给聂古台;聂古台搀扶着独木干,拜了天地,拜过阿剌海别吉王后;聂古台世子和独木干公主手拉着手从两堆旺火之间穿过。

这时候两位伴娘捧上银盘,内陈一副煮熟的羊颈骨,呈于聂古台驸马面前。聂古台驸马用力掰断了羊颈骨,里面露出一把捆在一起的四双金筷子。众人喊着:"一根筷子容易折,一把筷子折不断。"聂古台驸马和独木干公主举着它绕场一周,祝福声、欢呼声和喇叭声响彻云霄。

夜晚的斡难河边,碧野星空,篝火熊熊。到处是欢歌热舞,人们尽情地狂饮,烤羊肉的香气弥漫在空气中。

三千余名来自拖雷部落的男女贵客欢聚一堂,共度联姻结盟这一盛大的节日,平日广袤静谧的草原瞬时充满了欢声笑语。

王府里,主宴席上坐着阿剌海别吉王后和唆鲁禾帖尼王妃,姑嫂二人正谈得高兴。大管家斯钦赤那走进来,在唆鲁禾帖尼王妃耳边悄悄说了几句话,唆鲁禾帖尼王妃叫撤了酒宴,去请世子蒙哥兄弟和聂古台驸马议事。毕竟斯钦赤那和王妃说了些什么,蒙哥兄弟来也未来,且听下回分解。正是:

　　　　弟兄齿序元投分,儿女情亲又结婚。

　　　　且喜相逢开口笑,甘陈功业不须论。

第十八回　叶密立贵由殒命
　　　　钦察汗蒙哥登基

黑云压城城欲摧，甲光向日金鳞开。

角声满天秋色里，塞上燕脂凝夜紫。

四句古诗叙过，单道形势的险峻——黑云压城，暗流涌动，大敌当前，不言可知。

闲话少叙，言归正传。

且说唆鲁禾帖尼王妃把世子蒙哥兄弟找来，同阿剌海别吉王后、聂古台驸马商量一件大事。

唆鲁禾帖尼王妃道："今有可靠消息，贵由汗已率三万精锐部队离开和林秘密西进，说是大汗最近身体不适，到叶密立养病去了。大家有何见解，只管直言无妨。"

"养病？"蒙哥一脸狐疑。

"养病为什么带那么多军队？"蒙哥提出质疑。

大家你一言我一语分析情况，如堕五里雾中，莫衷一是。

二弟忽必烈经过一番深思熟虑，平静地说："大汗这次西巡，一定是去征讨拔都。之所以佯称养病，暗中出兵，是想出其不意，来个突然袭击。"

"那贵由汗为什么要征讨拔都呢？"大家不约而同地问道。

忽必烈道："说来话长，人惧果来佛惧因，万事由来皆有根。"接着忽必烈把自己的想法细细道来，说得有理有据：

"这拔都乃爷爷成吉思汗长子术赤的儿子，领钦察汗国，是长宗亲王。

"窝阔台汗在位时曾指定阔出的儿子失烈门为汗位继承人。窝阔台死后，六皇妃乃马真违背其生前意愿，欲立自己的儿子贵由为汗。

拔都是皇族中最有威望的长宗亲王,正直而仁厚,他能任由乃马真皇妃谋权篡位吗?其他王爷得不到长宗亲王的首肯,只能持观望之态,汗位空悬达五年之久。后来是母亲说服诸亲王,帮助贵由当上了大汗。"

"唉——"唆鲁禾帖尼王妃皱了皱眉头道,"那也是出于无奈呀!那时,你们最小的叔王斡赤斤也领兵来争汗位,内战一触即发。为了稳定局势,避免内战,防止血流成河、生灵涂炭的悲剧重演,我也只好那样了。"

忽必烈接着说:"贵由汗即位以后,特别忌恨拔都汗,尽力削弱拔都的势力,一直在寻找机会置拔都于死地。"

唆鲁禾帖尼王妃道:"我也曾经劝过大汗,拔都远在钦察草原,不会对他怎样的。作为大汗,应该以德化怨,才能长治久安。"

忽必烈说:"他哪里是个听劝的人?刚愎自用不说,反而对母亲迟迟不主动支持他登基很不满意。"

"还有……"忽必烈抬头看了看蒙哥。

蒙哥不解:"还有什么?"

"他怕你!"

"怕我?"

"你当年跟着父亲南征北战,战功赫赫,他能不忌惮你?不然,怎么会不断找碴,削弱我们家族的实力?怎么会把我们三千户授予他儿子禾忽?"

"好了。"唆鲁禾帖尼王妃打断儿子们的争吵,扫视着阿剌海别吉一家,"大家说说我们该怎么应对吧。"

阿剌海别吉王后说:"汪古汗国和金帐汗国也是世代姻亲,如今,我家聂古台世子又成了拖雷家的驸马,一损俱损,怎么能让拔都汗坐以待毙呢?"

唆鲁禾帖尼王妃道:"如今,最重要的是让金帐汗和汪古汗知道情况。谁去告诉他们呢?"

聂古台世子说："合罕的人时刻盯着这里,王府的人不能动。婚礼庆祝的活动照常进行。不如我和公主以认亲为名,悄悄回汪古,再派人转告拔都汗。"

唆鲁禾帖尼王妃、阿剌海别吉王后和蒙哥点头同意。独木干公主捶胸顿足道："怎么会这样?怎么会是这样?……额赫呀,为什么要把我找回来?把我找回来就是让我听这么血腥的故事吗?娘呀……"独木干一着急把汉话都喊出来了。

独木干公主跟着驸马聂古台走了。

……

和公主驸马一起走的还有乳娘乌力罕、大管家斯钦赤那。因为他们保护和寻找公主立了功且在动乱中都失去了家庭,唆鲁禾帖尼王妃撮合二人成婚,赐封千户。但他们不愿意离开公主,今公主远嫁,让他们跟着,唆鲁禾帖尼也算放心了。

却说独木干和聂古台回到汪古,把贵由汗率军秘密西进的消息告知金帐汗,拔都得知消息,秣马厉兵,枕戈待旦,随时准备迎接战斗。

转眼冬尽春来,贵由汗率领兵马昼伏夜行,一路向西。沿途看到的是草原大旱、河水尽涸、野草自焚、牛马十死八九、民不聊生。贵由汗心生暗喜,以为乃天助其消灭金帐汗国也。

这天拂晓,大军刚到横相乙儿,怯薛长林臣镇海吩咐安营方毕,侍卫便报称金帐汗国劳师使者觐见。镇海和贵由汗着实吃了一惊。

原来拔都汗做了两手准备:如果大汗果真是来养病,即派出使者,带了牛羊、礼物,犒劳王师,慰问大汗。如果大汗兴兵问罪,则"退避三舍",避开合罕军的锋芒,以争取在道义上的主动,然后示弱,诱敌冒险深入,伺机决战。

金帐汗国派出的使者不是别人,正是拔都汗的幼弟孛儿只斤·昔班。

昔班进得帐来，呈上劳师礼单，奏道："自去岁秋得知大汗幸临叶密立以来，拔都汗无时不在盼望英明神武的合罕光临。些许薄礼，望乞笑纳。"

一句"去岁秋"惊得贵由汗从宝座上跌落在地上，左右忙将大汗扶起。贵由汗讯问再三，昔班坚称定宗二年秋即知合罕西行欲养疴叶密立，今接驾来迟，望恕罪。贵由汗蹒跚欲走，拘挛不能步。

林臣镇海将孛儿只斤·昔班拉过一旁，悄声喝道："合罕西幸，并未颁诏，尔等如何得知，休得胡言！"

昔班朗声奏道："合罕神武，声震寰宇，威望素著；彼有一动，天下震颤，我等接驾来迟，实属罪过，还望合罕胸怀海阔，大量能容。"贵由汗咳嗽不止，"啊"了一声，一口紫血啐在帐中。林臣镇海忙去搀扶。

侍者端来一碗冰山雪莲花茶，孛儿只斤·昔班连忙接过献与大汗。

贵由汗手不能动，以膀抗之，撞于地上，大喊一声："滚！"

昔班却步退行，出。

第二天，昔班欲进帐探视，却见行宫门外竖着裹着黑毡的长矛。说是昨天夜里大汗驾崩了。

贵由汗的灵枢被运往他的斡尔朵所在地叶密立。唆鲁禾帖尼王妃派出急使向海迷失皇后及其子忽察、脑忽等表示慰问与吊唁。

拔都汗则停止前进，也派使者沉痛吊唁大汗，并向贵由的寡妻海迷失表示了友好。

贵由汗崩，长妃斡兀立·海迷失暂时听政监国。这时，宗王们趁火打劫，纷纷擅自签发文书，颁降令旨，蒙古汗国再次陷入混乱。

汗位虚悬，危机四伏。推选出新大汗，是当时蒙古汗国臣民共同关心的问题。

拔都汗作为长宗亲王，有资格召集和主持此次选汗大会，并在新任大汗的选举中具有"一言九鼎"的地位。于是他向各地派出急使，召集诸王贵族到他的驻地——金帐汗国东境、钦察草原的阿剌脱忽剌兀举行忽里勒台,拥立新的合罕。

监国王后海迷失自然希望汗位能保持在自己手中,但她的两个儿子忽察和脑忽年少无知,少功无能。她只好拿窝阔台的遗嘱说事,认为汗位应该由失烈门继承。

拔都汗推举了蒙哥。他说:"在宗王之中,只有蒙哥具有一个汗所必需的禀赋和才能。因为他见过世上的善恶,尝过一切甘苦,军功赫赫,才智出众。大蒙古的江山社稷、百姓福祉,应由他的英明决策和远见卓识来保证。"到会的宗王贵族中多数人也都拥护拔都的意见。

海迷失王后反对说:"窝阔台在世时曾留下遗诏,让他的孙子失烈门继承汗位。忽里勒台不能违背先可汗的遗言。"

众宗王贵族不知如何应答。

蒙哥焦灼地在宗王贵族群里搜索着。刚刚赶来的塔察尔不明情况,海迷失王后的亲信也速、孛里正围着塔察尔说话。

就在这时,忽必烈突然站出来,他说:"先大汗窝阔台的遗诏的确不能违背,但究竟是谁违背了窝阔台大汗的遗诏呢?是乃马真后和你们自己。你们早已取消了失烈门继位的资格,让贵由继位为大汗,今天还能归罪于谁呢?"

"好!说得好!"

众宗王贵族一片欢呼。

拔都汗没有想到忽必烈这么聪明机智,连声叫好。众人的目光都集中在忽必烈身上。

"好!"塔察尔宗王喊道,蒙哥连忙挤到塔察尔身边,推开也速、孛里、和只、纳忽等人,将塔察尔拉到一边,拜了又拜,耳语一番。

会议终于通过了蒙哥为大汗候选人的决定,并定于第二年在蒙古本土召开忽里勒台大会,正式选举蒙哥为蒙古汗国的新大汗。接着,拔都命令自己的兄弟别儿哥和不花帖木儿带着大军同蒙哥合罕一起前往蒙古的圣地斡难河畔的大草原,以便在全体宗王们参加的忽里勒台上让他登上宝座。

当时蒙古汗国两派势力已经到了剑拔弩张的地步,拔都担心贵由的子弟和近臣们采取极端手段在路上截击拖雷的儿子们,于是派自己的弟弟和大将把蒙哥兄弟一直护送到哈拉和林。

第二年六月,在斡难河畔举行忽里勒台大会,宗王大臣们共同拥戴蒙哥登基,成为蒙古国大汗。正是:

秦鹿奔野草,逐之若飞蓬。

按剑清八极,归酣歌大风。

第十九回　郝伯常雪中送炭
　　　　徐娇鸾釜底抽薪

　　无因同拨地炉灰，想见柴荆晚未开。

　　不是雪中须送炭，聊装风景要诗来。

　　四句古诗叙过，说的是石湖居士范成大教诲弟子："那种刻意营造出的意境和诗意，太勉强，很造作。诗作表达的应该是真心实意，就像在下雪天给人送炭那样。"后人多不知此乃诗论，"雪中送炭"倒成了表示诚心助人的经典词汇。

　　看官，谚曰"只有锦上添花，哪得雪中送炭"。旧谓只有好上添好的，没有在别人急难的时候给人帮助的。在下今天就说一个急危解难，济人于水火，后来果有福报的佳话。

　　闲话少叙，言归正传。

　　却说郝经婚后的生活过得怎样，只有徐氏娇鸾体会最深。初嫁入上党望族、书香世家，丈夫又是个饱学之士，出则恋恋难舍，归则举案齐眉，入则极尽款曲。

　　初，徐氏有一箱箧密之。郝经好奇，几欲视之，不得。郝经固求，始见。箧之中间最显眼的地方放着一只羊脂玉钏，晶莹剔透、温润淡雅、一尘不染。乃婚礼当日跪拜高堂时姑翁谢茶之礼，郝家世传之物。徐氏甚珍，凡礼祭、省亲、见客则佩之。其余尽娘家陪送之首饰。

　　翻到箱底，见一定窑白瓷果盒，有盖，娇鸾的脸腾一下子红到脖颈，急忙用手去拦，却已被郝经打开。只见内藏一对春宫男女，郝经也觉得面颊发烧。正是：

　　　　衣解巾粉御，列图陈枕张。

　　　　素女为我师，仪态盈万方。

郝经不能自持,夫妻相拥而眠,于飞①甚乐。

自此,此箱不再锁,夫妻随时检视。

新婚的喜悦经不起岁月的磨砺。清贫的生活,辛勤的劳作,往返于贾府和积庆堂之间的丈夫,已经褪尽了徐氏仅存的激情。争吵,无尽的争吵,成了徐娇鸾生活的主旋律,皱眉、撇嘴成了徐氏在郝经面前唯一的表情。

于是郝经除了负薪汲水,春粟治菽,很少回家。

一天,贾帅刚刚回府,在中和堂外曲廊下,见有一位少妇在廊栏凳子上坐着。上身穿银朱红细云锦广绫合欢长衣,下衬着浅蓝色对襟收腰托底罗裙,娇小的身材如同一抹绯红的云霞,灿然生光。脸如桃花,眉似青黛,只是眉角向上挑着,显露着柔中有刚的性格。

贾帅说:"这不是郝夫人吗?"

徐氏娇鸾一看是贾帅,想回避已不及,赶快站起来作了一个揖,谦恭地说道:"是贾帅啊。我来看看夫君在忙什么,好长时候没回家了。"

贾帅先是一愣,接着点了点头。

徐氏稍稍迟疑一会,随即又说:"贾帅可否劝夫君常回家看看。家有父母需要照顾,两个弟弟都跟着父亲读书,家里事多,我一人也忙不过来。"

贾帅似乎品出了郝夫人话中的弦外之音,心中暗想:"少年夫妻嘛,是该常回去的。"于是答应说:"好。郝先生喜欢读书,把家事都忘了,回头我劝劝他。"说完进了帅府。

徐娇鸾款款向中和堂走去。

生活恢复了平静,徐娇鸾磨去了些许棱角,郝经也不再计较。不管怎么说,郝经度过了一段相对安逸的生活。

一日,贾府放了饷。郝经怀揣十两银子准备回家,忽然想起,自结婚以来已有多时不见苟宗道。趁着今日怀中有钱,莫如到铁佛寺

---

① 是谓凤凰于飞,和鸣锵锵。指夫妻或男女之间恩爱和合。

邀宗道和仲安喝上两口。想着便向铁佛寺走去。

还没有走到铁佛寺山门，已经听到小孩子撕心裂肺的哭声。近前一看，中间一对中年夫妇，衣衫褴褛，蹲在地上抱头痛哭；旁边站着一位员外，他的家丁抱着一个一岁多的孩子，那孩子骨瘦如柴，满脸菜色，望着那对夫妇喊爹叫娘。四周围着许多看热闹的人，唏嘘不止。张仲安捧着一只传盘，上有几两银子，苟宗道站在山门台阶上声嘶力竭地求人施舍。宗道一眼看见郝经，连忙下来拉住郝经，如此这般说了一番。

原来那对夫妻本是汴梁人氏，男子姓秦名之用。父亲秦秉翔，是大将军陈和尚麾下一个校尉。速不台围攻汴京，血战十六天，崔立降。秦秉翔随大将军奔钧州途中被俘，久无音讯。秦之用曾听说父亲因在保州待赎，遂凑备银两，带着怀孕的妻子赶赴保州，却是遍访不着。

一晃三年过去，银两花尽。住店、吃饭、生孩子，又欠下柳员外银子三十两。近访得父亲旧部，多已不在人世，想来父亦难以生还。之用在保州人生地疏，不得生理。母亲年迈，弟尚幼小，远在汴京，生不能养，死不能葬，决计回去，又无盘缠。柳员外银子不能偿还，只得以子抵债，母子分别，如同生割，因此抢地而哭。

适才得众义士怜悯，凑得十余两银子，权作盘缠，只是怎忍这母子生离死别？

郝经听了，想起当初郝氏三门几十口避战逃荒，叔公天佑病死他乡，郝辇、郝舆殁于兵灾，其余诸伯至今下落不明，不觉落下泪来。

郝经随宗道一起向山门最上面一阶走去，站在寺主张仲安旁边，朗声说道："各位父老乡亲，古贤者曰：'仁者，谓其中心欣然爱人也。'秦氏落难至此，郝经不忍，方得束脩十两，今悉数奉之，以助其返乡奉母。"

四周围观百姓欢声一片，齐生生叫了一个"好"。

张仲安双手合十颂道："阿弥陀佛。"

秦之用夫妇爬到阶前，饿鸡啄米一般不住地磕头，鲜血点点印在地上。

　　苟宗道挥着手大声喊道："各位大爷、奶奶，希望大家不吝半饭之赠，救人如斯。"

　　不一会儿，聚得碎银二三十两，柳员外见了顿觉尴尬，抱拳道："各位老少爷儿们，大家如此仗义，倒叫柳某倍感惭愧。虽然柳某无德，没有修得一子，很想要这个孩子，却也不能拆散这一家子。得，三十两银子折了一半，算某凑个份子；剩下的给秦之用作盘费吧。"遂叫家丁把孩子交与秦之用夫妇。众人又齐生生叫了一个"好"。

　　秦之用一家向员外砰砰叩头不迭。

　　郝经做了这番善事，心里高兴，酒也吃不得了，别了寺主张仲安和宗道，一路哼着小调回家去了。

　　却说郝经回到家中，徐氏见夫君一脸喜气，端了一杯香茶笑吟吟迎了上来，问道："相公可是在路上捡得黄金还是珠宝？"

　　郝经回道："娘子，比黄金珠宝还要贵重。有道是'救人一命，胜造七级浮屠'。为夫今天算是积了个大大的善因。"

　　郝经把十两束脩周济秦之用一家的事详详细细述说一遍，本欲博娘子开怀一笑，不料遭来劈头盖脸一顿臭骂："好哦，你是大善人。也不撒泡尿照照自己，连老婆都养不活的小孩王，还周济别人。傻了吧，你。"郝经讪笑着说："天有好生之德，君子急人之难。当初郝徐两家尚无交往，岳丈大人不是常常周济我家吗？"

　　徐娇鸾眯起一只眼，撇着嘴讽道："得，得，得。你真是虱子比大老犍，你家能和我家比么？贫家十钱，譬如锅底凿洞；富家万两，不过金山一角。当初爹爹也是瞎了眼，为什么要周济你个窝囊废。"

　　郝经听了，气不打一处来，撂下一句话："贱人找打呀！"摔了杯子，乘着暮色往贾府去了。

　　且说郝经扶危济困的事一传十，十传百，贤声益振。老丈人徐翁听了喜欢，却有些日子没见女婿上门，便到郝家去看看。

　　女儿见了爹爹，两眼一红，落下泪来。婆婆许氏忙着端茶倒水招呼亲家。

婆婆说:"不知经儿如何便得罪了媳妇儿,日日不畅;经儿却也常不着家,回来做做活儿就走。"

其实个中缘由郝经早已告诉母亲,郝母却要看看亲家怎个处置,借口做饭,扭身去了。

娇鸾星星点点,叨咕些个由头,将故事敷衍一番,道是行侠仗义也须量力而行,郝经就不依不饶,连家都不回啦。

徐翁深知女儿习性,是被妈妈惯坏了的,好生责备一番,讲些个三从四德、夫唱妇随的道理。还说改日便去请女婿回家,要女儿赔礼道歉等等。娇鸾还要撒娇,被爹爹瞪了一眼,只得低头道是。

徐员外起身告辞,许氏盛情挽留。就在此时郝经回来了,徐翁便转回,要与姑爷好好谈谈。毕竟说出什么话来,且听下回分解。正是:

> 燕山窦十郎,教子以义方。
>
> 灵椿一株老,仙桂五枝芳。

第二十回　积功德郝经得子
争家产娇鸾撒泼

季子憔悴时，妇见不下机。

买臣负薪日，妻亦弃如遗。

四句古诗叙过，端的是"富贵家人重，贫贱妻子欺"，讲的是那苏秦和买臣，娶了不贤妻子，嫌贫爱富，终成遗恨的故事。世人本应施以同情、引为警诫，孰料势利代有，屡屡上演。

闲话少叙，言归正传。

却说徐员外正要告辞，见郝经回来，备说女婿扶危济困受人尊敬，自己也觉脸上有光。

郝经不冷不热地说道："那是我自不量力。一个连老婆都养不活的小孩王还周济别人，真是傻了。"

徐翁见女婿神色蹊跷，语中带刺，忙把郝经拉过一边问个究竟。

郝经把岳翁拉到妻子跟前，将那天的话一五一十倒了出来，最后说："岳丈大人，以后别再搭理我这个窝囊废了。"

徐翁听了气得脸都绿了，恨不得上前打女儿几个巴掌。

徐娇鸾吓得浑身发抖，求道："爹爹，女儿再也不敢了。"徐翁以眼示意，娇鸾扑通一下跪在郝经脚下，哭道："相公，求你放过为妻吧，我真的知道错了。要不你就打我几下出气吧。"说着，揪着郝经的衣服，泪眼相望。郝经心里酸酸的，看看岳父，徐翁点点头，郝经拉了娇鸾一把，道："起来吧，你。"

郝经请岳丈坐下，重新换过茶水道："我回来是看看柴火还能再烧几日。请岳父宽坐，小婿告辞。"

徐翁止住郝经道："我知道你已经好久不在家住。俗话说'夫妻无隔宿的仇'，小女无知，但已认错。看在老夫面上，贤婿不要再意气用事了吧？"

郝经道："那就请岳父在此稍候，待我去炒几样小菜，等父亲回来与岳父喝上几口。"

徐娇鸾连忙起身道："相公在此与爹爹说话，我去厨房了啊。"

郝经两口子从此相安无事。

这世界还真有不嫌事多的。有一回娇鸾回娘家小住，妈妈问起女儿："你们小两口怎么回事，叫你爹爹训了我一顿，说我把你惯成了个不懂蛋？"

这事不问便罢，一问勾起了娇鸾满腹委屈。几滴娇泪横流，一腔怨气中升。正是："湘江竹上痕无限，岘首碑前洒几多。"

看官，自古道"十个补盆匠，不及一个砸锅的"。

妈妈道："这事怨不得别人，当初我娘家侄子崔用多么喜欢你，又有钱。可你和你爹就看上郝家了。什么书香世家，博学鸿儒，呸！除了架子大，还有什么？不过，你也真是的，嫁过去都一年多了，连颗虮子也没下，人家能看得起你？老郝家三门两不见，你要能生个胖小子，看谁敢欺负你？"

妈妈又在女儿耳边叽里呱啦说了好一阵儿，说得娇鸾脸儿通红，芳心乱跳。

徐娇鸾回到郝家，对公婆百般温顺，对丈夫千种娇媚。端的是：

> 天魔巧伺便，作计回刚肠。
>
> 多情开此花，艳绝温柔乡。

不久徐氏娇鸾即怀有身孕。一家人笑逐颜开。

妈妈说得一点不假。果然，初时便免了这淘米洗菜的功课；待身子感觉笨笨的时候连扫地掸灰也不让做了；肚子能看出来时就坐着等吃等喝；后来，身子不方便了，婆婆就侍候着她，给她端汤盛饭，掸床振衣。

十月怀胎一朝分娩，这年正月，在生机盎然的新春气氛中，徐氏诞下一个白白胖胖的小子。全家人高兴不迭，取名采云，呼为阿宝。

正月十六，阿宝三朝，许氏早早就把接生姥姥请来，用桂花心、柑橘叶、龙眼核、石榴籽及十二枚铜钱煮成清汤替云儿洗澡。郝经祭拜过神明跟祖先，提了母亲早已准备好的一壶淡盐水，壶嘴上系了红布，带着鸡酒到满城报生。及上车，适逢宗道来访，问道何往，郝经也不答话，提起茶壶示意，作缄口状。苟宗道会意，笑着抱拳相贺："恭喜贺喜，那我就不进去了，等着喝侄子的满月酒好了。"原来陵川老规矩，报生是不能与人讲话的，不然会岔奶的。生了男孩红布系在壶嘴上，生女红布则系于提梁之上，虽不言，心下自知。

郝经到了满城岳丈家，崔老夫人一见红布系在壶嘴上，喜滋滋地从女婿手中接过，取碗倒了一些叫老头子抿了一口。老两口笑逐颜开，将茶壶中的水盛于盆中供在观音像前，预备随后用这壶水和面做成擀饼，在十二朝时送到女婿家，好给亲朋好友报喜，生男孩时做成咸饼，生女孩时是不放盐的。这样，吃到饼的人自然知道是男是女了。回去时茶壶里满满地装上金灿灿的小米，给女儿熬米汤喝。

崔夫人备下酒菜管待女婿，对郝经吩咐道："你们郝家，三门就有两门绝了后，我们阿娇肚子争气，添丁进口，还是个男孩子，替你家续上香火，可是立了功德，你家须好生待她，不然别怪我不客气！"徐耕不住地咳嗽欲阻，崔氏瞪了他两眼，全然不顾。

老丈人见郝经面有不悦之色，即打圆场说道："你岳母不会说话，贤婿莫怪。"郝经点点头。酒饭过后，徐翁随即将早已预备好的包屁裙、尿布、褓褓及各种食物搬到车上，打发老伴儿随车到郝家侍候月子不提。

阿宝一天天长大，很乖，不爱哭也不爱闹，吃饱后就睡；偶尔醒了，只要抱着他，他就乖乖地睁着一双明亮的大眼睛，东看看，西看看。无论看什么，他都是一幅极其认真的样子，这点像郝经。无论别人说什么，他都咯咯地笑；没有人逗他，他就保持一份独有的平静，仿佛独处世外。

　　随着孩子慢慢长大，徐氏的脾气和胆子也跟着越来越大，动不动就摔锅摔碗，和丈夫吵架，给公公脸色看，甚至和婆婆顶嘴。

　　孩子快两岁了，郝经和他数数玩耍，从一到十，阿宝已经数得又快又准，有一次居然能数到三十多了。慢慢地，阿宝会辨别颜色了，会说小鸡、兔子了。可是因为娇鸾常常发脾气，郝经一点也高兴不起来。

　　徐娇鸾发威有一个规律，就是回一次娘家，胆子就大一点，脾气就长一点，过几天就好了；再回一次娘家，又是这样。如此反复，使郝家始终笼罩着一股霜气。

　　过年了，又是一年春来到，依然十里灯笼红，郝经心里却是一片黑暗。

　　先是腊月二十九，郝经去岳丈家送些酒和鸡鸭鱼肉，岳母崔氏爱搭不理地说："打发要饭的哩？"嫌少，给扔了出来。徐翁骂道："多少都是孩子一片心意，你这是要干什么！"又给捡了回去。

　　再是整个过年，烧香上供，走亲访友，没有见徐氏佩戴母亲赠予的和田玉钏。婆婆问时，徐氏有一点慌乱，搪塞说是没钱给阿宝买东西和给自己买过年的衣服，卖了。婆婆欲待数落她几句，几度火起又忍下。郝经想开箱看看，却见几年不锁的箱子又上锁了。

　　正月初四去拜年，郝经一个人回来了。十四是阿宝的两岁生日，那时，阿宝母子才要和娘家人一起回来，连送十五带做生。郝经对母亲道："正月十四徐家可能要发难，你身体不好，脾气急，要不就带彝和庸去苟伯伯家串门吧。"母亲说："我不去，等着他们，看他们能把我吃了？"

　　正月十四终于到了，母亲在郝经和思温的劝说下，带着彝和庸去了苟士忠家。

　　徐家老两口、阿宝母子，还有娇鸾的姐姐、姐夫、表哥崔用以及他们带的小孩子们，一起来到郝家。

　　崔氏问亲家母在哪儿，知道不在有些失望。

上午,阿宝生日的仪式在姥姥崔氏的主持下,很快就完成了。

饭菜是现成的,蒸热就上了桌。

吃饭时,小孩子叽叽喳喳抢东西吃,争压岁钱,很开心,大人们的表情却都很凝重。

郝思温陪着他们吃饭,郝经里里外外忙着端菜。偶尔看见娇鸾给表哥崔用夹菜,眉来眼去的,就像吃了苍蝇,却不好发作。

酒饭过后,按规矩,郝经忙着准备第二顿饭。

岳丈徐翁摇摇手道:"既然亲家母不在,那些繁文缛节就不用了,你也坐下。郝先生,今儿我想说说他们小两口是怎么了?"

郝经知道,发难开始了。

"没有呀。"思温不想把事情闹大,"俩人好好的,谁家锅碗还没个碰着的时候。"

"算了吧!"徐翁拉开架势,"为何阿姣每次回去都是哭哭啼啼的?如今你们家房子也有了,生活应该没啥问题吧,怎么阿姣连镯子都卖了?孩儿在家娇纵惯了,身上还能断了个钱?听说郝经也是给她气受哩。"

郝经一拍桌子站起来道:"娇鸾,你瞎说什么。什么时候你没钱花了?谁给你气受了?"

丈母娘发威了,拍得桌子上的茶杯都倒了,厉声道:"郝经,你个忘恩负义的东西,当初你家揭不开锅的时候,我家是怎样对你家的?你穷得叮当响,我是怎么把闺女嫁给你的?现在当着我们老两口的面就敢拍桌子,我们不在时指不定怎样欺负我家闺女呢?"

好家伙,老丈母这一通发怒,把小孩子们都吓哭了。娇鸾的姐姐赶紧把他们哄到外面去了。

徐翁对老伴儿说:"你这是做甚哩?有话好好说。"

崔氏道:"说就说。郝经,我告诉你,从今往后,你不能断了阿姣的零花钱,亲家公,你家三个儿子,就这一院房子,你得给我写下一张,这房子就是郝经的。还有……"

郝思温再也坐不住了，打断亲家母的话道："亲家息怒，我郝家世代书香，在陵川置楷华堂。《诗经》有云：'棠棣之花，鄂胚依依；凡今之人，莫如兄弟。'到我这一代，历经五世，不曾析产。这是我郝氏家风，怎么能在我手里毁掉呢？"

徐子勤站起来，向思温鞠了一躬，抱歉道："郝先生，徐某失礼。恕罪，恕罪。"转身对老婆吼道："你怎么能这样？别再丢人现眼了。"

崔氏不依不饶："我怎么了，谁家闺女嫁人没有一院房子？你吼什么吼。"说着直向姑娘使眼色。

徐娇鸾掐了下阿宝，一把鼻涕一把泪哭道："我可怎么活呀……啊啊……相公不把我当人，公公婆婆不待见，儿呀，咱娘俩没法活了呀……啊……啊……"

妈妈哭，儿子跟着哭，娇鸾在地上打滚，阿宝也在地上乱爬，一家子乱成了一窝蜂。郝经赶快将阿宝抱起，朝徐氏嚷道："你还让不让我在这满城混了。"

徐翁发怒了，拉着老婆就往外走。娇鸾夺过孩子跟着往外走，徐翁一把推开道："你活是郝家人，死是郝家鬼。给我乖乖地在这儿成人家。"

徐娇鸾坐在地上抽噎不止。

正在这时，一位风尘仆仆的道人推门进来。欲知来者何人，且听下回分解。正是：

> 龙丘居士亦可怜，谈空说有夜不眠。
>
> 忽闻河东狮子吼，拄杖落手心茫然。

第二十一回　郝经书《河东罪言》
贾帅谈王府秘事

家随兵尽屋空存，税额宁容减一分。

衣食旋营犹可过，赋输长急不堪闻。

蚕无夏织桑充寨，田废春耕犊劳军。

如此数州谁会得，杀民将尽更邀勋。

看官，你道此诗是何人所写？乃九华山人杜荀鹤所作。可叹贪官酷吏自古有，为民请命有几人？幸有如杜荀鹤者，矢志未能忘救物，敢为黎庶振臂呼，披肝沥胆宏宏志，忧国忧民拳拳思。如今单说一人，不顾个人安危，冒死上书为民请命之事。看官休嫌絮叨，且听说话的慢慢道来。

闲话少叙，言归正传。

且说徐翁拉着崔婆，带着亲戚正要往外走，一位风尘仆仆的道人推门进来。

郝思温匆匆送走亲家公一家，将道人请到家中。这道人郝思温和郝经都认识，是陵川县太清观清风道长申正，俗字清河。只见申道长紫阳巾顶失颜色，八卦衣上尽补衬，风尘仆仆，面露饥色，正是"人物风流册府仙，谁教落魄到穷边"。

幸好刚才为亲家准备的第二顿饭菜已经做好，他们没来得及吃，正好端了上来。道长原来那种超尘脱俗的神态早已荡然无存，拿起箸来，狼吞虎咽，好像几天没有吃饭似的。

郝夫人许氏从苟家回来，见申道长吃过饭，正在喝汤，问候之余，便让彝和庸见过道长叔叔，问道："哪阵仙风把道长吹到这里？"

看道长吃得酣，郝经父子还没来得及问，于是一齐问道："是呀，道长为何到这里？"

道长没有回答,看着郝经说:"这就是下棋那小子吧?"

郝经点点头:"道长,还记得我呀?那两个是我弟弟,还有个妹妹在外面玩耍呢。"

道长笑着说:"都留起髭须了,孩子呢?"

郝经努努嘴:"和他妈在屋里呢。"

道长忽然仙容失色,满脸惨状,黯然道:"贫道这次来,就是来找你的。清风本欲正月十九谒燕京长春宫,在白云观会神仙。今已十四,料难赶到。至于绕道保州,却是因为一件关乎天下苍生的大事。"

"什么大事?"大家一齐问。

道长含着眼泪,把蒙古统治者横征暴敛、倒行逆施,百姓则无以生存、人自相食的惨状诉说了一遍。

思温道:"申县令颇有政声,怎不解民于倒悬?"

道长说:"啊呀呀,大中和壶关秦邦纪皆因不愿为虐百姓,早就卸任了。现在的县令都是虎狼之辈。"

郝经听了家乡道长的哭诉,止不住泪水直流,泪眼中透出愤怒的光芒。

申道长道:"听乡贤魏梦臣讲,贤侄十年苦读,已是腹里①名人,又结交了很多上层人士,希望能设法呈文条陈,以达天听。我这次谒长春宫也是同一目的。自古'儒门释户道相通,三教从来一祖风',都要道济天下苍生,希望贤侄不要推托。"

郝经很痛快地答应了道长之请。

为了赶正月十九,清风不敢耽搁。郝思温准备了一些衣物盘缠,送走了道长。

正月十五是元宵节,乃春节之后的第一个重要节日,又称为上元节。自打张帅主政保州以来,息兵偃武,百姓安居乐业,规划市井,营建民居,修建城垣,并引护城河水入城,疏浚河道,排涝防旱,使保

---

① 元朝对中书省直辖地区的通称,包括黄河以北大部分地区,就是现在的河北、山西、河南、山东以及内蒙古的一部分。

州城得以复兴,成为燕南一大都会。这日,保州城内白昼为市,热闹非凡;夜间燃灯,蔚为壮观,那些精巧多彩的灯火、热闹非凡的百戏成为春节期间娱乐活动的高潮。然而郝经却在痛苦和煎熬中度过了这一天。

欢娱过后,月亮和星星都显得有些疲惫,躲进薄薄的白云后面。夜深人静,郝经仍在伏案疾书。很快,一篇国策条陈《河东罪言》书成。

曰:"凡有天下国家者,虽一民尺土莫敢忽而不治。今拥有国家已经五十年了,可惜大纲要政没有建立,法律制度不够健全,政策措施没有执行,尤其是河东地区。"

郝经开宗明义地指出问题所在,接着凝神沉思,奋笔书曰:

"河东的地理位置非常重要,处于腹地,俯瞰中原,古称冀州天府。自尧、舜、禹以来,凡更帝迭王,君临天下者,都是凭借这里立国。所以说河东是九州之冠。"

郝经的笔墨重重地在纸上滑过,簌簌作响。家乡的风情一幕幕从眼前掠过。

"河东地区的出产,菜要比蚕桑多;这里的气候、土壤最适合种麻,主要的手工业是纺麻织布,所以这里的百姓生产的大布、卷布、板布等,除穿用外,可折成白银以供官赋。所以这里的课银独高天下,也算对得起王府了。

"可是,现在王府不让百姓用这些产品折成白银,而必须上贡黄金。一开始白银十折,再则十五折,复再至二十、三十折,到后来二两白银只抵得黄金一钱。从布到白银,再到黄金,翻了十倍。老百姓就是倾尽所有布品,卖掉妻女首饰也凑不够,官府用尽各种酷刑,百姓不胜苦楚,已到极点矣。"

清风道长申清河风尘仆仆、饥饿潦倒的身影频频浮现,挥之不去。家乡父老逃荒要饭的身影和当年自己在钧州难民中艰难跋涉的记忆重叠在一起……泪滴在纸上,墨迹缓缓化开,纸张一页一页翻过。

"今王府又将一道细分,使诸妃、王子各征其民,谁都可以横征暴敛。一道州郡分为五、七、十头项。诸妃、王子在分得的领地设立差官监督。把一个帝王之都邑、豪杰之渊薮、礼乐之风土、富豪之人民,锦绣一般的地方搞得一片荒芜,穷山恶水,竟然到了人吃人的地步!富饶的河东,从诸道之独尊,没落为困弊之最也。"

郝经忽然愤然投笔,踱至窗前,遥望北斗,仰天长叹:"斯乱久矣,岂无明主?"

思忖良久,复坐案前,继续写道:

"愿下一明诏,约束王府,罢其贡金,止其细分;轻徭薄赋,安定民心;赏罚严明,兴学正俗。让河东重新成为九州之冠、治理榜样,风四方而动天下。"

翌日,郝经径奔贾府,欲求贾帅将《河东罪言》达于汗廷。

贾府内外张灯结彩,一派节日气象。郝经将应节礼物交予账房,见过贾夫人。贾夫人告诉郝经,贾帅和张柔大帅一早就到都帅府去了,不知何时才能回来。郝经在自己房内坐了片刻,书也看不进去,铺开纸笔,想写点什么,又捋不出个头绪,掷笔掩门而去。

郝经走过学堂,学堂里空荡荡的,没有一个人。下人告诉他,今天才十六,学堂还放着假哩。两位公子跟着贾帅一起去了帅府。郝经"哦"了一声,一时不知该做什么。

郝经漫不经心地踱到中和堂,往日这里是贾府和张府的文人幕僚、保州名士谈文论道的地方,现在这里也是寂无人声。郝经忽然想起,宗道曾经转告他保州一些和他一样从事教学、研究文道的名士邀他今日在铁佛寺教授文道,他也欣然答应了下来,怎的一着急竟把这事忘了个干净。郝经匆匆向铁佛寺走去。

郝经来到铁佛寺,众人早已到齐,郝经看了看没一个他认识的,只有宗道坐在第一排主持。说是讲授,其实是探讨和切磋。应众人点题,今天讲授的内容是"文风与诗风"。

"讲文风,先要讲文法。何为文法?顾名思义,就是为文之方法……"

初,郝经开讲,有点心不在焉。随着众人发问,郝经对《河东罪言》渐渐释怀,针对时下文坛事虚文而弃实用之弊病予以痛斥,接着举两汉之文、盛唐之诗,侃侃而谈,娓娓道来。

吃中午饭时,一个讲课时发问最多的年轻人坐在郝经和宗道身边。宗道介绍说:"此为王恽,人称秋涧先生,是我卫州老乡,也是张帅先兄张近的门生,新来保州谋事,待入府幕,暂住铁佛寺与我同事。"

郝经一见如故,连称久仰。王恽道:"早就听说郝先生道德文章无二,今日亲聆教诲,果如醍醐灌顶,日后少不得叨扰,望先生不吝赐教。"郝经说:"大家坐在一起讨论文道,不是一件很快乐的事吗?何必客气呢。"

吃过中午饭,稍事休憩,接着讲授。大家七嘴八舌提了很多问题,郝经一一作答。

正谈得入巷,门口有人晃动,宗道出去一看,是贾府的人。他问有什么事。那人说贾帅让郝先生回去。宗道赶忙进去告诉郝经。

郝经随来人回到贾府,在中和堂见了贾帅,恭恭敬敬递上《河东罪言》。贾帅问道:"先生一大早要见我,就是为了这个吗?"郝经点点头,将事情原委简短说了一番,求贾帅务必上达汗廷,以解桑梓之困。

贾帅随意翻看了几页,见奏议甚长,掩卷沉思良久道:"我找先生本来有别的重要事情商谈,今见此奏议非同小可,容我熟虑,明日再说如何?"郝经还想说话,贾帅已挥手让他退出。

这一夜,郝经辗转反侧,怎么也睡不着:"贾帅找我有重要事情商谈,谈什么重要事情?昨日听说文备、文兼跟着贾帅去了帅府,小孩子家去什么帅府?昨日铁佛寺讲授文道,都是生面孔,帅府幕僚王鄂、敬铉、乐夔怎么一个也不在?"

这些思绪在郝经心里翻滚,料难睡着,不如早早起床,等候贾帅传唤。

吃过早饭，终于等到贾帅招呼郝经到他的书房。

之前，贾帅总是在中和堂接待郝经，郝经从来没有进过贾帅的书房。引人带郝经进入房内，便掩上门出去了。虽然同是书房，却与万卷楼大有不同。四面皆是雕空玲珑木板格出的书架，或博古，或福寿，各种花样。靠近窗边，那花梨木的案上摆放着几张宣纸，砚台上搁着几只毛笔。案边炉火透着红色的光。贾帅正在凝神细阅《河东罪言》，见郝经进来，望着炉边交床，示意郝经坐下。

贾帅道："昔，合罕于斡难河即位，让弟弟忽必烈出驻漠南的爪忽都，让他马上治军、马下理民，总领故金北疆一带。今又恩准皇弟忽必烈开府金莲川，置幕府。王爷欲征天下士而用之，遣使保州求贤。今王鄂、敬铉、乐夔即将应诏成行。王府有姚枢、杨惟中、赵复诸公累荐先生，故先生亦在求贤榜上。先生素有兼济天下之志，岂可错失良机？"

郝经听了，脸上露出欣喜且激动的神色。

贾帅不等郝经答话，接着剖析道："辅素知先生非池中物，若无《河东罪言》，必力推先生进入王廷。"

贾帅移坐，压低声音说："当年蒙哥合罕登基，监国公主、察哈台、塔察尔因拥立有功，河东富庶，裂而分治，由来已久。先生汉臣也，汗廷岂会因为你而得罪蒙古王爷公主？说不定还有性命之忧！"

郝经离座再拜，道："贾帅教我也。"

贾帅将郝经按下："辅昨晚一夜未眠，思忖良多，窃以为：或缙王府，谋国是，暂弃奏议，日后待机而陈；或将《河东罪言》付使者，达王廷，以观其征。"说着贾帅附耳低语，"因为合罕也不希望汗廷控制不了一个个部落……"

郝经连连点头。贾帅又道："如果先生的奏章被采纳，非但解了桑梓之困，合罕的江山也会更加稳固，那时再出仕，先生在汗廷必是举足轻重。设或奏议不用，汗廷也不会怪罪一个远在千里之外的一介草民。不知先生以为然否？"

郝经连忙取过花梨木案上的毛笔,将《河东罪言》铺开,在后面续写道:

"郝经老家河东,漂泊在外已经二十余年,希望河东得到治理的心情特别急切。以上不是一个布衣该说的话,所以称作罪言,如今甘冒砍头的危险,谨附使者以闻。"

郝经书毕,付与贾帅。贾帅看了说:"拙见未必妥帖,只不过设身处地,推心而已,何去何从还望先生三思。郝经频频点头。欲知《河东罪言》有没有呈送到蒙古汗廷,且听下回分解。正是:

> 手把青秧插满田,低头便见水中天。
>
> 心地清净方为稻,退步原来是向前。①

---

① 稻谐音道。为人之道就像这插秧田,看似在退步,实则取得了进展,退一步海阔天空!

第二十二回　两兄弟文庙入泮
一枝花红杏出墙

君知妾有夫，赠妾双明珠。

感君缠绵意，系在红罗襦。

妾家高楼连苑起，良人执戟明光里。

知君用心如日月，事夫誓拟同生死。

还君明珠双泪垂，恨不相逢未嫁时。

这首诗乃唐代诗人张籍所作，写一位忠于丈夫的妻子，婉转拒绝了多情男子的追求，守住了妇道。芳名从此同明月，常自清辉照古今。无非劝人安分守己、守住做人的底线，莫为酒、色、财、气四字损却精神，亏了行止。

闲话少叙，言归正传。

却说转眼到了正月十九，这天张柔大帅和贾帅在保州都帅府恭送王府使者，张帅将郝经的《河东罪言》封好，交与使者，再三嘱咐一定要亲手面呈忽必烈王爷，并转述郝经游学未归，俟其归来一定推荐到王府听用。

王鄂、敬铉皆随使者北归，敬铉被宣授中都提举学校官。敬铉当这个官很合适，因在金时他就以文章名世，有《春秋备忘》四十卷、《明三传例》八卷传世。贾帅两个儿子文兼、文备业已学成，遂拜别先生郝经，跟着敬铉到中都历练去了。

张帅九子张弘范、十子张弘正本来就学于王鄂，如今王先生走了，张府馆虚西宾。这日吃过早饭，毛夫人欲待回房，张帅叫夫人且宽坐一时，乃与之商量续聘先生之事。

毛夫人说："两年前，好问曾推荐郝经，夸他学识渊博，孩儿宜尊为师，只是已在贾府，无缘就教，今贾府公子随敬铉去了中都，郝经无事,正好聘作教授。"

张帅说:"好。事不宜迟,现在就去。"

却说张柔大帅偕夫人毛氏,华车骏马,亲赴郝家聘请郝经到张府入主西席。郝经和父亲简单交换了一下意见,当即答应,定于正月廿四入泮。

这一日,张府早早备了两副轩车来接郝经夫妇和郝经的父母。

郝思温安排郝彝打理满城塾馆教授事宜,与庸早早去了。

郝母抱着采云上车坐好,怎奈徐氏迟迟不出,道是偶感风寒,身体不适,再三推辞。思温说:"到时学生要向师傅师母奉茶的,再叫一下吧。"郝经说:"子曰:'自行束脩以上者,吾未尝无诲焉。'心仪礼成,不必拘泥。再说了,病病恹恹,未免失仪,不去也罢。"

从张府东行二里许,便到了修葺一新的文庙。文庙正门是三座石牌坊门,过正门即见坊后的三座石桥,石桥筑于泮池之上。弘范、弘正服青衿候于泮池前,郝经为其正衣冠,然后领着两兄弟从中桥过泮池,走进棂星门,便来到大成殿前。大成殿和东西庑殿飞檐斗拱、雕梁画栋,虽是正月,松柏竞翠,绿树红墙相互辉映,十分肃穆。

郝经引弘范、弘正至大成殿内,跪拜孔夫子。毕,执事者引学生立于东庑殿阶前,面西。郝经降座西庑殿,侧有空座,因徐氏未到而虚设。

执事者引弘范、弘正奉帛二匹、酒二斗、脯十脡以从,跪,拜。执事者赞诵曰:"为学之序:博学之、审问之、慎思之、明辨之、笃行之;修身之要:言忠信、行笃敬、惩忿窒欲,迁善改过;处事之要:正其义不谋其利,明其道不计其功。"弘范、弘正一一应之。

二人奉茶,郝经各抿了一口,二生复净手,跪拜再三,礼成。

中午张府在寒绿轩设延师宴款待郝经一家子。

一行人刚到府前,张帅就满面春风迎出来:"郝先生,快请!"张帅身着官服,阔脸、短须,体态雍容,性格率直。郝经一看,就猜测是个有啥说啥、不藏不露、容易打交道的人。张帅径直将郝经父子领到寒绿轩。郝母抱着阿宝和张帅的夫人毛氏同一干女眷早已在另一张桌子上坐定候着了。

一番寒暄之后,安席。等两个儿子敬过酒,张帅这才对着郝经道:"久仰大名,夫人近来也一直唠叨着要先生来教这两个孩子。怎奈先前尊驾已就贾府,无缘就教,今犬子拜在门下,实乃三生有幸。"

张帅招招手,毛夫人款款走过来,她说:"孩子他姨夫好问早就与我打过招呼,说是延请师傅,先生乃不二之选,今儿果然如愿。小儿顽劣,尽管教训。郝先生既是元先生的至亲,也就是我家的至亲,以后有用得着我家的地方只管说。"思温赶忙站起来,感激地说:"多谢帅夫人的关照,公子哥俩交与郝经,大帅、夫人尽管放心好了。"

原来郝经的老师元好问做南阳令时,娶了汴梁榷货司提举毛飞卿之女,此女与张府毛夫人乃嫡亲堂姐妹,好问和张帅可不是一根杠了吗?少不得称张帅一声姐丈。郝经称元夫人为师母,帅夫人自然就是姨母了。有了这层关系,酒席上的气氛就更加融洽了。

不一会儿,大家的目光被两个小孩子吸引了去。一个是张府少公子弘良,面如冠玉,眼若朗星,虽然只有五岁,却是落落大方,叫扎马步,便扎马步,叫打拳,便打拳,在众人面前一点也不露怯,一脸稚气,像模像样,逗得大家哈哈大笑。再看郝经家阿宝采云儿,两岁多一点儿,生得眉清目秀,齿白唇红;行步端庄,言辞敏捷;伶俐不输曹子建,聪明果然读书郎;才咿呀学语,却道床前明月光;人人唤作粉孩儿,个个羡他无价宝。

大家都在看小孩子,郝经忽然注意到两个小孩子身边有一个女孩子伺候着。只见:风鬟露鬓,淡扫蛾眉眼含春;皮肤细润,柔光若腻还如玉。说是主人,衣色半新不旧,看去不甚奢华;说是仆从,粉面含春露威,想来并无卑色。腮边两缕发丝随风轻柔拂面,平添几分诱人的风情;刘海下一双俊目亮如点漆,灵活而慧黠地转动着,又多几分调皮几分淘气。仿佛哪里见过,却又想不起来。哦,是了,若是皮肤稍黑一点,衣服再旧一些,这不就是郭家的守贞妹妹吗？想起守贞妹妹,郝经顿觉黯然神伤,掉过头去望着别处。

郝经见张帅向父亲询问了一些家里的情况,扯来扯去又扯到当今的形势上:"合罕蒙哥西征,西域土地尽归。皇弟忽必烈总领漠南汉地,仁明英睿,事母至孝。今又访求贤才,金旧臣及四方文学之士已聚左右。待少先生《河东罪言》有了消息,即可北上面见我主,为国出力！"

郝经早年就说过"其兴明盛之功也,必亦于其行"。可何时方能实现报效国家的"百世远大之业"？他也深深意识到,要匡扶社稷,必居庙堂之高,要跻身朝廷,必赖影响之大,他上条陈国策,就是想迈出第一步。可初次与张帅相识,他无法将自己的心思和盘托出,只默默地听着。

一顿饭吃了差不多两个时辰,及未时,郝思温夫妇分乘张府两副轩车返回,思温乘一辆往满城学馆去了,许氏和采云儿乘一辆直奔城南家中。

送走父母儿子,郝经方领着弘范、弘正看了府内学馆,安排了自己住处。来到张府藏书楼,他的目光在屋子里扫来扫去,和贾府万卷楼做比较。藏书楼的规模也有万卷楼那么大,格局似乎像描影图形一般,十分相似。只是书卷还没有完全整理好,一叠一叠的书堆在一起,有的还没来得及拆开,落有一层薄薄的灰尘。

藏书楼正中挂着一幅竖轴《韦编三绝图》,书架间隙的墙面上挂了些《孟母三迁》《屈子行吟》《磨杵成针》一类的时人书画,使整齐划一的格架间透出几分空灵。与贾府万卷楼那中规中矩、分门别类的格局相比别有一番风味。当张帅亲自将藏书楼的钥匙交给他时,他竟激动得一句话也讲不出来。他想跪下给张帅行大礼,张帅一把将他扶住。

却说郝母乘张府轩车一路迤逦返回,来到自家门前。下得车来,见大门虚掩,同阿宝径自来到二门,却是严严实实地关着。还没有敲门,已经听到门闩响动,想是儿媳听到声音前来开门。岂料门刚开了一道缝,徐氏正欲向外探头,却又立刻关上了。

郝母甚感蹊跷,推门进去,只见徐氏云鬓半偏,未着袄裙,藕色中衣左襟尚开,身后一后生背着身整理衣带。

郝母脸色煞白,僵在那里,半天才厉声问道:"好一个偶感风寒,怎么穿着中衣就出来了?"

徐氏娇鸾此时是面红耳赤,忙用手去捂滚烫脸,却露出腕上一对赤金镯子,又忙将手藏在身后,在婆母的逼视下又收了回来。

郝母又问:"这是什么?"

"这是……这是……"娇鸾支支吾吾说不清楚。

此时,身后的男子走上前来说:"伯母,我是娇鸾的表哥崔用。前些时候,小生不慎将表妹的玉钏摔碎,这才打了对金镯子送来,今天是特来赔罪的,请伯母不要误会。"

崔生说话时,徐娇鸾又是挤眉,又是摇手,郝母全都看在眼里。

郝母厉声责问:"你不是说穷得卖了吗,今待怎么说?"

阿宝吓得哇哇哭了起来。

娇鸾扑通一声跪在地上,磕头不迭:"婆母息怒,媳妇知道错了!"

正在这时,门外有人进来。郝母对着崔用吼道:"滚!"

再看那崔用,急急如丧家之犬,匆匆似脱网之鱼,一溜烟地逃跑了,几乎与来人撞个满怀。

徐氏欲领阿宝回房,郝母将她的手甩开,拉起孙子就走。究竟是何人进来,且听下回分解。正是:

草色青青柳色黄,桃花历乱李花香。

东风不为吹愁去,春日偏能惹恨长。

第二十三回　徐子勤放刁撒泼
许安人玉殒香消

　　大鹏一日同风起，扶摇直上九万里。

　　假令风歇时下来，犹能簸却沧溟水。

　　世人见我恒殊调，闻余大言皆冷笑。

　　宣父犹能畏后生，丈夫未可轻年少。

　　这首诗为唐代诗人李白《上李邕》。李白的宏大抱负，常常不被世人理解，被当作"大言"来耻笑，李邕就是其中之一。李白游渝州谒见李邕，年轻的他胸怀大志，充满自信地谈论家国大事，李邕讽刺他说大话。李白倒也不客气，临别时直接写了这首诗说："孔子犹言后生可畏，你怎敢小看我？"以示回敬。

　　看官，你道只有像李邕这样的文学大家、书法泰斗有点自负，看不起人吗？其实在街头巷尾、市井廛肆，这样的人多了去了，正所谓"狗眼看人低也"。

　　闲话少叙，言归正传。

　　却说门外进来的不是别人，乃坐车同来的张府小厮，见郝母许氏下车，匆匆牵着孙子阿宝进了家门，忙将毛夫人赠予郝母的食盒送了进来。不想遇见郝母与家人说话，便迟了一步。

　　郝母打发走张府小厮，打开食盒，却是一些精致的小点心、各色果脯，还有干果饴糖。郝母忙拿了去哄阿宝。

　　有话即长，无话即短。一转眼到了二月初二，家家庆祝龙头节。张府里学馆放了学子的假。

　　初一晚上郝经回到家中，郝母特意抱过阿宝，由自己照看，让小夫妻单独相处。

　　初二一大早，郝经两口子过来给父母请安。待思温出去，许氏盼咐二人坐下,对着徐氏说道:"我儿听着,你来郝家日久,采云儿都大了,我还是要多说几句。昔,曹大家班昭十四为妇,四十余年战战兢兢,常惧绌辱,以增父母之羞,遂作《女诫》七章,犹重女行。女有四行:德言容功。四行之首,当推妇德。娴静贞节,能谨守节操,有羞耻之心,举止言行都有规矩,这就是妇德。"

郝母转而对郝经道:"经儿,你已经身为人父,就要担当责任。古之欲明明德于天下者,先治其国;欲治其国者,先齐其家。齐家从哪里做起?夫妇之道。《诗》关雎之义,乃参配阴阳,通达神明,包含了天地间的大义、人伦的大节。故教授习儒之余,也要经常回家,以不违天性也。"

郝母说得娇鸾脸上红一阵白一阵,郝经是丈二和尚摸不着头脑,只是双双应诺。

吃过早饭,鞭炮声已是此起彼伏,烛光闪烁,香烟缭绕。小儿四处闻着声音抢炮仗,口里念着:"二月二龙抬头,大家小户使耕牛。"

妇人女孩儿点着蜡烛,照着房梁和墙壁驱除蝎子、蜈蚣等,这些虫儿一见亮光就掉下来被灭掉了。

左邻右舍的学童,有的就在思温和郝庸的塾馆读书,他们拿了油糕放在先生家的鏊子里,然后用一方红布包好《千字文》《百家姓》和《唐诗三百首》等书,在大门口绕着圈儿唱着:"二月二,龙抬头,龙不抬头我抬头。"企盼学业有成,谓之"占鳌头"。

彝和庸则忙着撒灰。他们先从自家门口以草木灰撒出一条龙到河边,再用谷糠撒一条龙引到家,保佑人财两旺,然后从大门外一直撒到厨房灶间,并绕水缸一圈,叫作引钱龙,将草木灰撒于门口,拦门辟灾,将草木灰撒于墙脚,呈龙蛇状,以招福祥、避虫害。

二月二还是一个媳妇回娘家的日子。媳妇正月里除了拜年都得住在婆家,出了正月才允许回娘家。民间有"二月二,接宝贝儿,接不来,掉眼泪儿"的民谣,这是那父母盼女归的心思。

郝经媳妇儿娇鸾和郝彝媳妇儿吕氏,妯娌二人忙着在厨房里炒菜做饭,准备迎接娘家人的到来。忽然,从远处传来了锣鼓声和喧闹声。大门口孩子们兴奋地喊:"龙来喽,龙来喽!"屋子里和院子里的人都拥到大门外,顿时人声鼎沸、锣鼓喧天。一青一黄两条龙在大门外舞了起来。时而在空中飞舞,时而贴着地面盘旋。锣鼓声渐渐变轻,龙渐渐停了下来,慢慢地缠绕了起来,人群中立刻响起了阵阵掌声。

郝思温托着传盘散了赏钱。两条龙依次进了前中后院烘宅。龙之所到,焚香鸣炮相庆。

正在此时,徐员外带了一乘轿子来到门前。人们都跟着游龙穿梭于各院,无人接应。徐耕十分生气,走进前庭,高声叫道:"郝经,你小子给我出来!"

连喊几嗓子,娇鸾和吕氏吓得从厨房跑出来,忙不迭地说,父亲来了,伯父来了。

徐耕全然不理会,一直大声嚷嚷。

两条龙烘宅毕,陆陆续续来到前院,郝经也跟着出来了。员外见院中人多,更是来劲,不等郝经答话,走上前去,指着女婿的鼻子骂道:"小子,当了个帅府童稚王,长脸了是不是? 连你老丈人也不认了是不是? "

众人见此情景,都噤声退到廊下。

郝经和父亲连连赔罪,请徐员外客厅叙话,徐耕却站着纹丝不动,咄咄逼人地问道:"郝经,我来问你,外面传言说有王府使者请你出山,你却谎称游学未归,放着现成的朝廷命官不做,去做了个小孩子王,此事当真? "郝经点点头。

"你不知道吧,邢州郭太公的孙子郭守敬,比你还小了七八岁,都做了提举。你枉称保州名儒,三十多岁的人了,难道就无羞耻之心吗? "

郝经道:"岳父大人,确有几位大人将我推荐到王府,而且我也向汗廷上了国策条陈。今王好贤,思治如此,吾学有用矣。不久王廷必顾我于斯也。"

徐耕不屑一顾地说:"说甚的国策条陈,你以为你是谁? 你是姜子牙,还是诸葛亮? 是等着文王来给你拉车,还是等着刘备上门三请？这世界上还真有人做庄周大梦哩！"

此时院子里的人越聚越多，郝彝的岳父吕太公也来了，郝思温和彝忙着将其让进客厅。

众人听了徐员外的话，有的窃窃私语，有的哄堂大笑。

徐耕忘形，转身对大家说："实不相瞒，我家姣姣满月时，有云中道人避乱满城，看到我家女儿，说是面有异相。如果没有失德亏行，做得'封国夫人'。今郝家不知缺了什么德，失了什么行，害得我女儿错失际遇。"

郝经上前一步，大声吼道："想我郝家乃书香世家，诗礼承传。纵然决策有错，罪在小婿一人。如此谤毁我家，我家也不欢迎你，请岳父移步。送客！"说着便和郝彝将徐耕向外推去。

"慢着！"

郝母拉着娇鸾交与徐耕道："员外要走啊，也请带走你这不妇之女，究竟如何失德亏行，问你女儿便知。"

徐娇鸾顿时羞得满面通红，声泪俱下，说："爹爹快走吧，爹爹快走！"

徐员外欲问清楚，娇鸾以袖掩面，拽着父亲飞也似地向门口奔去，仿佛急于逃离这里。

徐耕只得扭头发下狠话："郝经，你小子给我听着，我把话撂在这儿，你不用指望姣姣回来了。除非你拜相封侯，捧了凤冠霞帔，用八抬大轿来抬，那时候，我头顶香案，给你赔罪……"

众人跟看耍猴一般涌了出去，那班舞龙的连乐鼓龙衣都忘了。看着徐氏父女乘轿狼狈逃窜，才忙不迭地回来拿。

"娘——娘呀，你是咋的了？快来人呐——"郝彝媳妇儿吕氏扶着婆婆，大声呼喊。云儿牵着奶奶的衣袖失声痛哭。

郝经郝庸闻声连忙回身，只见母亲面色苍白，眼角挂着泪水，表情呆滞，不言不语，已翻了白眼，手指缩拢。若不是吕氏抱着，肯定已僵直倒下。众人七手八脚将许氏扶入房中坐下。郝母苏醒一刻，看看郝经和彝、庸，又翻了白眼，右嘴角流下涎水，向后倒下。

郝经心知不好，急忙吩咐吕氏抱着母亲的头，兄弟几人把母亲抬到床上。郝经又是掐人中，又是刺中指，许久，母亲才缓过气来，却仍然不省人事。

大家略松了一口气，郝思温一手捂着嘴，一手用袖子擦着汗，满脸的不知所措。

吕翁对女婿郝彝吩咐道：“郎中，还不快去请郎中！”郝经说：“还是我去吧。”说着飞奔出去。

及午，郝经同广济药局大夫何朝奉来到。

何朝奉六十出头，赤面白须，是保州广济局头牌大夫，常出入贾府张府，同郝经有过面缘。

想必在路上郝经已将母亲病状悉数告之，所以何朝奉并未多问，望了病人脸色，翻看了一下眼睛和唇色后直接搭上脉。大夫的食指、中指和无名指不停地变换着力度、方向和位置；闭着双眼，用耳朵或远或近感受着病人的气息；时而摇摇头，时而点点头。良久，打开小箱子，拿出一个红布包，展开，里面尽是各式各样的银针。

只见朝奉拿出六支针，取右侧，依次迅速扎入内关、三阴交、太冲、间使、血海、足三里，不时提插、震颤。俟一刻，郝母鬓有汗，面有色矣。过了一会儿，何朝奉收了针，复取六支，取左侧劳宫、内关、涌泉、神门、郄门、丰隆，慢慢刺入。待有时，辅以循弹摇飞，速且力。

“嗯——”郝母终于哼出声来。见众人围着自己，似乎回到现实中来。大家不停地安慰着她。

何朝奉留针，招呼郝经和思温到客厅，屏退跟进来的其他人，在桌边坐定，拿出纸笔准备开方。

郝经倒了一盏热茶捧过去，朝奉用手推开道：“惭愧，惭愧。咱家回天乏力，自是不茶不饭，分文无取。”说着开出一张方子来，却是：

北黄芪六钱	全当归三钱	粉丹皮二钱	血丹参四钱
杭白芍三钱	黄芩二钱	云苓二钱	红花二钱
原知母二钱	川黄柏二	炒枳壳二钱	麦门冬三钱

　　台片三钱　　炙甘草二钱　　大元参二钱　　金钱草二钱

　　白桔梗二钱　　霜桑叶七片　　三七参钱半（研细另包）

　　　　　　　　　　　　　　　　　三服，水煎服

　　郝经跪地乞求："何朝奉，都说你是活神仙，你就救救我母亲吧，我们郝家大大小小感恩戴德，没齿不忘。"思温也是苦苦哀求。

　　大夫说："我不是神仙，此方却是济世圣方，此药只救有命之人。令堂肝脉心脉俱损，用之不过捱五六日。该准备什么就准备什么吧，告辞。"说完，复至病人。出针，扬长而去。

　　三日后，许氏面色如常，精神也好了一些，家人稍慰。只有郝经和父亲仍然笼罩在极度哀痛之中，默默地、悄悄地做着准备。

　　一天，郝经守在母亲身边，郝母见没有别人，拉着经儿的手轻轻地说："儿啊，世间无一人能永守儿身边。我病自知，不过就在这三两日。吾知儿有四方之志，当不为家所累，不为物所惑，不为难所阻，恒持之，力行之……汝妻，非善类也，待母天年，莫使孝焉。"郝母说得很平静，无喜无戚。说完，闭上眼睛。

　　郝经趴在母亲身旁，浑身震颤，泪如雨下。

　　二月初九寅时，郝母虚弱地说："真好噢，梦见我去了咱家棣华堂了。是守贞闺女扶我去的……隐隐约约的……缥缥缈缈的。真好，真好……"守护在一旁的儿子媳妇们睡眼惺忪，大家都听见了，但谁也没在意。天亮了，吕氏轻轻呼唤："娘，娘……"

　　母亲睡着了，睡得那么安详。母亲永远地睡着了。保州城南沉浸在薄薄的晨雾中，悲凄的哭声在晨雾中弥漫。欲知后事如何，且听下回分解。这正是：

　　　　　　　　停车茫茫顾，困我成楚囚。

　　　　　　　　感伤从中起，悲泪哽在喉。

　　　　　　　　慈母方病重，欲将名医投。

　　　　　　　　车接今在急，天竟情不留！

　　　　　　　　母爱无所报，人生更何求！

第二十四回　郝伯常运交华盖①
忽必烈廷收奏章

欲渡黄河冰塞川,将登太行雪满山。

闲来垂钓碧溪上,忽复乘舟梦日边。

看官,这本是青莲居士李白《行路难》中两联佳句,尽道仕途之不畅,命运的多舛。

人生道路,时时艰难,处处险阻,却定当不甘消沉,发奋图强。"闲来垂钓碧溪上,忽复乘舟梦日边。"眼前的不顺,只不过是上天对自己的考验而已。自古天将降大任于斯人也,必先苦其心志,劳其筋骨,饿其体肤,空乏其身,行拂乱其所为,所以动心忍性,曾益其所不能也。果然宝剑锋从磨砺出,梅花香自苦寒来。信不谬也。

闲话少叙,言归正传。

却说许夫人过世,少不得央及东邻西舍,制备衣衾棺椁入殓。前庭院子里搭起灵棚,郝家大小人等穿了一身的素缟,真个朝朝忧闷,夜夜悲啼。每想着老夫人生前相夫教子、日夜操劳,却客死他乡,回不得棣华堂,便哭得死去活来,寝食俱废。

保州及满城的左邻右舍,也有晓得许氏是个贤妻良母,来吊孝的,倒也热闹。更有思温、郝经结交的文人墨客、学子门生送来经幡、挽联、哀诗、素幛,挂满灵棚。

首七后第四日,保州城上空乌云密布,大地似乎沉沉地入睡了。阳光偶尔会从云缝里钻出来,然后被更厚的云层遮住,好像被那密密层层的浓云紧紧地围着挣扎不出来似的。沉闷的雷声从远处传来,轰隆……轰隆,仿佛大地在喘息。

---

① 华盖,主不顺利,命运不通,有磨难。

郝经正在灵棚下守着,想起昔日母亲曾劝父亲:"我们且忍几年穷,你教授之余多受点累,我在家中多受点困,也不能耽搁了儿的学业。假使经儿他年有成,即使我累死饿死也无憾了!"端的是昔日戏言身后意,今朝都到眼前来。余音犹在,慈母却真的和他阴阳两隔了,不觉落泪,往事一幕幕像潮水般在脑海中涌现——

记得那年腊月,更鸡初鸣,残灯无焰,郝经因课读未果,尚在自己房中展卷披阅。母亲悄悄进来,将一碗热腾腾的米汤放在儿的面前,收拾着杂乱的书籍,语重心长地说道:"儿啊,你能这样,吾有望矣。千万不要始勤终怠,喜而自足,半途而废。吾见进锐退速者多矣,力学而卒成者鲜也。汝自暴弃一身小矣,先世之责之重,于汝大也。"母亲训导言犹在耳,想想今日,虽学识卓尔,然功又不成,名又不就,茫乎其若迷。尤悔其婚,所迎不淑,忤母而致遘疾,不寿而卒,使一妹未笄,二弟尚幼,宛然失怙,家君戴白,都是自己没有守住母亲初衷,娶了徐氏之过也。想到这里,郝经不觉心酸起来,那泪珠儿便滚了下来,呜咽失声,不能自已。郝经这里一哭,招得满屋的人无不下泪。还是宗道苦苦相劝,方才止住。忽然,郝庸从外面进来,扯扯郝经,附耳说道:"大哥,我看见一个人,好像是嫂子,鬼鬼祟祟地进后院去了。"

郝经记得母亲曾经说过,不让徐氏行孝。再说正是徐翁那日胡搅蛮缠才害得母亲染病去世,此郝家族人之公愤。所以母亲去世后并未到徐家报丧。倘或徐氏贸然进来,必然横生口舌,惊了母亲之灵。于是郝经决定去看看。

却说郝经进了二门,看看无人,就向自己房间走去,房门却从里面关着。郝经一脚把门端开,见那妇人正在开那箱箧。徐氏见郝经闯进来,慌忙趴在箱箧上,好像怕他看见什么。郝经欲拉开她,那妇人死也不肯起来。正闹得不可开交,郝庸进来了。徐氏就撒泼放刁,又哭又叫:"你们郝家就是这样欺负人吗?大家快来看呀,小叔子欺负嫂嫂啦……"

郝经和郝庸揪着那妇人往外推。徐氏用嘶哑的声音骂骂咧咧着:"什么书香门第、诗礼传家呀,不就是哄小孩子要饭的?不就是个落魄文人吗?"

到了前院,那妇人又哭着"娘呀,娘"的要往灵棚里钻,却被大伙拦住。徐氏干脆往地上一躺,干号道:"婆母殁了,也不通知儿媳妇一声,这就是你们孔孟之道的礼数吗?嗷——啊啊……嗷——啊啊……我的婆婆呀——"

徐氏还要往灵棚里爬,街坊邻居的大妈大婶们指着她骂道:"真有不要脸的主儿,还不是你爹把人气死的。如今你身着色衣,花蝴蝶似的,还想进灵棚,你就不怕遭报应,就不怕天打五雷轰呀?"

说来也巧,正在此时,一条闪电刺啦啦将天空撕开一道裂缝,接着就是"圪的叭"一声震耳欲聋炸雷,随之豆大的雨点铺天盖地地从天空中倾泻而下。

徐娇鸾吓了一跳,仓皇逃走,门外早有崔用雇的车子候着。郝庸拖了一串鞭炮噼里啪啦赶来,那妇人落汤鸡似地爬上车,急忙走了。背后传来阵阵哄笑声。

郝母走得很体面。郝经兄弟风风光光地办毕丧事,棺椁浅厝于保州城外的一座庙后面。

天可怜见,自许夫人二月二十六日入土为安,当晚便淅淅沥沥下起雨来,二十七日仍然是阴雨绵绵,淅淅沥沥下个不停。雨固寻常,却似苍天落泪;山河失色,总是大地动容。到了二十九日那雨便滂沱起来。雷声响过,雨点就像断了线的珠子一样不断地往下落,从房檐上流下来的雨水在院子里积聚,水面上激起一串串气泡,凌乱的纸幡、纸花在气泡间漂着,转着,然后汇集成一条小溪从墙角的洞口流向街道上。天黑沉沉的,就像要崩塌下来一般。

谚曰:"七阴八下九不晴,初一搭成连阴棚,过了二十放光明。"可是,这个连阴棚搭得也太长了。稀稀拉拉下了两个多月,有时候还夹着冰雹。

不知从甚时开始，瘟疫开始在保州、定州、涿州一带横行，贫家闾门传染，死者无算。可谓家家断炊烟，户户闻哭声，其状惨不忍睹。盖淫雨霏霏、连月不开、阴风怒号、日星隐曜、薄雾冥冥、满目萧然、瘴烟顿生、翳霾久郁所致也。

夫瘟疫自口鼻入，伏于膜原，其邪在不表不里之间。其传变有九，或表或里，各自为病，其病与伤寒相似而迥殊。其传也，疾如风，势如流。可怜巢里凤凰儿，无故当年生别离。福无双至或不至，祸不单行总是真。

郝经刚刚经历了丧母之痛，孰料爱子采云又感时疫。先是高烧不退，继而腹痛不止，夏五月初三，采云儿暴下数升，入夜背弓搐搦而气竭。明日，附殡于郝母墓之西侧。郝经抵地而号曰："阿宝，阿宝——难道是奶奶舍你不下，携之去耶？"真是屋漏偏逢连阴雨，船迟又遇顶头风。

莫道命运多舛，更有造化弄人。按下苦苦哀哀、悲悲痛痛、闷闷忧忧烦烦的郝经暂且不提，且听说话的再表一个寻寻觅觅、冷冷清清、凄凄惨惨戚戚的苦命之人。这个人不是别人，就是郝经朝思暮想、念念不忘的守贞妹妹。

话说独木干公主和聂古台回到汪古，即了汗位。不久，贵由汗驾薨叶密立。长宗亲王拔都汗遣使邀请聂古台、独木干夫妇赴金帐汗国钦察草原东境的阿剌脱忽剌兀参加忽里勒台大会，商议推举新大汗。拔都推举了拖雷家族的蒙哥。聂古台、独木干不顾海迷失王后反对，极力拥护拔都汗的提议，推举自己的胞兄蒙哥为蒙古新大汗，为拖雷家族统御蒙古立下了汗马功劳。

蒙哥汗即位后，聂古台封爵北平王，不久，跟随蒙哥合罕远征西南，转而略地江淮，薨于军中。

独木干厌恶王室的残酷与血腥，回到斡难河，准备过一段平静的日子。经历了这么多事情，独木干和母亲唆鲁禾帖尼太后已经没有刚从邢州回来时那种撕不开的亲情了，两人在一起也没有什么话可说,只不过礼仪性地问问安、说说话罢了。

大哥蒙哥汗或忙于国事,或带领军队远征在外,独木干一年半载也见不了汗兄一面。倒是常常想起那时忽必烈哥哥还能和她谈些家长里短,或者带着她到草原上跑马射猎、习武练剑,于是时不时向母后问一些二哥忽必烈的情况。

母亲能体会女儿的心情,亲召怯薛军那可儿嘎鲁去请忽必烈。

却说忽必烈殷切地盼望郝经到来,人虽然没有来,却收到郝经的条陈《河东罪言》,忽必烈很高兴。

他仔细地看着条陈,开始,脸上还有笑容,当他看到蒙古王公贵胄横征暴敛、涂炭百姓的事例,两道眉毛则凝成一团,回头将《河东罪言》交与和尚子聪、姚枢看。

姚枢看了拍着大腿说:"太过了! 吾数谏安定天下须节用爱民,何至于此?"

姚枢显得十分激动。

子聪屡次上疏大王建议节制蒙古军,使其勿滥杀无辜,每克一城必不可妄戮一人。这时却双目紧闭,不停地转动念珠,默默不语。

忽必烈问计,和尚停了转珠,微微一笑道:"凡治国之道,必先富民。民富则易治也,民贫则难治也。为什么呢? 民富则安乡重家,安乡重家则敬上畏罪,敬上畏罪则易治也。而富民必先立法设度,使官民各不逾矩。规矩而后知方圆。居安而思危,则终不危。操治而虑乱,则终不乱焉。然法度必出于庙堂。今王之领漠南,治止于漠南,河东或鞭长莫及。若妄议法度,则欲鱼游于沸鼎之中,燕巢于飞幕之下①。徒遭疑忌,危也。"

王问:"那该怎么办?"

姚枢看了看子聪,叹了口气道:"且置之,徐图之耳。"

---

① 燕子在帐幕上筑巢,比喻处境非常危险。

　　适有斡难河圣山宫怯薛军那可儿②奉唆鲁禾帖尼太后懿旨来请忽必烈,忽必烈即刻启程随嘎鲁去往圣山宫拜见母后。毕竟唆鲁禾帖尼太后所为何事,且听下回分解。正是:

　　　　白骨露于野,千里无鸡鸣。

　　　　生民百遗一,念之断人肠。

---

　　① 怯薛,指代蒙古帝国和元朝的禁卫军。那可儿指蒙古领主的亲兵。

第二十五回　独木干修华严寺
郭其昌参达摩禅

　　云散晴山几万重，烟收春色更冲融。

　　帐殿出空登碧汉，遐川俯望色蓝笼。

　　林光入户低韶景，岭气通宵展霁风。

　　今日追游何所似，莫惭汉武赏汾中。

　　此乃大唐第十八代皇帝宣宗李忱巡游河东，出晋阳，过云中，幸华严寺时所作。李忱少时，遭疑忌，出家为僧。师傅智闲觉得此人气度不凡，但不知其来历。一次来到庐山，两人同观瀑布，智闲想趁机窥其由来，便吟出两句诗："穿云透石不辞劳，地远方知出处高。"李忱接着吟道："溪涧岂能留得住，终归大海作波涛。"智闲和尚见此人学识渊博，气度不凡，具帝王相，便以礼相待。后果然登基，是为宣宗。

　　宣宗性明察沉断，用法无私，从谏如流，重惜官赏，恭谨节俭，惠爱民物，史谓之小太宗。

　　由是宣宗感恩佛祖，尤礼佛教，多少败垣残寺得以重建，华严寺亦得其惠。

　　闲话少叙，言归正传。

　　且说忽必烈来到斡难河圣山宫，见了太后唆鲁禾帖尼。请安毕，太后请出独木干公主，忽必烈和乌英嘎兄妹相见，一会儿哭一会儿笑，等到两人的情绪平复之后，这才开始正常地谈话，说的也都是两人这些年的经历。忽必烈还特意问了一下聂古台江南殒命的事，结果又惹得独木干公主伤心了一回。

　　唆鲁禾帖尼太后见忽必烈眉宇之间含着隐隐的不快，甚至有许多的困惑、郁闷、烦躁和不安，问其缘由。忽必烈不敢隐瞒，便将中原求贤和收到《河东罪言》及其来龙去脉和盘托出，也道出了自己的困惑和无奈。

乌英嘎听到郝经二字，便语无伦次，不迭地打听。当她得知郝经因游学未归并没有来到王府，感到万分失望。接过条陈，抱在怀中痛哭不已。

良久，太后干咳一声，独木干公主才止住哭泣，向兄长问道："我陵川的爸爸、妈妈怎么样了？"忽必烈摇摇头。

唆鲁禾帖尼太后再次咳嗽，兄妹俩相顾无言。太后向独木干伸出手，公主恭恭敬敬地把《河东罪言》呈上。

太后翻看良久，掩卷沉思，然后将条陈递到忽必烈手中道："这件事你们不必再讲了，只要独木干肯回到汪古部落主持汪古部的各项事务，其他的事情我自有安排。"

独木干想要说什么，忽必烈摇头制止了。他对独木干说："妹妹，我知道你厌恶汗廷的权力争斗，想远离王室的残酷与血腥。可是，树欲静而风不止。只有你参与其中，经过自己的努力，或可得谐也，汪古或可得强也，汪古部落与我们的联盟或可得固也，蒙古汗廷或可得安也。你是一个公主，肩负着使部落繁荣的重任。譬如姑母监国公主阿剌海别吉，明睿有智略，经略腹里，使祖父成吉思汗师出无内顾之忧，公主之力多矣。"

唆鲁禾帖尼太后赞许地看着忽必烈，为儿子的识大体、睿智成熟感到高兴。

忽必烈接着道："今姑母过世，赐归赵王城；妹妹也经历了这么多事情，想必已经知道自己身上的责任了。你是独木干，不是郭什么贞！出生在这样的家族里，想过平静的日子几乎是不可能的。"

独木干公主连忙起身跪在太后面前，她说："母亲，哥哥，乌英嘎知道了。如果我们家族不够强大，蒙哥汗位就不稳固；如果我躲在斡难河偷安，汪古部不知会生出什么事来，河东就得不到治理，我的汉人爸爸妈妈就不知能不能逃过劫难。监国公主阿剌海别吉是我的姑母,也是我的婆母。我必则其言,范其行,独木干不会给拖雷家族丢脸的。"

唆鲁禾帖尼太后高兴地扶起女儿说:"儿前所誉郝经,母亲颇不以为然。后云中华严寺海云禅师的高足子聪复荐此人,因儿故,心存芥蒂而不用。今观其文,不谬也。"

太后转身对忽必烈道:"还记得子聪和尚说有一个人是必须请来的吗?"

忽必烈答道:"当然记得,只是母亲当时没有明示,所以也未曾特别访求。"

唆鲁禾帖尼哈哈大笑道:"儿啊,别蒙我了。不是你没访求,是人家不相信你,才写了个《河东罪言》试探你呢!好吧,让我想想,怎样把河东的事办好,帮你把这个人请来。这个人不简单呐,你一定要善待他,遇事多听他的主意。"

忽必烈起身谢过,说一定要请到郝先生。

太后吩咐宫人摆宴,母子们已经很久没有在一起吃饭了。

没过多久,蒙古汗廷下诏:"聂古台汗葬于兴州,以兴州民户千计给葬。"赠封独木干公主平阳一千一百户。

越明年,独木干公主再嫁聂古台的弟弟察忽,拥察忽为汪古汗。独木干公主袭掌赵王府,主持汪古部的各项事务,领监国公主阿剌海别吉属地,分拨察哈台、塔察尔属地,可自封授监临河东山西的达鲁花赤,权倾一方。

独木干公主在河东站稳脚跟后,即应忽必烈王革弊举,举逸遗、慎铨选、汰职员、班俸禄、重农桑、修学校等,轻敛薄赋以养民力,简静不繁以安民心,且政出一门,施张有方,本末兼该,细大不遗。没过多久,河东农桑丰茂,富甲一方;依稀帝都,九州衣冠。

夜深人静时,独木干公主常常想起在陵川时的日子,虽然清贫,却很快乐。现在却不知父母可在,过得怎样。不觉落下泪来。

独木干公主派人命泽州军民长官郑鼎查找陵川郭其昌一家下

落。不日飞来急报曰："经查，泽州陵川县之郭其昌，壬寅丧妻，庚戌长子丧于捐乱，次子淹留保州数载，刚回家即碰上乱，见兄殁遂遁，不知所踪。从此郭其昌即无踪影，人云或见于寺庙，虽遍查，终未发现。"独木干看了，暗自伤痛。

适北平王聂古台国葬三数年，独木干奉诏设坛祭享于云中华严寺。

且说这一日，独木干公主素衣淡妆来到华严寺，早有方丈海云禅师率四大班首八大执事迎出山门。独木干看那海云禅师，端的整齐，一派仙风道骨，若闲云野鹤，神韵翩然；须眉皆白，面色红润；高鼻阔口，目光如电；齿含坚玉，似编贝上下两排。

海云禅师深深地与公主打个问讯，独木干答礼，延入法堂坐定交涉。

不多时，只见行者先来点烛烧香。少刻，海云禅师引领众僧赴道场。早有大管家斯钦赤那和干娘乌力罕接着。众僧打动鼓钹，歌咏赞扬。只见海云禅师同一个年纪小一些的阇黎，摇动铃杵，发牒请佛，献斋赞供，诸天护法监坛主盟，追荐北平王汪古汗聂古台早升天界。独木干公主来到法坛上，执着手炉，拈香礼佛。那众僧都在法坛上摇着铃杵，念动真言。

这个海云禅师可不是个等闲之辈，自七岁入学，习读《孝经》，阅第一章时，就突然问老师："开者何宗，明者何义？"父母知道后感觉是儿和别的孩子不一样，恐怕学儒并不合适，乃领着他去见高僧中观，赐名海云，授以净戒，使修童子行。海云一入佛门便如鱼得水，八九岁即脱颖而出，不同凡响。中观喜曰："此儿将来释门之龙象也！"遂收为入室弟子。一十八岁主持云中华严寺，成吉思汗署海云为"寂照英悟大师"。忽必烈镇守漠北时，曾邀请海云前去，以咨询有关佛教的问题，海云特地把一位法名子聪的随行弟子推荐给忽必烈。这位子聪和尚，后来成了忽必烈王身边的肱股之臣，忽必烈对他言听计从。这是后话，暂且不提。

按下海云禅师日日率四大班首八大执事八十八僧诵经做法事暂且不提。却说大管家斯钦赤那自忙着预备课银赏钱,素酒斋饭,支持管待。一日,睃巡之间忽然于众僧中发现一人,甚似公主一直在寻找的汉人父亲郭其昌。

斯钦赤那对郭其昌的印象太深刻了:想当初他在陵川寻找小郡主乌英嘎,守在郭其昌家四周观察三天三夜,然后千里追踪到邢州才把郡主找回来。他对于郭其昌,不只是看在眼里,也不只是记在心里,而是铭刻在骨头里。斯钦赤那连忙叫干娘乌力罕来认一认,乌力罕看了几乎叫出声来。天哪,果然是"踏破铁鞋无觅处,得来全不费工夫"。斯钦赤那和乌力罕立刻报与独木干公主。

翌日,独木干公主驾到,四大班首八大执事迎入,海云禅师早已在莲花法座候着。公主在佛前拈香下拜,众僧打动鼓钹,诵《大方广佛华严经》,藉普贤、文殊诸大菩萨显示佛陀的因行果德,杂华庄严,广大圆满、无尽无碍之妙旨,超度汪古汗灵。少间,证盟已了,大管家斯钦赤那下了衬钱,把些茶食果品煎点赏了和尚。独木干公主备下香茶,请海云禅师叙话,备谢长老及寺僧功德辛苦,布施白银三万两,着僧师修寺营新,构建影堂;遣内长官二人代公主从祀事,另施钱财以长明灯供堂。禅师称谢不迭。

公主启言:"敢问大师,不知宝刹可有个俗名叫郭其昌的僧人?"海云回话:"承施主动问,果有一名叫郭其昌的人,七年前云游至本寺,自求出家。老衲见此人聪颖过人,儒学深厚,自参佛法,禅心弥坚,便为他讨了道度牒,取法号平居,留在寺中,做了上首徒弟。不知施主问他怎的?"

独木干公主说出个中缘故,请长老务必成全父女相认则个。

独木干公主在海云禅师的安排下于方丈中见了平居和尚。一看果然是父亲郭其昌。和尚深深地与公主打个问讯,端坐一旁,不卑不亢。公主跪在地上,声泪俱下,千声万声呼唤,说:"我是你女儿守贞呀。"平居竟一言不发。

过了些日子,海云禅师告诉独木干公主,平居和尚一心向佛,禅意笃定。鲁山西北,祖山①之阳,有故寺一座,因战乱废圮已久,成为古迹废墟。唯冀回归故里,竭出己财,广化布施,重新营建,以修正果。

独木干公主认父无计,只得由郑鼎奉旨,佩以金符,特遣驰驿,分拨白银一万三千两,用以造寺。钦请海云高足可庵大师依云中华严寺规格画影图形,因山就势设计,指派云中华严寺土木工僧监造、彩塑。越三年又八月,寺成,平居和尚居方丈。

乙卯四月十五日,独木干公主亲临陵川华严古刹主持开光大礼,加封平居禅师"明月德照"徽号;赐寺产四百八十亩,勒石禁民樵牧;置僧祇户一百六十为平居寺户;置菜园一座为平居寺园。

返回以后,特命王傅率领群官赐宴,可庵大师、土木工僧皆有赏赐,迁升郑鼎为平阳、太原两路宣慰使。

夜深人静时,独木干常常想起这次南行看到棣华堂的样子:屋宇颓废,庭院荒芜,无人看管,有雀可罗,还常常思念郝经哥哥,不知现在过得怎样?什么时候才能来到王府?正是:

> 相见时难别亦难,东风无力百花残。
>
> 春蚕到死丝方尽,蜡炬成灰泪始干。

---

① 祖(jǔ)山,在陵川鲁山村西北处。

第二十六回　徐娇鸾风化有伤
张弘良童言无忌

青竹蛇儿口，黄蜂尾上针。

两般皆尤可，最毒妇人心。

看官，你道这首诗出自哪里？原来殷商时姜子牙得罪了暴君纣王，准备逃往西岐。临行正在为他老婆而烦恼，好歹夫妻一场，是带上她呢，还是不带呢？

临下山时他师傅告诉他将来可以入相，尽享天下荣华富贵，但有十年是诸事不成的，所以他犹豫不决。

姜子牙回家见了妻子，还没等他把话说完，妻子马氏已然开口道："妾身原是朝歌①女子，哪里吃得消背井离乡？子牙，你从实些写一纸休书与我，各自投生。西岐嘛，我是绝不会去的。"

子牙曰："娘子随我去好。异日身荣，无边富贵。"

马氏一脸不屑曰："我的命只合如此，也受不起大福分！你自去做一品显官，我在此受些穷苦，也比随你奔波流浪的好！"

子牙曰："你忒小看我了，既嫁与我为妻，怎不随我去？必定要你同行。"

马氏大怒："姜子牙你好就与你好开交②；如要不肯，我与父兄说知，同你进朝歌见天子，看你还走得了吗？"

夫妻二人正在此斗口，有宋异人同妻孙氏来劝子牙曰："贤弟！当时这亲事是我作伐的，弟妇既不同你去，就写下一字与她；贤弟乃奇男子，岂无佳配，何必苦苦留恋她？常言道'心去意难留'，勉强终非好结果。"

---

① 河南古城，位于今鹤壁市南，是中国商朝首都。
② 开交，指了结、罢休、解决、完结等。

子牙曰："长兄嫂子在上，马氏随我一场，不曾受用一些，我心不忍离她，她倒有离我之心。长兄吩咐，我就写休书与她。"

子牙写了休书，拿在手中道："娘子！书在我手中，夫妻还是团圆的好。你若接了此书，就再不能完聚了。"马氏伸手夺过休书，全无半毫顾恋之心。子牙这才吟出此诗，无限感叹。

马氏收拾回家，改节去了。不想这般薄情寡义的女子，代出不辍。

闲话少叙，言归正传。

却说郝经自从丧母失子，情绪低落，萎靡不振，每日只在张府教授弘范、弘正两个门生。

教学之余，就做做学问。自从王府求贤使来过之后，就再无消息。但是郝经并没有打消入仕之念。

郝经开始构思《思治论》，他研究贾谊、董仲舒是如何辅助汉文、武二帝治理天下的，他汲取三国时蜀汉的历史经验和教训，他琢磨贞观之治的成功妙诀，然后针对蒙古军只知掠夺土地、重政而轻治的弊端，提出自己的见解和策略。

郝经在教授和治学中逐渐忘却烦恼，在写作中他治理国家的思路越来越清晰；文章一页页写成，感到责任一天天增大。

转眼又到了清明节，郝经兄弟三人为母亲扫墓归来，父亲郝思温把郝经叫到跟前说道："你母亲去世已经一年多了。我呢，身体也不好，头晕无力，好一阵孬一阵的。满城学馆的事也全靠你弟弟。你媳妇总在娘家也不是个事，要不你去接她回来吧。"

郝经说："我又没有拜相封侯，只怕是接她不来。"

父亲说："话不能这样说，你老丈人也是望婿成龙心切才说出绝情话。如今他就是后悔，你也得给他个台阶下呀，去吧。"

郝经听了父亲的话，就雇了车马到满城去接妻子。

郝经到了徐家，崔婆子上下打量了一眼，撇撇嘴说："这是谁呀？走错门了吧。"徐耕出来看见郝经，也没搭理，只是招手让浑家进去。

过了一会儿,来了一个院子,请郝经在客厅坐下,说:"小姐现在崔府,这就去请小姐回来。"

郝经觉得很诧异,徐家什么时候有了下人,待人接物也摆起谱来了。

很快就有一顶轿子飘了进来,从轿子上下来一位女子,只见:脂涂粉塌,难掩岁月痕迹;略有妖意,未见半点媚态。上身穿一件绣满了繁花密纹的水红锦袄,下身系一条粉霞藕丝缎裙。迎春髻上插一支金丝八宝攒珠钗,闪耀宝气,摇曳珠光;不似良家淑女,倒如青楼娇娘。

郝经认得是妻子,起身迎了出去。

娇鸾矫情一拜,揶揄道:"小女子不知'侯爷'驾到,迎接来迟,万望恕罪。"

郝经怒道:"我今奉父命前来接你,走也不走,痛快回话!"

徐娇鸾变色道:"呦,'侯爷'就是脾气大,在我面前作什么死呀!你是大学问家,理学大师,很了不起!可我觉得,嗯……呀呸!我一个妇道人家,也还知道人有五伦:父子有亲,君臣有义,夫妇有别,长幼有序,朋友有信。你撒泡尿照照你的脸儿,可有几伦?你我名为夫妇,你却时常埋在故纸堆里几天几夜不归,琴瑟违和,叫我痛不欲生。不错,我知道证据落在你手里,老娘不怕!便与崔生销魂片刻,胜却在你家五年。"

郝经气得浑身发抖,啐了一口在地,上车走了。

郝经径回张府,也没有向父亲解释什么,一连几日闷闷不乐。

天气一天比一天暖和,张府亭园里百花盛开、蝴蝶纷飞、鸟儿争鸣。这天下午,弘范、弘正缠着郝经到园子里讲课。郝经明白,亭园里哪是讲课的地方,分明是想出去玩儿。自己也郁闷了几日,正好出去放放风,就随着两人来到亭园。

园子里果然春光明媚, 远处有一女子带着一个小孩子在荡秋千。那个小孩子便是张帅的小儿子张弘良。那女子郝经在入泮宴那天见过,本来想问问她是谁,却因这些天尽是烦心事,早忘却了。现在远远望去,活脱脱一个郭守贞。正想向弘范打听,小弘良早已看见他们,一路叫着哥哥向他们跑来,那姑娘也跟了过来。弘范、弘正连忙站起来叫八姐。

八姐笑着说:"原来你们也在这里呀,我去给你们倒杯凉茶去。"说着转身跑了出去。

"你们叫她姐姐呀?"郝经问。

"是呀。"兄弟仁一齐说。

见郝先生有点疑惑,张弘范说:"她是我二伯父的闺女,叫张庆,家里人都叫她庆娘,大我两岁。父辈远近刚柔四人,二伯父叫张近,是个读书人,原在淇奥①课徒为生,八岁时伯父病死,姐姐随母亲投奔我家。没过多久,伯母也去世了,姐姐是在我家长大的,跟着我们一起叫爹叫妈。在女儿行中排八,所以我们称她为八姐。"

"姐姐想跟着哥哥读书,母亲不让。"小弘良抢着说。

"是吗,为什么不让啊?"郝经逗着小弘良。

"我也想读书,母亲也不让。说是怕吵着哥哥哩。"小弘良一本正经地说。

正说着,庆娘端着茶壶杯子来到,帅夫人毛氏捧了一个点心盒子也跟了过来,接着弘良的话茬道:"谁说不让了,等长大了不好好读书看我不打你手心。"

"姐姐长大了,没有读书,怎么不打她手心?"小弘良嘟着嘴说,大家都笑了。

说话间,庆娘斟好茶水,郝经和孩子们喝着凉茶,就着毛夫人亲自做的桃花酥和青蒿团子,很开心。郝经从来没有吃过这般好吃的点心,啧啧称赞。毛夫人说:"这是在娘家时学会的南方时令小点心,喜欢的话回去时给你父亲带点。"郝经连连称谢。

---

① 古地名,指现在河南林县、辉县一带,今犹有村名为张近。

毛夫人说:"良儿才五岁就日日吵着要读书,这怎么成?"

郝经说:"是小了点,不过可以在学堂外间安排一副桌子板凳,我会教他读一点蒙童帖子,起码能学几个字。"

毛夫人说:"好是好,只是这孩子太皮了,怕是要搅扰了两个哥哥。这样吧,就先这么着。叫庆娘带着他,淘气时把他领开。"转身又对张庆说:"庆儿,家里的事你什么也别管了,每天就领你弘良弟到学堂玩耍。你不是也很喜欢读书吗,有什么不懂的也可以问问郝先生。"

张庆很高兴,就说:"谢谢母亲。"又对弘良说:"还不见过老师?"弘良一脸茫然,不懂姐姐在说什么。庆娘就拉着弘良给郝经磕头。毛夫人用手一挡说:"不必了,就是玩儿。等他七岁了还须另聘塾师,哪能这么草率?再说了,如果扰到哥哥也就罢了。"毛夫人看看郝经,郝经说:"夫人说得对。"

从此,庆娘经常带着弟弟来学堂,弘良高兴时就学几个字、背几句诗文,调皮了庆娘就领他走开,顺便也照顾下郝先生的日常生活。

庆娘虽然没有专门从师读过书,但她父亲是一位塾师,从小便教女儿《千字文》《百家姓》。庆娘六岁始学《女诫》,识得的字很是不少,长大后,又读了一些别的书,八岁来到保州,不久母亲去世,毛夫人待她如同己出,毛夫人身边有许多女孩必读之书,曹大家班昭的《女诫》就是毛母逐字逐句教她读的。毛母还告诉她班昭的许多故事,说是《后汉书》上都有详细的记载。张府是个藏书之家,张庆便找来《后汉书》读。从《后汉书·列女传》中得知,班昭除完成续写《汉书》八表外,还著有赋、颂、铭、诔、问、注、哀辞、书、谕、上疏、遗令等,共十六篇,这让庆娘十分佩服。可是毕竟是女孩家,学识有限,有很多读不懂的地方。如今,在郝先生的辅导下重读《后汉书》,受益良多,有时候还和先生讨论书中的观点,这让郝经很吃惊。

一天,郝经正在讲课,弘范忽发问:"先生,吾等如何才能算得上有所作为,不负先生教诲?"郝经笑道:"人,精气神化育于天地,身体发肤受之于父母,必酬天地于人民,孝父母于膝下。大丈夫既生天地间,当读圣贤之书,养浩然正气,仿天地之德以爱人,效圣贤之志以成业。设使无法成千秋事业,当时正己修心,积善取恶,得心地坦荡,身性纯洁,即不愧所自,承仰师尊,亦丈夫之举也。"弘范若有所悟,频频点头称是。

弘正望着外屋正在握着弘良小手写字的八姐,眨眨小眼问:"那——女人呢?"

郝经正色道:"昔女娲抟土造人,创立世界,天下女人,莫非母仪,乃为坤道。及长成,读女经,主中馈,位乎于内,相夫教子,其功不在丈夫之下也,独不闻孟母乎?"

弘正笑着说:"是,是。"张庆默默记在心里。

正在此时,苟宗道忽然气喘吁吁地来到张府学堂。郝先生安排孩子们自习,拉宗道到院子里问是怎么回事儿。宗道连声说:"渴坏了,先喝点水润润喉。"说完,宗道接过庆娘递过来的茶水,咕咚咕咚喝下去,自己又满满倒了一杯,才说:"气死我了。今早徐老伯把我找去,我还当是要我替你把嫂子接回去,结果你猜怎么着?"

"怎么了?"郝经和庆娘一起问道。

宗道看了庆娘一眼。庆娘好像意识到自己说错了什么,脸一红,把茶壶放在案上,退回学堂外间,张家三兄弟正隔着帘子向外张望。苟宗道把杯子往石案上一顿,这才坐下细细诉说一番。

原来徐公的老婆有一个侄子叫崔用,本是满城一个收皮子的小贩,后来在姑父徐耕的接济下,改做绸布生意。崔用与表妹姣鸾乃青梅竹马的发小,日久生情,他一心想娶徐姣鸾为妻。虽然崔婆子一味撺掇,却是徐耕嫌崔家出身寒微,而且认定女儿命中注定要做封国夫人,怎肯令她嫁与一个市井混混。

就在这时,郝经一家来到满城,徐子勤以为此是天公作美,风送佳婿到门,不能错过。于是百般趋奉,千方周全,终于钓得金龟婿。哪承想郝家运交华盖,祸事连连,好不容易有个出头际遇,又被郝经随手推去。怎不叫人懊恼。

也是造化弄人，这厢崔用刚刚成婚，娶了一个王姓开六合铺人家的女儿，王氏虽然百依百顺，怎奈崔用心中有人，于飞之间，甚不像意。恰好此时姣鸾与丈夫、婆婆之间出现了裂痕，于是趁着姣鸾心中不满，几经挑逗，做出事来。

前些儿，经徐耕牵线搭桥，崔用认识了保州水利督造司长官郭其铭，打通了榷货司关节，凡工程所及，一应麻绳牛筋、骨胶鱼鳔、铁钉爪钩、钎锤斧凿、丝棉布帛、漕篷皮筏、梁檩板材、湖山木石，皆出自崔家。

苟宗道说完，长长叹了一口气，伸手去倒茶，茶壶却是已经空了，庆娘望见连忙提了茶壶出去。

宗道压低声音说："崔用发迹后，百般巴结，认识了燕京大斡脱巴鲁，巴鲁让崔用做了保州榷场的小斡脱，就在离徐家不远的地方修建了一处斡脱府。如今嫂子……"宗道说不下去了。

"说！"郝经一下子站起来。

庆娘提着茶壶走来，刚进门，被吓住了。

"如今嫂子就住在斡脱府里，已经有了他的孩子。徐公把我找去，叫我劝你写一纸休书与她了当。当时我真不知道该怎么办，徐公抢白我道：'好，我知道你和他原是一个鼻孔出气，不用他写，我来写，烦你送到。'说完，就去拿纸和笔。我说：'只见过男方休妻子，哪里见过女家休男的？'你知道徐老伯说啥？他说：'我就做一次颠倒乾坤的事！他郝家连生计都顾不来，还能主持这等大事！'……"说着，宗道把休书摊在石案上。

"哗"的一下，三个孩子都跑出来扒在案子上看。庆娘紧赶两步上来，把茶壶一放，低声喝道："回去！"三兄弟退到门口，八姐张开两臂往回堵。

郝经气得面红耳赤，看也不看，几下将休书撕碎，说道："好，我这就写休书与她。君子但患功名不立，何患无妻？我就不信堂堂八尺男儿,恢恢棣华之族,讨不上个老婆!"

宗道见郝经豪气,拊掌赞道:"好,有志气。百步之内,必有芳草。"

"就是,休了她,叫我八姐嫁给你。"

小弘良还不知道"休"为何意就气不过地喊起来,惹得大家哄堂大笑。庆娘瞪了他们一眼,用袖子掩着脸跑了出去。

郝经也是一脸尴尬,说:"我和你们师叔有事哩,今天不上课了。"毕竟郝经和苟宗道有什么事,且听下回分解。正是:

> 小娃撑小艇,偷采白莲回。
>
> 不解藏踪迹,浮萍一道开。

第二十七回 郝学士以德报怨
崔婆子自取其辱

会稽愚妇轻买臣,余亦辞家西入秦。

仰天大笑出门去,我辈岂是蓬蒿人。

四句古诗道过,说的是大唐才俊李太白得到唐玄宗召他入京的诏书,异常兴奋,立刻回到南陵家中,告别儿女。面对平日里看不起自己、动辄冷嘲热讽的妻子刘氏,仰天大笑,欣然出门。李白内客买臣妻,俱是眦深目浅人。世上有此等劳什子①,使多少夫妻反目,鸳鸯成仇,直教人呼后悔药难买也。

闲话少叙,言归正传。

却说郝经和苟宗道收拾起撕破的休书,告别了弘范、弘正,向家中走去。一路上商量着如何向父亲解释这件事。

郝经和苟宗道回到家里。父亲已经辞去满城塾师之职,由郝彝顶上了。郝经心慌意乱,不知如何是好。他一会儿坐在父亲身边,想说点什么,可又不知说什么好;一会儿和宗道相对而视,却又移开了,还是思温开口问道:"你们俩有事要和我说?"两个人一个摇头,一个点头。再看,摇头的点头,点头的却又摇头。

郝思温大惑不解,又问郝经:"上回我让你去把媳妇叫回来,你倒是去也未去?"

郝经不敢隐瞒,将徐氏揶揄讽刺之态、抵死不归之语叙说一番。父亲又问:"你别光听她说呀,你老丈人是个什么态度?"

苟宗道见郝经点了点头,这才如此这般,把徐家对郝经的失望、轻视,以及徐娇鸾和崔生苟且之事细细描述一番,并把徐翁写的休

———————
① 指东西或事件,含贬义。

书拼起来让伯父看。

郝经和苟宗道原本怕思温生气，所以说的时候小心翼翼，一直在观察他的脸色。没想到郝父非常平静地听完宗道的叙说，仿佛在听别人家的故事一般，又很认真地看了徐家的"休书"，不觉哑然失笑。

既而，郝思温正色对郝经道："儿啊，父亲真是老糊涂了，真不该叫你去接她。你母亲生前曾隐隐约约说过徐氏不妇，嘱其祭不在灵前，葬不在墓侧。观其行，不顺父母、淫、口多言，七出者占其三，于礼于俗，尽由我休。我呢，一来是想凑合人家，再者徐公以前对咱家有恩，应给条布遮羞，所以才叫你去接她。今既然徐家恩断义绝，以贫休夫，是再好不过了。这个由头，徐家已然自担'嫌贫爱富'之名，休书就别写了，这样可为徐家隐恶。给她写个字吧，一宽两便。有时间就把徐氏以及她娘家的东西收拾一下，着人送去，自古以来以德报怨总是君子风范。"说完，挥挥手让二人出去。

苟宗道从郝伯房里出来，对郝经抱怨道："伯父真是太宽厚了，怎能如此便宜了这对狗男女？"

郝经说："已然这样了，还待怎的。便是坏了她名声，于我何益？初闻时我何尝不是义愤填膺，仔细想想，自己心中亦有私也。父亲常教我'静坐常思自己过，闲谈莫论他人非'，凡事总要多为别人想想。"

宗道不悦，嘟嘟囔囔道："这么说倒是我的不是了。"

郝经说："兄弟说的哪里话，我不过是聊以自慰而已，哪里就有那么大的肚子。"说着做了一个很夸张的比划。两个人哈哈大笑。

宗道说："知道了，郝兄是欲成大事，不恤小耻。这里的确是个宰相的货哩。"说着拍拍郝经的肚子。

郝经和宗道约好第二天即把徐氏的物事及嫁妆送还与她，好叫早日了当。

送走苟宗道，郝经拖着沉重的脚步来到自己屋前，开了房门，一股潮湿的霉味儿扑面而来。窗户上结满蛛丝，床上落了一层厚厚的灰尘。徐娇鸾陪嫁的小箱子开着，里面的东西凌乱地在褥子上散落着，一片狼藉。

恍惚间郝经仿佛看见天真烂漫的小守贞站在自己面前说："我长大要是嫁给哥哥，一定会守贞的……我长大要是嫁给哥哥，一定会守贞的……一定会守贞的……一定会守贞的……"

忽然，小守贞的脸像水中的影像一般，波动着，荡漾着，扭曲着，慢慢变成了徐娇鸾，吊梢眉，杏子眼，恶狠狠嚷着："我知道证据落在你手里，老娘不怕！老娘不怕！不怕……不怕……"

郝经下意识地捂住自己的耳朵，目光落在了褥子上的玉钏上，玉钏已经断成两截。啊？证据？"证据落在你手里……"郝经眼前浮现出出殡那天——他一脚把门踹开，见那妇人正在开那箱箧。然后慌忙趴在箱箧上，死也不肯起来，好像怕他看见什么。忽然身上打了个冷战，郝经警醒起来，连忙打开箱子，仔细查找着。原来真有证据，母亲传与娇鸾的玉钏虽然打碎，却多出一副垒丝堆叠成鸾凤的黄金镯子；一只斑犀钿花合子，方圆三寸余，中有轻绢，作同心结，郝经开而视之，见相思红豆一对、角先生、如意套一副，驴驹媚药[①]少许；翻看箱底，复有彩色粉笺一沓，用红丝捆作一扎，香绢包就，俱是崔用与姣鸾倡[②]和之诗，有不堪入目者数篇。

郝经当时作狮虎吼，怒不可遏，愤从心中起，恨向胆边生，用袖子将书桌拂开，重笔饱墨，于册页上写下休书一纸："立休书人郝经，系河东泽州人。凭媒聘定徐氏为妻。岂期过门之后，本妇多有过失：不顺父母、淫、口多言，正合七出之条。自是情愿退还本宗，听凭改嫁，并无异言，休书是实。"从头读过，又觉不妥，揉做一团重新写道："过失略去，因念夫妻之情，不忍明言，情愿退还本宗，听凭改嫁，并无异言，休书是实。"如此三数，皆不达意，点火焚之，昏昏沉沉伏案而眠。

---

① 红豆、角先生、如意套等皆为古代情趣用品。
② 倡通唱。

第二天早上,苟宗道如约来到郝家,见郝经尚在昏睡,将其叫醒。郝经请宗道客厅待茶,用凉水擦了一把脸,关起门来,用青笺楷书一绝:

　　玉钏本为冰洁物,如何失慎使蒙尘。

　　秉毫为报鸾卿道,莫道坚贞难煞人。

　　　　凡此,一别两宽,谨修

郝经待墨迹干了,用它把断钏封了,同垒丝镯子、钿花合子、倡和诗笺,做了一个包袱放入箧中。原箧锁住,签了封儿,又将徐氏细软,陪嫁箱笼,大小共六只,写十二条封皮,打叉封了。

一切整理停当,郝经这才雇了三辆小车,装了箱笼,嘱咐宗道,须是悄无声息送至徐家,连钥匙交割与徐公。最后郝经拿出箱箧,递到宗道手中,说:"这个小箱箧至关重要,一路上你要自己带着,莫让他人触碰。到了那里你要亲手交到徐氏手中,即便她父母也不可以给。"宗道一一答应。

苟宗道带着车子径向满城去了,郝经告别父亲和弟弟回到张府。

却说苟宗道一行径往满城,虽未声张,但毕竟一骑三车,到得徐家门前,却也惊动了街坊邻居。门子进去通报,早有好事者跟上去看热闹。

宗道见了徐耕,尊声徐伯父,道:"小侄幸不辱使命,将休书送达郝家,郝叔和令婿并无为难,着小侄把嫂子的东西和陪嫁箱笼原封送还,权当以后作个赡嫁。"

徐子勤心上有些过意不去,便留宗道吃饭。宗道捧着箱箧道:"当初作伐,三家亲切;而今两散,冰人赧颜;哪里便有脸在此吃饭?只是这个物件须亲手交与嫂子,还请令媛出堂。"

崔婆子过来便接,说:"小女现在崔府,交我就是。"宗道说:"我受郝兄之托,务必请嫂子亲接。"

徐耕邀宗道客厅叙话,宗道不肯,只得着人看座道:"贤侄少坐,崔府就在左近,我去去就来。"说着抽身而去。

等了一会儿,不见徐家父女回来,崔婆子便不耐烦,说:"这小箱子本是我家之物,有什么东西非要女儿来接,难不成真个封了六国相印?"说着又来拿。宗道抱着不放,崔婆子使劲去夺,一来一往,小箱子掉在地上。啪的一声,封签儿裂开,里面的东西撒落出来,那一对黄金镯子骨碌碌滚了出去,崔婆子忙不迭地去捡。

宗道忙把箱箧捧起,钿花盒子又掉在地上,盒子上的同心结脱落,里面的相思子、角先生、如意套、媚春药散落一地。众等见了,尽是调情之具、媚春之药。那等七姑八姨个个惊讶,挤眉弄眼——谁家正经女行藏得此等物事?

崔婆捡了镯子又来夺箱子,苟宗道见已不可收拾,索性交与崔婆子道:"请伯母收好,交与你女儿,莫叫别人看见。"退出人群。

崔婆子翻了翻,见都是纸笺,抓了一把,笑着说:"我当什么宝物,原来是几张破纸,什么就莫叫别人看见?谁不知道你郝家识字,快给我看看都是什么?"说着把纸递给身边的邻居。一个留着八字胡子的先生扯了过来,读道:

阆苑庭闱一朵花,姣枝移入别人家。

殷勤寄取相思句,待月西厢过竹笆。

满城崔用拜稿

众人听了哈哈大笑。街坊间胡姑姑挤眉弄眼,假姨姨嘀嘀咕咕。忽然又有人捏着嗓子作女人声读道:

本是闲庭野草花,玉郎何必口漫夸。

香房锦户迎风启,哥入无须过竹笆。

恼恍寸心,书岂能尽?

姣妹唯盼崔兄早至

众人又笑,却又戛然而止,原来徐员外和崔用不知甚时站在身后。八字胡子先生吐了吐舌头溜走了。

徐耕捡起满地诗笺,挥拳向崔氏打去,崔婆子立刻满脸是血。姣鸾欲上前去劝解,早被父亲一把推倒在地。姣鸾拉着崔用衣襟,直呼肚子痛。崔婆连忙去扶女儿,却见裙子下面见了红,怕是要小产了。
崔婆像一头愤怒的母狮子,扑向徐子勤,吼道:"你杀了我们娘母俩
吧! 我不活了! 啊……嘿嘿……嘿——"

　　宗道向徐伯点头告辞,徐耕嘴角露出一丝苦笑;崔用忙不迭地
请郎中去了;看热闹的人渐渐离去。欲知后事如何,且听下回分解。
正是:

　　　　别梦依依到谢家,小廊回合曲阑斜。

　　　　多情只有春庭月,犹为离人照落花。

第二十八回　庆娘小心吐心事
毛氏大义许婚姻

长安城中月如练，家家此夜持针线。

仙裙玉佩空自知，天上人间不相见。

这首诗说七夕的民俗和景致，乃大唐诗人崔颢所作，说的是七月初七妇人、少女争相陈瓜果，供喜蛛，向织女乞求做针线纺织的技巧。

李商隐却在为搭桥的喜鹊鸣不平：

清漏渐移相望久，微云未接过来迟。

岂能无意酬乌鹊，惟与蜘蛛乞巧丝。

罗隐说："人家织女和牛郎，一年才见一次面，两情缱绻，春宵苦短，你们却吵吵嚷嚷着要'巧'，也太不体谅人了。"有诗道：

月帐星房次第开，两情惟恐曙光催。

时人不用穿针待，没得心情送巧来。

杜牧倒是打了个圆场："也不要管喜鹊，也不要管蜘蛛，人勤手巧，情人相会，总是一桩好事，咱们坐着看就是了。"呵呵着跟了一首道：

银烛秋光冷画屏，轻罗小扇扑流萤。

天阶夜色凉如水，坐看牵牛织女星。

一个才六岁叫林杰小孩说："就是嘛，看看也就算了，家家户户穿针引线，那得要多少红丝呀？也太浪费了。"也不示弱，随口吟道：

七夕今宵看碧霄，牵牛织女渡河桥。

家家乞巧望秋月，穿尽红丝几万条。

白居易感叹了一声，说："此始于汉，流于后世，我等未能免俗，聊复尔耳，亦是雅事也。"也有诗道：

烟霄微月澹长空，银汉秋期万古同。

几许欢情与离恨，年年并在此宵中。

说话的,因甚说这乞巧诗?原来张柔府上小姐张庆娘,真的被小弘良的一句稚语打动了,她要在七夕这一天向郝经表露心迹。正是:"天公且称佳人意,许嫁经纶济世郎。"

闲话少叙,言归正传。

却说自从郝经进入张府,庆娘就觉得老有一双眼睛注视着自己。她哪里知道,她在郝经眼里竟是活脱脱一个郭守贞。当她的目光和郝经的目光相遇时,郝经总是及时地移到别处,但是那股热辣滚烫的无形之相却怎么也挥之不去。这种感觉只有他们两个人知道,别人是看不出来的。

一开始,张庆感到十分别扭,而且有些反感,心想:"一个人人称道的儒学大师,帅府请来的先生,怎么可以这样子看人,这样看一个及笄年华的少女呢?"可仔细想想,有什么地方不对吗?没有呀!他待人接物谦和而亲切,他对待学童慈祥而友善。自己那种感觉是真的有吗?还是没有?连她自己也说不清。即便是有,也是偶尔,转瞬之间倏忽而逝,说不定是自己想多了呢。

自从毛氏答应小弘良跟着哥哥们读书学字后,庆娘和郝经天天见面。先生那和蔼可亲的神态、开怀爽朗的笑声、诙谐幽默的讲课,化解了庆娘心底小小的不快和疑虑,他们相处得和兄妹一般。

庆娘除陪伴弘良读书写字外,自己也读一些诗词及《史记》《汉书》之类的书籍。有不懂的地方,总是虚心向先生请教。慢慢地,先生在她心里的分量越来越重。张庆觉得先生是个圣人,这世上没有先生不知道的事情,他对所有的问题都回答得头头是道,而且举一反三,还常常能引得大家哄堂大笑。

张庆很想照顾郝先生,哪怕做洗洗衣服之类的小事情,可是先生不让,即使端茶倒水也仅止于学堂,郝先生的起居之所近贤馆,从来不让她走近。

那一天,张庆无意中看见徐府着苟宗道递过来的休书,郝经气得面红耳赤,看也不看,几下将休书撕碎,吼道:"好,我这就写休书与她。君子但患功名不立,何患无妻?我就不信堂堂八尺男儿,恢恢棣华之族,讨不上个老婆!"

当时张庆心里也是这么想的,像先生这样的人,怎么会没有妻子呢?可是她说不出口。小弘良口无遮拦,竟然说出"叫我八姐嫁给你"的话来,着实使她十分尴尬、吃惊,而且生气。

回到家里庆娘好生训了一通这个不懂事的小弟弟,小弘良只是"呵呵"地傻笑。

这一夜,她失眠了。

张庆已经十七岁了,在这之前,从来没有想过嫁人的事,总觉得那是很遥远的事情。父母走得早,在家里,她虽然和弘范、弘正一样叫毛氏母亲,但毕竟是婶娘,她没有撒娇的资格,当然,和婶娘也不会像和妈妈一样,能说说私房话。

张庆从小跟父亲读书,学《女诫》,懂得什么是三从四德。她七八岁时来到叔叔家,不久,母亲也离她而去,是一个苦命的孩子。小张庆偶尔也会有寄人篱下之感,但是叔叔婶婶对她很好。不经意间,她也听到毛氏和张帅提起过自己的婚事,但她连探听的兴趣都没有。张庆清楚地记得母亲临终嘱咐过她要听叔叔婶婶的话,知道他们会为自己安排好一切,所以既没有多愁善感,也没有想入非非,是一个生性爽朗、活泼可爱的姑娘。

昨天突如其来的窘境,让这个从来没有心事的女孩儿有了心事。

"嫁给郝经?"嘻嘻!庆娘想着自己都笑了。

这一夜,张庆小姐辗转反侧,彻夜无眠。从弘范、弘正入泮那天初见先生火辣辣的眼神,到郝先生读书写作时专心致志的姿态;从郝先生有条不紊讲学授课时侃侃而谈的声音,到他像孩子一般开心大笑时童心未泯的表情,以及那天生气发火时铮铮的阳刚之气。往事一幕一幕涌上心头,张庆知道,自己是喜欢上郝先生了,这样的人不嫁要嫁什么样的人呢?

张庆自己决定要嫁给郝先生了！

庆娘翻了个身，准备好好睡一觉。可是又隐隐地感到不安：

郝先生会要我吗？

叔叔他们会让我嫁给先生吗？

我自己做得了主吗？

……

第二天早上，张庆起得比往日晚了一点，看见婶娘毛氏和弘良早已坐在饭桌旁，有点不好意思。赶忙吃了几口饭，领着弘良向学堂走去。

张庆巴不得早点见到郝经，可是到了学堂附近却又犯了踌躇，只觉得脸儿发烫，心头撞鹿。她叫小弘良一个人进去，自己只在远处偷看。

不一会儿，兄弟仨跑出来在门口玩耍，九弟弘范看见姐姐，向她招手。庆娘过去问道："怎么没有上课，却在这里玩耍？"弘范说："先生昨晚回家了，还没有回来。"张庆心里咯噔了一下，正色道："不管先生在不在，也不能光玩耍，快去读书吧。"说着一起走进学堂。

兄弟俩并没有进学堂里面的教室，而是在小弘良读书习字的外间坐下。

弘范想起昨天的事情，看了看弘良，笑着对庆娘说："姐姐，昨日小弟让你害羞了吧？"庆娘刚刚恢复正常的脸腾地一下又成了紫红色。

弘正取笑她道："人家都是'关关雎鸠'怎么到八姐这儿就成了'桃之夭夭'？"一边说还一边刮自己的鼻子。庆娘笑着去追打十弟。弘范也是火上浇油："八姐，抓紧点吧，不然就成了'顷筐之梅'了。"兄弟三人嗷嗷起哄，庆娘嚷道："别瞎说了，再说我真生气了。"说着真的流下泪来。

原来那些话典出《诗经》，关关雎鸠是君子求女，桃之夭夭是婚姻以时，顷筐之梅是女子急婿也。你说庆娘能不生气吗？

姐弟四人正闹得不可开交，先生来了。郝经问道："这是怎么了？"屋子里一下子鸦雀无声了，三个人齐刷刷站在一边。

小弘良一点也不识趣，抢着说："他们都叫我八姐嫁给你哩。"郝经一时语塞，全场哑然。

"上课吧。"郝经镇定了一下，招呼两兄弟进了教室。弘正扭头向姐姐做鬼脸，庆娘狠狠地瞪了他一眼。

课间休息的时候，庆娘把弘良写得歪歪扭扭的"一去二三里"拿给先生看，郝经先夸了一番，然后捉着小孩的手又写了一遍，庆娘就领着弘良回去了。

就在张庆回头和先生打招呼的一刹那，感受到久违了的那种热辣滚烫的眼神。她知道，只要她一回头就什么都没有了。她很享受这种感觉，牵着小弘良的手，头也不回地走了。

再过几日就是七夕了，张府的女眷们又是搭针楼，又是置拜盒，又是做巧果，忙得不亦乐乎，小女孩们则偷偷地练穿针。

庆娘仿佛忘记了这个她最喜欢的节日，而是让弟弟们通过郝先生的好友苟先生，详细了解先生和徐氏不幸婚姻的种种细节。她为徐氏的不妇而愤怒，她为郝母的去世而悲哀，她为郝经的屈辱而不平，她为伯父的大度而折服。她决定要嫁给这个她深深景仰的男人，她要在七夕这一天向郝经表露心迹。

却说郝经这段日子过得也很不平静。他不想回家，怕父亲看到他孑然一身而伤感，更怕父亲张罗着四处为他说媒，催他相亲。

这些天小弘良一次次的稚语趣言在他心中掀起轩然大波。虽然一再置自己于窘境，他却难免一阵阵窃喜，但他不敢相信这会成真。

自从他第一次见到张庆，就感到怦然心动，那是因为她长得太像守贞妹妹了。所以，他常常在别人不注意的时候偷偷地看她一眼。他曾经拷问过自己的良心："这是罪过吗？"

在庆娘陪弘良读书的这段日子里，他发现庆娘不是郭守贞。她成熟，遇事有主见，尴尬中羞涩而不失镇定。他本以为这样的女孩子心是清澈的,能一眼看到底,可是他从庆娘的神态里什么也看不出。还有,张府和郝家的门第,庆娘和自己的年龄差距、婚姻状况,大帅和自己的特殊身份。唉,折磨人啊!

惨淡的月光照在近贤堂的窗前,门外地上洒满了银色的清辉。仰望明月,想想这些年的坎坷,郝经不禁叹道:"老天爷,我做错了什么,为什么要这么对我?"

他拨亮灯盏,铺开纸笺,慢慢地磨着墨,一腔悲怆涌上心头:"上弦的月儿是那样的明亮,难道是在看我的笑话吗?"他思忖良久,饱蘸浓墨,慢慢地书写道:

> 明月不自照,漫作地上雪。
>
> 不照苍天心,照我多颜色?
>
> ……

他写不下去了。

翌日,学堂放假一天。

七月初七,传说天上的牛郎织女在鹊桥相会。因为织女是天上手最巧的仙子,所以人间的女子们在这天办乞巧节,希冀能得到织女的青睐,向她乞求智慧和女红手艺,使自己成为心灵手巧的女子。当然,也少不了向她求赐美满姻缘的。

张府上下一派喜庆的气氛。女眷们打扮得花枝招展,各自把自己所做的精巧绣品摆放在针楼的供案上,再供上香花鲜果,准备焚香礼拜;年轻的姑娘们互相交换所做的精致小巧饰物,炫耀各自的手艺;侍儿和妈子们四处为她们的主子捉蟢子,乞求晚上织一张圆圆满满的蛛网。张庆小姐顾不上和回娘家过节的五姐七姐玩耍,她今天要做一件决定自己命运的大事。

这天早上,庆娘一改清新朴素的习惯,少有地换上新衣服,梳洗打扮一番,提了一副小巧的朱漆描金食盒,装了昨天亲手制作的巧果,要给郝经送去。刚要出门,小弟弘良缠着她去捉蟢子。庆娘推说有事,叫侍儿海棠领着他找五姐去了。

且说张庆轻移莲步，慢款罗裙，袅袅婷婷，来到绿琴桥，早看见郝先生正在近贤堂外排开书案、交床，上面满满地晒着先生平日看的书籍。庆娘好生奇怪，蹑手蹑脚地来到先生跟前。

郝经忽然发现有人，吃了一惊，抬头一看竟是庆娘，忙问："你来做甚？"

庆娘没有回答先生的问话，而是反问："先生这是在做甚？"

郝经笑了笑说："晒书。"

见张庆满脸疑惑，郝经说："嗨，说来话长，七夕晒书之俗，古已有之。大抵因伏天炎热，曝经书及衣裳，以不蠹①。魏晋以来，士族文人讲求虚名，在七夕晒书来显示学识，渐成风尚，流传开来，富家晒衣以夸富，女儿家晒绣品、穿针以炫女红。"

"哦？哦——"庆娘会心一笑，心里想，"先生怎么啥都知道呢？"

郝经见庆娘很感兴趣，又讲了一个故事："我们河东老家，有一个饱学多才之士叫郝隆，东晋时人，在桓温麾下做了个小小的参军，怀才不遇，得不到重用。七月初七见人家晒书，他就解开衣扣，袒胸露腹躺在太阳下晒肚子，有人问：'你这是做甚呢？'郝隆答道：'我晒书。'"

庆娘听了，笑得前合后仰，一时忘情，竟说："先生怎不晒晒你的肚子哩？"

郝经一下窘得答不上话来，脸红得像猪肝。庆娘见了，一时把笑憋在肚子里，直喊肚子痛。郝经连忙揽张庆坐下，复问："姑娘来此做甚？"

张庆这才想起正事，面颊上飘起两朵绯红色的云霞，双手捧起食盒说："先生莫见笑，俺来送你巧果……"说着将食盒递到郝经手中。

郝经这才想起，刚成婚时那两年的七月初七，徐氏都会从娘家带一些巧果回来。如今接过庆娘送来的巧果，心中漾起一丝和着酸楚的蜜意，可是……他不敢看庆娘的眼睛，一直望着自己的脚尖。

---

① 不蠹：不被虫子咬。

"你打开看看,不喜欢……俺拿走。"庆娘怯怯地说。

郝经郑重地把盒子放在书案上,轻轻地揭去盖子。只见盒子里有一只白瓷刻莲花纹盘子,盘子中间放着两只炸得焦黄酥脆的莜面千层巧果,其状类羊,雄雌分明,用红线穿在一起。

郝经激动得两腿微微发抖,磕磕巴巴地问道:"你……你也属羊?"

张庆点点头:"嗯,十七了。"

"我整整大你一圈。"

"我不管。"

"我是再婚之男。"

"我不管。"

郝经想了想,微微摇摇头,庆娘疑惑地看着他。郝经轻声说:"可我是帅府的西席……"

张庆低下头,把手放在郝经的膝盖上,轻轻地拍了拍,说:"这个我知道,我去说。"

郝经一把抓起庆娘的双手,半晌说不出话来。突然跑进屋子里,把撂在床上的诗笺拿出来叫张庆看:

> 明月不自照,漫作地上雪。
>
> 不照苍天心,照我多颜色?

"昨晚我还抱怨苍天不公,看来世间自有公道。"郝经说着推开书案上晒着的书,展开诗笺镇平,找出笔墨,龙飞凤舞一挥而就:

> 天下一月明,美人何相隔?
>
> 灵波许我浴,好花许我折。
>
> 滂沱泪沾血,蹉跎望明月。

郝经待墨迹稍干,卷成一轴,交与张庆,拱手道:"谢妹妹七夕厚礼相赠,郝经无以回馈,一首小诗,聊表寸心。"

庆娘双手接过,见先生两眼热切地看着她,羞得用手捂住双颊说:"没什么事,我走了。"

郝经连忙拉住她双手，邀她再坐一会儿。说："急什么，再和我说会儿话。"庆娘顺势靠在郝经胸前，这时，忽然听到一阵脚步声，庆娘急忙推开先生，看时却是小弟弘良，就一边追出去，一边与先生告辞："是我小弟，走了啊。"

从午后到夜里这段时间是少女、少妇们的天下了，她们最重要的事就是"拜织女"。她们或是娘母们，或是姐妹们，也有侍儿丫头们一起的，约好五六人，多的十来人，一起祈祷，向织女乞巧祈福。

庆儿和五姐、七姐，还有小弘良，跟着毛夫人，把香花鲜果、绣品金针摆放在供案上，焚香叩拜，默默许愿。

五姐见庆儿祈祷祝拜，虔诚认真，就笑着问道："庆儿，你许了个什么心愿？"

庆娘自顾自叩头礼拜，闭目许愿，似乎没有听见。

七姐说："咱庆儿的巧够多了，就缺一个如意郎君，当然是求姻缘了。"

两姐妹会心地发出银铃般的笑声，张庆的脸一下子红到耳根子，向两个姐姐抿嘴一笑，没有吭声。

毛夫人侧身看了庆儿一眼，继续跪拜。

小弘良吵着要吃案上供的巧果，说着伸手就要去拿。夫人打了他的小手一下，弘良就咿咿呀呀假哭起来。五姐连忙起身抓了一把哄他："良良不哭，一会儿姐带你去葡萄架下听牛郎织女说话。"

"不，我要去近贤馆听先生和八姐说话。"

弘良的声音不大，可就像一声炸雷，大家一起望着庆娘。

张庆红着脸，移身到毛氏身边，在婶娘耳边悄声说道："母亲，庆儿有事和你商量。"

毛夫人挽起庆儿走了，五姐七姐都转向弘良，弘良却又抓了一把巧果跑了。

月亮升起来了，姐妹俩你看看我，我看看你，忍着笑去拿红丝和七孔金针，准备望月乞巧了。

且说庆儿一边走一边偷看婶娘的脸色，心里不住地在打鼓。来到自己香房，庆儿将小弟的唐突之语、自己的敬慕之情，以及送巧果试探先生并被弘良看见的事情，小心翼翼，原原本本述说一番，并从怀中取出诗笺，交与"母亲"。

毛氏看了心中窃喜，佯装作色道："庆娘既有西厢之约，张家可无东道之主？此事如何瞒我？"庆儿吓得慌忙跪在地上，含羞答道："只欲巧果示好，不意先生赠诗，实无他事，非敢瞒母亲也。"

毛氏把庆儿拉起，揽入怀中，咯咯笑道："我儿果然好眼力，母亲答应你就是。"

"真的？"

"当然！郝先生的事我已知晓，他是你姨夫的高足，迟早会出人头地的。我倒是巴之不得，只是大了几岁，怕委屈了你哩。"

张庆见婶娘不怪她，头一次撒起娇来："我不管，我就要嫁郝经哩。"

"好好好，咱就嫁郝经。"毛氏说着把庆儿按在旁边的绣墩上。

"父亲那里……"

"有我呢。当初你娘亲走时，把你托付给我，能嫁郝先生这样的博学多才之士，也算是个好的归宿，你叔对你爹娘也好有个交代。"说着，想起当年情景，不觉落下泪来，娘母俩又抱在一起，相拥而泣。

良久，毛氏收泪，轻轻拍着庆儿说："好了，庆儿不哭，这都是好事啊。娘要歇息一下，你快去乞巧吧，仔细①先生骂你笨。"

张庆破涕为笑，在"母亲"脸上亲了一口，跑出去了。毕竟张柔大帅答不答应这门亲事，且听下回分解。正是：

> 郝氏陵川称望族，张家淇奥有奇缘。
>
> 经传庆纪关雎咏，织女牛郎赤线牵。

———————————————
①当心。

第二十九回　张庆郝家奉帚箕
郝经曲阜拜先贤

夫子何为者，栖栖一代中。

地犹鄹氏邑，宅即鲁王宫。

叹凤嗟身否，伤麟怨道穷。

今看两楹奠，当与梦时同。

看官，你道此诗是何人所为？乃一位旷世帝王，大唐明君，他纠之以典刑，明之以礼乐，爱之以慈俭，律之以轨仪，选贤任能，励精图治，以致形成了唐朝开国以来又一个盛世。他，就是李隆基。

这位先皇爷，来到泰山祭天，行封禅大礼，顺道曲阜，以太牢之礼祭奠孔子。他在孔子神像前谦恭行礼，心中感慨万千，乃作此诗。

且说郝经多年以来，即有谒孔庙、拜夫子、东进游学的念头。不知这圣人来到曲阜，置身孔子像前又将做何感想？

闲话少说，言归正传。

却说一日得空，大帅张柔回到府中，毛氏将庆娘看上郝经、郝经题诗允婚等事一五一十告诉张帅，张帅大喜，问道："我闻徐家嫌贫爱富，休了郝经，可有此事？"

毛氏说："岂止嫌贫爱富，还有……"夫人在大帅耳边轻声嘀咕了一番。

张帅说："真的无耻之尤！"

毛氏说："正是徐家着苟宗道代递休书，良儿一句趣话，才促成这段姻缘。"

张帅道："女家休夫，闻所未闻也。"毛氏说："人家徐耕还放出话：'就是要做这颠倒乾坤之事，看他郝家却能怎的。'"

张帅哈哈大笑，说："我正愁庆儿的终身大事没得料理，却不料他把郝经与我。这真是'时来风送滕王阁'。好！我就把这颠倒了的乾坤再给他颠倒过来。这一次就叫郭其铭亲自作伐，到郝家提亲，我嫁他一个女儿，送他一座府第，风风光光办一场婚礼，定叫徐子勤做个傧相，与我女儿女婿赞礼，好好羞臊羞臊这个老财迷。"

毛氏笑着说："那倒不必，不过一定要请他过来喝杯喜酒。"

八月十四是郝经和张庆大喜的日子，这一天张柔府大宴宾客。帅府幕宾、保州贤达、商贾大户，悉数前来贺喜，阅尽了帅府嫁女的排场。

城南郝家却是另一番景象，文人骚客，弟子门生，萃聚一堂，饮酒赋诗，盛赞那郝经之才、庆娘之贤、大帅之达。又约，二人情定七夕，全赖织女所赐，必有所示也。

王恽贺道：

> 一生长傍郝卿身，本是文姬一样人。
>
> 乞巧结缘通六礼，麟男凤女满跟前。

宗道贺曰：

> 洗砚黑云浮水面，折花红雨落墙头。
>
> 文章诗册量身著，琴瑟调和慰女牛。

诗章甚多，说话的不暇细述。郝经笑语四顾，感激地不住向前来贺喜的客人作揖道谢。酒阑兴尽，大家都欢乐到极点，及至郝经庆娘这对新人入了洞房，众人方起身告退。

洞房之中，郝经感谢庆娘说服父帅同意郝家将婚事简办。

庆娘道："父亲素知郎性耿介，气干云，固留君光大棣华之颜面耳！且母亲亦教儿韬晦帅府千金，做个寒门娇妻。郎君看我像吗？"说着吃吃地笑着钻到郝经怀中。

郝经抱着庆娘笑道："像，像，太像了，刚才还不像，现在特别像。如今你是我郝家的媳妇儿，这里没有帅府千金女，只有张氏美娇娃。从此以往，永奉欢好，心无纤虑也。"说着宽衣解带，行周公之礼，于飞甚乐。

这一夜：

> 姑射琼仙,论人间世,学宫样妆。费精神刺绣,裁成云锦,今朝喜遇,弱线添长。收拾云情,铺张雨态,来嫁儒门趁一阳。真还是,似两情鱼水,并颈鸳鸯。

> 登科人道无双,问小底何如大底强。幸洞房花烛,得吹箫侣,短檠灯火,伴读书郎。办苦工夫,求生富贵,要折丹枝天上香。来秋也,看载脤鹓荐,载弄之璋。

成家之后,郝经仍在张府课读弘范、弘正二生,张庆一时也舍不得离开母亲,小两口乃住于帅府,做起了娇客。郝经的生活变得有规有律,有滋有味,一切都觉得新鲜和别致。郝经精神勃发,人也显得年轻了,得空就和妻子一起回家看看父亲和弟弟妹妹,一家人其乐融融。

越明年,庆娘有了身孕,这才回到积庆堂,生下一个白白胖胖的大小子,是为采麟。这下可把老父郝思温高兴坏了,几回在梦中笑醒。

夏游燕京,郝经先去太极书院拜访了他的师长赵复,接着拜访了前辈方山先生刘伯熙。刘老前辈招待备至,着子弟数人陪郝经遍游燕京,郝经作《琼花岛赋》,雅聚酬酢间又结识了王良臣等几位新的朋友。

一日游太极书院,适逢太极书院议立周敦颐祠,以张载、程颢、程颐、杨时、游酢、朱熹配享。郝经盛赞之,并应太极书院院佐之邀,为周子祠堂撰写了碑文。

周敦颐是儒家理学鼻祖,在他所著的《太极图说》中,提出了"无极而太极,太极一动一静,产生阴阳万物。万物生生而变化无穷焉,惟人也得其秀而最灵"的宇宙生成观。郝经觉得为周子祠写碑文是他的荣幸,也是他理学造诣的标志,他这是第二次为书院写文稿了。

回到保州,郝经向父亲述说了在中都的见闻。郝思温也告诉郝经,在他出游期间,有陵川魏梦臣受父老之托,专程来保州感谢郝经上书请命。汗廷恩遣独木干公主监临河东,河东得以大治;公主又命泽州军民长官郑鼎把棣华堂修葺如初。郝经望北拜揖,却不知独木干为谁。郝经知魏梦臣尚未离开保州,当即铺纸写下《送陵川魏梦臣》诗一首,以便魏梦臣回去时作赠,诗曰:

太行一脊壮中州,上有吾家最上头。
篷鬓他乡淹岁月,锦衣何日拜松楸?
尘埃满面将何往?羽翼生心漫起愁。
闻说棣华堂尚在,紫荆花老鹡鸰羞。

郝思温的心情也好起来,身体渐渐恢复,经常在院里转来转去,有时干脆把拐杖也扔在家里。郝经对自己的事业也做了重新安排,在讲学之余,写完了《思治论》的初稿,又打算趁此秋高气爽的季节,东进游学,了却他很早就有的游孔庙、登泰山的愿望。

一日,保州水利督造司监事郭守让来访。

看官你道这个郭守让是谁?此人正是郝经童年发小,郭其昌叔叔的小儿子,守贞妹妹的小弟弟。

自从甲寅抗捐被官府缉拿,哥哥守谦为救他被蒙古军卒打死,他孤身一人脱逃在外,几年一直没敢回陵川,父亲生死不知。他先到淇卫小冀投叔叔不遇,一路乞讨到邢州,却是恩师堂祖爷爷郭荣已经过世。郭守让天生木讷,与族中他人也无过从,只得再次逃难,后来在宝坻一家朱姓人家安下身来。

几经辗转来到保州,此时堂叔郭其铭已是中书省将作院的太卿,安排他做了一个水利司监事,也帮助他成了个家,已结婚生子。这次张帅托郭大人做媒,诸多事务都是他操办的。这时,守让和郝经才得兄弟重逢,自此两家往来不断。

郭守让知道郝经有东游之意,自己亦有登东岳为父亲祈福的愿望,今日得空,过来看看。

郭守让说明来意,郝经连道:"真是来得早不如来得巧,我与王恽刚刚定了出行的日期,正要去找你,你就来了,莫不是心有灵犀?"

按下郝经、王恽、郭守让东游泰安暂且不表,单说忽必烈王爷接到独木干公主传报,知道河东已安,民情风教日渐敦顺。一日忽必烈又与子聪说起此事。

忽必烈王爷道:"上一次遣使求贤,王鄂、敬铉等皆从,独经不至,却上书《河东罪言》。吾度其实为察我治国之策、牧民之略,游学未归托词也。今赖母后之力,公主之功,沉疴已除,正好派人将他找来辅助我也。"

子聪道:"王爷虚怀若谷,求贤心切,天下贤士定会闻风来归。不过,郝经这个人,不是把他找来,而是将他请来。因为,这个人太有才华,太难得了!"和尚把个"请"字说得很重。

王爷问:"怎么个请法?"

子聪说:"王爷赐臣一道手谕,微臣愿奉王命亲赴保州,把他请来。"

忽必烈道:"也好,我给你挑一匹好马,明天就动身。对了,让我的怯薛长①玉昔帖木儿护送你如何?"

子聪道:"那样最好,倒不是为了护送我,有王爷身边亲信,更彰显王府的诚意。"

翌日,天麻麻亮,子聪和玉昔帖木儿就带好行装,骑了两匹快马,辞别忽必烈,风驰电掣般地向保州疾驰而去。他们晓行夜宿,很快来到保州,不巧的是郝经、王恽、郭守让几天之前便已启程。

却说这一日,郝经、王恽、郭守让他们冒着淅淅沥沥的秋雨来到名闻天下的曲阜。三人打着清油竹伞,站在城楼下,驻足观看。

"这里为什么叫作曲阜?"

三人中,守让年纪最小,除了在野岭荒村中逃荒避乱,没见过什么世面,看见什么都要问个端的。

---

①蒙古帝国和元朝的禁卫军的长官。

王恽笑着说:"这你可得问问你这个老夫子哥哥了。愚兄实在不知。"

郝经望着城楼上篆书"曲阜"二字,芝草团云,典重严整,心思已经沉入书法之中。及至守让再度发问,才缓缓说:"曲阜乃周朝鲁国故都,《礼记》载:'鲁城中有阜,委曲长七八里,故名曲阜。'"

王恽看着守让说:"你看看,长见识了吧。子曰:'三人行,必有我师焉。'我师者,郝经也。"三人哈哈大笑。

郝经想了想说:"今儿来到圣地,我忽然觉得咱们平时太在意他这前半句话了。我想,不仅要以善者为师,而且要以不善者为师,才是自然之道。完整地理解这段话,对于我们处事待人、修身养性、增长知识,都是有益的。"

郭守让像小学生一样背诵道:"择其善者而从之,其不善者而改之。"郝经和王恽看着他摇头晃脑的样子又是一阵大笑。

天色渐暗,雨又下个不停,他们就近在城南找了一家客栈住下。

第二天他们起得很早,简单吃了点早饭就向孔庙走去。天还是阴沉沉的,走进稷门,便是泮宫,泮宫因泮水而名,是孔庙的牌楼,早已倒塌,只有潺潺的泮水从旁而过。再向北进则屋宇颓废,不可行。向西,穿过茂密的古槐,折而东,即是大成殿。

宫殿和庑廊破败不堪,绿色琉璃瓦和廊柱狼藉一片。残断的廊柱刻有龙纹装饰,规格虽然很高,但经不起战争的摧残。郝经他们一扫来时的兴头,心情都很沉重。

虽然天气不甚好,游人却也不少。有知情的香客说,修了烧,烧了再修,已经好几次了,不知甚时才能安生。

郝经、王恽和守让,谁也不说话,随着人群走进去,毕恭毕敬地烧香祭祀。

出大成殿,由杏坛而南,登上了奎文阁,内设观世音、孔子、关羽、魁星牌位,是专供读书人祭祀魁星神的地方。郝经、王恽和守让在各处焚香礼拜一回。

郝经三人不识路,只得跟着香客和游人返至大成殿,自家庙东侧门出,来到大街上找了个小饭店,要了几盘煎饼,卷着大葱和熏豆腐吃了起来。守让敢情是饿啦,急匆匆地嚼着,被大葱辣得直流眼泪,又被王恽取笑一番。

郝经说:"这就对了,这趟曲阜总算没有白来,只怕回去多时还能记得'双眸剪秋水,十指剥春葱'。"

外面又开始下雨了,三人稍事休息,撑伞北谒孔林,但见林坊十多里,一直通至洙水旁。这里游人很少,窸窣细雨更增添了孔林的肃穆。雨中漫步,瞻仰先贤,别是一番滋味。

孔子坟前,有一段残木,斑驳若铜器,虽经过千年磨砺,却质地坚韧,毫无腐朽之气。郝经驻足致敬,王恽亦然。守让初时淘气,以面接雨,怡怡然,见二人如此,马上敛神肃敬,少时,悄声问王恽道:"这是什么?"

王恽道:"据说是子贡庐墓时亲手所植桧木。"

郝经站在那段古木前,虔诚地注视着,端详着,好久,好久。王恽和守让猜不出他在想什么。

三人祭拜了先圣墓地,雨下得更大了,哪里也去不了,只好返回客栈。谁也不说话,只有郝经一路上自言自语地慨叹道:"依依圣居有以自得,又可默默而去,无以自鸣乎。大哉圣人之道,其不与宫庙殁乎。宫庙虽圮,而圣人之道岳岳也。"

回到客栈,郭守让觉得奇怪,问道:"大哥,你们来过曲阜?"

"没有。"郝经和王恽不约而同地回答。

"那你们怎么什么都知道呢?"

二人相视而笑。

"哦——秀才不出门,全知天下事。"守让摸摸自己的脑袋,也笑了。

吃晚饭时,郝经忽然问道:"你们觉得子贡这个人怎么样?"王恽和守让面面相觑,谁也回答不上来。

王恽嗫嚅了半天才说："一个普通读书人，怎敢评价先贤？"

郭守让说："《论语》对他的评价好像不如颜回和子路，甚至连曾皙也不如呢。"

郝经说："孔子去世，弟子守丧三年，唯独子贡庐于墓前，凡六年，然后去。若夫子再生，当不会说他重利轻义呢。今天，我看到那株残存的桧木，仿佛看到子贡站在坟前时枯槁的面庞和六年后出使诸侯时的辚辚车马。为国计，斯人伟哉！"

王恽和守让恍然大悟，频频点头："先生说得极是。"

郝经说："怎么还先生起来了呢？"

王恽说："先生就是先生，学生只得见贤思齐。"守让不堪奔波，嚷着要睡。郝经说："也好，明天还要赶路，天气又不好，早些睡吧。"王恽乃与之一床寝了。

郝经将自己几日所见、所闻，所思、所想写成了一篇《去鲁记》。余兴未了，又写了《曲阜怀古》六首。看看香已焚尽，只得灭了灯烛。欲知后事如何，且听下回分解。正是：

> 天地一生意，孔门尽春风。
>
> 喜闻夫子道，歌咏各雍容。

第三十回 忽必烈求千里马
郝伯常拜圣明君

昔日龌龊不足夸,今朝放荡思无涯。

春风得意马蹄疾,一日看尽长安花。

看官,此诗道那孟郊两试不第,四十六岁才中进士,一朝登科自然心潮澎湃。时来运转,春风得意之情跃然纸上。再看那郝经,这些年几经波折,历尽劫难,亏得这圣人真心耐,志诚捱,直熬到峰回路转,端的是否极泰来。

闲话少叙,言归正传。

却说郝经、王恽和郭守让离开曲阜,走了三天泥泞的山路,终于来到泰安。看看日已近午,他们想先找家客栈住下。正在踟蹰不定时,走来一个店小二模样的人,打量了一番,走上前去对郝经说:"客官,住店吗?"

不等郝经开口,王恽向前一步忙说:"住,我们正在寻找住处呢。"

小二:"那好,请跟我来。"

三人跟随小二来到旅店,小二高声喊道:"掌柜的,客人请到了!"

店家急忙迎出,热情地笑着说:"三位贵客的房间在后院,早就准备好了,就等着客官来住呢。"

郝经觉得不对劲儿,低声对王恽说:"兄弟,你听出来了吗?他好像话里有话。他说早就给咱们准备好房间了,可是,咱们并没有预订呀?"

王恽也察觉出有些异常,对店主说道:"东家,我们事先并没有预订过房间,怎么会……"

店主赔着笑脸说:"三位不要误会,确实有人为三位订好了房间。"

郝经说:"东家,一定是你搞错了,我们是从保州过来的,没人知道我们要来,怎么会有人替我们订房呢?"

店主说："这个小人就不清楚了。那位订房的爷说，有三位从保州过来的客官要登泰山，叫小人仔细伺候着。这是房间的钥匙，请你们先进去歇息。"

郝经他们被店主领进后院，正房是三间客厅，两边各有一间卧室。虽然不甚华美，却也收拾得干净。

三人正在疑惑之际，堂倌早已捧着盘子摆上菜肴酒具。

王恽拦着堂倌问道："哎哎，是谁叫你们来的？我们没要这么多饭菜呀？"一边说一边看着郝经摸了摸钱袋。堂倌笑而不答，摆好饭菜就走了出去。

郭守让肚子饿了，看着满桌子香喷喷的饭菜馋涎欲滴，恨不得就下筷子，便对王恽说："大哥，这么好的饭菜，不吃白不吃。管他是谁呢？吃饱了再说！"

郝经摆了摆手说："吃吧。"

吃了饭，三个人到院子里看看天气如何，店家在门口候着。天还是阴沉沉的，郭守让说："大哥，看样子明天还要下雨，不如我们歇息一天看看，待天气好些再说。"

郝经正拿不定主意，店家说话了："客官好运气呀，俺这里天天下雨，已经有一个多月了。游客越来越少，就是登山也看不到日出。谁知你这一来，天就要晴了。"

"你怎么知道要晴？"守让好像不愿意天晴似的。

"你没有感觉到刮西北风了吗？再说，你看山峰那儿云彩都往南跑哩。"店家指着东北面的天空说。

郝经脸上露出惊喜的笑容，忙问店家："你老是当地人，有经验，你说明天早上能看到日出吗？"

"能，能，能。"店家忙不迭地说，"像这样下这么长时间的雨，冷不丁地放晴，还会有云海哩。俺见得可多咧：白花花的云团像海浪一样在你脚底下翻滚着，碰撞着，拥挤着……你会觉得你就是神仙哩。"

"快！收拾一下,马上出发。"王恽已经迫不及待了。

"东西都给你们预备好了,衣服、干粮、灯笼……什么也不缺。还叫李兴儿,就是那个小二领着你们。那孩儿可机灵了,经常去,省得你们黑更半夜问不着路。"

"那得多少银子?"王恽问。

"不要银子。你们的房钱、饭钱等一切费用,订房那位爷都给了。你们只管好好玩儿就是了。"

王恽和守让都望着郝经,郝经也是一脸的茫然。

"你们就放心去吧,那个爷三十来岁,一身书生气,看着可和气哩。他说他是你们的朋友,肯定不是坏人。"店家不住地解释。

郝经长嘘了一口气说:"那就恭敬不如从命了。"

郝经他们跟着店小二,酉时起身,从红门而进,沿登天石梯而上。店小二很健谈,他说他叫李兴,就是本地人,有什么事儿尽管说。

一路之上,但见林荫夹道,石阶盘旋,峰峦竞秀,泉溪争流,景色无比雄奇秀美。

天色渐暗,山势益陡,他们已经无暇欣赏沿途美景。李兴点起两盏灯笼,递给守让一盏。四个人小心翼翼拾级而上。回望来处,灯光隐约可见。

从中天门起山势越来越陡,上看遥不可及的南天门,下俯令人头晕目眩的来时路,郝经感慨万端:"这就是人生啊!"

郭守让打趣说:"走了一盘又一盘,数够十八还没完,到底还有多少盘?"

王恽说:"远着呢,你要是走不动就在这儿歇着等我们回来也好。"

走着走着,月亮从峰壑间升起,雨过天晴的山中格外清新,重峦叠嶂不见了,石阶不再向前延伸,突然间两山对峙,高插霄汉,仿佛天门自开。万仞中鸟道百折,危级千盘。松声云气,迷离耳目衣袂之间。俯视下界则山伏若丘,河环如绅,天地空阔,无可名状,只觉月近云低,虚幻缥渺,不知是人间天上,还是天上人间。

李兴说:"啊,南天门到了。"

果然,前面有一处小平台,影影绰绰似有游客依石而坐。

兴奋、激动已被疲惫拖垮,大家长舒一口气,各自找块石头坐下歇息。郝经四面环视,自言自语道:"荒抛石巍,并无室宇,何谓天门哉?"

"善哉善哉,这位客官说得极是。"

随着声音,一个头戴逍遥巾、身披道袍、脚穿云履、手执云展的道人,潇潇洒洒,徐步而来。

郝经观其有仙风道气,慌忙趋步进阶迎接,见礼毕,遂问道:"仙翁高姓贵号?"答曰:"贫道张志伟,居岱麓会真宫。"

"莫不是天倪子道长?"

"正是。"

> 太白诗笔布山头,布袜青鞋欠一游。
>
> 拟欲高人参药镜,却嫌凡肯比丹丘。
>
> 云间茅屋鸡犬静,物外烟霞风露秋。
>
> 后日天门重登览,蜕仙岩下幸迟留。

郝经太兴奋了,信口吟出老师元好问所书《送天倪子归布山》,连声道:"郝经不知师叔在此,失敬,失敬。"说着就要行晚辈礼。

张志伟一把扶住道:"怎么就叫师叔了?愚兄不过痴长贤弟两岁,况吾与尊师虽交游甚笃,因好诗词,亦师事之也。"

郝经与天倪子重新叙礼,叫过王恽、守让,一一见过。

张道人说:"天色尚早,贫道此处有一陋室,不妨到彼小憩一会儿。"说着,请郝经他们至西侧一石室之外,设茶果相待。

乃引郝经入内,见大小箱笼十余篓。一桌一凳,外无余地。道人将箱子打开,全是天倪子亲手绘制的《南天门营造法式》。图中南天门的规模、位置、形象及周边的树木,都描绘得清清楚楚。除绘有总平面图、方案图外,还有构造复杂的局部或细部图:如木构件的雕刻、彩画、瓦作、石作、钉交、金工等,图样比例准确,线条清晰,墨线为主,辅以彩色。

郝经倒是听说过法式,但从来没有见过。今天算是开眼了,惊得合不上嘴,连连称绝。

只见天倪子张志伟神色凝重,再次深躬见礼。郝经道:"这是怎的?"

天倪子道:"愚兄入玄门至今二十余年,存一事于心,即营造南天门。适闻贤弟语'并无室宇,何谓天门',真是一语中的。昔元好问老师常说'成大事者,经也'。今吾观贤弟衰运褪尽,否极泰来,不久将遇明主。彼时幸勿相忘,吾之南天门,弟之南天门也。"

郝经还没有回过味来,张道人已经催促他们上路,说是再不走就看不上日出了。

从石室出来,郝经接过小二递过来的袍子穿在身上。就在他看法式时,有人已送来衣服,王恽、守让都已经穿好了。大家一起又向上走去,道人挥挥手说:"贤弟且去,后会有期。"

一路上李兴儿絮絮叨叨说:"张道人就像特地在此等候客官一样,平素我们想见都见不着他。"

郝经问道:"订房的可是此人?"

李兴说:"不是的,那是三个北边儿人,其中还有一个和尚。"郝经怎么也想不出是谁。说话间,已到山顶,小二领着郝经一行直至太平顶。

天慢慢变亮,远处的群山被云雾吞没,只有几座山头露出云端;近处已经聚了许多游人,踏云驾雾,仿佛置身天外。

微风吹来,云海浮波,上下腾涌,翻江倒海。向下俯瞰,天高地远,万物缥缈,郝经顿生万物皆空之感。

等了一会儿,天边的一线晨曦由灰暗变成淡黄,又由淡黄变成橘红。

"出来了。"守让大喊一声。只见,浮光耀金的云海上面,一轮红日冉冉升起。须臾间,金光四射,群峰尽染。

李兴说:"客官真有福气,像我等常登泰山者,也没有见过如此美景。入秋以来,不是下雨,便是阴霾,不承想你们一来天就放晴,真贵人也。"

霎时,日浮青天碧,雨后空山新。郝经觉得这些年经历的波折和劫难,一下子全都消退了,心中豁然开朗,诗潮如涌,信口吟道:

穷秋老雨四十日,坤轴欲烂阴霾缠。

我来方作泰山游,玉虹一夜收云烟。

旁边的游客一下子惊呆了,都围了过来。郝经旁若无人,稍做思索,徐徐吟咏:

山灵奕奕生喜色,突兀撑裂青罗天。

轻裾飘飘过黄岘,乘兴直到三峰前。

霜余灌木出秋色,万叠红锦幪椒巅。

泓澄寒溜浸太古,翠壁细泻珠玑圆。

当时秦汉极侈丽,未必如此皆天然。

天门中断两屹立,箭筈一磴蛇蜿蜒。

凌层绝顶肆崇峻,伫立矫首望八埏。

长天沉沉入西极,九州却在东海边。

冲风惨淡万里来,海窟劲刮鲲鲸涎。

须臾白云生岳麓,脚底决眯无山川。

秦坛周观觉浮动,满地覆冒兜罗绵。

忽疑山移入海中,白浪四汹虚涛掀。

山阴瑰诡光怪出,赤气翠晕相钩连。

下从谷底上碧落,宝塔万级高蟠旋。

遂登日观叱日驭,六龙倒著珊瑚鞭。

玉鳞剥落金甲拆,九芒迸绮生血鲜。

三山摇荡海水沸,蓬壶缥缈来飞仙。

为言此色与此界,君自固有非尘缘。

恍然记悟复无语,把手一笑三千年。

郝经把一首长歌咏完,赢得太平顶上掌声一片。王恽连连拍手称妙,道:"一气呵成,如吐珠玉。佩服,佩服。"

郝经很兴奋,说:"面对如此美景,贤弟岂能无佳作?"

王恽想了想说:"既然郝兄盛情相邀,王恽只得献丑了。"说着从怀中取出文房四宝,找了一块平整石头,铺开绿云笺,摇头晃脑,构思一番,写道:

鹧鸪引·乙卯九月十九日,偕伯常登岱

观日台高入碧穹。神州俯视万方空。

风推日色晴霞照,波涌流云海浪腾。

思往事,剪残灯。朝晖尽染晓岩明。

回望故道烟岚里,独揽风光幻境。

淇卫王恽

这王恽,不但词做得好,字也写得好,又是掌声一片。

"咱俩都有了,守让弟岂能……"王恽四顾,竟不见守让。

李兴领着两位道童来叫众人去太清宫东庑廊吃斋饭。问过李兴,才知道郭守让一个人到玉皇殿去为父亲祈福去了。

兄弟二人来到正殿,果然见守让跪在那里,连忙接过童儿奉上的香火,恭恭敬敬地插在香炉里,望着殿中央玉皇大帝金身叩头礼拜。

良久,仍不见守让起身。二人弯腰去搀,只见守让泪眼汪汪,闭目祈祷,却是扶他不起。

等了很久,郭守让终于祈祷完毕,两眼居然哭成了肿泡。郝经知他为兄哀思,为父祈福,也不多问。

三人回到庑廊,胡乱吃了点东西,决定在太清宫住下,盘桓两日。反正有人付账,弟兄们就在山上四处游览,观景吟诗。昭真观、紫霞洞、灵岩寺,不放过一处景观和庙宇,一边走一边细心观看,就连庙中的碑碣,也要细细欣赏,看是何人的手迹。

二十二日,他们转来转去,又来到南天门,说是要下去。李兴儿问道:"三位爷,是原路返回,还是走桃花峪?"

三个人经过简单交谈,决定从桃花峪下山。

李兴将来时带的灯笼、衣物交与一个在路边等着的人,就领着他们从西面下山了。

幽静的桃花峪中听不到喧嚣的人语,只闻潺潺的溪水声与婉转的鸟鸣,但见水丰草美,花繁树茂。桃树上早已没有了果实,叶子开始变红,与葱翠的竹林相映成趣。景色虽然幽雅,但是大家都感到很累,谁也不说话。

还是李兴打破了旅途的寂静,他说:"这个桃花峪,春天最美。客官要是三月来的话,桃林满谷,丹英饰涧,纷飞如雨,幽奥清绮,那叫一个美。"

郝经见兴儿谈吐不俗,就问:"你说得这么好,读过书吗?"

兴儿说:"那当然,圣人故里,谁不识几个字?不过这些话却不是圣人说的,都是领着那些个文人墨客上山下山听来的。我还会背诗呢。"

守让说:"哦?是吗,你背一个给我听。"

李兴一点也不谦逊:"'流水来天洞,人间一脉通。桃园知不远,流出落花红。'这诗就是说桃花峪的。听人家说,这就是之前你们碰见的那个道士写的。"

王恽笑着说:"小二哥,你看看。"说着闭上眼睛,用指头刮了两下。

李兴说:"你这是弄啥哩?"

守让说:"我们都得刮目相看呀。"说得大家哈哈大笑。

气氛活跃了,路走得也轻松了。出了桃林,前面有个酒家。早已有人候着,恭恭敬敬请他们进去用饭。郝经他们又是一脸疑惑。李兴说:"三位客官,进去吧,都是那位订房的爷安排好的。"

三人进入酒家,被请至楼上,刚一落座,一溜堂倌提着红漆食盒鱼贯而入,摆上丰盛的宴席。郝经他们早上没有好好吃饭,肚子也真饿了,顾不得客气,就大吃起来。等到肚子有了八分饱,王恽才端起酒杯邀酒。

守让说:"你俩喝吧,我早吃饱了。"

郝经劝道:"喝点吧,解解乏。"说着抿了一小口,咂咂嘴说,"哦——这是曲酒,味儿太冲,还是老白汾喝着痛快。"

只听堂倌吆喝一声:"上老白汾——"一会儿端上来一坛老白汾。

郝经觉得太不可思议了,四面看看,两边各有木雕隔断,依稀也有人饮酒,可又与他们无干。此刻,他很想知道请他的人是谁。

一见上来老白汾,守让的劲头来了,非要和两位哥哥划拳不可。王恽说:"兄弟,这个地方雅静,换个玩儿法吧。"

三个人,郝经行诗令、王恽行典故令、郭守让行谜语令,轮换着玩儿,不一会儿就微醺了。

"郝兄最近有什么新作?"王恽见守让已经趴在桌子上不玩儿了,就转了话题。

"刚刚为太极书院周子祠堂落成撰写了一篇碑文。之前写过一篇《思治论》,这次出游又有了一些新的想法,回去再修改一下。"郝经答道。

"那你真要投身蒙古汗廷?"王恽不无担心地问。

王恽现在虽然在张柔帅府做事,但认为避开世事,走南闯北,讲经论学,教化民众,未尝不是为国出力。他多次向郝经列举西晋许多士大夫避战乱、隐居山中的事例。

郝经有些激动,给自己倒了一杯酒,端起来一饮而尽,说:"我等自诩当世俊杰,可惜生在这乱世之中,不能够金榜题名,为国家出力。今上正在招贤纳士,我等何不趁此时机,兼济天下以行道。"

"郝先生,别忘了我们都为汉人。'内中华而外夷狄'是几千年的传统观念。"王恽道出了当今众多士人的忧虑。

"就是,蒙古人只知道掠夺土地,纲纪废弛,法度不举,扶他做甚?"不知甚时,守让酒醒,义愤填膺。

"想我河东,多好的地儿,蒙古人横征暴敛,弄得民不聊生。哥哥被他们杀死,我东躲西藏,至今不敢回家,父亲死活不知。唉,若我辈事蒙古,不怕后人指着脊梁骨唾骂?!"

郝经端过酒坛,再给自己倒了满满一杯,猛然喝下道:"所以就更得出山入仕,经纬乾坤,以匡扶天下为己任了!"

说着又自饮一杯道:"说透了这是一个尊何人为君、以何事为任、守何事为节的见解。我主张从道不从君,以道济天下为任。谁作中华之君?只有'善'和'德'两个标准。天无必与,惟善是与;民无必从,惟德是从。诸华①所秩②,不问孙刘,无论魏晋,能固本安疆、拯民于水火者皆可王。先贤有言'民为贵,社稷次之,君为轻'。宋离北方已有一百多年,偏安江南,不思进取。金廷内乱,苟延残喘,自顾不暇。撇开一时一地,概观蒙古汗廷,大抵尊用汉法,有一统之气势;忽必烈资赋英明,礼贤下士,风范气度类高祖、太宗、文帝者,孔子曾经说过:'保民而王,莫之能御也。'天子者,有道则人推而为主,无道则人弃而不用。能行中国之道,则为中国之主。我辈还有什么可犹豫的?"郝经一激动就站起来讲话。

"好一个'从道不从君'!真乃醍醐灌顶之言,释我疑矣。来,为郝先生传世之言,干杯!"王恽亦举杯站起。

这时,从西隔扇门里走出一位僧人,打个问讯,双手合十迎接郝经,亲切地笑着说:"郝先生辛苦了,请!"后面跟着个皮肤白皙的年轻后生。

郝经见年轻后生落落大方,猜想或许这就是安排这一切的主人,因问道:"请问二位,这是怎么回事?"

没等年轻人回答,僧人高声道:"阿弥陀佛,郝经老弟连贫僧也不认识了吗?"

郝经觉得声音很熟,抬头看去。

"啊?子聪!"郝经大感意外,又惊又喜,居然是他的至交好友子

---

① 由于周朝人自称为华,所以周王朝分封的中原许多诸侯国就称作诸华。晋代杜预为《春秋左传》作的注释上说:"诸华,中国也。"

② "秩",从禾,从失;"禾"指五谷、俸禄。泛指有人的地方。

聪和尚！"怎么会是你？你不是去了漠北吗？何时来了泰安？"郝经满腹疑惑,握着子聪的手问个不停。

"哈哈哈！"子聪大笑不止,说,"正是贫僧。"

"那……这……"郝经被搞糊涂了。

和尚拉过年轻人道:"这位是忽必烈王爷的怯薛长玉昔帖木儿。"

"你这是……"

子聪小声说:"实不相瞒,我是陪忽必烈王爷来迎接你的。"

子聪说话的声音虽然很低,但郝经听来却犹如晴天霹雳,惊得他几乎从椅子上跳了起来,眼睛瞪成了铃铛:"啊！？你说什么？忽必烈？他……他也在泰安？"

"嗯。"子聪深深地点点头,"王爷亲赐手谕,让小弟奉王命赴保州请你。不意兄长东游,正不知该怎么办,王爷赶到,便一起来了泰安。"

"啊！"郝经又是一惊,张大的嘴久久没有合上。

玉昔帖木儿说:"刚才我们就在隔壁,你们说的王爷都听到了。现在就在下面等你。"

郝经看看王恽和守让,说:"那,咱们快下去见王爷吧。"

"不用了,还是我来见你吧,谁叫你是郝经。"声到人到,忽必烈王爷已经上来了。

郝经简直不敢相信这一切都是真的。他被深深地感动了,一个蒙古王爷,为了迎接自己,居然放下汗王身份和王府大事,冒着风险,不远千里追到泰安,太出乎他的意料了。

郝经三人趋步上前拜见,却被王爷拦住道:"贤士免礼,且坐下说话。"

王恽小声对郝经道:"看来,这位王爷是很懂礼仪、很能礼贤下士的。"

忽必烈开玩笑说:"还不像吃生肉、穿兽皮的野蛮人吧？哈哈哈！"

王恽不好意思地笑笑,说:"见笑,见笑。王恽孤陋寡闻,有污王爷清名,不胜惶恐,请王爷恕罪。"

忽必烈豪爽地说："哪里,哪里。本王对郝先生敬慕之至,相见恨晚呐! 对王先生也早有耳闻,听说你是一位刚正不阿、耿介敢言之士,求之不得,怎么会怪罪呢?"说着,亲热地拉着郝经和王恽的手,俨然旧友故交一般。

郭守让被晾在一边,有些不知所措。忽必烈看在眼里,转向郝经问询。郝经说:"这是中书省将作院太卿郭其铭大人的侄子,也是我兄弟,现在水利司监事。"

"嗯?"子聪面露惊喜,"郭守敬是你什么人?"

"是我堂兄。"守让回答。

"那你就是郭守让了?"

"正是。"

子聪对忽必烈说:"王爷,都水监提举郭守敬曾是我门生,他向我推荐过一个精通算学的人才,说的就是他,想不到在这里遇见。"

郝经忙说:"就是,就是,一点没错。"

忽必烈王向郭守让问道:"你可愿跟随本王听用?"

守让看看郝经,郝经点头示意。郭守让回答道:"愿意。"

郝经见王爷如此通达,浑身热血沸腾,激动地说:"王爷,中国有句古话,叫作士为知己者死。蒙王爷如此看重,我等三人定不负王爷知遇之恩,辅佐王爷,赴汤蹈火,鞠躬尽瘁,死而后已,绝无二心!"

"好! 我终于得到了郝先生! 而且求一得三,不枉此行! 不枉此行啊!"忽必烈高兴得像个孩子,对玉昔帖木儿说:"摆宴庆贺,咱们接着喝!"

郝经说:"既然王爷这么看重人才,我就再为王爷推荐一个高人。"

"好啊。"忽必烈爽朗地说。

毕竟郝经要为忽必烈推荐什么高人,且听下回分解。这正是:

真珠每被尘泥陷,病鹤多遭蝼蚁侵。

今日始知天有意,还教雪得一生心。

第三十一回　大汗信谗撤幕府
郝经疑诈解危难

八朝高祖擅英声，尽以奸雄篡夺成。

曹魏规模为故事，帝尧舜让竟虚名。

贪夫肱筐盗仁义，竖子欺人弄甲兵。

天下区区几千祀，谁能端肯为苍生。

这首诗乃故大元朝翰林侍读学士国信使郝文忠公咏史之作，单道那古今帝王尔虞我诈的谋略、惊世骇俗的手段、生离死别的际遇，或以武力相要挟，或以盗道而欺名，唯独没有人完完全全为天下苍生着想。

闲话少叙，言归正传。

上回书中说到忽必烈在泰山得到郝经、王恽、郭守让三位当今才俊，十分高兴，吩咐玉昔帖木儿重摆宴席，以示庆贺。

郝经见王爷果然思才若渴，遂道：“既然王爷这么看重人才，我就再为王爷推荐一个高人。”

“好啊，但不知郝先生所荐何人？”

郝经不紧不慢地说道：“我荐的这个人，远在天边，近在眼前。”

忽必烈道：“为何近在眼前却远在天边？”

郝经神秘地笑道：“此人有经天纬地之才，却无仕途经济之意；其学也老庄，其志也歧轩，尝以老庄之道修真养性，以岐黄之术济世救民，远离世俗，过着‘赤松宗世远，岳地作神仙’的隐逸生活，岂不是远在天边？”

“他现在哪里？”

“就在岱麓会真宫，拾步可及，所以说近在眼前。此人俗名张志伟，字布山，这里的人称他为天倪道长。”

忽必烈一拍脑袋："哦——天倪子，我想起来了，早就听说过此人，我还让姚枢去寻访过他，只不过这个人如闲云野鹤，飘忽不定，却不知就在这里。既然有此机缘，那咱们明早就去拜访。"

子聪道："只怕去了也请不来。我素知其人，六岁能通五经，十二岁即入玄门，专一不杂，绝不会做官为宦。"

郭守让说："那可不一定。王爷，只要咱们心诚，就像三请诸葛亮一样，一定能把他请到。"

忽必烈笑道："诸葛亮自比管仲乐毅，是希望辅佐明主，建功立业，所以刘备请他自然容易得多。天倪子是不愿意做官的，我怎能屈人之意？"

郝经道："天倪子颇得二程之学，心志单修性纯，议论不与时俯仰。在朝则明，在野则介，与君则忠，与友则笃，用事则智。其身虽不能跻于庙堂，其才可用于天下也。"

子聪、王恽鼓掌称是。

忽必烈点点头说："郝先生的见地很对，既然来到这里，我一定要会会这位高人。一天见不到等两天，两天见不到等三天，实在不行等他个十天半月，如今我有的是时间……反正王府当下也没什么大事。"

郝经见忽必烈说得蹊跷，自觉有些诧异，也有些愧意。

子聪招呼大家吃喝，把郝经拉到身边，压低声音说："是这样的，忽必烈王爷虽然真心想帮助哥哥治理好国家，却屡遭猜忌，有几次险遭暗算。

"事情败露后，蒙哥汗得知，原来是大妃忽都台和国舅也速察所为，很是生气，要治他们的罪，还是王爷替他们求情才算罢了。事件虽然平息，但兄弟间却有了解不开的疙瘩，少了许多兄弟间的亲情。

"前些日子，蒙哥汗得了一场大病，在弘吉剌·察必王妃的劝说下，王爷和她一起去看望了大汗。蒙哥汗一高兴，病也好了，兄弟间尽释前嫌。大汗见皇弟忠心可鉴，信任有加，便把漠南汉地悉数封给了王爷。"

郝经听了如坐针毡，几次欲起都被子聪按下："我和姚枢大人颇存疑虑，可王爷却说此事不急，现在最要紧的是找到你。"

郝经顿时觉得一片寂静，静得仿佛掉地上一根针都能听到。看看四周，大家都在注视着自己。转身再看看王爷，忽必烈点点头。郝经立时站起，斩钉截铁地说："马上回漠北！"

众人听了大吃一惊，正在迟疑间，忽必烈命子聪吩咐大家撤席，叫店家领着玉昔帖木儿到市上去买来三匹好马，当下动身。

郭守让问："大哥，这是怎么回事啊？"

郝经说："来不及细讲，上了路再说。"

从桃花峪出来，径奔岱麓会真宫。此时日已西斜，秋风习习，刚才吃得酒热，众人顿感几分凉意，只有郝经鬓角和鼻子上沁出点点细汗。

不一会儿来到会真宫，但见松坡冷淡，竹径清幽，楼阁巍峨，宫门洞开。两个小童儿，分立两边，见了忽必烈王爷一行，控背躬身，出来迎接道："施主辛苦，师父叫我等在此候驾久矣，快快请进。"

忽必烈面露喜色，遂与二童子上正殿观看。王爷上前，以左手拈香注炉，三匝礼拜，拜毕回头问道："仙童在此候我，必是知我造访，令师何在，怎么不见仙容？"

童子回道："家师一早便下江南云游去了。知有贵客造访，奈何机缘不至，却叫我等好生接待。师父请贵客务必留下墨宝。你看，墨已溶好，纸早铺就。"

郝经和子聪听了面面相觑，急忙趋步上殿，果见供桌旁置一书案，文房四宝摆得端端正正。

忽必烈耸了一下肩膀，摊开双手，觉得不可思议。

写什么呢？想想天倪子的为人，再看一下郝经和子聪。王爷提笔蘸墨，不假思索在纸上写下一个大大的"纯"字，并无款识。

两童子接下笔，献上香茶。

"尊师何时回宫？"忽必烈不无遗憾地问道。

"家师不言,何敢问也?"童子回道。

众人口渴,可惜茶盏太小,拿在手中不忍放下。童子会意,收拾盏盘,提来两桶凉茶,一筐大碗。茶水不甚香醇,大家却喝得痛快。

忽必烈王爷虽然没有见到天倪子,却已觉神交久矣。

告别童子,策马启程,一口气跑出一百多里,来到一个叫陈集的地方,方才住下。人困马乏,吃了便睡,一宿无话。

次日五更便起,大家见郝经和忽必烈王爷早已在用餐,边吃边聊,神情凝重。原来郝经正在讲急回漠北的缘由。

郝经道:"吾闻上御群下甚严,尝谕旨曰:'汝曹若得朕奖谕,即志气骄逸;志气骄逸,灾祸有不随至者乎?汝曹戒之。'不知此话当真?"

忽必烈点点头:"是的,大汗确实经常告诫臣下立功受赏不要忘乎所以,否则就会大祸临头。"

郝经问道:"王爷以为不包括你自己吗?"

忽必烈微微一惊。

郝经又问道:"你觉得你是皇弟呢,还是臣弟?"

忽必烈惊出一身冷汗。

郝经进一步分析道:"王爷殿下,现在蒙古汗国虽然疆域广阔,但人民之殷,财物之阜,有超过汉地的吗?大汗把它赐给了王爷,以后将要征服的南宋也属汉地。你想过没有,大汗本人要什么呢?时间一长,大汗是不是会后悔,别的人会不会到大汗那里去挑拨是非呢?大汗一旦反悔,想要收回这块肥沃的封地,你是给还是不给呢?"

这一番话,一下子惊醒了忽必烈,他不由地一阵紧张。

郝经继续分析:"你觉得大汗是真心实意地把这样的丰厚礼物赠送给你,还是在试探你对他的忠诚?"

忽必烈本来对兄长的赏赐感恩戴德,如今却拿捏不准了,心里直打鼓。

接下来,郝经便又给他讲了一番与此相关的大道理,无非"功高震主""兄弟阋于墙"的种种猜测与忧虑。

子聪说:"我和姚枢兄也有同样的担心。大妃忽都台和国舅也速察加害王爷的事,大汗即便真的不知道,不一定内心深处没有这样的想法。我等俱是外人,怕王爷误会才不敢说的。难得今天郝先生坦诚剖心,尽言肺腑,我也把我的疑虑说出来。请王爷明鉴。"

忽必烈突然感到心惊肉跳,赶忙向郝经和子聪问道:"虑所不及,险入彀中,计将安出焉?"

郝经却不慌不忙地说:"该上路了。"

郝经、忽必烈一行,五更催骏马,晓色别荒鸡。天天是人不离鞍,马不停蹄,风餐露宿,夜宿晓行。路过保州也没有惊动帅衙,稍做停留就继续赶路。不一日来到爪忽都地界,王爷命子聪脱下僧衣,换了便装,带着王恽和郭守让悄悄回到王府,按照郝经意思与姚枢商量,便宜行事。忽必烈与郝经、玉昔帖木儿,一路向北朝着斡难河奔去。

却说这一天,和林城万安宫里,蒙哥大汗躺在龙床上,额头上敷着凉手巾,他又病了。

使他生病的是幼弟阿里不哥,啊……不,准确地说是二弟忽必烈。

因为阿里不哥给他带来一条坏消息:忽必烈不在金莲川王府,而是深入中原,四处访求名士宿儒。

在拖雷和唆鲁禾帖尼生的四个嫡亲儿子中,阿里不哥最小,继承了斡难河流域祖先的封地。按照蒙古人的习俗,父母往往对幼子最喜欢、最疼爱,也最器重,甚至形成了立幼不立长的惯例。

拖雷死得早,抚养四个儿子的责任全部落在唆鲁禾帖尼肩上。唆鲁禾帖尼发现,阿里不哥冥顽不化,骨子里有一股凶残的野性,十分可怕。这位有心计的母亲,也曾试图通过耐心诱导和教诲来改变他,但都无济于事。慢慢地,唆鲁禾帖尼不再像从前那样宠爱阿里不哥了。

蒙哥登基后,为了排除异己,培植亲信,一眼就看中了阿里不哥,于是格外关照阿里不哥。所以,阿里不哥也最听蒙哥的话,一年中难得有几日回到斡难河,封地事务全部交由脱里赤领理。

也正是阿里不哥献计,叫大汗用漠南封地来试探忽必烈的野心。可是二弟对漠南汉地的封赏还没个交代,又到中原去访求儒生。这使蒙哥很不安:没有异志二心,网罗谋士干什么呢?

蒙哥大汗的心情非常坏。他自己心里清楚,他的病三分是真病,七分是心病。

平心而论,蒙哥对忽必烈很佩服,在他们弟兄四人中,忽必烈是最有心计、最有才能的。如果忽必烈能真心辅佐自己,肯定是自己的一个好帮手。

然而,他的心计和才能又最使蒙哥汗害怕,怕他羽翼丰满以后,夺去自己的汗位。

亲情呼唤他重用忽必烈,而理智却警告他,汗位大于一切,亲情在汗位面前一文不值。

"天哪,他是我的手足兄弟,父亲死后曾经患难与共,在我争夺汗位时又立了大功。叫我如何下得了手?谁能替我除掉忽必烈,以绝后患啊!啊?这是我吗?这是我想要的吗?"蒙哥汗简直不相信这是自己心里想的,他的心一阵剧烈地痛。

"来人哪!"

在外守候的内侍进来,蒙哥汗竟然一时想不起叫他做甚。喝了一盏茶,才说:"快去请国舅和丞相过来。"

蒙哥汗和国舅也速察、丞相阿兰答儿计议一番,决定让四弟阿里不哥和怯薛长刘太平去金莲川王府请忽必烈王爷汗廷议事。

这一天,四王爷和刘太平来到金莲川,街上没有多少行人,显得冷冷清清的。

忽必烈王府前几个守门的兵丁坐着唠嗑,见有人来,不耐烦地问:"有什么事吗?"忽然看见远远有一队怯薛兵跟随,马上来了精神。蓦地认出是四王爷，吓得心慌意乱，急忙跪下磕头，忙不迭地说："奴才不知四王爷驾临，罪该万死！奴才这就去禀报。"

四王爷说："不必了，我是王爷的亲弟弟，谁也不要惊动，我自己进去就是了。"

守门兵丁岂敢阻拦，连声说："是，是，王爷请进。"

阿里不哥由刘太平陪着，向府里走去。

进了二门，只见树上叶色已黄，那些飘落在地上的落叶也没人打扫。老夫子姚枢坐在草地上读书，专心一意，旁若无人。旁边有个书生仰面躺着睡觉，脸上盖着一本《三字经》。远处有个高昌人，身材魁伟，头上插满黄花，跑来跑去，像是在跳畏兀儿舞。阿里不哥认识，这个人就是忽必烈的贴身仆人廉希宪。廉希宪看见四王爷，赶忙招呼大家过来迎接。

一听说四王爷驾到，众人忙不迭地跪下迎接。怯薛长安童赶到，给四王爷请安，与刘太平见礼。只有子聪和尚从厢房走出来，微微躬身打了个问讯便回去念经了。

阿里不哥说："都起来吧。大汗请王爷到汗廷议事，快快禀报你们王爷。"

廉希宪说："王爷眼下不在府中。"

阿里不哥和刘太平交换了一下眼色，嘴角露出一丝奸笑。他们知道，一旦坐实忽必烈去中原网罗人才、培植羽翼的把柄，大汗就会撤销王府，甚至……

安童上前一步回道："十月初八是太后的生日，王爷到斡难河圣山宫去给太后请安庆生，去了已有十几日了。"

"哦？"阿里不哥怔了一下，接着尴尬地一笑，"大汗请他左不过也是商量这事，想不到二哥这么着急。怎么？王爷不在，你们连茶也不请我喝一杯？"

众人将阿里不哥和刘太平让进议事厅，奉上香茶。阿里不哥哪有心思喝茶，两只眼睛四处张望，却没有看到那张硕大的牛皮地图。

廉希宪明知故问："四王爷是找大汗赏赐封地的堪舆图吗？"

阿里不哥不置可否。

廉希宪说："可惜啊，王爷只让挂了一天，说是宣示大汗的天恩，第二天就收起来了。我们都没看清是什么样子。"

刘太平见四王爷不像意①，就提议说："既然王爷不在，不如早点回去吧，大汗还等着咱们复命哩。"

姚枢挽留道："四王爷大老远来了，虽然王爷不在，我等当代为款待，就在这里玩几日何妨？"

阿里不哥挥挥手，和刘太平一起走出王府。欲知阿里不哥怎样向蒙哥交代，且听下回分解。正是：

> 宝贵亲仁与善邻，邻兵何要互相臻。
>
> 螳螂定是遭黄雀，黄雀须防挟弹人。

---

① 失望，失意，心中不快。

第三十二回　忽必烈明君臣仪
蒙哥汗释戒备心

> 棠棣之华,鄂不韡韡。凡今之人,莫如兄弟。
>
> 死丧之威,兄弟孔怀。原隰裒矣,兄弟求矣。
>
> 脊令在原,兄弟急难。每有良朋,况也永叹。
>
> 兄弟阋于墙,外御其侮。每有良朋,烝也无戎。

看官,这首诗出自《诗经·小雅·棠棣》。西周初年,周公的兄弟管叔、蔡叔不和,周公招兄弟宴饮,乃作《棠棣》。它不仅是中国诗史上最先歌唱兄弟友爱的诗作,也是寓理于情的明理典范,传唱千年,历久弥新。

闲话少叙,言归正传。

却说蒙哥汗前脚打发阿里不哥和刘太平前往金莲川打探忽必烈消息,那可儿嘎鲁后脚即奉了唆鲁禾帖尼太后懿旨来到和林,请蒙哥到斡难河圣山宫庆生。

等阿里不哥和刘太平回来,蒙哥汗没让他们回禀就挥挥手叫他们下去休息,准备起驾斡难河。

十月初七,在浩浩荡荡的怯薛军仪仗队的簇拥下,蒙哥汗驾临斡难河,阿里不哥与之同行。守在圣山宫的忽必烈和旭烈兀早已在爷爷成吉思汗大营外列队迎接。

蒙哥大汗和忽都台大妃落座。忽必烈三兄弟大礼参拜,山呼:"参见大汗陛下,皇妃殿下,大汗、皇妃吉祥如意!福寿安康!"

大汗高兴地说:"平身,都起来吧。自己弟兄,行什么大礼呀!二弟,三弟,来,叫大哥看看,是瘦了还是胖了?"

忽必烈和旭烈兀上前,一左一右抱住蒙哥汗,久久不愿松开。大汗问了一些西路战场上的情况,说了许多想念的话。

阿里不哥也上前说："小弟也想二哥三哥呀，两位哥哥快请坐，请坐。来人，摆酒，大汗要我和哥哥们痛饮几杯！"

阿里不哥虽是刚到，却立即摆出主人的姿态，特别把"大汗要我"说得响亮。旭烈兀欲待说些什么，被忽必烈拉住，毕竟这里是阿里不哥的领地。

不大一会儿工夫，那可儿和脱里赤指挥宫人把酒宴摆了上来。

忽必烈叫玉昔帖木儿把从邢州带来的宝器献给蒙哥汗，那是一套十二只邢窑透影瓷瓯。忽必烈亲手拿了一只递与大汗。

蒙哥汗还没有细看，阿里不哥瞄了一眼说："我当什么宝物，原来是个破碗啊！"

旭烈兀接了过去，仔细端详了一番，交给蒙哥说："大哥，真是一件好东西，你看：胎体薄如蛋壳，釉色白如凝脂，半透暖晴，光洁莹润，胎釉合一、内外不分。底足上还有一个规整的'盈'字。这要搁在波斯，恐怕百万两银子也得不到。"

蒙哥汗再次把玩一番，用手挡住，移至光亮处一照，真是让人触目惊心。它不但透光见影，且见黄晕扩散，知是至宝，谢过二弟。

忽必烈说："此器共十二只，依律排列，以箸击之，其音妙于方响，是唐代皇家大盈库专用宝器，名曰金瓯，比喻疆土之完固，望大汗好好收藏。"

忽必烈叫人将宝器交与怯薛长刘太平。三弟、四弟也各有礼物相赠。

"好，来，诸位弟弟，干！"蒙哥汗亲情涌动，擎起一大杯，一饮而尽。

忽必烈与旭烈兀和阿里不哥碰了碰杯，把酒喝了下去，说："无美女歌舞佑酒，不成盛宴嘛！歌舞上来！"向内室拍了拍手，乐曲缓缓奏起，一队身穿艳丽服饰的少女，随着欢快的音乐，应节而出，翩翩而舞。

蒙哥汗旅途劳顿，喝了几杯，便于行宫中歇息了。

忽必烈心中郁闷，借酒浇愁，一杯接一杯地豪饮不止，很快就有了醉意。阿里不哥本来就是酒色之徒，美酒销魂，歌舞娱目，也很快醺醺然昏昏然起来。旭烈兀想劝也劝不住,挥挥手把歌舞撤去了。

酒后吐真言,忽必烈拽着旭烈兀和阿里不哥的手,布满血丝的眼睛里闪动着炽热的亲情,真挚地说:"三弟在西路打拼,二哥常年住在爪忽都,额赫①年事已高,能在身边尽孝的也只有四弟了。过了这个生日,不知还能有多少日子和额赫在一起啊。"

"得了吧你。"提起额赫,阿里不哥有一肚子的不满,打断忽必烈的话,舌头僵直,哩哩咧咧地说,"额赫偏心眼儿,从小就喜欢你,不喜欢我,把你当成香肉肉,看着我哪儿都不顺眼,要孝敬你来孝敬吧!"

"不……不许你这样说额赫!"忽必烈想用手指阿里不哥的鼻子,但是胳膊没能举起来,"再说斡难河是祖产,地面最大,牛羊最多,军队最强,这是你的封地。我怎么能来?"

"你怎么不能来? 连大哥的地盘你都能要,这小小的斡难河算得了什么!"阿里不哥醉眼乜斜,说出了清醒时不会说出的话。

"你怎么能说这种话?"旭烈兀听不惯,试图阻止他。

"你别打岔!"阿里不哥说,"按照成吉思汗家的规定,额赫是要同最小的儿子住在一起的。可是,她动不动就召你回来,跟我住的时间还没有跟二哥住的时间一半长。她就是看不上我!"

"你……你胡说! 不是这样的,其实额赫最疼的还是你……"旭烈兀抬手打了阿里不哥一个嘴巴,因为只是表示不让他说下去,所以打得并不重。

因为酒醉,阿里不哥并没有生三哥的气,一边用手摸被打的脸,一边说:"得……得了吧! 你甭骗我,我心里什么都明白。"

"好好,咱不说这些。"忽必烈摇晃着去倒酒,竟把酒壶碰掉在地上。仆人急忙端来另一酒壶,为忽必烈斟上。忽必烈端起酒杯,由于站立不稳,洒出了许多酒,接着道,"说……说些别的。"

---

① 蒙古语母亲。

阿里不哥的神智似乎更加糊涂了："说别的,说什么?说说你不在王府,去汉地……网罗谋士?说说你怎么……谋夺汗位?"

玉昔帖木儿不满地瞥了他一眼,气愤地说:"四王爷,您可不能这样说呀,这会要了二王爷的命的。"

阿里不哥说;"我们兄弟说话,轮不到你插嘴,一边儿去。"

旭烈兀说:"他醉了,扶他回宫。"

阿里不哥耍着赖:"谁说我醉了?我没醉。想当初,按照祖制该幼子继位,你们却都看不上我,推举大哥做了大汗。如今大哥疑神疑鬼,三哥西征无敌手,不会也想夺汗位吧?大哥怕着你哩。"

"胡说!"忽必烈忍无可忍,很想暴跳如雷,却发不出声,像蚊子哼哼似的。

阿里不哥更加喋喋不休:"咱们兄弟说话,用不着害怕,大点——声儿。我要说你俩谋夺汗位,大哥准信,你俩要说我造反,大哥保准不信,因为他压根儿就不把我放在眼里。不如你俩……帮……帮我……保管你们……"

旭烈兀赶忙上去捂住他的嘴,招呼脱里赤和几个仆人把阿里不哥送回他自己的寝宫。然后,旭烈兀扶着忽必烈一起回到圣山宫歇息。

十月初八这天,整个斡难河张灯结彩,锣鼓喧天,庆祝太后唆鲁禾帖尼的六十大寿。

一大早,唆鲁禾帖尼太后乘辇率领蒙哥诸兄弟到不儿罕山太庙祭祖。

那高大巍峨的太庙,笼罩在一片瑞气呈祥的紫烟之中,那时而低沉、时而高亢的阵阵肃穆吟诵声,穿过大殿直上云霄。

太庙里供奉着历代祖宗的圣像和牌位,成吉思汗的圣像和牌位高居正中。

跪在最前面的是唆鲁禾帖尼太后,第二排跪着蒙哥汗和忽都台大妃,忽必烈诸兄弟和在斡难河的子孙依次排列于后。

太庙外,蓝天白云之下,人头攒动,香烟缭绕,一条长长的供桌,红漆闪亮。桌上和周围堆放着九九八十一只膘肥体壮的全羊和一匹全马牺牲,还有丰盛的奶油和美酒。

众人在长号和神秘的祭歌声中完成了三叩九拜的祭礼,接着在太庙前举行热烈的那达慕大会。秋天的草原上,到处沉浸在摔跤、射箭和赛马的欢乐中。

按下欢乐的那达慕暂且不表,却说太庙中,成吉思汗的圣像和牌位前显眼的位置供奉着四支用黄绸布捆绑在一起的雕翎箭。由于年代久了,箭镞上已生出斑斑锈迹。

蒙哥汗一眼就看见这四支箭,快步走过去,伸出颤抖的双手前去抚摩。

唆鲁禾帖尼太后说:"孩子,还没忘记它吧?"

蒙哥汗急忙回答:"爷爷的遗物,咱成吉思汗家族的传家珍宝,怎么会不记得呢?"

蒙哥汗恭恭敬敬地向箭镞施了个大礼,接着说:"那时,孩儿虽然还小,但当时的情景还能记得。那是四月十六,草原上开满鲜花。爷爷最后一次庆生时,把他的四个儿子,也就是我的大伯术赤、二伯察合台、三伯窝阔台和阿爸拖雷,叫到他的桌前。爷爷先拿出四支箭,给了每人一支,让他们折。四个人毫不费力地就折断了。然后,爷爷把四支箭捆绑在一起,让他们老哥四个折,谁也没有折断。"

唆鲁禾帖尼点点头,意味深长地说:"不错,成吉思汗正是用这个形象的比喻,教育他的子孙要世代团结。只有兄弟齐心,相互帮助,才能保住基业,拓展家邦。普通老百姓还知道兄弟同心黄土成金的道理,要保住成吉思汗创建的千秋大业,兄弟不一心怎么可能呢?"

蒙哥汗招招手,三兄弟齐刷刷和大哥站在一起,齐声说:"我们记住了,一定会谨遵祖训,团结一心。"

唆鲁禾帖尼说:"要是这样,额娘就放心了。"

这天下午,唆鲁禾帖尼太后的庆生活动进入高潮。那可儿身着吉服,朗声唱道:"四海升平,五洲来朝,德化万方的蒙古大汗,偕母仪天下、贤淑典雅、温柔贤惠的大妃向太后献寿,再献寿,三献寿,献寿毕,起——"

唆鲁禾帖尼太后笑吟吟地搀起大汗大妃,蒙哥汗捧着一块和田玉璧献给母后。太后看了道:"此玉璧,缘周出廓,玉质晶莹,两面雕琢,纹样精美,好璧,好璧呀。"

接着,忽必烈兄弟依次向母后献寿。忽必烈献了一对各重一两八钱的高丽人参,其色如玉,全尾全须,形分男女,五官毕现。太后道:"我近来每每觉得面色不华,神疲肢倦,眼看立冬,正好进补,还是老二知道疼我。"

旭烈兀献了一串波斯绿松石佛珠,阿里不哥献了十二只肥羊。太后乐呵呵地收下,对兄弟三人各有赏赐。

太后道:"可惜呀,只有乌英嘎远在他邦,不知老身今生是否还能再看见她。"说着落下几滴浊泪。兄弟各个劝慰,看到母后果是龙钟之态,精气神大不如从前,也自黯然神伤。

唆鲁禾帖尼太后擦干眼泪,振作精神道:"老祖宗在最后一个生日送给你们的父辈一件传世珍宝,就是那四支捆在一起的箭,你们早上也都看见了。今天母亲也要送你们一件珍宝,希望你们好好珍藏。"说着招招手,顿时六十四名司乐,抱埙、笙、鼓、管、弦、磬、钟、枳,娉娉婷婷走了进来,八佾舞于庭。她们边舞蹈边演奏,曼声唱道:

高大的棠棣树鲜花盛开时节,花萼花蒂是那样的灿烂鲜明;
普天下的人与人之间的感情,都不如兄弟间那样相爱相亲。
生死存亡重大时刻来临之际,兄弟之间总是互相深深牵挂;
无论是谁流落异乡抛尸原野,另一个历尽苦辛也要找到他。
鹡鸰鸟在原野上飞走又悲鸣,血亲兄弟有人陷入急难之中;
那些平日最为亲近的朋友们,遇到这种情况最多长叹几声。
兄弟之间在家里有可能争斗,但是每遇外侮总能鼎力相助;
倒是那些平时最亲近的朋友,在最关键时刻往往于事无补。

　　乐音止,阿里不哥嚷道:"母后,这都是唱些什么呀? 能不能弄点儿好听好看的? "

　　唆鲁禾帖尼太后笑了笑说:"兄妹五人,就数你不懂事。这支《棠棣之歌》出自《诗经·小雅》;八佾舞于庭,只有在大汗面前才能表演;做什么都有规矩,这就是礼。我听说,礼是天之经,地之义,也是黎民百姓的行为准则。今,大汗要威慑四方,统御天下,没有法度还能行? 刚才诸子孙献寿都有赏赐,现在我也要给大汗一个大大的赏赐。"说着向那可儿招招手。

　　那可儿用一个黄金盘子把赏赐献给蒙哥大汗。盘子里放着前不久蒙哥汗赏给忽必烈的漠南全部汉地的堪舆图,还有忽必烈的亲笔奏折。大汗大致翻看了一下,交给那可儿。

　　那可儿咳嗽了一下,清清嗓子大声读道:"天下乃大汗之天下,疆土也是大汗的疆土。大汗将漠南汉地尽数封赏给臣弟我,是大汗对为弟的一片恩德。不过,作为臣下,我有一片足够供应衣食的封地就足够了,过多的封地实在不敢领受,也不应当领受。臣弟我能够奉诏统领汉地的军队,已感非常荣幸。因此,所赐封的土地,应当归还大汗。当然,臣弟对大汗的恩德还是感激不尽的。臣忽必烈谨上。"

　　那可儿读毕还未退下,阿里不哥就大声嚷道:"二哥,你嫌大哥给的少啊? 你敢抗旨不遵! "

　　唆鲁禾帖尼太后道:"大汗体恤兄弟,可以给他留下邢州、关中两地,老二也不要推辞了。"

　　蒙哥汗眼里闪着泪花,对母亲说:"谨遵太后懿旨。"从座上走下,忽必烈起身相迎,两条蒙古硬汉紧紧地抱在一起,久久不愿松开。

　　"咳。"唆鲁禾帖尼太后有话要说,兄弟俩各归其座。

　　"最近,我听说有人总是拿儒生说事。你们的小妹在汉地八年学的就是儒学;姚枢是窝阔台汗旧臣,子聪是个和尚,这两个人都懂儒学,我曾听过他们讲课。儒学的重点就是'礼',就是君君臣臣、父父子子的规矩。你们说,这个规矩有什么不好? 有了这个规矩,各安其分,谁也不要有逾矩的想法,谁也不要想得到不属于自己的东西;有了这个规矩,草原上就不会打打杀杀,就不会有分裂和战争。这就是我给大汗的赏赐。"

阿里不哥站起来想说什么,被旭烈兀瞪了一眼又坐下了。

蒙哥汗点点头:"母亲说得极是,我也是这么想的。"

母子们正说得入巷,阿兰答儿遣也速察从和林赶来,说有紧急军务禀告大汗。毕竟也速察说出什么事来,且听下回分解。却是:

忽闻鼙鼓动争征,大理边关烽火生。

大漠连营烟百里,千乘万骑踏沙行。

第三十三回　帅府飞报不安信
　　　　　汗廷遭遇多事秋

权归诸吕牝鸡鸣，殷鉴昭然讵可轻。

新室不因崇外戚，水中安敢寄生营。

看官，你道这是谁的诗？说来却是生僻，乃唐朝周昙所写。周昙著有《咏史诗》八卷，为的就是历代兴亡亿万心，圣人观古贵知今；考摭妍媸用破心，剪裁千古献当今。这首《前汉门王莽》写的就是后妃干政、外戚专权的种种弊端。说话的今儿再掰扯一个后妃干政、外戚专权的前朝往事，看是也不是。

说的是大理国王段兴智，性情怯弱，平庸无能，做事优柔寡断，宠了一个高皇后。皇后的兄弟高泰祥、高泰和是两个奸邪阴险的小人，设计除掉了所有的段姓近亲支脉，使段兴智成了名副其实的孤家寡人，大权完全落在国舅高泰祥、高泰和之手，酿出一段祸国殃民的往事，成就了忽必烈万里平南的英雄佳话。

闲话少说，言归正传。

却说圣山宫中，唆鲁禾帖尼太后和蒙哥兄弟们正说得入巷，也速察国舅来报说："彼云南荒远边陲的大理之国，早年归顺我蒙古汗国，称臣纳贡，年年朝拜。近年拒不前来朝贺进贡。大汗派出的催贡使者今已回来，说是大理国王态度极为傲慢强横，不但不纳岁贡，还把他驱赶出来。另有细作打听得大理国已同南宋修好，与成吉思汗所订前盟尽毁。请大汗定夺。"

蒙哥汗向诸弟和国舅问计，忽必烈道："今日乃母亲华诞，太后已赐宴海山殿，莫如且移驾就宴，国事待回到和林汗廷再议可好？"蒙哥汗的目光从速察国舅身上转向母亲，请唆鲁禾帖尼太后示下。太后点点头说："也好。"

十月的和林秋高气爽,辽阔无边的大草原像一块天工织就的黄绿相间的巨毯。万安宫门前银树上吹号的天使吹奏出庄严的号角。蒙哥汗端坐在御座上,忽都台大妃坐在旁边,诸王爷分列两边。

催贡使脱律术叙述了出使大理的经过,并说:"高泰祥、高泰和两兄弟诡计多端,蛮横残暴,心毒手狠。他们把段氏宗亲和朝廷的股肱大臣都一个个地除掉了,使段兴智成了光杆皇帝,名义上段兴智是皇帝,实权却在高氏兄弟手中。南宋为了稳固后方,花重金予以贿赂,这两个家伙见利忘义,便弃蒙古而投向南宋。这次使大理,还没等臣等宣诏,也不容国王段兴智讯问,高泰祥就把臣等赶出宫外。"

忽必烈奏道:"彼大理虽然是荒蛮贫瘠的弹丸小国,但地处南宋后方,形势非常险要。若落入南宋之手,将对我们统一华夏极为不利。何况,对这种恩将仇报、忘恩负义的无耻行为,绝不能放任不管。否则,其他属国纷纷效尤,堂堂大汗的脸面何在?威仪何在?"

阿里不哥嚷道:"杀吧,杀吧!人生最大的乐趣就是把敌人斩尽杀绝,抢夺他们所有的财产,看着他们的亲属痛哭流泪,骑他们的马,强奸他们的妻子和女儿。顺路把高昌国、忒剌国、吐蕃国、赤秃哥国、罗施鬼国、罗罗斯国和蛮波丽国统统灭掉!"

"好!杀!杀吧!"

不等阿里不哥说完,塔察尔、也速察、麻里阿图等个个摩拳擦掌,跃跃欲试,争先恐后地要求统兵前往。

蒙哥汗看向一言不发的三弟,旭烈兀这才趋步上前奏道:"中原势大,不可忽也;西南诸番勇悍可用,宜先取之,必得志也;彼大理国即使不反,亦必制也。今大理反,授我以口实,大汗师出有名,必兵到威宣,正所谓'杀鸡儆猴'。大汗万不可大开杀戒,逼他们抱成团,这也是汉人所称的仁义之师也。唯我军一路恩威并施,假道伐叛,方可奏效。"

不等旭烈兀说完,阿里不哥就跳起脚来:"仁义,仁义。三哥,你还是成吉思汗的子孙吗?你身上流的是成吉思汗家的血吗?你简直就是个懦夫！"

"不许胡说！"

蒙哥汗一拍御案，怒斥阿里不哥道："你懂个屁？当年三王爷横贯欧罗巴大草原，一直打到匈牙利，大败马札尔军队于都宁河。那时候，你还穿着开裆裤胡闹哩。杀！杀！杀，你当你在斡难河管扎鲁特①哩？如今旭烈兀马上就要率兵过阿姆河西征波斯，你行吗？"

几句反问，弄得阿里不哥面红耳赤，张着嘴喘粗气说不上话来。

蒙哥汗接着道："此次征讨大理，大不同于以往的作战。大理国远在西南边陲，路途遥远、关山阻隔不说，那里的山势还极为陡峭，地势异常雄险，比不得广袤平坦的草原戈壁，对擅长骑兵作战的我们极为不利。听说，那里的气候变幻无常，刚刚还是炎热的夏天，说不定一会儿就大雪飘飘，气温骤降，冰雪封山，能把人冻死！所以，必须选一位既能杀伐征战，又头脑灵活、足智多谋的将军作统帅，方能完成征讨重任！当然也要采纳三王爷的建议，不知哪位将军愿意前往啊？"

这些王公贵胄们你看看我，我看看你，谁也不肯站出来。

忽必烈迈步出班，抱拳施礼，威武豪壮，气势如虹地请缨道："末将愿往！"

蒙哥汗宣谕："忽必烈，朕命你为骠骑将军、征讨大元帅，统十万大军，兴问罪之师，征讨大理！"

"末将接旨！"忽必烈迈动虎步，从蒙哥手里接过谕旨。

"兀良合台。"

"臣在。"

"朕命你为征讨副元帅，辅佐忽必烈领军远征大理。"

"末将接旨！"兀良合台亦接过谕旨。

那兀良合台乃蒙哥手下一位怯薛长，掌管蒙哥宿卫。此人是开国功臣速不台长子，对蒙哥忠贞不贰，深受大汗信赖。蒙哥之所以选

---

① 蒙古语仆人或小伙子。

他,除了他英勇善战之外,也有监督和节制忽必烈之意。

忽必烈和兀良合台分头准备,单等冬去春来择日南征,斡难河圣山宫却传来唆鲁禾帖尼太后病重的消息。

原来唆鲁禾帖尼在庆祝六十大寿的前前后后,受了些劳累,又着了点风寒,肺气不畅,咳嗽多痰,食欲减退,上腹胀满,稍一动弹就感到心慌气短。幸好郝经略通医道,开了几帖草药,她才稍稍好转。

唆鲁禾帖尼因为乌英嘎的事,对郝经心存歉意,却说不出口。这次,太后从郝经疏通忽必烈和大汗之间的关系、分析形势、出谋划策中,了解到此人善于审时度势,掌握全局,推知未来,很是不凡。唆鲁禾帖尼太后恳请郝先生辅佐汗廷,完成统一大业,特别提到别让阿里不哥生出什么事来。郝经也对这位英明溥博、圣善柔嘉的太后赞赏有加。

唆鲁禾帖尼太后的病尚未痊愈,又有保州张柔帐下报马持张庆亲笔书信,说是郝经父亲病危,恐怕不久人世。郝经欲请忽必烈王爷示下归奉家尊,唆鲁禾帖尼太后道:"孝道乃人生大义,亲不我待,郝卿且随报马先去,王廷我自晓谕。"

郝经走后,太后的身体一日不如一日,那可儿只得差怯薛兵奔和林报信。待忽必烈回到斡难河圣山宫,郝经已去十日,忽必烈心中不悦。唆鲁禾帖尼太后从裘皮被子下伸出手来,拉着忽必烈的手说:"曾闻子聪和尚言,郝卿饱读经史子集,精研文韬武略,胸怀匡时济世之才,且为人忠厚。我今观之,果不虚妄也。彼父病危,情急如儿闻我病一般。人同此心,他是尊我懿旨归省侍亲的。且忠孝同源,一亲不能奉,何以奉国?来日方长,是必重用也。"

忽必烈回道:"谨遵母后懿旨。"

实指望熬过冬天,天气回暖,太后的病能够好起来。谁知道透了春气后越发加重,沉疴难起。起初还三好两歉,过了年见她久卧床褥,大汗和忽必烈、旭烈兀兄弟方才着急,意欲召独木干公主回宫,见上母亲一面。唆鲁禾帖尼太后用沙哑的声音弱弱地说道:"……不用了,山高路远的,我……怕是……等不及了。"

一天,太后见身边没有别人,对忽必烈说:"在合适的时候叫乌英嘎和郝先生见个面吧,我对不起这两个孩子啊。"忽必烈点点头,请母亲放心。

蒙哥汗要忙汗廷的事,回了和林。阿里不哥全不把母亲的病放在心上,整日里和一些萨满、术士神神秘秘的,不是打造避血宝刀,就是制作带毒袖弩,不知做什么用,也没人管他。反正蒙古骑兵的兵甲都归他督造,也算是职守所在吧。

忽必烈和旭烈兀日日守着圣山宫的御医给太后诊治。御医也都是萨满,他们只用蒙药和符水,谁知犹如浇在石上,哪有一些用处。宫女们煎汤送药,日夜服侍,指望太后还有痊愈的日子,谁知病势转加,奄奄待息。

正月十二日,斡难河大草原上北风呼啸,大雪漫天飞舞,像鹅毛,像柳絮,纷纷扬扬地飘洒在草原上。草原像盖上了一层硕大的棉被,蒙古包被埋在雪堆里,形成了馒头似的起起伏伏、层层叠叠的雪域城堡,到处都是白皑皑的。唆鲁禾帖尼太后平静地躺在御榻上,永远闭上了她那美丽的、慈祥的、智慧的眼睛。肯特山在颤抖,斡难河在呜咽,圣山宫沉浸在无尽的悲哀之中。欲知后事如何,且听下回分解。正是:

> 归去来兮万古新,豪华落尽见淳真。
> 天堂添却观音士,世间少兹睿智人。

第三十四回　何道鸣古方奇药
　　　　　郝思温转死回生

扁鹊神应蓬山巅，自此脉学史有传。
汤阴伏道仙艾茂，黎民一灸百病瘥。

看官,此诗乃颂那名医扁鹊之作,说的是春秋战国时期渤海郡郑国有个人,姓秦名缓字越人,又号卢医,因为他的医术高超,被认为是神医,所以当时的人用了上古黄帝时神医"扁鹊"的名号来称呼他。从此奠定了望闻问切的诊断方法,著《难经》而传于后世,功莫大焉。

想那扁鹊乃春秋古人,说他则甚?看官有所不知,古之读书之人皆抱有治国平天下之志,奈何世事如棋局,常有青云无路时。退而求其次者:人之一生即生老病死的过程,不分富贵贫穷,概莫能免,不为名相济世,当为名医济人,乃从儒者之最高境界也。于是乎"活人绝技古今无,名下从教世俗趋。坟土尚堪充药饵,莫嗔医者例多卢"。

说话的今儿且说一个由儒生改医家,尊前贤,考古方,配秘药,治痼疾,引出一段传奇掌故。

闲话少叙,言归正传。

却说郝经辞别唆鲁禾帖尼太后,跟随张府报马日夜兼程回到保州,也没有进帅府,径直回到家中。

郝思温半斜着卧在床上,郝彝媳妇儿吕氏在旁边扶着。庆娘正端着药钵,一口一口地喂药。药喂得很少,但仍有一些从左侧口角流下来,吕氏不停地用素绢轻轻地擦拭着。麟儿乖乖地依偎在爷爷身边。

"父亲,我回来了,你怎么样了?"郝经一进门就扒着床边跪在地上。

庆娘和吕氏连忙把郝经扶了起来,郝经抱住父亲不住地流泪。郝思温右手一把抓住郝经的袖子,清瘦的面颊抽搐了两下,露出僵硬的笑容,嘴唇费力地动弹着,断断续续地说:"好,好,我儿……可算……回来了……回来就好。你看看……我又耽搁……孩儿的前程……了。"

郝经一边询问着父亲的病情一边去抱孩子。

麟儿见了郝经认生，怯怯地把脸埋在爷爷的肩膀后面。

吕氏站起来把药钵儿递到郝经手中说："想必伯伯还没有吃饭，这药没多少了，和嫂子一起给父亲喂下吧。我去给伯伯做饭。"说着领着麟儿出去了。

庆娘挪了挪地方，在一边扶着公公，郝经一口一口把药喂完。

天气凉了，屋子里生了火，庆娘一边收拾着药钵，添水煎药，一边简单叙说父亲的病情："十月初一是送寒衣节，父亲说：'咱陵川到这天家家都要为亡人送寒衣过冬，说是秋祭。'早上，父亲起来就催促我们糊纸衣，做供果，敬献在爷爷和母亲牌位前。一整天父亲都郁郁寡欢，眼中含泪。彝和庸，还有麟儿都忙着试穿新棉衣，生火治灶。中午，父亲没怎么吃饭。傍晚我们去母亲坟丘前焚烧寒衣回来，只见父亲在床边倒着，就像睡着一般，怎么叫也叫不醒。又轻轻摇动，他仍然没有醒来。家里人顿时慌作一团。彝弟连夜把何朝奉请来，施以针石，父亲方才清醒过来，日日服药直到现在。"

正说着，郝彝媳妇叫伯伯吃饭，郝经才扒拉了两口，给父亲看病的医官何朝奉来到，后面跟着两个推车的药童。

这朝奉名道鸣，本是河间人氏，从小习儒。那时，社会动荡，到处都是金疮、瘟疫，仕途无望，他便改习医，做了故金大医高尚先生刘完素的关门弟子。高尚先生号称"刘河间"，所以人们管何道鸣叫"小河间"。

何朝奉先前曾给郝经母亲看过病，知道郝先生乃保州名儒，如今又在忽必烈帐下做事，更是多了几分敬重。

寒暄之后详细向郝经陈述了父亲的病情："翁病乃由内而生，并非外中风邪，而是阳盛阴虚、心火暴盛、肾水虚衰所致。其多是情志失和、五志化火所致。"

庆娘和吕氏也说郝经东游后,久未归,父亲甚忧,临近十月,又因思念母亲和阿宝,爱着急,时常发脾气。

何朝奉说:"令尊之病,初,猝然昏倒,不省人事,伴口角歪斜、语言不利,继而半身不遂。所幸诊治及时,尚无大碍。我先施针石醒脑开窍,继以我师'地黄饮子'调理。现在已经稳住了。今我又带来几剂熏蒸之药,此乃昔日许胤宗之古方,汝等大火宽汤煎好,趁滚烫之时放在翁之床下,令药物的蒸气慢慢熏半个时辰,七日后,当有转机。"遂招手叫药童将药卸下,满满堆了一地。

却说郝经依何医官之法,将床板镂空,铺了稀布棉褥,在父亲身上捂了被子。日日与彝和庸煎汤熬药,侍父熏蒸,几天后,果然奏效。彝和庸看哥哥一路奔波,回来后又一直陪在父亲床前,甚是劳顿,就说:"哥啊,父亲有一人侍候即可,咱们兄弟轮着来,你别累着了。"

郝经说:"我不在时你们都受累了,父亲成了这样,都是哥哥不好,就让我尽尽孝心吧。"

两兄弟拗不过他,只巴望父亲早点好起来。

七天过去了,父亲果然好了许多,左手的手指已经能够伸曲,说话也利落多了。这天下午,郝经和郝庸搀扶着父亲下床试着走了几步,虽然左腿有点发软,但是也算是挪开步了。歇了一会儿,父亲执意要自己走。庸将父亲领到墙边,让他托着书柜的格子慢慢挪步。走了几步,父亲居然放开了手。郝经看见吃了一惊,赶忙起身迎了上去,扎撒手边走边退,就像去年教麟儿学步一般,想必小时候父亲也是这样教自己走路的。此情此景,时空颠倒,不由得热泪盈眶。

看到父亲大好,郝经这才回到自己屋里。庆娘正在厨房做饭,吕氏说:"伯伯回房了,敢是找你有事,快回去吧,这里你就不用管了。"笑着把嫂子推出厨房。

自从郝经回来,还没有单独和庆娘在一起过,她知道夫君的心全在父亲身上,见公公身体一天好似一天。见面时两人深情地对望一眼,眸子里流露出的都是绵绵的爱意,彼此心里都暖暖的。今儿回房,想是父亲大好了。庆娘先到父亲房中看看,见父亲坐在床沿上,庸托着父亲的手,父亲自己捧着药钵喝药。

思温见儿媳进来,高兴地说:"我好了,能走路了,真是辛苦媳妇了,快去歇歇吧。"说着就想站起来走给庆娘看。

"你先歇着别动。"庆娘连忙阻止,"父亲好了是我们的福气,那我就去忙了,有事叫弟妹喊我。"

"好好好,去吧,去吧。"

庆娘转身回到自己的房间,郝经将她一把搂住,先做了个吕字。张氏欲待将门儿掩上,正好麟儿推门进来。庆娘说:"麟儿乖,叫爸爸抱了吃饭去。"

这几天麟儿已和郝经厮混熟了,叫着爸爸,一下子扑到郝经怀中。郝经双手将麟儿抱起来说:"好儿子,咱这就吃饭去喽。"

吃过晚饭,郝经两口子牵着儿子给父亲请了晚安,吕氏过来抱起麟儿说:"麟儿跟婶娘睡。"麟儿叫着:"不,我要跟爸爸,我要跟爸爸——"郝彝说:"你不是想要拨浪鼓吗,叔叔给你做一个。"麟儿说:"好呀。"高高兴兴地跟着叔叔婶婶走了。

张庆朝丈夫深情一瞥,娉娉婷婷回房去了。等郝经一进屋子,迫不及待关上房门,缠绵拥吻,泪眼相向多时。

"妾闻'胡天八月即飞雪',不知夫君冻坏了也未?"庆娘忽然调皮地问。

"冻坏没冻坏自己怎晓得,须得娘子检视过方知。"郝经一下子把庆娘压在床上。

看着妻子憔悴的面容,郝经心里一热:"娘子,你受累了,看你瘦的。"

"瘦了吗?是想经哥想的吧。"庆娘三下两下扯开被子。一个是思夫盼归如饿虎饥肠辘辘,一个是久客他乡似渴龙馋眼望梅;分明久旱受甘雨,胜似织女偕牛郎。正是:非关喜鹊晨鸣早,却是鸳鸯梦觉迟。

这一日，郝经兄弟雇了一乘轿子，把何朝奉请来当面酬谢。郝思温激动不已，在地上走了一圈，非要敬何朝奉一杯不可。

吃饭时，何朝奉又说起他们父亲的病症。他说："乃翁病属燥邪，此番通阡陌，养阴退阳，以饮降其内燥，以蒸润其外邪，功效毕见。金燥虽属秋阴，而其性异于寒湿，反同于风火热也。今以寒药营制其内，闭塞其外，阳气不得宣通，恐此病愈已，他疾生矣。"

郝经问道："那怎么办？"

朝奉略加思索道："最大的可能就是会引起咳嗽痰喘且久治不愈。"

听此一说，三兄弟不免紧张，一起问道："那要怎么办呢？"

何朝奉淡淡一笑道："先生不必紧张，此说只不过推演而已，是与不是当察而后言。不幸言中，也是有办法的，只不过对你们三个书生来说难了一点。"

大医交代一番，三兄弟频频点头，亲手执轿，恭恭敬敬把何朝奉送出门外。

转眼春节已过，父亲病体初愈，郝经和张庆备了礼物，带着儿子到帅府拜年。刚一见面，小采麟就像模像样地给外婆作了个大揖："外婆过年好，麟儿给外婆磕头。"说着就要下跪。

"使不得！还要弄疼我孩儿的膝盖儿哩。"毛夫人喜欢得不得了，随手摸出一个红包递给采麟，庆娘收了。外婆一把把麟儿抱起来，在冻得红嘟嘟的小嘴上亲了又亲。小采麟两手乱摇，推又推不开，急得哇哇地哭。张庆赶忙接过来哄道："麟儿不哭，外婆这是待见你哩，看外婆给你拿啥好吃的了。"小采麟一见外婆捧过来的果盒，抓了一把柿饼红枣，眼上虽还挂着泪水，早开心地笑了。五舅妈六舅妈听说张庆两口子来了，也赶忙过来嘘寒问暖，发压岁钱。

郝经、张庆问起父帅，毛夫人说："唉，说那做啥。听说大理反水，蒙古汗廷意欲出兵平定。刚过初三，你父帅就忙着演练武艺，遴选精兵，十丁抽一，连客都待不了。我正说等送十五时和他一起去看看亲家翁,你看看,啥时候是个了?"

张庆回道:"母亲,父帅军务繁忙,不必麻烦他老人家了。公公已大好,等天暖和了让他来看你们吧。"

五舅妈和六舅妈已经吩咐厨房做了张庆最喜欢吃的菜,款待女儿娇客。一家人正待举箸,三弟郝庸赶来,说是父亲病急,叫哥哥嫂子快快回去。毕竟郝思温又得了何病,直叫郝庸如此慌张?欲知后事如何,且听下回分解。正是:

　　　　得病如山倒,去病如抽丝。

　　　　大旱望云霓,病笃盼名医。

第三十五回　无奈儿踏雪寻药
有功臣赏诗释怀

勉从虎穴暂栖身，说破英雄惊煞人。

巧将闻雷来掩饰，随机应变信如神。

四句古诗道罢，说的是后汉三国，使君刘备事业未竟，栖身于曹操麾下，每日于自家园中种菜。操性多疑，设樽俎，置青梅，煮酒邀备。二人对坐，开怀畅饮，议论天下英雄。备随口说了几个，曹操说道："错。天下英雄，唯使君与操耳！"刘备大惊失箸。当时天下大雨，正好响了一个炸雷。刘备赶紧弯腰拾起筷子，以胆小怕雷掩饰而使曹操释疑。古之怀大志者，不露于外。一旦时机成熟，冲破樊笼，大展宏图，刘备是也。

看官，你道为何发这番议论？原来忽必烈成功平定大理，载誉归来，为蒙哥汗全面对宋开战做好了准备，回朝之日，交兵释权，回金莲川做了一个清静的王爷，得到蒙哥汗的极大信任。欲知忽必烈如何做到这般豁达，且听说话人慢慢道来。

闲话少叙，言归正传。

却说郝经夫妇听说父亲病重，饭也不吃了，放下筷子便要回家。此刻天又下起大雪，岳母毛氏不便留客，就叫庆儿留下采麟，交与五舅妈照看，将三人送出二门。

三人踏雪回到家中，还没有进门，早听到一阵阵撕心裂肺的咳嗽声。进了屋子，只见父亲连连咳嗽，面色紫胀，看着郝经却直不起身子，说不出话来。郝彝忙着给父亲捶背，何朝奉静静地给思温号脉。

何医官从药箱中拿出几包止咳药，对郝经兄弟说道："且服此散缓之。早有预料，却不承想这般严重。只得有劳尔等于冰雪之中寻得新鲜冬花，同蒸熟之百合捣作烂泥，与生蜜调和为'百花膏'，方可奏效。这里有药量和炮制之法,照着去做就是了。病无大碍,只是难受得很,其痛非常人可忍者,宜速不待。"

送走何朝奉,郝经褐衣荷锄就要出门,张庆和小叔子都劝他明日再去不迟。

郝经望望父亲,思温正咳得喘不上气来,身子蜷曲成一团,翻肠倒肚,湿哕干呕,欲吐无物,涕泗横流。郝经轻轻捶着父亲后背,心中甚是难过,乃嘱咐弟弟按时喂药,去无反顾。张庆追上将两个烧饼揣在丈夫怀中道:"夫君,天气不佳,且先探探路,倘寻它不见便早早回家,免得为妻担心。"郝经应诺。

话说郝经出门多时不见回转,天色渐暗。冬日苦短,家家户户早已掌灯。郝庸按着何朝奉说的方向到城边接应,总不见踪影,连忙跑回家中,与二哥擎了灯笼,踏着齐膝深的雪,一路向保州东南山下的溪边走去,边走边叫:"大哥,大哥——"

"嗯——我在这里——"

郝庸、郝彝终于听到大哥的声音。寻声望去,只见郝经倒在地上,身上盖了厚厚的一层雪,若不是听到答应声,只怕是从身边走过也很难发现。

越往河边走越难走。这里的溪流是一条暖溪,靠河边的地方,表面看去是厚厚的积雪,下面却是烂泥,一不小心就会陷进去。弟兄俩互相搀扶着拔脚前行,看样子大哥就是陷在泥里出不来了。

走近一看,果不其然。原来郝经一天没有好好吃饭,身上无力,陷在泥里怎么也挣扎不出来。兄弟俩赶到时,郝经正在就着雪啃烧饼呢。

郝庸把灯笼插在雪中,和二哥一起把郝经从泥里拔出来,裤脚裹腿上尽是污泥,还掉了一只鞋。

郝彝忙把自己的鞋脱下来给大哥穿上,郝经硬是不让,说是脚已经冻僵,感觉不到冷了。郝彝说:"哥哥的脚已经被冰渣子扎破,正流血呢。"不由分说硬给郝经穿上了。

郝庸趴在地上，伸手循着大哥的脚印找鞋，走了十几步，终于摸到了。郝庸用手捋掉鞋上的烂泥，忽然一物掉落雪地。郝庸招呼道："大哥二哥，快来看这是什么？"

郝彝拔起灯笼照着，三人围作一圈看，竟然是一株小花，茎数枝，被茸毛，有几片淡紫褐色鳞叶。

"款冬花！就是它。"郝经兴奋地喊，兄弟三人喜做一团。直到郝庸喊手疼，他们才互相搀扶着，一瘸一拐往回走去。

虽是岁初，天偶尔也会发发脾气，昨日还是鹅毛大雪纷纷扬扬，今天却是大晴天，艳阳高照。俗话说"下雪不冷消雪冷"，虽是晴天，却冷得伸不出手来。保州城外温溪河畔，红红的太阳，照在一个个银装素裹的山头上，晶莹剔透。站在高处向下望去，山谷间一溜深深的脚印分外醒目。沿着昨天走过的踪迹来到溪岸，美丽的冬花已然开放。她们犹如一朵朵金菊，黄艳艳的一片。积雪光芒耀眼，款冬凝神含笑，仿佛在白银般的大地上点缀着一堆堆黄金。果然：

冬风一夜入残年，冻蕊含香娇可怜。

二十四香花信转，春魁还自让君先。

郝家三兄弟心旷神怡，眼疾手快，用锄头挖开冰封的冻土，把那将开未开的蓓蕾捡到篓中。不一会儿工夫，小药篓已装得满满的。回到家中，郝经依何大夫药方，尊古法炮制，调成百花膏，侍奉父亲服下。不一日，沉疴渐愈。随着天气转暖，郝思温身体一天好过一天。

四月，全家张罗着为郝庸娶了一房媳妇，乃邢州郭氏，亦算是世交。郭氏一十六岁，知书识礼，温柔贤惠，且与庸甚相得。

一日，思温高兴，想起初到保州时曾游常山抱阳寺，景色甚美，记忆犹新，一直嚷嚷着要故地重游一番。彝和庸担心父亲劳累，屡屡阻拦。郝经见天气转暖，父亲精气神不错，出去走走也好，就叫人雇了一乘巴山虎，两乘坤轿，拣个风和日丽的好日子，庆娘带着儿子采麟，吕氏带着儿子克绍，一行九人到抱阳寺游览了两日，尽兴而归。

一行人还未到家,早有军卒禀报,说是金莲川王府的亲兵头领忽都已在门前等候多时。

郝经令人役轿夫带着父亲和女眷童稚在后面慢慢走着,自己和两个弟弟快马加鞭先行。少时即到门前,请忽都长官进客厅叙话。

忽都见了郝经,转达了忽必烈王爷对郝老先生的问候,接着宣王爷手谕道:"着郝先生经即刻觐见以权国是。"郝经接谕,跪谢王恩。

郝经见父亲身体逐渐康复,把家事略作安排,嘱咐妻子和吕氏、郭氏两房弟妹好生奉养父亲,跟随亲兵头领忽都一路望金莲川王府而去。

却说蒙古汗国骠骑将军、征讨大元帅忽必烈统领十万精兵,备足粮草辎重,兴问罪之师,准备征讨大理国。这一日,在金莲川王府召集群僚献计献策,集思广益,确保天兵所到,逆贼望风披靡;挑选随军谋士以广思聪,姚枢、子聪在列;安顿金莲川幕府坐镇事务,廉希宪、郝经主之,以绝后顾之忧。

七月,和林郊外演兵场前,气氛庄重肃穆。忽必烈接过蒙哥递过来的壮行酒一饮而尽。顿时,鼙鼓声、号角声大作,大纛旗、牙旗迎风猎猎,将士们"出征!出征"的呐喊声此起彼伏,地动山摇,声震寰宇!忽必烈辞别蒙哥汗,与兀良合台率领十万大军浩浩荡荡地离开和林,向远在彩云之南的大理进发!

简短捷说,蒙古大军兵分三路,直指云南。副帅兀良合台率西路军,大将也只烈率东路军,大元帅忽必烈亲率中路军,一路南下,势如破竹,轻装巧渡大渡河。九月,军抵金沙江西岸。忽必烈用土著之法,命令将士杀死牛羊,取肉塞肛,吹气令鼓。蒙古军就跨着这样的革囊渡过金沙江,然后在丽江与东西两路军会合,攻破大理城,诛杀高皇后,处斩高泰祥兄弟,活捉国王段兴智。着快马三百里急报飞奏汗廷。

大理国乃白族酋长段思平在后晋高祖石敬瑭天福二年所建,传至段兴智已三百余年。自段兴智封高贵妃为皇后以后,她的两个兄弟高泰祥、高泰和逐渐得势。这两个人贪得无厌,见利忘义,诡诈无耻,阴狠歹毒,为了控制段兴智,暗中投靠南宋权臣贾似道,利用南宋的军力,架空段兴智,把大理的实权控制在自己手中。今高氏一族已灭,如何处置段兴智,忽必烈王爷举棋不定。

姚枢道:"王爷,蒙古大军为段兴智除掉高氏兄弟这个心腹大患,段兴智必定心存感激。由他继续为王,彼定会忠贞不贰地效忠汗廷。然后留兀良合台镇守大理,利用段兴智的影响,招降尚未归顺的州府和部落,大军便可早日班师。不知妥否?"忽必烈以为然。

一切安排妥当,忽必烈大军一路凯歌,班师回朝,一日,大军来到六盘山下,忽然接到坐镇金莲川幕府的廉希宪大人的飞报。说是自王爷率大军出征云南,捷报频传,阿里不哥嫉妒不已,伙同丞相阿兰答儿和刘太平,诬陷王爷在高昌、忒剌、吐蕃等国沿途招降纳叛,拥兵自重,图谋不轨,又以邢州、关中实行汉法、官员贪墨、府库钱粮亏空为由,设立了钩考局,二人大兴冤狱,除了廉希宪、刘黑马、史天泽等少数资深官员以外,包括安抚使张耕和赵璧在内的其他王府官员,全都被革职关进大牢!已经有十几名官员被迫害、拷打致死!

"天呐!怎么会发生这样的事呢?"安童愤愤不平地说,"王爷统领大军在边远蛮荒之地征战,受苦受累,流血卖命,立此大功,不加封赏也就罢了,还要在背后捅上一刀!分明是要置王爷于死地嘛!"

将士们被激怒了!也只烈喊道:"欺人太甚!我们在这里卖命,他们却在后方暗算我们,这口气我们岂能忍下去!打回去!叫狗日的知道知道老子的厉害!"

"对!打回去!我们不能受这样的窝囊气!王爷,打回去吧!"众将士义愤填膺,情绪激动。

忽必烈诚心诚意想帮助蒙哥治理好国家,却屡遭怀疑、暗算,几次险些送掉性命。他实在是忍无可忍了!但见他牙关紧咬、目露凶光、脸色阴沉冰冷,极为难看。他没有说话,分明是暴风骤雨之前的宁静,一场同室操戈的悲剧随时可能爆发!

子聪和尚心里很明白,在这种时候一定要冷静,万不能乱了方寸。想到这里,他平静地走到焦躁踱步的忽必烈面前,语气平和地说:"王爷,怎么没有郝经的信息啊?"

"怎么!你信不过廉希宪?"

"那倒不是,不过汗廷和王府发生了这么重大的事情,郝先生怎么会不置一言呢?"

"郝经只不过是协助廉希宪,且其父亲多病,在不在金莲川还是两说。紧急关头一个也指望不上,气杀我也!"忽必烈突然怒不可遏,像头暴怒的狮子。

正在此时,快马报郝经书到。忽必烈迫不及待地将火漆撕去,却见只有一方云笺,书唐诗一首曰:

> 谨录樊川居士《云梦泽》以赏:
>
> 日旗龙旆想飘扬,一索功高缚楚王。
>
> 直是超然五湖客,未如终始郭汾阳。
>
> 陵川郝经即日

忽必烈看了不屑一顾,掷于地上。姚枢弯腰拾起浏览一番,莞尔一笑道:"王爷果然没有看错人。郝经,真乃后生可畏也。"

忽必烈怒道:"尔等腐儒,着实可恨!今情势若鱼游沸鼎,彼三百里急报千里驰骋,用一首唐诗拿本王开涮,你居然还笑得出来?看我回去不杀了他!"

安童在一边见姚枢胸有成竹,转劝道:"王爷暂息雷霆之怒,且听姚公如何说。"

姚枢把信用中指弹弹,转给子聪。这和尚翻来覆去端详一番,转身对王爷道:"进去说吧。"

回到帅帐,屏去左右,子聪小心翼翼地在云笺一角揭开一个小口,递了过去道:"此诗乃唐人杜牧游云梦泽有感而发之作。

"想那韩信为汉立下汗马功劳,封楚王,不懂得韬光养晦,心胸狭窄,居功自傲。高祖以游云梦泽会诸侯为借口,召韩信谒见,乃令武士缚信,载于后车,只留下'狡兔死,良狗烹;高鸟尽,良弓藏;敌国破,谋臣亡。天下已定,我固当烹'的千古感叹。即便是超凡脱俗的五湖客范蠡,功成名就之后急流勇退,也不过保住了性命而已。

"你看那郭子仪:权倾天下而朝不忌,功盖一代而主不疑,侈穷人欲而君子不之罪。富贵寿考,繁衍安泰,哀荣终始,人道之盛,此无缺焉。且郝先生意犹未尽,惟王可鉴。"

姚枢上前指着笺角道:"内有密议,请王自阅。"忽必烈一看果然两层,揭开仔细读了,顿然彻悟,汗廷之事,坦然释怀,依计而行,前嫌冰释,心甘情愿回金莲川,安安稳稳地做一个清静的王爷。

毕竟郝经用何妙计良策说服王爷,且听下回分解。正是:

细语轻声雪半消,征客异地路迢迢。

漆封云笺无人见,但使英雄过舟桥。

第三十六回　释兵权以退为进
荐监国欲擒故纵

寇入掌中还放去，人居化外未能降。

云南大理方收服，漠北和林又阋墙。

看官，此诗乃时人有感于忽必烈采纳郝经以退为进之计、欲擒故纵之策，功高遭忌，却隐忍不发，全身而退，取得蒙哥汗信任，既而推荐四弟做了监国，终使阿里不哥权欲膨胀，露出豺狼本性，引起蒙哥汗警觉之心而作。

闲话少叙，言归正传。

却说忽必烈揭开云笺，内中果有密议。其一，上奏章曰："大理已定，有兀良合台留守坐镇，臣弟长途跋涉，征战劳苦，身心俱疲，愿将帅印交与汗廷，回漠南静心调养将息。"

其二，进陈情表曰："邢州汉中府库钱粮亏空，臣有失察之责，愿竭举府之财偿还亏空，罢黜贪墨之官，以撤钩考之局。"

其三，呈谢恩状曰："金莲川荒僻，王府亦无宫室亭榭，荆妻犬子景仰大汗久矣，欲赴和林朝夕侍奉，以谢合罕。望恩准。"

忽必烈不是愚钝之人，马上领悟到郝经的意思是叫他交出军权，舍弃钱粮，再把王妃和小王爷送到汗廷去作人质！浑身不由一震，脸色变得极为难看，这样的屈辱让他如何接受得了！他竭力压着心中的火气，摇摇头，一脸苦涩地把密议让姚枢、子聪看。

姚枢看了点点头说："郝经，真天人也。帝，君也。大王为皇弟，臣也。事难与较，远将受祸。若将妃、子归朝，久居为质，疑将自释。信不谬也。"

忽必烈的自尊心受到极大伤害，心说："你们这些儒生，什么都好，就是太迂腐！太固执！君臣，君臣。士可杀而不可辱不也是你们说的吗？再说，这招管用吗？"

忽必烈满腹狐疑，把目光移向子聪。

这和尚却说："王爷尚未阅毕，贫僧怎敢妄言。大王看完，相信自能做出正确的决断。"

忽必烈夺过密议再看，果然下面还有几行小字，原来也是一首小诗，不觉读出声来：

> 人心计日殷勤望，马首随云早晚回。
>
> 莫为霜台愁岁暮，潜龙须待一声雷。

"等——待——时——机！"姚枢和子聪几乎同时喊出来。

姚枢说："这个郝经真是神了，把个樊川居士两次卖与大王了。"原来这首诗也是杜牧所作。

一个"潜龙"一个"雷"，暗合了忽必烈内心的挣扎和不安。他不敢说的，也许并不是他不敢想的。"等待时机"，自己真的在等待什么吗？

忽必烈的心在流泪，在滴血！他真不知道怎样向妻子和儿子开口，一个堂堂嫡亲王爷，居然连自己的妻子儿女也保不住，还有何脸面见人？

再想想，郝经他们说得对："我不能鲁莽行事，我身负母亲唆鲁禾帖尼的期望，我要完成成吉思汗爷爷的遗愿，干一番惊天动地大事业，怎么能够现在就死去呢！"

可是，可是——姚枢、子聪他们挂在嘴边的"天时、地利、人和"一个也不具备呀！

潜龙须待一声雷。《易》曰："潜龙勿用。"潜，隐也。龙下隐地，潜德不彰，是以君子韬光待时，未成其行。故曰"勿用"。冬天到了，春天还会远吗？

想通了——能屈能伸，方为俊杰。忽必烈把牙一咬，做出了自己的决定——令子聪和尚随报马三百里急行，回金莲川干办。

却说子聪日夜兼程，来到金莲川，见了廉希宪，就把忽必烈王爷草拟的奏章、陈情表、谢恩状拿出来叫他看了，又转述了郝经和姚枢的意思。

廉希宪惊得合不拢嘴，半天才嗫嚅着说："怎么能这样？这，这叫我如何向王妃开口？"说着，下意识地向后堂望去。可是，刚一回头，他蓦地怔住了。

原来，察必王妃领着儿子真金，含着眼泪从后堂向他俩缓缓走来。

"王妃……"廉希宪有些惶遽不安，一时不知道该如何开口。

察必王妃神情非常平静，一副无所谓的样子，脸上还浮现出些许微笑。尽管看起来很是牵强和苦涩，她还是忍着心中的悲痛，竭力平静地说："大人，你俩的话我都听见了。我情愿为王爷去做一切，只要王爷能躲过这场劫难，我愿意去作人质！"

察必王妃说出这番通情达理的话，廉希宪和子聪心中暖流涌动，鼻子一酸，泪水夺眶而出。

察必知道廉希宪和子聪的无奈和苦衷，摇摇头说："连郝先生都这样说了，肯定是没有别的办法了。为了王爷，也只好这样了！"说着，察必王妃领着真金向后堂走去。

廉希宪送察必王妃去和林这天，阴云密布，秋风瑟瑟。金莲川郊外官道两旁，黄沙漫漫，衰草凄凄。前来送行的有郝经、子聪和尚、王鹗、王恽、拔都以及留守王府的官员和幕僚。

察必望着众人，难舍难分："各位大人，我不在王府，你们一定要好好照顾王爷，替他分忧，拜托了！"说着就要下拜，廉希宪和拔都连忙扶住。

"卑职知道。"众官员忍着泪齐声说道。

按下察必王妃移居和林为质暂且不表，却说忽必烈率师来到兀拉海，安营扎寨，令也只烈屯兵于此，等候汗廷派员交割。忽必烈自领四十骑亲兵前往和林复命。

和林郊外的长亭渐渐映入忽必烈的眼帘，他远远看见长亭外聚集了不少人。渐渐走近，只见文武两班大员分列两边，中间黄罗伞下的龙辇上分明坐着蒙哥合罕。

忽必烈没有想到大哥会出城十里迎接自己，心中百感交集，翻身下马，匍匐于地上，山呼万岁。

蒙哥汗起身，缓缓走到忽必烈面前，把他扶起道："御弟，辛苦你了。这次代朕出征，所向披靡，无往不胜，使大理国臣服，宣我天威，广布恩泽，功勋卓著。汗廷本当嘉奖，但朕体恤御弟长途跋涉，征战劳苦，特恩准御弟奏章，暂回金莲川调养将息。不知御弟意下如何？"

忽必烈再次匍匐谢恩。

蒙哥汗和忽必烈手挽手从文武两班大臣中间走过，众臣无不露出诚恐诚惶、无比仰慕之色，唯有阿里不哥、阿兰答儿和刘太平低着头，不敢正视。

晚上，蒙哥大汗为忽必烈在万安宫设宴庆功，特地请来察必王妃和侄子真金。一家人在这里团聚，忽必烈看着妻子和儿子，心中有一种说不出的滋味。

察必王妃告诉忽必烈，此次来到和林，得到大汗新皇妃也速儿的热情接待，妯娌二人相谈融洽，都觉得只有兄弟和睦相处，才能使草原繁荣、国家强大。

蒙哥不是没有大志的平庸之辈，自继承汗位那天起，他就立下统一华夏的誓愿。此次平大理、斡腹南宋的成功，使他心里更加清楚：要完成这一惊天动地的伟业，需要亲人的辅佐和帮助。在亲兄弟中，旭烈兀西征未回，驻兵伊尔汗。他身边只有忽必烈和阿里不哥了。阿里不哥从小娇惯，心志浅薄，气量狭窄，缺乏雄才大略，难成大器，对他是不会有大帮助的。忽必烈则不然，天资聪慧，胸怀远大，威猛刚烈，若是能跟自己同心同德，自然是自己最好的帮手。但是，深谙帝王之术的他，又不能不防患于未然。看了忽必烈的三道呈文，蒙哥已经对忽必烈完全相信了，认定他对自己是忠心的。蒙哥要的是忽必烈的心，而不是他的命。蒙哥的目的达到了。

蒙哥汗带着年轻漂亮的新皇妃也速儿，走到御弟一家宴前，举起金瓯道："御弟劳苦功高，本汗敬你一杯！"

"臣弟承受不起。"忽必烈诚惶诚恐,慌忙下跪。

"起来,起来。这是大哥的一片心意,你一定要喝!"蒙哥扶起忽必烈。

"好,恭敬不如从命。"忽必烈接过大哥递过来的酒一饮而尽,"谢大汗!"

蒙哥觉得此时正是笼络忽必烈的绝好时机,便说:"朕还需要你辅佐朕完成统一华夏的大业呢,为了嘉奖御弟的大功,朕要赏你。你不是还没有营建自己的宫室吗?朕划拨白银三十万两,特许你在金莲川挑选吉地,营造宫室,组织阴阳,罗列山河,待规模粗具,迎弟妃回宫亦是盛事。朕当亲临贺之。"

也速儿皇妃说:"到时候我一定亲送弟妹回府。"

忽必烈施礼谢恩:"谢大汗赏赐。那钩考的事……"

"至于钩考嘛……当然是要撤掉的喽。不过,赵璧和张耕总不会是两袖清风吧?朕决定罢免他们的官职。"

"大汗……"忽必烈要为这二人辩解,蒙哥打断了他,用不容置疑的口气说:"二弟不要说了,就这样决定了!"

就这样,蒙哥在撤掉钩考局的同时,罢黜了赵璧和张耕。

忽必烈王爷带着本部人马回到漠南,各归本营。安童、姚枢等一干随军将官回到王府,王爷论功行赏,各得其所不提。

一日,忽必烈与安童和廉希宪于山中射猎,突然窜出几只苍狼,飕!飕!飕!三人一口气射出十数支利箭,野狼被射出十几个筛子眼儿,扑地而死,连挣扎的机会都没有!忽必烈的马却在越过一道深坎时失了前蹄。安童急忙赶来,将王爷扶起。忽必烈觉得脚脖子痛,一看有血流出,只得由两名亲兵扶着上马,扫兴而归。

不久,子聪和尚奉忽必烈之命在桓州龙岗兴建城郭宫室,名曰"开平"。是时,地有龙池,不能涸。子聪乃与郭守敬钩沉形势,疏浚河道,使龙池水泽各归其道;抬升地面与人等高,铺石赋形,始建五座宫殿,楼台亭榭,错列其中。最南面是水晶殿,依山临水,轻灵雅逸。

果然是：

冰华雪翼眩西东、玉座生寒八面风。

巧思曾经修月手，通过元在五云中。

一日，忽必烈和郝经、姚枢、王鹗、王恽等在水晶殿宴饮。众人齐赞子聪钩心斗角之机、裁云镂月之工，忠勤劳绩，宜褒宜崇。王爷道："子聪以事功称，他日定然奖掖。"

正说话间，只见安童领着一位英俊后生和四名亲兵上得殿来，那后生见了王爷纳头便拜。王爷问道："下站何人？"

安童笑而不答。

忽必烈仔细端详，只见后生双目如星复作月，脂窗粉塌能鉴人；略有妖意，未见媚态。手执折扇露玉柄，腰悬吴钩垂步摇；微欠倜傥，多余风流。十分面善，却又想不起来。

那后生见王爷认不出来，揭下狐尾毡帽，将头一甩，满头青丝如瀑布般散开，却是一个美丽的女人。

"苏赫兰儿！是你吗？"忽必烈不觉眼前一亮。

"奴才苏赫兰儿叩见王爷。"

忽必烈忙叫安童看座。

苏赫兰儿本是唆鲁禾帖尼太后的一名侍女，姿色美艳，慧心巧思，是太后最为得力的助手。一次太后召见忽必烈，苏赫兰儿见了十分仰慕，美目流盼，被唆鲁禾帖尼看在眼里，戏言道："薛禅儿有意，他年当收为侧妃。"两人默于心，羞于言。后来忽必烈徙于漠南，太后遂忘。

苏赫兰儿目左右，忽必烈示意郝经、姚枢、王鹗、王恽等退下，方才细述就里。

唆鲁禾帖尼太后晏驾，按礼仪葬于起辇谷英武皇帝拖雷墓侧，以太祖睿宗庙配享。之后阿里不哥继承了母亲的圣山宫，并将侍女苏赫兰儿收为侧妃。

作为阿里不哥侧妃的苏赫兰儿，这次乔装来到开城，是为四王爷阿里不哥求情的。

原来蒙古汗国经过联络高昌、乣刺、吐蕃和蛮波丽诸国，征服大理，完成斡腹①南宋的准备，局势基本稳定下来，国力日渐强盛，蒙哥汗决定倾举国兵力分三路攻打南宋。后方和林需要监国坐镇，本来蒙哥汗属意四王爷阿里不哥，却遭到末哥、忙哥撒儿等众大臣的极力反对，他们支持忽必烈坐镇和林。

苏赫兰儿道："四王爷知道二哥功勋卓著，无意监国之位，也知道自己寸功未建，在汗廷不为众臣所重；这次必欲建功立业，因此，监国之位志在必得。因之前多有得罪，故差妾妃前来谢罪求情：特奉马蹄金三千两以为薄礼，且说服大汗放察必王妃和真金王子归府。望二王爷看在太后面上，尽释前嫌，在汗廷替四王爷说句话，我夫妇感恩不尽。"

忽必烈听了心中一震，伐宋乃成吉思汗家族的头等大事，作为成吉思汗的嫡孙，自己竟然不知，看来大汗还是信其不过。王爷对安童吩咐道："且请弟妃到偏殿待茶，容我三思。"

忽必烈立召群僚问计，众口一词，同声反对。廉希宪嚷道："王爷，难道你忘了征大理时四王爷做的那些龌龊事？"

众人附和道："王爷明鉴！"

只有郝经沉思不语，未义愤填膺，倒露几分笑意。

忽必烈目之，久。郝经问："如果大王极力反对四王监国将如何？"

众不语，忽必烈忽然警醒："大汗不会以为本王真的想做监国吧？"

郝经复问："如果大王不为四王爷求情又如何？"

廉希宪道："主上唯忠是用，必不顾众臣反对，四王爷监国已是铁定无疑。四王爷忌恨，将于王爷不利。"

郝经接着问："四王爷忠吗？"

众人面面相觑，无敢言者。

---

① 斡腹之谋，蒙古借道吐蕃、云南灭宋的战略计划。

"志在必得，必有所图。图，难免遭忌也。"郝经冷静地分析着。

"对呀！"姚枢、子聪恍然大悟。

王鹗书生气十足地望着他们。

姚枢道："主上多疑，彼有异动，王爷非但前墨可洗，且忠心可鉴呀。后必得重用！"

忽必烈心想："荐与不荐结果一样，何不就做个顺水人情，何况还有这么多好处？"乃起身来到偏殿，对苏赫兰儿道："抱歉，让弟妃久等了。"

苏赫兰儿欠身道："哪里，哪里。兰儿这里专候。"

王爷诚恳地说："四弟能在大汗面前为爱妃犬子求情，在此多谢了。我与四弟乃一母所生，赠金就显得见外了，请收回。二哥即刻赶赴汗廷，力荐四弟监国就是。"

苏赫兰儿千恩万谢，感激不尽。

正在此时，有和林使者召忽必烈王爷至汗廷议事。欲知后事如何，且听下回分解。正是：

> 处己何妨真面目，待人总要两推诚。
> 以恩报怨真君子，最怕贤良遇恶丁。

第三十七回　弱儒折服鲁莽将
严父终辞麒麟儿

> 兵法五十家，尔腹为箧笥。
>
> 应对如转丸，疏通略文字。

四句古诗道罢，引出一个贤人。你道是谁？这个人名叫杜亚，贯通经传，涉猎广博，能言善辩，口若悬河。原来这个人是杜甫的从弟，杜甫说他驰骋古今数千载间，肚子里就是一个小书库，辩论对答，犹如鬼谷子的《转丸》，不用咬文嚼字，即可巧辞如流。

当然，任你巧舌如簧，还要看说给谁听，俗话说："秀才遇到兵，有理讲不清。"可是，话又说回来了，这也要看是什么样的秀才遇到什么样的兵，说的什么样的道理，说给什么人来听。

在下今天讲的就是，几个文弱书生樽酒论文、审势相机，把一尊天之骄子，几多貔貅之将，辩得服服帖帖，无一人敢争，后来事实证明"金章玉句，半语不虚。事理发展，果如其然"的千古佳话。

闲话少叙，言归正传。

却说大汗在万安宫中殿与诸王百官共商伐宋之计。忽必烈力荐四弟阿里不哥监国，蒙哥汗大喜，乃共同议定兵分三路。

蒙哥汗亲率中路十万大军，越过大漠，经河西，过六盘，直抵川蜀；右翼，命留守大理的兀良合台和帖哥火鲁赤自云南、利州、兴元北进与中路形成夹攻之势；左翼，命宗王塔察儿、驸马帖里垓攻宋两淮，直逼临安；幼弟阿里不哥监国，坐镇和林。

诸王皆随大汗出征伐宋，唯有忽必烈仿佛被大哥遗忘。忽必烈出班请缨，大汗表情深沉，语调平和地对他说："二弟足疾未愈，须在家静养，伐宋的事，就不劳二弟操心了。"

射猎伤足只不过是发生在开平的些许小事，千里之外的大汗是怎么知道的？实在想不明白……忽必烈心中打了个激灵，只能不知所措地摇了摇头。

三军祭旗开拔，忽必烈只好灰溜溜地回到开平府。可怜，英雄报国苦无门，壶中雕翎夜有声。还好，有察必王妃和真金回到身边，且享天伦之乐。

一日，几个蒙古将领欲见大王，看到郝经、姚枢等一班儒生在睿思殿廊下饮酒论诗，好像无事一般，忿从中起。

伯颜指着他们的鼻子大骂道："这群忘恩负义的东西，大王天天把你们当祖宗一样供着，今王志不得伸，尔等不图一计，却在这里无病呻吟。不如狗尚知虎猎耶！"

王鄂、守让等起身欲与较，郝经止之，宴饮如初。阿术上前想要掀翻酒菜，忽然听见一声巨吼："不得无礼！"只见忽必烈和安童从殿中走出来。

"不知王爷在此，惊了大驾，奴才该死。"伯颜和阿术领着一干蒙古将领跪地请罪。安童欲去扶起，忽必烈瞪了他一眼，安童退到王爷身后。忽必烈并没有像往常一样让他们平身。这些平时飞扬跋扈的蒙古将官只得乖乖地趴在地上。

忽必烈让安童搬了把椅子，安放在郝经他们的旁边，款款坐下，与他们聊起天来。

"郝卿，我也早想问你，这次伐宋，合罕为何不用本王？"忽必烈谦恭地向郝经请教，好让那些蒙古将官效仿。

郝经不假思索，侃侃而谈："西路不用说了，兀良合台就在那儿，只消率军北上，形成合围包抄之势即可。平心而论，合罕也应清楚，你是最合适的东路统帅，他之所以选用了塔察尔，一来他是想以此回报塔察尔当年在忽里勒台大会支持他登位之恩，再者合罕也想煞煞大王的锐气，让你知道，没有你，他照样能征服南宋，统一天下。至少，他是这么想的。"

"还有呢？"忽必烈饶有兴趣地问。

郝经看看姚枢:"再有嘛……这个——姚夫子最清楚了。"

姚枢说:"看我怎的,你说好了。"

忽必烈转向姚枢,老夫子只好开口:"王爷,主上让阿里不哥监国,自己率军在外,莫能牵制,你说他能放心吗? 他知道你们俩素不和睦,还不是想让你看着点儿阿里不哥。"说完看看周遭,好像在征求大家的看法。

子聪诡异地笑着:"这就是帝王之术呀!"忽必烈恍然大悟。

"你们起来吧。"忽必烈对伯颜和阿术他们说。

这些蒙古将官跪得膝盖都疼了,赶紧起来,站在一边,也不敢拍打衣服上的尘土。

"你们说说,合罕会不会起用本王?"忽必烈也给他们一个表现的机会。

十几个人站在那里,你看看我,我看看你,谁也不知道该怎么说。

"一定会的。"那班汉儒异口同声。

"为什么?"伯颜是一个血气方刚的小后生,恨不得马上跟着王爷去建功,所以着急地问。

这时,王鄂站起来,很不友好地看了看伯颜和阿术,向忽必烈施了一礼,款款说道:"大王,你就抓紧时间筹备粮草、演练军马吧! 这一天很快就会到来的。"

众将官一下子围过来倾耳细听。

王鄂不紧不慢地分析着:

"其一,吾本故金遗臣,亲历金朝及窝阔台汗与宋多次征战,都是败在长江。北军不惯水战,宋军逐渐形成守长江上游以固其下游,守汉、淮以蔽长江的防御战略。从这一点看,蒙古军没有任何改变,所以,结果也不会改变。

"其二,中西两路,垓在川蜀;东路则直指都城临安,彼宋必竭举国之力,庇以护之,攻坚之难,可以预见。

"其三,塔察尔虽然骁勇,然年老力衰,且刚愎自用,又没有水军作战经验,估计很快就会败下阵来。那时候,就是大王翻身的时候了。"

众儒生频频鼓掌,那些蒙将也群情振奋、欢呼雀跃。

郝经继而分析道:"蒙古汗国建国才五十年,像这样用兵不断,遗黎残姓,游气惊魂,虔刘劘荡,殆欲歼尽。自古以来,用兵没有像这样长久、这样频繁的,其力安得不弊乎!

"今上括兵率赋,朝下令而夕出师,躬擐甲胄,跋履山川,阖国大举,自将正兵。要说士气是够盛的,兵力是够强的,后方是够大的,可在谋略上还是有缺陷的。试想,蒙古之兵习惯于聚如丘山、散如风雨、迅如雷电、捷如鹰鹃的围猎作战方式,在彼川陕鄙地,谷深水险,这些优势能发挥出来吗?大汗御驾亲征,简直就是在用价值千金的玉璧和石头瓦块相撞啊!

"请相信我,蒙哥合罕在蜀,必然师久无功。大汗是个聪明人,到时候就会调整作战方略,倚重东路,那时候舍大王其谁?"

睿思殿内外又是阵阵掌声、欢呼声。

"咳!"忽必烈一开口,睿思殿立刻鸦雀无声。

忽必烈对那些蒙古将官道:"看看你们,一天价志骄意满,到用你们时,吭吭哧哧,连个响屁也放不出来。有几个能像廉希宪一样,认认真真地读几本圣贤之书?混出个人样来?

"这些人都是你们的老师,尔等怎敢轻慢!还不快向老师赔礼道歉。"

伯颜走到郝经面前,把右手放在胸前,躬身施了个大礼。阿术和其他将官也各个施礼道:"下官无礼,请老师们原谅。"

姚枢从八宝银盘上端起一碗酒笑着说:"想要得到原谅不难,每人罚酒三碗!"

"好——"睿思殿一片欢声。

按下忽必烈整饬军务、囤积粮草、厉兵秣马准备待时而起暂且不表,却说保州积庆堂中,郝彝、郝庸兄弟一片慌乱。自从大哥走后,父亲时好时坏,卧床三年。这年秋天,早早下了一场雪,天气突然变冷,父亲又犯了病。

何朝奉病不自医,已经故去,归葬河间。请了别的医官看过,都无回天之力,看来这次大病是凶多吉少了。

郝经媳妇求父帅派亲兵去请夫君,走了已有一个多月,却是杳无音信。

窗外刮着凛冽的北风,一片片枯黄的叶子飘落到屋檐下的雪地上。屋内,整洁的床上,躺着白发苍苍的父亲,合着双目,有气无力地问儿子媳妇们:"你们大哥还没有回来吗?"

郝彝在他耳边安慰着:"快了,快了,在路上呢。"

媳妇们轮流喂他点鸡汤或者糖水。郝思温似睡非睡地昏迷过去。过了一会儿,强打精神又问:"你们大哥还没有回来吗?"

"快了,快了。在路上呢。"儿子媳妇们安慰着他。

这样的情景不断地重复着,已经三天了。

十一月二十八日,郝思温奄奄一息,好像在等待着,又好像等不下去了。忽然,他睁开眼,有些兴奋:"来了,来了。我听到马蹄的声音了。"

郝彝和郝庸在听,庆娘、吕氏和郭氏也在听,他们什么也没听到。可是,他们都说:"是的,是的。一会儿就到啦。"

可别说,人的感觉确实是很奇妙的。过了一会儿,门外真的传来一阵骚动。郝彝和郝庸迎了出去,郝经带着十几个兵丁已经下马。郝经着急地问:"父亲怎样了?"

郝彝和郝庸泪眼婆娑说:"快进去吧。"

郝经见父亲躺在床上,弯下身子轻轻地说:"父亲,不孝的孩儿来晚了。"

郝思温一下子来了精神,挣扎着要坐起来。媳妇们都不让他起来。思温颤颤抖抖伸出手来想要摸一下郝经的脸。

郝经低下头,和父亲脸挨着脸,泪水不住地流到思温的面颊上。郝思温没有流泪,脸上带着慈祥的笑容,轻轻地抚着郝经的手,平静地说:"你终于回来了……"

"嗯，嗯……"郝经不迭地点头。

父亲说："孩子，我就要离开你们了。人之于世，犹星之于宇，循轨而行，各据其位也。吾卧病已三年余，然于客谈中，天下事了然于胸。尔既居庙堂之高，当以生民为己任。我去后，必不拘于愚孝，守三年之制。宜即归汗廷，担当天下。"

"嗯？嗯……"郝经迟疑了一下，但还是点了点头，然后轻轻俯在父亲耳边安慰他："父亲，你没事的。你还不知道吧，忽必烈王爷赐儿的府邸与庄田在怀州府，离陵川很近的。好好养病，等你好些，我带你去看看。"

思温淡淡一笑："没有机会了。冀日后得暇，回陵川替我一拜松楸，重置棣华堂，吾愿足矣。"

"父亲——"郝彝、郝庸涕泗交流。

郝思温看看他们说："吾去，勿悲。你们大哥志向高远，彝即守家，庸之后可相机随经历练，或有成。"

兄弟三人频频点头。

郝思温一直捏着麟儿和操儿的手，看了一会儿，眼角湿湿的。

"我累了，想睡一会儿。"郝思温闭上眼睛。

大家默默地退到外间，只有庆娘守在公公身边，过了一会儿，红着眼，探出头来招招手，怯怯地说："父亲走了。"郝府一片哭声。

话说郝经安葬了父亲，刚把父亲所遗一百二十篇文稿整理成册，交与郝彝，就有王府亲兵来接郝经回开平府。

原来那日郝经、王鄂等在睿思殿所论一一应验：蒙哥合罕命忽必烈接管塔察尔统帅东路军。谕旨传到开平，三军将士一片欢呼。忽必烈王任郝经为行营参赞，掌管军国机务。欲知郝经如何经略军机事务，谋划宏图大业，且听下回分解。正是：

安能以此登论列，妙语连珠满座惊。

愿借悬河夸辩口，东山再起展雄风。

第三十八回　大军遇阻长江道
学士议修观音阁

莫笑农家腊酒浑，丰年留客足鸡豚。

山重水复疑无路，柳暗花明又一村。

在下不言，看官自知，此两联诗乃摘自陆放翁《游山西村》也。世人皆道山村山环水绕、花团锦簇、春光无限、美不胜收，可有几人知道，诗人写这首诗时，罢归故里，饱经了官场的险恶、世态的炎凉。

叹世间万事万物此消彼长，变化无穷，只要你孜孜不倦地前行，也许转机就在前方；只要你不坐以待毙，说不定就会绝处逢生。这一回说的就是天之骄子忽必烈在遭遇前所未有的猜疑、失意和冷落之后，忽然峰回路转，开云见日，怎的不是造化弄人？

闲话少叙，言归正传。

却说郝经在王府亲兵护卫下，顶风冒雪，戴孝赶往开平城。忽必烈王任郝经为行营参赞，掌管军国机务。张柔接替巴哈为副帅，其子弘范作先行。

郝经连夜写了《祃牙文》，第二天举行了祭旗典仪。仪式毕，王爷高喊一声"出征"，前军、中军、后军便相继向荆楚进军。郝经的门人苟宗道、郭仲伟、赵泰、尚文皆供职于中军帐内。

那么，蒙哥汗为什么会临阵换帅呢？

原来统领东路军的大元帅塔察尔，本是成吉思汗幼弟赤斥之孙，幼孔武，善机变，因曾经在战场上救过成吉思汗，又在忽里勒台大会上拥戴蒙哥登上汗位立了大功，所以这次伐宋，蒙哥汗命他为东路军统帅。

塔察尔是位久经征战的悍将，身材高大，膂力过人，勇猛无比。他率领的东路军在征伐之初，进展很顺利，如风卷残云，连连获胜，攻汝州,破龙虎关、大胜关,直逼鄂州。可是,在鄂州他却遇到了人生中的一场噩梦。

原来自塔察尔抵鄂,由于江汉、江淮为水域所制,骑兵的作用难以发挥。而宋军有水师战舰,与步骑兵配合起来,作战能力很强。塔察尔没有水师战舰,无法与宋军抗衡。

宋镇守使李庭芝,少颖异,智识恒出长老之上。李庭芝欺塔察尔不通水战,率七十艘可载五百军卒大舰抵岸,佯与战。蒙古军矢羽若雨,水军弃舰,跃入江中而逃。

塔察尔得舰,喜出望外,择识舰者以为长,日夜操练。时遇淫雨,长江水涨。待天晴,蒙古军舰船游弋江上。李庭芝使水军驾车舰,与之交战。塔察尔看了哈哈大笑道:"彼无大船也。"

两军在鄂州城外的长江水面上各驾舰船,进退跋躄,放箭互攻。须臾,宋军佯败,沿江浔而逃。彼车舰小巧,翔风鼓浪,疾若挂帆。蒙古军将士已将大舰船操练熟稔,几百人合力划桨,穷追不舍,每近鄂州城东,战舰或砰然而裂,或剖底而漏,或侧身而倾。

塔察尔看出跷蹊,传令不要迫舰逐走。可惜蒙古军水卒,着枪中箭、撞船溺水者,不计其数。又风雨大作,雷声震震,宋舰灵便,如鼠撩猫,大舰高拙,操桨掌舵者哪里听得见号令。

幸有巴哈、兀拉布将塔察尔救下,刚一上岸,不知道从哪里出来的伏兵就掩杀过来。十万大军,折损过半,塔察尔万般无奈,只好将部队北撤,退而求破樊城。

后人有诗曰:"蒙争宋斗决雌雄,鄂渚楼船一扫空。绝地浅礁开舰底,楚天风雨助芝公。"蒙古军中没有人知道江底有暗礁名曰龙蟠,更无人知道李庭芝拱手奉送的七十艘楼船条条被做了手脚。

再说塔察尔退到樊城,将樊城围了个水泄不通。实指望攻克樊城,挽回一点儿颜面。可是,兵力不足,士气不振,给养消耗殆尽,接济不上,粮草短缺,将士们苦不堪言,怨声载道。樊城久攻不下,塔察尔万般无奈,只好一面再向北撤,一面上奏蒙哥,请求派兵增援。

回头再说蒙哥汗,他为建立超过父亲和祖辈的功业,亲率主力攻蜀,欲图东出夔门,浮江而下,待三路会师鄂州后,合兵攻打临安。可是深入蜀地后他才知道这里地形复杂、粮草缺乏、水土不服,又遇到宋军顽强抵抗,导致伤亡惨重。此时蒙哥自顾犹不及,却传来塔察尔兵败鄂州、退兵千里、连个小小樊城也攻不下、请求派兵增援的奏报!

派兵增援是不可能了,这次伐宋动用了全国所有兵力,已经无兵可派。可是,如果东路军被阻,整个战略部署就会被打乱,更可怕的是,如果宋军缓过劲来,趁淫雨天反击东路军,蒙古人不善雨战,很可能有全军覆没的危险!

蒙哥想到这里,意识到形势的严峻,不由激灵灵打了个寒战!怎么办?他神色冷峻,眉头紧锁,思来想去,权衡利弊得失,他觉得只有一个办法可以挽救眼下的局面,那就是起用忽必烈,这才有了临阵换帅之举。

却说郝经随大军从开平出发南下,一鼓作气攻下濮州。忽必烈命在此稍作休整,补充粮草,且派细作潜入临安探察南宋军情。

郝经乃上《东师议》,叙说往昔之议一一应验,果然蒙哥汗在蜀失利,师久无功。郝经建议为今之计,宜救已然之失,防未然之变,议曰:"关陇、江淮之北,平原旷野之多,而吾长于骑,故所向不能御。兵锋新锐,民物稠伙,拥而挤之,郡邑自溃,而吾长于攻,故所击无不破,是以用其奇而骤胜。"

又曰:"今限以大山深谷,阨以重险荐阻,迁以危途缭径,我之乘险以用奇则难,彼之因险以制奇则易。于客主势悬,蕴蓄情露,无虏掠以为资,无俘获以备役,以有限之力,冒无限之险,虽有奇谋秘略,无所用之。"

郝经分析了争地之术和取国之术的不同,提出集中优势兵力各个击破的用兵方略。

郝经最后说："呜呼！西师之出,已成孤戍,而犹未即功。国家全盛之力在于东左,若亦直前振迅锐而图功,一举而下金陵、举临安则可也。"忽必烈深以为然,大加赞赏。

时郝经外伯父牛君禹暂住曹南,郝经前往探视,偶见两人在路边田间走动,却无有锄耒之具,行动诡异。郝经疑之,着随从捉拿,送中军鞫问。

未等严刑,两人即招供,果是向前线送布防关报的宋军兵丁。

恰在这时,潜入临安探察南宋军情的细作送回探报,说宋廷已经知道北军主帅换成了忽必烈。忽必烈远征大理,威名显赫,宋军得到忽必烈为帅的消息都大为震惊。为了防止北军南进,宋军在海州、涟水、颍州、大胜关、龙虎关、襄樊、阳逻堡等七处增加兵力,严密防守,同时在江淮沿线加强防御,封锁江面,断绝交通,不许任何船只来往,想依赖淮河和长江两道天堑,遏制住北军前进势头。细作的探报与宋军所传关报完全一致。

宋军加强了防守,确实给北军渡淮过江造成很大困难。忽必烈召集众将和幕僚商讨对策。

赵璧、张文谦、商挺、赵良弼等几个汉僚,因都是儒生,对军事一无所知,只好默不作声。

"殿下,伯颜有话要讲。"

忽必烈道："嗯?说说看。"

伯颜便扯着粗犷的大嗓子说道："别说宋兵七处防御,就是一百处又有什么可怕!我视这些防御如草芥。殿下给我一万骑,我保证将他们一扫而光。打不胜我不回来见你。"

"对!我阿术也是这个意思。我也愿领兵前去杀敌!"阿术也不甘示弱,抢着说道。

忽必烈避开他俩的眼神,目光在几个汉僚间扫了一圈又一圈,极想听听他们的意见。

郝经仔细看了七处边防要冲的地理位置、守将和兵力,不由地倒吸一口凉气,建议道:"我军千里奔袭,宋军以逸待劳;我军聚如丘山,散如风雨,宋军固城金汤,深沟坚垒。万万不可全面铺开,横打蛮攻。宜将兵力散布于宋军关防之隙,以绝其联络;集精兵于一役,则无坚不摧也。"

忽必烈已阅郝经《东师议》,今又见一介书生阔论兵事,头头是道,愕然曰:"是汝与张拔都①共议耶?"经曰:"经少馆于其家,尝闻其议论。此,经之臆说,柔不知也。"

听了郝经的回答,忽必烈哈哈大笑道:"想不到郝先生还有军事才能。这实在是我大蒙古之幸!"

姚枢上前奏曰:"郝先生确实才智广博,如此则使宋军首尾不能相顾,而我则左右逢源,果然高见!"

张文谦也道:"分而散之,势必孤也,可使我王者之师有征无战,不杀而威。"

王爷综合几位的意见,考虑以后和大汗的关系,迅速形成这样的思路:撤回南线的所有兵力,分布于宋军防御之间,集中精锐围歼一城或数城。这样既可向大汗交代,又保存了实力。

且说忽必烈依了郝经之策,聚拢分散于江淮的前沿部队,对宋关防封锁隔断,合围聚歼,围点打援,使宋军防御各作孤城,不堪一击。副帅张柔率军攻最险要的虎头关,先与宋军战于沙窝,其子弘范乘机破关。随后忽必烈破黄陂,势如破竹,所向披靡,很快打到鄂州城外,占了江北沿岸码头。

初,忽必烈起兵开平,郝经曰:"塔察尔输在水战,王可引以为鉴。"忽必烈觉得有道理。王愕向王爷推荐了故金水军将领解诚。忽必烈授金符、封万户,命其招募旧部及勇猛习水者组成水师,然后赶赴前线。

解诚带领水师,来到鄂州中军行营,详细向王爷复命。他帐下有

---

① 指张柔。

一亲兵叫朱国宝，忽然看见好友郭守让也在这里，十分欣喜。

原来当年守让避难逃到宝坻，曾在他家住过一年多。国宝父亲朱存器曾是邢州郭荣门生，说了根底，倍感亲切，细数家事，甚是同情，他很待见这个喜欢算学的小伙子，就让国宝和守让结为异姓兄弟。想不到他们在这里遇见，也是缘分。

郭守让以机巧、善工向王爷推荐了朱国宝。忽必烈王爷非常高兴，让朱国宝先做了个管领，待后论功行赏，协助从汴梁金明池船坞带来的故金高丽舰船使金仁折、李卓，和他们的造船工匠制作兵舰。

郭守让和朱国宝汲取了塔察尔舰船覆灭的教训，向金仁折、李卓提出建议——打造一种轻舰。轻舰转弯灵活，进退自如，且舰底如刀，不用担心搁浅，再用黄铜包裹，十分坚固，也不怕触礁。试航后忽必烈非常满意，赐号曰"拔都鲁"，意为勇者。

郝经和王恽化装成北客，于江边打探，一渔夫道："鄂城东，江中有巨礁，其势蜿蜒如龙，唤作龙蟠矶。塔察尔攻城时乃盛夏，礁潜伏水下。十一月至来年四月，为枯水期，龙蟠矶始露出水面。"郝经他们顺着渔夫所指，果然隐约可见礁石。渔夫又说："相传孙权定都于鄂，水军楼船往往触之，乃造楼阁于上，人皆得见以避之，称观音阁。长江洪水频发，祸福无常，多把庙宇冲毁。而当地的百姓总会在庙毁之后，不断进行重建，以保行船无虞。此次毁庙，乃两淮镇守使让水军都头将龙蟠矶位置默记于心，然后把观音阁拆掉，将龙蟠矶凿若巉岩，故引蒙古舰以触也。"

忽必烈听了郝经、王恽的禀报，召集众将和幕僚商议对策。众人七嘴八舌，说什么的都有。

阿术道："一块石头有什么了得，不若用火药把它炸掉算了。"

巴哈道："凿洞燃药我等无计，且在水下，水火相克，徒增笑尔。"阿术的脸一下子就红了。

伯颜附和道："就是，就是。我也曾想过，咱们兵多将广，可以将礁石铲除。可这水下之工……唉，无异于痴人说梦也。"

忽必烈把目光转向那班士人，看看郝经他们有没有什么好的办法。

郝经道："以经愚见，莫如修复观音阁，使人皆能看得见，其弊自消。"

赵壁、张文谦、王恽等几个汉僚皆附议。

姚枢道："修复观音阁是最妥帖的办法。夫佛者，福也！拆之，民心无所依，则生惶恐；彼拆我修，民心所向；众生即佛，佛必佑我，此其一。蒙古王公将士皆崇佛，修复观音阁，可顶礼膜拜，可虔诚遥祝，都可以得到心灵的慰藉，佛在心中，则胜券在握，此其二。修复观音阁，人皆得以见，士卒进无隐忧，退不旁骛，只求取胜，则胜必至也，此其三。"

"可这水下之工如何施为？"张文谦、赵壁几乎同时发问。

郝经道："没有别的办法，只好四处张榜，广招贤士，以求得有才能之人来解燃眉之急了。"

郝经话音未落，帐外禀报，说是泰安布山张志纯求见。

郝经喜形于色，忽必烈问："什么人呐，怎么这般熟悉？"

"天倪子，张布山！我们去岱麓会真宫找过他。"郝经急忙提醒。

忽必烈撩衣起身，一溜小跑来到帐外。郝经紧随其后。

"贫道张志纯起手了。"天倪子近前打了一个稽首。

忽必烈、郝经回礼，携手同张布山进了大帐。众人中有不识庐山面目者，也有听说过天倪子大名的人，一一见礼。欲知天倪子求见忽必烈做甚，且听下回分解。正是：

山高月小水茫茫，潮落礁出营造忙。

羽士无心迎世祖，苍天有意便伯常。

第三十九回　末哥设计通地道
　　　　可汗攻城遭流矢

铁骑长弓起北风,携将挥师卷南兵。

钓鱼城下英雄泪,扼腕空余太息声。

看官,此诗乃时人谓大汗蒙哥亲率十万大军进入川蜀,欲效西晋灭吴之法,先取长江上游,然后水师顺江东下,配合陆路平定江南,却是天公不遂人意,大雨滂沱,地势险峻,内生奸宄,外遇强兵,遂使英雄折鞭,蒙哥大汗一统华夏的脚步意外地止于钓鱼城下。此不免让人感叹,而作《挽蒙哥》诗而慰之。

闲话少叙,言归正传。

上回书中说到,郝经议修观音阁,众僚附议,王爷恩准,众幕僚将官正在为无计解决水下施工难题而急得团团转时,泰安布山张志纯来到忽必烈大营。

寒暄过后,郝经问道:"敢问道长,上次在泰山闻得张兄讳志伟,如今怎么唤作志纯呢?"

天倪子看着忽必烈道:"大王赐名焉能不遵。"

忽必烈愣了一下,忽然想起在岱麓会真宫曾经写下过一个"纯"字。

忽必烈道:"当时既无通名,书后也无款识,怎知是我所书?"

天倪子道:"这你就不用管了。就像今天,贫道能解大王之忧,大王也能解贫道之困,天倪子这就来了。"

忽必烈知道这个张布山来历不浅,因问道:"本王何忧,道长何困?"

天倪子道:"目下长江已至枯水期,此去东向五十里就是一片宽阔的沼泽地,在那里掘深渠以通巴河,但上游有水,截江分流,则施工无虞矣。"

"嘿,道长还真说到我心里去了。"忽必烈如释重负。

众将和幕僚惊得目瞪口呆。

"还有,知大王工期紧迫,贫道已将观音阁法式画好。"说着拿出一卷图纸交与忽必烈。

忽必烈起身接过,躬身长谢道:"道长真神仙也,不知怎样感谢?"

"感谢倒不必,大王只要答应贫道一件事便好。"天倪子说。

"什么事?只要本王能做到的一定答应。"忽必烈十分爽快。

张志纯看了看郝经道:"这件事郝先生知道,贫道数十年来,唯有一个愿望,就是营造泰山南天门。"于是,郝经便将三年前游泰山时在南天门偶遇长谈之事禀报一番。

忽必烈乃叫姚枢划拨十万两银子与道长暂用,待班师后奏明合罕,当鼎力相助。

天倪子道:"那倒不用,目下军中正值用银之际。只要大王手谕一纸,期以五载,幸勿相忘。"

忽必烈爽快地答应了,吩咐笔墨侍候。

五年后忽必烈即位,天倪子奉旨筑南天门,高插霄汉,两山对峙,鸟道百折,危级千盘。门西有铭曰:"泰山天门无室宇尚矣。布山张炼师为之经构,累岁乃成,可谓破天荒者也。"这是后话不提。

按下忽必烈恭送天倪子张志纯云遁,乃命赵璧、王恽二人总领,开渠分流,修造观音阁暂且不表。

却说蒙哥汗令忽必烈领东路军统帅,自是放心。入川蒙军也日渐熟悉地形,适应气候水土,进展比较顺利,接连不断地渡嘉陵,越白水,连破龙州、雅州、合州、巴州等地。入夏以后,又攻占了钓鱼山。

钓鱼山是巴蜀咽喉要塞,是通往西南军事重镇重庆的门户。蒙哥汗率军从鸡爪滩渡过渠江,在石子山扎营,亲自督军战于钓鱼城下,一举攻破南一字城墙,夺取了城南外城。

也是天公作梗,蒙古军攻占钓鱼山以后便下起滂沱大雨,连日不停,河渠泛滥,道路泥泞。蒙哥汗挥军攻镇西门、东新门、菁华门,皆不克。无奈,蒙哥只得退兵东南隅,待机再战。四月底,天放晴,大汗以为机会来了,乃亲自督军攻打失去南外城屏障的护国门。

护国门乃钓鱼城城门之首,左倚悬崖峭壁,右临万丈深渊,出入以栈道。门东城墙下有飞檐洞,巨石夹峙,古木参天,可出难入。合州知府王坚命死士从暗道攀岩而下,绕道蒙古军之后,内外夹击,结果蒙古军再退一箭之地,南一字城墙失守。

紧接着蒙古军先锋,大将汪德臣攻上钓鱼城外的马军寨,中石负伤,不久死于缙云山寺庙中。

蒙哥闻知死讯,扼腕叹息,如失左右手,攻城无策,一筹莫展,乃令次子阿速台和也速察国舅:"传令众将,大帐议事!"

大汗帐中议论纷纷,莫衷一是。

大将术速忽里道:"钓鱼城势据天险,且乃新筑之城,十分坚固。今屯兵坚城之下,非常不利。不如留下五万兵马,不时扰之,以牵制其援师。然后我师沿江东下,破忠、涪、万、夔诸小郡。等冬天水少时,出荆楚,与鄂州忽必烈王渡江诸军合势,如此则东南之事一举可定。这里几座孤城,不降即逃矣。"

按说,这是一条避坚就弱、迂回巧取的良策,奈何众将求胜心切,齐道:"否,攻城,则功在顷刻间,汝计更待何年耶?"

蒙哥汗自恃兵强马壮,低估了钓鱼城的关防实力,不纳术速忽里之策,决意取城。

宗王末哥道:"吾观西城,非坚石也。莫若屯兵其下佯攻,暗凿石洞以为蹊,潜入城,宋兵则内外不暇相顾,城可破也。"

众不以为然,却又想不出别的办法来,勉强表示可以试试。

刘太平道:"钓鱼城久攻不下,我军伤亡惨重。大汗已令阿里不哥速征铁骑两万,补给粮草辎重五万。今已逾数月,莫如休兵待援,援兵一到,彼钓鱼城指日可破也。"

蒙哥汗道:"末哥之言甚是,且行且等。俟和林援军到来,克钓鱼城或如探囊取物耳。"

于是,蒙哥布兵于钓鱼城八大城门,日日扰之,命末哥率领善工之将士,于奇胜门北五丈处,暗中掘竖井,下而凿石取土,设纵横,计交错,分主次,日夜掘进。地道宽约五尺,高约三尺,底有凹槽,站凹槽中,人可直立。此形既节人力,也便排水,两边土台可作军卒休息地也。

逾月,地道达于墙内。城中足音可闻,不敢击凿,日掘渐迟,末哥禀于大汗。蒙哥汗嘱曰:"待攻城日,宋军必集于箭楼女墙,掘而破,集死士百人,突入城中以为内应,钓鱼城可克矣。"

忽闻和林援军到,监国亲王阿里不哥命脱里赤率三万蒙古铁骑带大量的粮草、弓弩刀矛以及二十四门回回炮御前报到。蒙哥汗喜出望外,犒赏三军,准备战斗。

脱里赤还给大汗带来四名宿卫,个个高大威猛,号称肯特四狼,为首的叫不帖赤那。蒙哥汗看了他们与自己贴身侍卫的比武,果然武艺超群,当即留在身边。

蒙哥汗一面下诏表彰阿里不哥监国有功,一面安排脱里赤于独立行营歇息。

却说蒙哥汗命也可拔都领两万人马攻取镇西门,刘太平领两万人马攻打菁华门,蒙哥汗亲率皇子昔里吉和将军麻里阿图佯攻南一字城墙和小东门,掩护末哥和术速忽里带领主力军攻打奇胜门。

蒙哥汗来到一字城对面的山上,勒住马缰,怯薛军侍卫立即撑起黄罗伞,排开仪仗。

蒙哥汗昂首端坐马鞍上,不帖赤那带领肯特四狼和大汗的贴身侍卫守在前后左右。宿卫长瑙海紧紧护在大汗身边。国舅也速察、蒙哥次子阿速台等大将罗列两旁。

山下昔里吉和麻里阿图指挥军士架云梯攻城,冲锋的将士发出

---

① 速度放慢。

阵阵呐喊声。

城中宋军看见蒙哥汗，立即增兵护国门和小东门。此时，奇胜门方向传来隆隆的炮声，城中大乱。蒙哥汗心知暗道已通，主战打响矣。

蒙哥汗曾命人在小东门外高地筑台，建桥楼，竖坚木，上有巢车，以观动静。今闻炮响，乃令望卒执白旗登巢车观之。

南宋守将王坚发现后，命守城将士放箭，发旋风炮，顿时城头飞矢似雨，抛石如雹。

蒙哥汗在众将的护卫下向后撤退，一支流矢正中蒙哥汗的左肩，从牛皮铠甲的缝隙射了进去。慌乱中大汗只觉得左肩膀后窝痛了一下，犹如蛇咬一般，伸手一摸，拔出一支极小的箭头，长不盈拃。观之，大异于宋之长矢，从来没有见过，却又好像在哪儿听说过。蒙哥汗顿感不妙，遂谎呼曰："吾中飞弹也！"叫阿速台快请国舅也速察到来。大汗和也速察耳语数言，在阿速台的掩护下回到自己行营。

皇妃也速儿见大汗痛得满头大汗，急切地问道："合罕，飞弹打着哪儿啦？"

蒙哥见儿子请御医去了，将握在手中的箭镞交与皇妃，声音嘶哑地说："想不到……阿……"说着就昏了过去。

"御医！御医——"也速儿发疯似地狂叫。

众人都说是蒙哥汗中了飞石，御医看了却摇摇头，铁青着脸，一言不发，默默地为大汗清洗创口。在皇妃一再追问下，御医悄悄指了指乌黑的箭伤，依然没有说话。

却说钓鱼城前线，在地面佯攻的掩护下，末哥率一百名死士，进入地道蛰伏，等待回回炮响，打通地道出口，进入城中。术速忽里带领主力军从回回炮轰开的豁口攻入奇胜门，与宋军展开殊死搏斗，杀死许多军民。

眼看胜利在望，忽然，王坚、张钰率南北一字城铁军，向奇胜门集结,以数倍兵力拼死搏杀。王坚高喊:"蒙哥已经被飞弹打死了,鞑子已经被包围了,冲啊——杀啊!"宋军迅速夺回奇胜门,奋力将末哥的敢死队击退,用礌石将地道回填。

回头再说也速察,遵蒙哥汗谕旨,秘密打扫战场。他发现肯特四狼俱无踪影,大汗的四名宿卫中已有三名战死,最后找到宿卫长瑙海,只见他的胸口插着一把短刀。瑙海用右手将自己的长剑插入一个人的后背,把那人扳过来一看,竟然是不帖赤那,也速察心中充满疑惑,赶忙回到大汗金帐。

御医走后,大汗清醒过来。也速察向大汗禀报了战场上的情况,蒙哥听了,非常平静地苦笑着摇了摇头。从不掉泪的他却流下两行泪水,什么话也没说。

皇妃也速儿若有所思,默默地起身退出。

此时的蒙哥汗,最关心的是奇胜门的消息。当初末哥主动请缨担当主攻,蒙哥汗紧紧握着末哥的手说:"六弟啊!你与我虽非一母所生,却是最能体贴合罕的呀!"

御帐外急匆匆跑来一个人,高喊着有紧急的事要向大汗奏报。也速察走出御帐,认出是末哥的侍卫尕鲁,急切地问:"尕鲁!你怎么回来了?奇胜门攻下来了没有?"

蒙哥汗听到外面有动静,弱弱地问:"谁?外面是谁呀?是不是末哥回来啦?"

昔里吉走出御帐,把尕鲁叫了进来。

"合罕!合罕!末哥将军他……"尕鲁跪爬到蒙哥汗的御榻前,声泪俱下,泣不成声。

"啊?!"蒙哥汗看到尕鲁的狼狈样子,心里激灵灵打了个寒战,急切地问:"末哥怎么样?六弟他……"

"末哥王爷退却时被飞石击中,身负重伤,险些被宋军抓住。术速忽里将军硬是把他抢了回来,现在生……生死不明!"

"啊!那……奇胜门?"

"刚被打开,听说大汗……大汗……"夈鲁不知道该怎么说。

"奇胜门——"蒙哥汗几乎是在喊,可是声音只有一点点。

"宋军趁势反击,我军全……全完啦!"夈鲁说完,瘫倒在地。

蒙哥汗犹如挨了当头一棒,再也支撑不住了,噗地吐出一口鲜血,险些摔下御榻。

蒙哥汗目光呆滞,嘴唇颤抖,许久说不出话来。

众人顿时慌了,焦急地大声呼喊:"大汗!你怎么了?你醒醒!你醒醒呀!"

蒙哥汗终于苏醒过来,仰天大呼:"长生天啊!怎么会这样呀——"

头一挺,脚一蹬,气绝身亡。眼睛睁得大大的。

"啊?大汗!"众人见状大惊,一时不知如何是好。阿速台和昔里吉伏在他身上痛哭不已,也速儿皇妃冷静地料理着后事。夈鲁默默退出御帐,策马去看末哥王爷怎样了。欲知后事如何,且听下回分解。正是:

> 子规啼缺峨嵋月,嘉陵江中半江血。
> 青天蜀道为坦途,马蹄蹴落阴山雪。

第四十回　贤王勇夺浒黄地
宣抚直陈武昌词

> 渡江不杀降，百姓皆按堵。
> 羊罗到武昌，相望两舍许。
> 井邑联亘长，横斜缠水浒。
> 青山一聚落，中道势幽阻。
> 通衢万家市，巴商杂越旅。
> 背面千樯州，汉阳对鄂渚。

看官，此诗乃江淮宣抚副使郝经所作，时公以江淮、荆湖等路宣抚副使之职，随从忽必烈南征鄂州，安抚地方，约束军队。郝经看到忽必烈能够听从自己的建议，修德布惠，戒淫止杀，使青山百姓生活稳定，社会祥和，市场繁荣，民风淳朴，大感欣慰。

闲话少叙，言归正传。

却说蒙哥汗命殒合州，远在千里之外的忽必烈王爷却一无所知。

四月观音阁成。果然是：朱栏绕玉户，画栋接梁头；楼台突兀江风掠，钟磬虚徐声韵悠；紫阁疏清风，慈云带月流；龙蟠矶上观音坐，力挽苍生磨劫舟。忽必烈率文武群僚瞻仰参拜一番。

却说忽必烈王爷采取郝经之策，命张柔及其子弘范守住鄂州前沿，伺机攻占鄂州城；命廉希宪和郑鼎挺进光州，抢占武胜关要冲，为大军渡江做好了准备。

为了安抚民心，收容流民，瓦解、招降宋军，郝经向王爷推举杨惟中做江淮宣抚使，自己为副使，传令三军，不许抢掠、奸淫、烧杀，违者严惩不贷。

九月初三，忽必烈登上阳逻堡北面之山峰，俯瞰大江，见江北有武湖，湖东江岸筑阳逻堡，南岸即浒黄川，宋军以大舟扼江渡，拥兵十万,战船两千艘,列阵于江中,水陆阵容严整。时解诚水师遣军夺宋兵舰二艘,自造拔都鲁十二艘,连夜准备停当,欲夺阳逻堡,强渡大江。

初四晨,风雨昏暗,诸将以为不可渡江。忽必烈不从,令扬旗伐鼓,分兵三道并进。勇将董文炳率敢死士百十人冲于前,乘拔都鲁击鼓急进,直达南岸,左右两道亦竞相争渡。宋军迎战,不识拔都鲁为何物,直呼:"艨艟①来了,艨艟来了!"仓促交锋,三战皆败。水军万户解诚,命部将张荣实率军乘拔都鲁鏖战于北岸,获宋大船二十艘,俘两百人,斩宋将吕文信于江中;部将朱国宝,率精兵与宋军战于中流,凡十七战,夺宋船千余艘,杀溺宋兵甚众。宋军三道皆败,阳逻堡防线失守,蒙古军将士遂迅速渡江。董文炳派胞弟董文用以轻舟向忽必烈主舰报捷。忽必烈闻报大喜,吩咐摆酒宴庆贺。

郝经以酒奠于江中,谓大王及诸将曰:"王爷此次南行,破大胜,夺荆山,渡淮河,今又取浒黄州,不负大丈夫之志也。今对此景,甚有感慨。吾当作歌,汝等和之。"说罢满饮三爵,站在舰头朗声吟道:

策马南来便渡江,临流举酒望贤王。
舟中赖有娄师德②,无浪无风到浒黄。

郝经歌罢,众和之,皆欢笑。忽必烈将所佩之蜜蜡佛珠摘下赏与郝经道:"持珠如本王之命,军士有擅入民家者,以军法从事,凡所俘获,悉纵之。"遂驻营于浒黄州。

杨惟中、郝经署衙青山矶,宣抚使杨惟中出前茅,布宣恩信。初,未尝戮一人。郝经慰甚,奋笔赋诗:"渡江不杀降,百姓皆安堵。羊罗到武昌,相望两舍许……"

两日后,忽必烈让张柔派人前往鄂城招谕。使者行至东门,宋军箭如雨下。忽必烈知道宋军有所准备,于是在初九率军将鄂州团团

①艨艟也称艨冲,古代战舰。
②唐朝宰相、名将。此处暗喻忽必烈也。

围住。因为蒙哥进攻四川的缘故,四川制置副使吕文德等人率领的大军在支援长江上游,鄂州只有都统权州事张胜主事,兵力十分空虚,情势顿时危急起来。

忽必烈在传令全军进围鄂州城的同时,密令武胜关的郑鼎率兵袭江西,于湖南接应绕道大理而攻击宋朝腹地的兀良合台军。

随着战场的推进,战后的城野一片狼藉,到处都是死尸,到处都是逃避战乱的人群,到处都是趁乱烧杀抢掠的蒙古军士。肩负安抚民心、收容流民重任的杨惟忠和郝经,组建了一支督查军,由二人亲率四处巡查,并将军纪文书发至各千户手中,可是收效甚微。

杨惟中是窝阔台时期继耶律楚材后的第二位中书令,是位德高望重的老臣,按说应该受到尊重,可是那些蒙古将领根本不把他放在眼里,更不要说郝经了。尤其是那些打了胜仗的将军,更是飞扬跋扈、不可一世。

大帅拔都率解诚水师,自鄂渚乘舰逆流围岳州。岳州破,入洞庭,俘其遗民以归。部将巴鲁不斤得一女子,年方二八,甚美,欲献其主司。在押解途中,她赴水而死。死后三日,尸体浮出,在其裙带上发现诗文:

巴陵女子韩希孟,魏公五世孙,嫁与贾尚书男琼为妻。岳州破,被虏之明日,以衣帛书诗,愿好事君子相传,知吾宋家有守节者。诗曰:

我本瑚琏器,安肯作溺皿。

志节匪转石,气噎如吞鲠。

不作烛火燃,愿为死灰冷。

贪生念蜎蠖,乞邻羞虎阱。

借此清江水,葬我全首领。

皇天如有知,定作血面请。

愿魂化精卫,填海使成岭。

杨惟中和郝经巡查到此,老百姓遂口述此事,并将衣带呈上。杨惟忠大怒泣下,回到公署,立即着督查军拘逮巴鲁不斤。

不一会儿，老远就听见一片喧哗声，其中一个粗嗓门的将官杀猪一样地高喊着："放了老子！老子出生入死，立了多少战功。不就是死了一个女人吗？睁开狗眼看看老子背上的伤疤！"有个军士说："看，杨大人来了。"其他军士立刻敛声屏气，唯独那个被绑的军士仍旧高声叫着："放开老子！放开老子！"

"你知道奸污妇女、致死人命，该当何罪？"杨惟中厉声吼道。

"知道又怎样！你敢杀了我？"那将官梗着脖子叫嚣。

"推出去斩了！"杨大人怒不可遏。

两个督查官随即拖着巴鲁不斤向门外走去。

"慢着！我看哪个敢动我手下一根毫毛？"说话的正是破岳州的老帅拔都。

杨惟中和郝经连忙从公署出来与老帅见礼，拔都气哼哼地理都不理，只是颐指气使地说："放了他！"

杨惟中道："这个……"

"不放。是不是？"拔都手起刀落，把捆绑巴鲁不斤的绳子割断，拉起他就走。

"慢着——看看这是什么？"郝经举起王爷的佛珠，拖长声音喊道。

拔都停下来，犹豫了片刻，还是头也不回就走了。

杨惟中回到公署，收拾东西要走人。郝经劝道："老师，你老这是要做什么？"

杨惟中头也不抬地说："回汴梁……我们在这班蒙古将领眼里就是个臭书生……腐儒。你把这个交给王爷，就说惟忠真的不中用了。"说着把一封告老还乡辞呈交给郝经。

郝经说："不是，王爷还是很器重咱们的……"

"坐而论道和打仗的时候是不一样的。"杨惟中好像早就做好了准备。

郝经把杨大人按在椅子上说："老师，你等等，明天我一定让王爷给咱们一个交代。不然，我和你一起走。"

杨惟中推心置腹地说："郝经啊,你和我不一样。我已是老朽一个,你还年轻,天下苍生还指望你呢,你不能冒这个险呀!"

翌日,忽必烈正在帐中和各路将军议事,郝经报门而入。

大王问道："先生有事要禀?"

郝经行过大礼禀报道："江淮宣抚副使郝经有诗作呈上。"

忽必烈大喜道："呈上来。"

王爷接过一看,只见上书《武昌词三首》并序,诗曰:

　　　　其一

　　巴陵女子韩希孟,梅溪主人张素英。

　　解作歌诗还死节,不论倾国与倾城。

　　　　其二

　　乌鬼山头闹鼓鼙,武昌恭人携孺儿。

　　黄须回鹘便批颊,义感万乘真英奇。

　　　　其三

　　汉阳宣教是妾夫,妾身未死缘事姑。

　　骑士朝来强拥去,抱石半夜投沙湖。

忽必烈看了不悦,道："先生,你没看见我正忙着吗?都是一些烈女死节琐事,你随便处理一下就行,如何便写诗扰我!"

郝经道："大王,但凡郝经能够处理的,也不会来烦大王。昔,克服浒黄州,在下写诗歌功颂德,王上喜,赏我。今,生民遭涂炭,在下写诗以达圣听,王上恶,责我。王岂不叶公好龙乎?"

忽必烈怒而起。

郝经将杨惟忠和自己的辞呈放在帅案上,把大王赏赐的佛珠捧在手里道："这个一点用也没有,再说我也承受不起,请大王收回。"说着,丢在忽必烈面前。

帅帐里一时紧张起来。忽必烈呼地站起,攥紧腰间的宝刀,恨不得把这个倔巴头的腐儒一刀剁了。帐中侍卫将郝经团团围住,杨惟中挺身挡在郝经前面。

正在此时,帐外传来"拔都求见——"

毕竟忽必烈会把郝经如何处置,且听下回分解。正是:

　　　　既伤千里目,还惊九逝魂。

　　　　岂不惮艰险?深怀国士恩。

　　　　季布无二诺,侯嬴重一言。

　　　　人生感意气,功名谁复论。

第四十一回　恩诏建坊旌节孝
铮骨犯颜谏班师

> 北来诸军飞渡江，突骑一夜满岳阳。
> 楼头火起入闾巷，曹逃偶走如牛羊。
> 巴陵女子尚书妇，生平不识门前路。
> 乱兵驱出势仓皇，夫婿翁姑在何处？
> 吞声掩泪行且啼，啼痕沾湿越罗衣。
> 此身忍使人再辱？裂帛暗写临终诗。
> 上言社稷安危事，下说投江誓天志。
> 一回宛转一悲辛，心折魂飞不成字。
> 诗成泪尽赴江流，蛾眉萧飒天为愁。
> 芙蓉零乱入秋水，玉骨直葬青海头。
> 古来烈妇才一二，谁似巴陵更文理！
> 名与长江万里流，丞相魏公还不死。

看官，此诗乃郝经为巴陵女子韩希孟所作也。想那韩希孟，乃一弱女子，而义烈如是，不让须眉，可敌丈夫。郝经既高希孟之节，且悲其志，遂作《巴陵女子行》，以申其义也。

闲话少叙，言归正传。

却说忽必烈面对铮铮铁骨的郝经，真正是爱恨交加。不给他点厉害看看，自己在众人面前如何下得了台，三军主帅的颜面何存？

"拔都求见——"不等通报，老帅拔都早已闯进帐来，面色铁青，一脸怒容。忽必烈知道他定是为郝经而来的。

与郝经的净谏相比，忽必烈更不能容忍的就是这些蒙古元老和悍将的跋扈。郝经"广施仁政，修德布惠，安抚、吸纳人心，让老百姓看到我们确实是仁义之师"的话语又在耳边响起。

"站住！"忽必烈指着拔都大吼一声。拔都的脚步一时收不住，打了个趔趄，几乎跪在地上。

局面突然有了意想不到的逆转，忽必烈吩咐侍卫："给郝大人看座。"侍卫们一时不知所措，忙着后退，杨惟忠退回班中。

"郝大人，请你把那些奸污妇女、致死人命的事情细细地与本王道来。"

面对这突如其来的变化郝经有些捉摸不透，但是既然王爷让说，那就说说呗。于是，郝经就把韩希孟誓不辱于兵、书诗衣帛、赴江以死的事细陈一番，把《衣帛诗》呈上，并把老师拔都从宣抚司放走巴鲁不斤，置王爷佛珠于不顾的事实一一禀报。

拔都欲待分辩。

"嗯——"忽必烈怒啸一声，眼中放出火焰一般的光芒。拔都扑通一下跪在地上，直呼："老臣有罪。"

既然说开了，不妨说个痛快。郝经把《武昌词》中三个女子的遭遇一一道来：

"一是游骑于金牛镇虏得一妇人，欲侵之。妇人自称梅溪主人张素英，她说：'我家丈夫、公公、婆婆都被你们杀死了，我虽尚未死，还要被你们糟蹋，快快杀了我吧。'说完留下诗歌数篇以见志，遂触柱而亡。

"还有兵勇于湖中虏得多名妇女，牌子头①将其分赏于有功军士，一妇称'夫将兵千五百人扼敌沅州，妾命妇也'，以掌批其面颊，求速死，遂被杀。

"更有汉阳教授之妻，为一兵所掠，义不受辱，抱石投湖。"

郝经说："这三个女子，都是我亲眼所见。犯事军卒已被处置。有伯颜部，也有阿术部。"

伯颜、阿术跪下道："末将治军不严，请大王治罪。"

①蒙古军的下级军官。

忽必烈厉声斥之道："吾数颁止杀、戒淫之令，尔等竟充耳不闻，羊毛塞之乎？汝自处之，使宣抚然之为宜。"

老帅拔都见此情形，未敢置一辩词，亲缚巴鲁不斤到帐前领罪，将其斩于行辕之外。

忽必烈乃于中军帐前，当众宣布留杨惟中于大帐，随时听用，命郝经为江淮、荆州诸道宣抚使；把日前所赐佛珠挂于宣抚使"郝"字旗前，重新三申："持珠如本藩之命，军士有擅入民家、淫人妻女者斩无赦。凡所俘获，悉纵之。"着新使乘官轿，沿鄂渚夸官三日。罚拔都俸银五千，罚其他犯卒主将俸银若干；划拨公银两万两，着有司建节烈牌坊，旌表节妇烈女，令万人瞻仰。

时任南宋沿江制置副使的袁玠是权臣丁大全的党羽，为政横征暴敛，当地百姓无不痛恨。忽必烈王此举轰动沿江蒙宋两军，渔人尽献渔舟济师，并充作向导。鄂渚七镇不战而降。

鄂州守将张胜将城周民居焚毁拆掉，鄂州城防遂为一体，使蒙古军无法接近。这时宋将高达、邝应从江陵率军入援，城防更坚。

张柔乃命郭守让、何伯祥制造攻城利器，如同一间小屋，外面裹上一层铁皮，底下有四轮。小屋能够保护士卒，上有云梯，方便士卒攻城。这物件能攻能守，形如鹅状，唤作鹅车。一切准备就绪，单等一声令下，夺取鄂州。可以说就在这"万事俱备，只欠东风"之时，偏偏刮来一阵"西风"：有消息说蒙哥汗战死钓鱼城。忽必烈以为是宋军散布谣言，动摇军心，置之不理。

那么，究竟是谣言还是真的呢？

这天宗王末哥之贴身侍卫尕鲁的到来，证实这消息并非空穴来风，在忽必烈军高层中激起轩然大波。

其实蒙哥汗魂归钓鱼城的消息传来也不是一天两天了，然而大家都不信这是真的，尤其是忽必烈王爷，他不是不相信，而是不愿意相信。现在，末哥的亲笔信就在手中，他不得不信。

可是信能怎么样？不信又能怎样？经过近两年的殊死征战，战线已达长江南岸,难不成就这样功亏一篑、无功而返吗?任他半世功名付流水,一封尺素误前程吗?

打!这仗一定得打下去。忽必烈做出了自己的决断。他命张柔暗地里把鹅车运到鄂州东南隅,又选三百死士做好登城准备,一场恶战正在酝酿着。

大战前夕,城内和城外的气氛都压得人们出不透气。

这一日,忽必烈在帅帐对众将说:"这些天,大家都在说合罕驾薨钓鱼城的事,有人劝我北归。可是你们想过没有,大汗为什么让我统领东师?那表示大汗对我信任。你们说,吾奉命南来岂可无功遽还?不能,一万个不能!现在我命令:各部按原计划做好准备,两日后攻城。"

"是!"众将官异口同声响亮地应诺,水军万户解诚更是兴奋异常。武将中只有廉希宪忧心忡忡。

杨惟中、赵璧、张文谦你看看我,我推推你,一起望着郝经。廉希宪也向郝经点点头。

姚枢看见郝经分开众人向前走,不住地摇头,可是郝经好像没看见一样。

"启禀王爷,万万不可鲁莽行事!"不出姚枢所料,郝经果然不识时务出班禀告。

"为什么?"忽必烈腾地一下就火了,但他强压着不使自己发泄出来。

郝经回答得干脆而肯定:"班师!"

"什么!班师?"

忽必烈再也压抑不住心中的怒火了,愤愤地说:"岂有此理,胡说八道!班师是说走就能走的吗?眼下,我们越过长江天堑,取得了前所未有的胜利!正好一鼓作气乘胜追击,你却让我班师。你,你,你……安的什么心呀?这样的战机不是天天都会有的!"

那些蒙古将士群情激奋,斗志高昂,纷纷叫喊着:"攻城,攻城!

区区鄂州何足道哉？不出三日，老子就能破城，不能走，不能走！"

忽必烈这番慷慨激昂的话和将军们的激昂情绪，丝毫没有动摇郝经的看法，他脸上反而露出不屑的微笑。

忽必烈有一种被嘲弄的感觉，气愤地问："你笑什么？"

郝经道："漫说三天破不了鄂州，就算破了又怎样？还不是做了一场美梦，又来一场噩梦。"

忽必烈哪里受过这样的奚落，又是当着众将士的面。心中暗道："好你个臭书生，那天为了几句诗文懒得治你，颜面足矣。今竟不知自己为谁耶？"脸气得煞白，吼道："你！你太放肆了，敢对本王如此不恭！"

"不！"郝经不卑不亢，据理力争，"我没有对大王不恭，更没有危言耸听。即便打下鄂州，即便打到临安，那又能怎样？还不是举国大乱，还不是生灵涂炭。最后不单是不能统一华夏，还可能招来灭顶之灾！"

忽必烈的脸色由白变红，由红变紫，出的气越来越粗，用手指着郝经哆哆嗦嗦地喊道："绑了！"

"是！"侍卫们应声而出。

不料郝经双手向后一背，仰天哈哈大笑。侍卫僵在那里，不知是绑还是再等一等。

忽必烈怔了一下，满腹狐疑地问道："你……笑什么？"

郝经道："我今所笑，故不由衷，不过王爷继续攻城，真的有人特别高兴。"

"什么人？为什么高兴？"忽必烈压着火气，摊了一下手。郝经不语，忽必烈示意侍卫退下。

郝经并没有面对忽必烈，而是看着帅帐外面的天空说："现在呀，有一个人正盼着王爷留在这里，不管胜利还是失败，不管被困在鄂州还是兵进临安，拖得越久越好，最好是永远不要回去。"

忽必烈心里激灵了一下，众将士一脸的不解。

踌躇了半晌,忽必烈还是走向郝经,压低声音恶狠狠地道:"别以为这就能吓住我。今天不杀你,乃因临战斩官不吉。暂寄你人头于项,等攻下鄂州,再跟你算账!滚!"

"王爷!"郝经毫不畏惧,依然不肯出去,大声说:"你就是杀了我,也要听我把话说完……"

姚枢说:"郝大人,先下去吧。一会儿我……"

郝经被侍卫架了出去,边走边喊道:"姚大人,姚大人呐!今王与我等,共危如一发引千钧,汝甘心就此坐以待毙乎?"

忽必烈怒视着姚枢,姚枢坦然面对。

忽必烈回到帅椅上,拍案下令:"攻城计划按时而行,再有言班师者,斩!"

众将答应:"是!"

这天晚上,姚枢来到郝经帐内,两人谁也不说话,心中却如长江之波涛,起伏难平,还是郝经打破这难堪的沉寂,冷冷地说:"为什么不谏阻王上?"

姚枢说:"子不闻'盛怒之下,勿与人语'焉?"

郝经道:"王虽怒,势情险恶,当冒死铮谏,以免铸成千古之恨啊!"

"两位说什么呢?"正说着,廉希宪也来了。

在忽必烈的幕府中,郝经最看重廉希宪。他年纪虽然不大,但爱读书是出了名的,也很有头脑。

郝经连忙请他坐下,迫不及待地说:"廉大人,难道你不觉得我们目前的形势太险恶了吗?用危机四伏来形容一点也不为过啊!"

廉希宪说:"先生指的是不是阿里不哥会乘王爷远在江南之机,在和林抢先夺取汗位?"

郝经反问:"你以为不可能吗?"

廉希宪说:"我已经暗中派人到和林、燕京、京兆一带打探过,有流言说,御医传出大汗死得很蹊跷。四王爷心术不正,早就觊觎汗位,我想流言恐怕不是捕风捉影吧。"

郝经说:"如果阿里不哥抢先在和林登基,我们便会腹背受敌,进退失据,会困死在这里的啊!"

廉希宪沉重地点点头说:"先生的忧虑完全是有道理的。可是,这时候大王谁的话也不会听的。"

"郝大人的话王爷还是会听的。"与廉希宪相反,姚枢似乎毫无顾虑地笑着说,"王爷是聪明人,关键时候是不会犯糊涂的。"

姚枢好像一点也不担忧,继续不紧不慢地说:"白天我就摇头不让你说,可是你没有看见。你不能在大庭广众面前你一句我一句和王上犯呛。他听不到你完整的意思就和你争论起来,弄得他多没面子。"

"那我该怎么办呀,姚大人?"郝经一筹莫展,无助地望着姚枢。姚枢说:"写成奏章呀!"

"对呀。"廉希宪恍然大悟,"以'班师'为议,申班师之由,析攻城之害,陈情势之迫,一气呵成,王岂有不察之理?"

看见郝经铺纸溶墨,姚枢道:"廉大人,我们走吧,莫扰了郝大人的清思。"

姚枢和廉希宪消失在帐外漆黑的夜幕中,郝经眉头紧锁,星泪点飞,轻铺纸笺,疾舒紫毫。不知《班师议》能不能打动这位执意建功的蒙古王爷,且听下回分解。正是:

修条拂层汉,密叶障天浔。

凌风知劲节,负雪见贞心。

第四十二回　和尚贝叶传急信
　　　　书生文章服主君

　　巍巍一义士，能激壮士肝。

　　燕市忽相逢，布褐春风寒。

　　谓余欲赴难，白刃色无难。

　　义烈我克举，鸿毛轻泰山。

　　呜呼世道丧，私智忘厚颜。

　　狗苟复蝇营，青天井中看。

　　自救亦不暇，碌碌长辛酸。

　　为尔举一杯，万古高风攀。

　　会与鲁连子，把臂观海澜。

　　看官，此《义士》诗乃郝文忠公经所题。序说:燕赵之地,自古多豪士,他们可以为朋友报仇,排难解纷,以义相许。其中有一个人名叫晋古,从小失去父母,混迹僧道。好义气,肯为朋友两肋插刀。结交的都是当时名士,王内翰、白枢判、魏靖肃、元遗山等一时名流,皆引为知己。这个人尤喜周急援难,凡孤弱顿踬、莫能自致者,则助人为乐。看不起那些蝇营狗苟、碌碌自私之辈。

　　有一天,他提着一壶酒,来到郝经家里。郝经特别敬重这些重义持节的奇士,就为他写了这首诗。

　　不承想晋古后来仗履出家,云游四海,观览山川,来到腹里恒山悬空寺,拜师学艺,做了一个彩塑诸佛菩萨的工僧,法号静空。其作,神光闪耀,形貌如生,真得塑圣①之三昧者。其行,不改疾恶如仇、侠骨仗义之风。

---

① 指唐开元时雕塑家杨惠之。

闲话少叙,言归正传。

却说当初忽必烈统东师南下,留子聪在开平,一者继续完善开平城,二来协助察必王妃和长子真金处理王府事务。

初时,子聪亲到腹里名刹古寺寻聘营建龙光寺院的高僧巧匠。在途中听说阿兰答儿征兵于漠北,脱里赤征兵筹粮于河朔,引起了他的警觉。

子聪和尚是什么人呐,十岁聪明冰雪样,长成智慧方外身,一眼就看出此中门道。后闻脱里赤率领征集的军马入蜀勤王,意稍懈。可是不久,又有人从燕京来,说脱里赤做了燕京断事官,这就蹊跷了。

脱里赤不是带兵入蜀勤王了吗?怎么又做了燕京断事官?没听说原来的断事官犯了什么过错,为什么无缘无故地换掉呢?子聪把这些情况向察必王妃详细禀报。

察必王妃忽然想起脱里赤是阿里不哥的大舅子,一向在漠北,怎么突然来到燕京?她觉得这中间必有古怪,于是就叫子聪拨哨马前去打探。

探马回来禀报,果然是出了大事。先是说蒙哥汗殒命钓鱼城,而且死得不明不白。后来又说蒙哥汗尸骨尚未归来,刘太平和脱里赤就已先行班师,屯兵京兆。再后来探得阿里不哥派赤儿火者和布智儿去游说诸王,劝说他们来开忽里勒台大会,拥戴阿里不哥在和林称汗。

王府已经很长时间没有忽必烈王爷的信息了,再拨哨马打探,已是出不了城了。王府通江淮的驿站遭到封锁,报马被堵了回来。事态非常严重,看来阿里不哥已行政令,任命断事官,行尚书省,据燕都,号令诸道,行合罕事矣!

子聪反复掂量后对察必王妃道:"他们既然围堵了开平城,封锁了驿站,王爷对这里的情况岂不是也不知吗?当下最紧要的,就是让王爷得知实情,赶紧回师北上,绝不能让阿里不哥的阴谋得逞。否则等到木已成舟,后果不堪设想矣!"

察必王妃说："大人说得很有道理,可是,连报马都出不了城,谁能把信送出去啊？"

察必王妃和子聪焦灼万分,发愁想不出一个出城的好办法。这时龙光寺知事来回子聪,说恒山悬空寺静空法师到。子聪灵机一动,和王妃说了几句话,就出了王府。

原来静空法师是应子聪专门请来龙光寺彩塑如来诸佛法尊的。子聪不敢怠慢,马上回寺盛情接待,领着静空观看了龙光寺大雄宝殿规模,莲台形制。静空早闻子聪规建开平城种种胜绩,今日一见,果然非凡,不由啧啧称赞。

子聪送静空法师回到方丈,早有王妃赐素斋清宴。席间子聪问道："不知长老路途可曾遇军卒盘查？"

静空答道："果有盘查,不过对僧尼好像不甚严格,譬如贫僧,一钵一经而已,有何可查。不知大人因甚问起？"

子聪不敢隐瞒,将四王爷意欲称汗,忽必烈王爷远在江淮、音讯难通之情叙述一番。

静空拂袖而起,愤然道："一路多有异闻,不想彼果有叛逆之心。大王仁孝英明,乐贤下士,崇佛礼僧,素有薛禅之称。大人快快写信,为了天下苍生,老僧敢惜蚁命耶？"

子聪闻言,跪地而曰："法师肯释身全佛,救天下众生,受子聪一拜。"

静空连说："贫僧不敢。"

翌日,子聪引领察必王妃和世子真金拜见静空法师,静空合掌连称罪过,罪过。

察必道："大师不必亲赴江淮,只需将信送至云中华严寺,方丈自会交监国公主独木干遣人密报。"

世子真金担心道："只怕万一被阿兰答儿他们查出,不但误了大事,还会坏了法师性命,这便如何是好？"

静空和尚胸有成竹道："这倒无妨,老衲来时也曾遇到盘问,一钵一经,彼已看过。问我:'从何处来,到何处去? '我答:'从来处来,到去处去。'彼奈我何?"说着取出瓦钵一只,贝叶经一册。正是:

　　　　一钵千家饭,孤身万里行。

　　　　参透真世界,频读贝叶经。

子聪自是个中悟者,懂得其中奥妙,因说道:"王妃且把信写好,便叫静空法师用瓦都文抄在贝叶经中,任是甚人也看不出来。待到了云中华严寺,再抄作尺素,交独木干公主,此乃万无一失也。"

王妃、子聪和真金皆道好。事不宜迟,察必王妃和子聪和尚写好书信,交与静空。

世子真金长揖跪拜道:"长老呀,这封信不仅关乎成吉思汗家族的生死存亡,更是关系天下苍生的大事。法师一定要格外小心,务必送到云中交与监国公主,不能出半点儿差池啊!"

静空道:"施主放心,这不是王府一人一家之事,乃贫僧分内之事,老衲告辞!"

按下静空藏好贝叶书前往云中不提,回头再说浒黄州行营忽必烈王爷之事。

却说忽必烈受了郝经顶撞,心中闷闷不乐,夜不能寐。

想那鄂州地处长江中游,扼汉水入口,称两淮门户;与襄阳、江陵为犄角,同江州、池州成里表;孙权凭此立帝,岳飞据此屯兵。如此南北之咽喉、军事之重镇,岂肯轻易放手。一定要把鄂州拿下,即使班师也要等到攻克鄂城之后。

忽然又想起破浒黄、围鄂城后,宋命右丞相贾似道为大元帅领兵驰援鄂州。贾似道尚未出征,便派宋京前来说项:如果两国议和,他会说服朝廷向蒙古年进岁贡。那时,蒙古军锋芒正锐,不许和议。唉! 真是彼一时、此一时也。早知今日,悔不当初。

恍惚中,忽必烈仿佛回到了斡难河草原,忽里台会场上空飘扬起五彩缤纷的旗帜,雄壮的乐鼓声震得大地微微颤动。蒙哥汗在黄金家族宗王的簇拥下登上高高的汗台,坐在雕着龙头的御座上,接受天下臣民和外国使节跪拜，"万岁！万岁"的欢呼声不绝于耳。

欢呼的情景渐渐淡去，好像又来到和林的万安宫，蒙哥汗带着年轻漂亮的新皇妃也速儿向自己走来，举起金瓯一边说："御弟征服大理，功勋卓著，本汗敬你一杯！"一边拍着自己的肩膀说："朕还需要你辅佐朕完成统一华夏的大业呢。"

"嗯？大汗，大汗，你在哪里？怎么是你呀，四弟。"只见阿里不哥醉醺醺地说："……你俩要说我造反，大哥保准不信，因为他压根儿就不把我放在眼里。不如你俩……帮……帮我……保管你们……"忽必烈要去阻止四弟，四弟却飘忽不见了。恍惚中他又抱着蒙哥汗在互相鼓励。他握着大汗的手好像握着一团松软的羊毛，渐渐虚无缥缈。蒙哥汗两眼含泪，轻轻地说："……我要走了，统一华夏的大业只能交给你了……"

"大哥，大哥——"忽必烈向蒙哥汗追去，磕巴一下，鼻子触在虎符上。

"王爷醒啦，请用膳。"贴身侍卫端着盘子说。

"升帐——"忽必烈推开侍者向外吼道。

大战之前，帅帐里空气十分凝重，还没等王爷发话，郝经早已出班禀道："江淮诸道宣抚使郝经有《班师议》奏报。"

忽必烈正要发作，有报马禀报："宋右丞相贾似道统领十三万大军，从黄州出发，已近汉阳！"

真是怕什么来什么，忽必烈和众将大惊，忽必烈命探马密切监视贾似道动静，有情况马上禀报。

临安细作刚走，襄阳报马又到，说重庆总兵吕文德率十万大军沿江东下，已到襄阳！

"喔呀！"忽必烈震惊了！

忽必烈眉头紧蹙，在大帐里踱来踱去，思谋对策。

众将和谋士们心情沉重，窃窃私语。

"江淮诸道宣抚使郝经有《班师议》奏报。"郝经再次请奏。

"讲！"忽必烈的话简洁得只有一个字。

"右臣郝经之意昨日已于诸执政会议陈说，退而复恐未尽，欲更陈说：以为今日当速退师。"

郝经把"退师"二字说得特别重。忽必烈呼地站起来，想了想又缓缓地坐下。

"《易·文言传》曰：'亢之为言也，知进而不知退，知存而不知亡，知得而不知丧。知进退存亡而不失其正者，其惟圣人乎！'"

忽必烈是读过《易经》的，决定听一听郝经要说些什么。

郝经列举古之圣贤："舜本来是一个耕田打鱼的，却居于帝位，是知进也；汉高祖刘邦蝼屈汉中，知退也。大舜虽不可及，但周文、周武、汉高、汉武、魏孝文、唐太宗……大王在知进退方面，还是有很多老师的。"

接着，郝经又分析当前形势："宋人方惧大敌，自救之师毕集，是谓前有重兵。大汗已薨，国内空虚，阿里不哥或趁机夺位。还有塔察尔王与李行省肱髀相依，在于背胁；西域诸胡窥觎关陇，隔绝旭烈兀大王；病民诸奸各持两端，观望所立，莫不觊觎神器，染指垂涎。你知道有多少人在盯着大汗的宝座吗？所以说后顾有忧。"

郝经见忽必烈有些动容，向前一步说："如果大王踌躇两端，犹豫不决，一旦失去最佳的退师机会，只怕前后失据，腹背受敌，想回去也回不去了。难道大王忘了金世宗海陵之事乎？"

忽必烈打了个冷战。海陵王名叫完颜亮，是故金一位皇帝。他率倾国之兵攻宋，直入腹地，其堂弟完颜雍乘机自立为帝。海陵王进退不能，死于乱军之中。

郝经的话触到忽必烈的痛处，忽必烈爷陷入深思。

郝经将《班师议》高高举过头顶，跪在地上涕泗俱下，奏道："当初舜自耕渔为帝，是把自己交给天下苍生；后来把帝位让给禹，是为了天下苍生。愿大王殿下以祖宗为念，以社稷为念，以天下生灵为念，奋发乾刚，不为需下，断然班师，亟定大计，销祸于未然。"

廉希宪从郝经手中接过《班师议》，交与王爷，和郝经跪在一起道："郝大人金玉之言，振聋发聩，望王爷明鉴。"

姚枢、杨惟中、赵璧、张文谦等一班汉臣都跪在地上一起道："大王明鉴——"

正在这时，帐外侍卫进来禀报说："王爷！王爷！王妃和子聪派人送信来啦！"

进来的是一位和尚，是由独木干公主派怯薛军护送他来的。你道他怎样——

穿一领百衲僧袍，系一条破旧紫绦。手摇拂尘马尾断，项挂佛珠豁口翘。面显尘土倦容，唇带裂口干焦。见面不拜先喝水，话未出口把信交。

忽必烈急忙抽出察必和子聪写来的信，展开一看，疑道："这也不是王妃和子聪先生的笔迹啊？"

和尚也顾不得擦一擦手上的水渍，于怀中另取一信，乃独木干公主亲笔，如此这般把事情的来龙去脉说了个清楚。公主在信的最后说："本不忍法师亲去，怎奈争不过静空大师'应人之托，忠人之事'之请，真侠僧也，当厚报之。"

忽必烈看了察必和子聪的信，不由神色骤变："啊!? 怎么会是这样？他……他怎么能这么做呢？"

众人知道事情严重，急问："王爷，信上写的什么？"

忽必烈说："阿里不哥已派阿兰答儿封锁了开平城，不许王府的人随意出入。他还以汗廷的名义，任命脱里赤为燕京断事官，扼守漠北通往江南的咽喉要道。呀，果然被郝大人一语中的。"

有道是"溪云初起日沉阁，山雨欲来风满楼"，忽必烈话音未落，"报——"廉希宪派出去的哨马带来更坏的消息：阿里不哥秘密派布智儿和赤儿火者去联络浑都海、脱火思、班秃、阿速台、玉龙答失、阿鲁忽等王爷和他们的后人，说蒙哥大汗归天前留下遗诏，由他继承汗位，他以监国的名义召开忽里勒台大会，叫这些王爷们在会上推举他为新的大汗!

"啊!？"害怕的事终于发生了，众人惊得面面相觑，瞠目结舌。

伯颜和阿术跪倒在地。

拔都看了看众将也跪倒在地，帐中所有的人都跪倒在地上道："班师吧，大王——"

毕竟王爷会做出怎样的决断，且听下回分解。正是：

　　　　时危见臣节，世乱识忠良。

　　　　投躯报明主，身死为国殇。

第四十三回　贤臣巧使连环计
　　　　　奸相冤签议和约

没巴没鼻,霎时间,做出漫天漫地。

不论高低并上下,平白都教一例。

鼓动滕六,招邀巽二,一任张威势。

识他不破,只今道是祥瑞。

却恨鹅鸭池边,三更半夜,误了吴元济。

东郭先生都不管,关上门儿稳睡。

一夜东风,三竿暖日,万事随流水。

东皇笑道,山河原是我底。

　　看官,这首念奴娇是一首描写下雪的诗,题目就叫《没巴没鼻》。这下雪怎的就没巴没鼻了呢?

　　却是南宋东宫讲堂掌书陈郁,与奸相贾似道同朝为官,见贾似道本来是个赌徒无赖,以其姐姐成了宋理宗的宠妃,而突然飞黄腾达,真正是好没来由也!陈郁乃写了这首词,借滥施淫威、肆无忌惮的雪,来讥讽当朝宰相贾似道。殊不知这贾似道不光是官升得没巴没鼻,做起事来嘛……也是一样的没巴没鼻。

　　闲话少叙,言归正传。

　　却说忽必烈见大家都同意班师,不由地"唔"了一声,半天没有说话。

　　"王爷聪明睿智,足以有临;发强刚毅,足以有执。在这危急时刻,自应当机立断!"郝经殷切地说。

　　"眼看鄂州唾手可得,进而西进,直逼临安,如今却不得不尽弃前功。惜哉,惜哉。"忽必烈右手之拳握得嘎巴嘎巴响,然后在左手掌中连连顿击。

郝经听出忽必烈话中之意,已经接受了他的意见,遂站起来,其他人也跟着站了起来。

忽必烈意识到局势的严峻,决定尽快撤兵,但又担心宋军乘机追击,进而问道:"我大军如何撤退防守,可有良策?"

姚枢早有成竹在胸,进前一步,有条不紊地一一安排:"命张柔部围困鄂州,解诚劲兵把截江面。先由伯颜将军为前军秘密撤兵,择险地设伏;拔都老帅同王爷作中军跟进;阿术将军殿后,俟至伏地,将后军改为前军,择险地再设伏;伯颜将军殿后。如此行军一日,趁夜色放号箭,则张柔、解诚部隼奔,伯颜将军接应。待彼宋军发觉,已是望尘莫及矣。"

忽必烈大喜,传下号令:"就依姚先生之言,各路元帅、将军、万户分头去准备吧。"

廉希宪见郝经以手抚额,半日无语,向忽必烈努努嘴。忽必烈问道:"郝先生还有什么话要说?"

郝经从沉思中回过神来道:"姚先生之计自然是万无一失的。不过……"

"你请讲。"忽必烈客气起来。

郝经道:"目前,贾似道已在汉阳,吕文德已到襄阳。他们为何而来?"

"援救鄂州呀。"大家一起说。

郝经道:"贾似道在朝是右丞相,于西湖中造'后乐园'恣意享乐。今为大元帅,自然有自己的行营,固不足虑。然吕文德,自奋于兵间,周旋三边,大小百战,略有策,必与大元帅谋通张胜,合力击我。吕好逞勇武,入鄂城,必亲为。"

"绝对不能让他进去!"众将齐声喊道。

"不,让他进去。"郝经斩钉截铁地说,"吕文德出身樵猎,性狡黠,尝闻有兔入窟,乃旁掘洞而获。曾解寿春之围。吾有所动,彼必有所察,莫若闭之鄂城之内,免节外生枝矣。"

姚枢、赵壁和张文谦鼓掌称奇。忽必烈点点头问："还有吗？"

"有。"郝经就像早就谋划好一般侃侃而谈道，"自我军围鄂以来，似道日坐葛岭，起楼台亭榭，取宫人娟尼有美色者为妾，日日淫乐其中，边关战报悉数扣押，瞒报朝廷。此次出师是因为有太学生揭露其行，不得已上阵，但他胆小如鼠，贪生怕死……"

忽必烈是个极其善于读心的人，郝经要说的话，他早已心知肚明。

忽必烈乃命张柔、拔都，若遇吕文德闯营，便虚张声势，放其入城。

待到天黑，吕文德果然带一百死士以迅雷不及掩耳之势，强闯封锁线，去与鄂州张胜部会合。

只见那吕文德头戴一顶镔铁盔，上撒着一托红缨；穿一领乌黑柔钢锁子甲，系一条生丝纵线绦；下面着青金獐皮裤，带毛牛膀靴；腰间挎口腰刀，手中提条朴刀；生得七尺五六身材，面皮黢黑，恰似黑炭一般，腮边微露刚须，挺手中朴刀，高声喝道："鞑子，拿命来！"

吕文德与拔都战了几个回合，毕竟寡不敌众，身上受了几处伤，不敢恋战，杀出重围，飞快地向鄂州方向奔去。

拔都令部下一边驰马去追，一边高喊："不能放他去鄂州！快追！一定要把他追上！"

吕文德见离鄂州城越来越近，急忙令随从拿出牙旗，拼命向城上挥舞。城上守将张胜看见旗帜，知道是援军到了，惊喜异常，急忙开城迎接。

鄂州城门大开，张胜亲自率兵将吕文德迎进城去。同时，城上的弓箭手一齐放箭，雨点般的箭镞向蒙古军射来。拔都遂令将士围城，自己回大帐交令。

忽必烈命令伯颜、阿术，兵发牛头山，虚张声势要直取临安。令安营扎寨的将士当夜造饭，原先是一个灶的，加建五灶，原先两个灶的，加建十灶，余者依此类推。五灶一齐点火，一灶煮饭，四灶空烧，火势要猛，烟气要大。饭后，在篝火边举办那达慕，全军号角齐鸣，鼙鼓重播，将士齐集帐外，狂欢劲舞，跳跃呐喊，尽情嬉戏，声势要大，场面要红火。

同时安排一些军卒,高举露布,驰马狂奔,故意四下骚扰,抢夺牲畜,散布进军临安的消息。同时,命令各部多设虚帐,多插旗帜,让士兵举着旗子在大营里奔跑,制造蒙古军兵多将广、士气高昂、准备大举进攻的假象。

第二日,忽必烈在鄂渚誓师,将郝经亲书《讨宋檄文》传于八方。

檄文曰:"昔靖康后,宋室渐弱,至理宗,任用奸佞,生民涂炭,吾将取而代之也。不克临安,誓不收兵。"檄文阐述了进军临安的理由:"佞臣贾似道以裙带居高位,不图恩报,沉迷酒色,著《促织经》,游戏朝廷。是故上帝哀矜,降罚于贾。蛇打七寸,贼擒王首,故舍鄂州,以攻汉阳,生擒贾贼,还道于天。"

暗中密令各部加紧做好撤军准备,备足船只,喂饱马匹,丢掉辎重,轻装简从,随时听候撤军命令。

却说宋军主帅大营,太府丞廖莹中不知从哪里弄来一册《淳化阁帖》,正与贾相在行营中鉴赏。爱妾翠儿焚香奉茶,四个歌女翩翩起舞,一派曼妙。忽然枢密院中书宋京急匆匆进来,神色慌张。贾似道喝退歌女,让翠儿避去,问宋京道:"出什么事了,如此惊慌?"

宋京说:"我手下细作有军情密报。"

贾似道摆摆手,细作走进大帐,向贾似道施礼问安:"见过相爷。"

"说。"贾似道对待下人总是这么简单粗暴。

探子说:"蒙古军正在秘密调动军队。"

贾似道大感意外:"忽必烈的军队不是在围鄂州吗?怎么又调动起来了?怎么个调动法?从什么地方往什么地方调?"

细作回答:"在牛头山集结,向我军靠近。连围困鄂州的军队也调出许多。"

"啊!?这……"贾似道大惊,放下《淳化阁帖》,满脸疑惑地对宋京说:"这是怎么回事?忽必烈不是非要攻下鄂州不可吗?怎……怎么突然改变了主意?这……"

细作解释说："蒙古军有《讨宋檄文》,说打蛇打七寸,擒贼先擒王,他们说要攻克汉阳城,活捉贾似道……"

"嗯?"宋京喝止住他,"放肆! 大胆!"

廖莹中伸手道:"拿来。"

"什么?"细作惊恐地问,又忽然明白过来,慌忙从怀中掏出一张纸来,递到廖大人手里。

"喔,好,你先下去吧。"贾似道神情沮丧,茫然不知所措,挥手让细作出去。

廖莹中看了半天,贾似道问道:"都写了些什么,值得太府丞如此相看。"

原来廖莹中见檄文用颜体楷书抄就,立笔创法,脱凡去俗,纸宝墨光,赏心悦目,真佳品也,竟忘了看是什么内容。

宋京接过读出声来:"不图恩报,沉迷酒色,著《促织经》,游戏朝廷。这……这是,什么人,敢如此造次!"宋京吓得牙齿咯咯作响,说话直打磕巴。

"郝经,一定是郝经。写得太好了。"廖莹中手舞足蹈,竟忘了看是什么内容,忘形地说。

"嗯?"这一回是贾似道喝止他。

廖莹中连忙站起来说:"他的字,我说的是……他的字……写得好。"廖莹中支支吾吾。

宋京赶紧解围道:"相爷,从檄文来看,忽必烈把矛头对准咱们啦。你老知道,咱们虽号称主力,但哪有可战之师呀! 吓唬人还可以,真要刀兵相见……哎哟! 说不定真的被活捉呀!"

廖莹中这才回过味来,赶紧说:"回丞相,卑职曾爬上帐外的高山看过。啊呀! 不看不知道,真是一看吓一跳啊! 没想到忽必烈有那么多的大军啊! 漫山遍野,熙熙攘攘,全是一眼望不到边的营帐!"贾似道万万想不到蒙古军会放弃鄂州,转取临安,还要直面王师。顿时目瞪口呆,心慌意乱,一时不知如何办才好。

贾似道看着廖莹中,廖莹中微微哆嗦着看着宋京。

宋京道:"你看我怎的? 你倒是说出个办法来呀。"

"要不……要不……"廖莹中的目光从贾相移到宋京身上。

贾似道说:"好吧,只好这样了。还是麻烦中书大人到伯颜将军那里走一趟,把我们和谈的诚意再表达一下。"

宋京心里清楚,贾似道本来就不想与忽必烈交战,上次已经在伯颜那里碰了一次钉子。眼下忽必烈正盯着临安,势在必得,岂能同意停战讲和。

贾似道看出了宋京的担心,说:"你担心忽必烈不会停战讲和?"

宋京点点头,说:"嗯,他眼下势处亢位,锐气正盛,就怕不肯……"

贾似道很有把握地说:"那就看你给他的好处大不大喽,你肯给他大好处,他为什么不会呢?"

"那给多大?"宋京不解地问。

"只要蒙古军愿意以长江为界,签订和约,息战弛兵,我大宋愿意称臣,岁奉白银二十万两、绢二十万匹。"

廖莹中和宋京眼睛瞪得如铃铛一般。

"不行还可以再商量。"贾似道补充。

"好吧。属下这就去。"

宋京乘袁玠的官船打着白旗还是先到伯颜将军处交涉,结果等了半天,别说进伯颜大帐,连船都没有让下,却是忽必烈王爷命郝经、赵壁随船到宋营缔结和议。

宋营贾相帐中,一片死寂,静得只能听见翠儿次第给各位大人斟茶的声音。

廖莹中把写好的和约与赵壁书写的和约做了交换,一一对照无误,对郝经说:"郝大人,廖某不才,实在写得不好,抱歉。但不知道上国何时退兵?"

郝经接过和约,签上名字,从怀中掏出帅印用了,交与宋京,道:"约成,七日后兵退江北。"

赵壁把和约推到贾似道面前说:"请丞相用印。"

贾似道扫了一眼桌子上的《讨宋檄文》说:"郝大人,听说《讨宋檄文》出自先生之手,真耶假也?"

郝经点点头。

贾似道说:"先生之作,笔力雄健,行文流畅。尤其'佞臣贾似道以裙带居高位,不图恩报,反沉迷酒色,著《促织经》,游戏朝廷。是故上帝哀矜,降罚于贾'之句,可垂千古矣。"

赵壁紧张得脊梁上的汗都流下来了。

郝经道:"伐宋在即,不及推敲。溢美不足,还请丞相见谅。譬如'擅国柄,极人欲',等等,皆未现于笔端。"

贾似道移近道:"郝卿肯入宋廷,可列三公。先生属意否?"

"赵宋之廷,抑或贾公之廷?"郝经揶揄道。

翠儿听了面露忍俊不禁之色。

贾似道睃了翠儿一眼,心里恨得痒痒的,看都没看就在议和条约上签了字,揪起大印啪地一下盖上,递了过来,面无表情地说:"好了,愿我大宋与蒙古上国永结盟好,各不相犯。送客!"欲知后事如何,且听下回分解。正是:

闻说长庚是使星,近来偏向斗牛明,

天宫太史无多语,玉帛交驰不用兵。

第四十四回　薛禅新登大汗位
　　　　　郝经重吟雁丘词

汉高辛苦事干戈，帝业兴隆俊杰多。

犹恨四方无壮士，还乡悲唱大风歌。

四句古诗，乃唐人胡曾所作。单道那高祖刘邦得胜还乡，与故人同饮，乃作《大风歌》，抒发了他胸怀天下之抱负，也表达了他求贤若渴的复杂心情。

闲话少叙，言归正传。

且说郝经、赵璧依旧由宋京相陪，乘袁玠的官船回到伯颜营前。早有姚枢、杨惟中、伯颜等一干幕僚接应。郝经登岸，不及举步，又有一支小船飞也似地追来，廖莹中在船上高声喊道："郝先生留步，丞相有礼相送。"及岸，太府丞廖莹中恭恭敬敬将一个金漆木雕宝盒呈上。

郝经把盒子打开，不禁大吃一惊，宝盒里装的竟是一颗人头。仔细辨认，认得是贾似道爱妾翠儿，面色如生，神情安详。

原来贾似道送走蒙古使者，唤出翠儿问道："使者如何？"

翠儿说："真丈夫也。"

贾似道指着《讨宋檄文》问道："喜欢吗？"

翠儿点点头。

贾似道把《讨宋檄文》放进一个盛着五尺白绫的盘子里，笑着说："送你啦。"翠儿乃脂泽粉黛，盛装就馨①。

廖莹中敛戚述完，郝经用低沉的声音说："谢丞相！"正是：不见金面冒紫雾，但闻牙关碎玉声。乃携至青山矶，葬于宣抚使署衙东

---

① 自尽。

岗,立素璞,单刻一个"翠"字。

郝经、赵壁见了忽必烈,上报议和诸事。郝经道:"七日后退兵,乃拖延之词,宜即刻班师。且遣一军逆蒙哥合罕灵舆,收皇帝玺。遣使召旭烈兀、阿里不哥、末哥及诸王驸马,会丧和林。差官于汴京、京兆、成都、西凉、东平、西京,抚慰安辑。召真金王子镇燕都,示以形势。"

忽必烈王爷依了郝经之言,乃遣拔都于龙门迎候蒙哥汗灵柩。命廉希宪、安童游说诸王。自率先头部队马不停蹄,长途跋涉,一路向北急行。

明年春,忽必烈到达燕京。当时,阿兰答儿围开平城,怕忽必烈王爷问罪,逃窜和林。

忽必烈很快控制燕京及河朔局面,乃痛斥脱里赤伙同阿里不哥号令诸道、行合罕事、僭权篡位事。脱里赤逃回和林禀告阿里不哥:"二王爷已知监国所图,将兴问罪之师,奈之何?"

不一日,阿里不哥侧妃苏赫兰儿同万夫长忽鲁来到燕京忽必烈王帐。王爷望去,却不是那年初到开平模样,去男扮,还女妆,更显袅娜。真个是——

眉如翠羽微挑,肌似羊脂略绯。桃花脸透一缕阳刚之气,金凤鬟堆几丝阴柔春风。柳腰佩薄勒①平添几分妩媚,莲步动玉肢更觉曼妙娉婷。

只见那苏赫兰儿巧笑罗面,轻启朱唇,娓娓说道:"阿里不哥得知王爷千里归来,特命妾妃前来洗尘。妾妃知二哥素不喜财,故奉海东青五只,献与王爷,万望勿却。"

忽必烈叫鹰奴接了。

苏赫兰儿陈道:"阿里不哥让我告诉王爷,监国坐守和林,驰兵河朔,命燕京断事官,是为迎合罕灵舆也。二哥征大理,夺浒黄,功莫

---

① 蒙古女人的腰饰。

大也。监国欲于合罕安息后,召开忽里勒台大会而待王爷登基久矣。今有细说①,间兄弟情分,窃为王爷不取也。"

苏赫兰儿犹如背书一般,转达了阿里不哥的口谕,眉目间透出一丝幽幽的哀怨与忧愁,却被忽必烈摄入眼帘。

忽必烈雍容大度地说:"选汗之事,自然由忽里勒台决定。今既释谣,则无事也,弟妃且请别帐歇息。"

苏赫兰儿同王爷叙话,却也不避众僚。郝经在旁,冷眼观那女人,值此锋头火口,言谈爽利,锦心刚口,叹服不止。郝经望着苏赫兰儿出帐,转身对忽必烈言道:"此乃缓兵之计,说明阿里不哥兵马未就,不胜匹敌,王爷不可轻信。"

忽必烈点点头沉吟道:"知道。此乃母后身边最得力的侍女,不想却成了本王的弟妃。"

郝经冲王爷一笑道:"这可是一个为了心爱的人可以献出生命的女人呀,赤心可嘉,宜善待焉。"

忽必烈不语,暗自叹息。第二日,王送弟妃回府,将亲笔书信交与苏赫兰儿,好言安抚阿里不哥。

不久,末哥亲王、拔都帅护卫也速儿皇妃和合罕灵舆到燕郊,忽必烈亲迎入城,痛哭欲绝。忽必烈安排由蒙哥汗怯薛军护守灵舆,皇妃及诸子于燕京断事官署衙歇息,命亲兵疾驰开平城,接察必王妃来与皇嫂做伴。

一日,脱里赤奉了监国王爷阿里不哥的亲笔信,通知忽必烈护大汗灵舆赴和林,为蒙哥汗举行葬礼,务请忽必烈和全体宗王出席。忽必烈当即决定择日启程,嘱监国做好国丧准备事宜。

脱里赤刚走,察必扶着也速儿皇妃出来。也速儿神色凝重地说:"御弟千万不可轻入草原腹地,合罕灵舆可暂厝寺庙。待忽里勒台选出新汗,方可将合罕归葬肯特山起辇谷。那时,若御弟能将我送回我

---

① 指谗言,小人之言。

自己的斡尔朵安度余生,我就感激不尽了。"

忽必烈再三追问缘由,也速儿只字不提,轻轻地托出合罕玉玺,请王爷交于忽里勒台。也速儿皇妃,性聪颖。她深谙汗廷的争斗与血腥。她不愿意由她为成吉思汗的黄金家族抹上一丝污痕,也不想在家族中播下仇恨的种子。

对于蒙哥汗的突然离去,她有着敏锐的洞察和清晰的思维。她从来没有对任何人说过她的猜测、她的判断,包括大汗诸子。大汗遇难后,几个儿子都听由刘太平撺掇,一起先回了和林。但她却很有主见,知道事情该怎么办。这才让末哥亲王护送,一路扶灵舆来到燕京。

郝经非常赞同皇妃之见,他说:"王爷一旦深入,设或有变,必不能自拔,只好就范。开平城北依重山关隘,南连关中连绵沃土,攻守自如。阿里不哥偏守肯特山一隅,对我鞭长莫及。大王自可控制和调动进入汉地的蒙古军及汉军,利莫大焉。"忽必烈以为然。

果然,阿里不哥企图在葬礼上把忽必烈和亲近忽必烈的诸王一网打尽的消息得到了验证。探马来报:阿里不哥命刘太平、阿兰答儿、浑都海、赤儿火者在曲雕阿兰草原和杭爱山布下多处伏兵,见忽必烈无北进之意,已撤回斡难河。

阿里不哥急不可待地向各地颁布了诏谕:"察哈台、兀鲁思、别儿哥诸宗王,已同意阿里不哥为大汗。尔等不得听命于任何其他亲王。"安童的部将截获了阿里不哥的急使和诏谕。

此时,安童、廉希宪早已回来,带来的都是好消息。让忽必烈没想到的是最先到来的竟是他最担心的塔察尔亲王。

原来蒙哥汗去世的消息是阿里不哥派亲信布智儿告诉塔察尔王爷的。布智儿带着重礼去游说塔察尔,要他公开表态拥戴阿里不哥为大汗。塔察尔听了如同晴天霹雳,心想,还没有通告奔丧,就先来争劝进,这小子也太急了吧。

塔察尔对阿里不哥一向没有好感,觉得他心胸狭小,鼠肚鸡肠,做事不光明磊落,就一面推辞:"这消息来得太突然了,我一时还接受不了,到时候再说吧。"一面派人打听消息。

此刻塔察尔心中已经有了大汗的人选。他听到蒙哥汗战死钓鱼城的那一刹那,有一个人就从他脑海里跳出来,他就是忽必烈。

浮现在他眼前的是:诸王在阿剌脱忽剌兀举行忽里勒台大会拥立蒙哥为新的合罕时,遭到海迷失王后以先可汗的遗诏为由反对。众宗王不知如何答对。这时候,忽必烈突然站出来,他说:"窝阔台大汗的遗诏的确不能违背,但究竟是谁违背了窝阔台大汗的遗诏呢?是乃马真后和你们自己。你们早已取消了失烈门继位的资格,让贵由继位为大汗。今天还能归罪于谁呢?"

"睿智,太睿智了!"塔察尔现在想起来还禁不住自言自语。

接下来的画面就是:忽必烈千里奔袭,平定大理,长驱直进横扫江南。

想着想着,不觉脸儿发烫。想起自己挥师南下,无功而返,把个东路统帅拱手让给忽必烈,真有点下不来台。

不过,交割之时,忽必烈的几句话还是挺暖心的。他说:"王叔不必介意,淫雨连绵数月不见天日,乃天不时也;长江天堑几度有损楼船,乃地不利也,非战之过也。此番征战,我可引以为鉴,胜则王叔功不可没也。"

"嗯,这小子还算懂礼。可是……可是……"令塔察尔懊恼的是,我好歹也是一个举足重轻的宗王,总不能自找上门吧?

几个月过去了,终于等到忽必烈遣廉希宪来请自己了,塔察尔心中大慰,于是在西路诸王到达之前,塔察尔便率也先哥、爪都、忽剌忽尔等东路诸王先来了。

龙光寺已经装饰一新,诸佛菩萨彩塑已完成,造像法相庄严,栩栩如生,静空大师做了主持,整座寺院庄严肃穆。蒙哥的灵柩停放在大殿中央。西路诸王也到达以后,忽必烈在龙光寺为蒙哥大汗的亡灵举行了超度法会。

此时探马来报:阿里不哥联络的主要是窝阔台、察哈台系的诸王,到现在还没召集齐,正急得团团转。

塔察尔率先劝进,诸王附议,乃于大安阁举行忽里勒台大会,忽必烈三逊其位,乃就。

末哥带头,雀跃欢呼:"吾蒙古合罕万岁!万岁!万万岁!"

众人山呼:"大汗万岁!万岁!万万岁!"

忽必烈第一次以大汗身份对众人说:"诸位爱卿平身,平身——"

在忽里勒台大会前,郝经、姚枢建言仿唐宋之制,立中央以辖理地方,忽必烈以为然,乃令郝经、子聪、姚枢、窦默、王愕等人于多伦海子立行营,草拟继位诏书,立六部九署,置制度典章,命安童、廉希宪等人准备登基大典事宜。

忽里勒台大会结束后,忽必烈还要等行过登基大典以后,诏告天下,方行政令。在这段时间里,忽必烈忽然想起,太后临终时曾说起,有机会要让乌英嘎与郝经见上一面。于是,忽必烈请独木干公主到王府拉了一会儿家常。

独木干公主说:"汪古部路途遥远,所以我由赵王城赶过来,支持二哥登基,同时已飞信察忽汗,不要参加阿里不哥的忽里勒台。"

忽必烈称谢,又说:"妹妹,郝经跟着二哥一起从江南来到这里,你要不要见他?"

"郝经哥哥在哪里?快告诉我。"隔了这么多年,乌英嘎还是那样激动、冲动。

忽必烈看见妹妹这样,心里不免有些酸楚,就告诉她:"郝经正在草拟继位诏书和临时行政的条陈,他的行营在多伦淖尔①。要不我陪你去看看他?"

"不用!我自己去吧。"乌英嘎从王府出来,带了四个宫女,上马向东飞奔而去。忽必烈命玉昔帖木儿着人带着独木干的金帐跟了过去。

---

① 淖尔(nào ěr),蒙古语音译词,意即湖泊。

春天的多伦淖尔,烟波浩渺,像一块镶嵌在高山和草原中间的翡翠,山、湖、草原相映成趣。传说天帝有七个女儿,就是人们常说的七仙女。一天,七位仙女在天上待得寂寞,来到人间。她们飞过草原,飞过戈壁,远远地看到了高耸入云的大孤山,每人挖了一个洗澡的池子,令雨神连下七天大雨,终于汇成了一个个清澈的淖尔,就是现在的多伦淖尔。

郝经的行营就扎在湖边,独木干进来的时候,郝经和守让正在谈论魏孝文帝迁都洛阳、以汉法为政的事情。为首的宫女喊道:"独木干公主驾到!"

郝经和守让一时不知所措,就要跪下接驾。独木干赶忙把他们按下道:"郝经哥哥,守让弟弟,我是守贞呀。"

郝经猛然醒过神来:"原来监临河东,把腹里治理得物阜民丰的独木干公主就是守贞妹妹呀!"不由敛衽致谢。独木干公主说:"郝经哥哥怎的如此生分,那不也是我的家乡吗?"挥手叫宫女退到门外,一家人百感交集,唏嘘不已,互道别后情景,得知思温叔叔去世,独木干又是一番涕泗交流。

玉昔帖木儿把公主金帐挨着郝经的行营扎好,回去复命。守贞把找到父亲、敕修华严寺、加封郭其昌平居禅师"明月德照"徽号之事娓娓道来,守让心中稍慰。推其年月,正是守让在泰山为父祈福那时。

一天下午,郝经和守贞在湖边散步,在芦苇中发现了一只受伤的鸿雁。这只雁儿是春天孵出来的,刚学会飞就中了箭。两人把它抱进公主的金帐,敷了金疮药,养了起来。

第二日,郝经来到公主金帐,闻到一股臭臭的气味,因说道:"还是把它弄到我的帐中去吧,这气味挺冲的。"

守贞说:"没事的,我不嫌臭。"

郝经笑道:"一个女孩子的闺房怎么能有这种味道?何况还是金枝玉叶的公主殿下。"守贞撒娇笑道:"不许郝经哥哥这么叫我。"说着就举手作打状。

"不叫,不叫,还是叫守贞妹妹的好。"郝经一边躲一边抱着大雁出了金帐。

独木干公主每天都要到郝经帐中看看雁儿,两人一起为雁儿换药,一起给雁儿喂食。就这样过了十几天,雁儿渐渐康复,放出去也不飞走,还啄他们的衣裙和手指头玩。只要守贞或者郝经"咕嘎,咕嘎"一招呼,雁儿就来到他们身边。

一天,窦默的女儿药娘做了父亲最爱吃的邯郸锅贴,窦老叫她送一些给公主尝尝。药儿从公主金帐出来,见子聪给郝经、守让也端来两盘,守让捏了一个塞进嘴里连叫好吃,那只雁儿扑棱着翅膀跟守让要。药儿拿一个锅贴掰开喂给雁儿。大雁吃了,咕嘎咕嘎地叫着围着药儿转,逗得大家哈哈大笑。药儿把盘子交给和尚说:"你喂它吧,我再去做些。"

一天郝经对独木干公主说:"这大雁还真是有灵性,仿佛懂得我们是爱它似的。"

郭守贞不无感慨地说:"有时候,我常常想,我们还不如一只大雁。大雁眷恋着生它养它的故土,即使由于气候的原因不得不迁徙,但它会适时应节按照飞走的路线飞回故乡。

"大雁是那样的坚忍不拔。它们每年都要长途迁徙,即便遇到狂风暴雨,它们也会齐心合力搏击长空。它们不钩心斗角,不尔虞我诈,团结一心,配合默契。可我们呢,真不知道我们在做什么!"

守贞的感慨,使郝经想起了一个更加凄楚动人的故事,便道:"唉,想想人真的不如大雁。你读过元好问先生的《雁丘词》吗?"

守贞道:"不知道,说来听听。"

郝经说:"那是故金泰和五年,我的老师元好问在赴并州应试途中,见天空中有一对比翼双飞的大雁,被捕雁者射杀一只,装进网袋,另一只大雁从天上一头栽了下来,殉情而死。"元先生被这种生死至情所震撼,便买下这一对大雁,把它们合葬在汾水旁边,建了一个小小的坟墓，叫作'雁丘'，并写《雁丘词》一阕，调寄摸鱼儿。"道是：

问世间，情为何物，直教生死相许？天南地北双飞客，老翅几回寒暑。欢乐趣，离别苦，就中更有痴儿女。君应有语：渺万里层云，千山暮雪，只影向谁去？

横汾路，寂寞当年箫鼓，荒烟依旧平楚。招魂楚些何嗟及，山鬼暗啼风雨。天也妒，未信与，莺儿燕子俱黄土。千秋万古，为留待骚人，狂歌痛饮，来访雁丘处。

郝经说完，守贞早已哭成个泪人儿啦。宫女赶忙递上丝帕，但她们自己也是涕泗难禁，都道大雁是一种有灵性的鸟儿。欲知后事如何，且听下回分解。正是：

曾经沧海难为水，除却巫山不是云。

取次花丛懒回顾，半缘修道半缘君。

第四十五回　国信使持节和宋
智和尚奉旨完婚

帝登大位尔韶春，奉先坊中拥玉人，

本是僧衣更紫绶，却教药儿谢佳宾。

此四句诗乃时人贺子聪和尚娶药儿为妻时所作，说来也是一段绝世佳话。

话说世间齐眉结发，多是三生分定，有那两小无猜、父母促就的，到底却落个空。有那一贫如洗、家徒四壁、似司马相如的，分定时，不要说寻媒下聘与那见面交谈，便是殊俗异类、素昧平生、意想不到的，却成了配偶。自古道："姻缘本是前生定，曾向蟠桃会里来。"

闲话少叙，言归正传。

却说在多伦淖尔那些日子里，郭守贞不要宫女插手，日日亲自照顾着郝经和守让。有时候在草地上采来荠菜，做陵川人最爱吃的荠菜莜面饺子，还邀请子聪、姚枢、窦默、王恽过来尝尝鲜。

一天，郭守贞对郝经说了一个秘密。她发现窦老先生的女儿药娘做了好吃的总给那个和尚送去，和尚竟也毫不客气，他们俩是不是……

郝经说："你想多了。子聪四十多岁了，人家姑娘才十八岁，再说子聪还是个和尚，怎么可能？"

守贞说："女孩子的心事你们不懂。她若看中了才不管他是什么人，多大了呢。"

郝经偷偷观察了几日，还真是那样。又与王恽说了。王恽说："这个我早就知道。只不过和尚是个固执的人，穿了这身青袍，怎会动那样的心事？"

郝经在王愕耳边悄悄说了几句话,王愕先怔了一下,接着哈哈大笑起来。子聪被笑声引了过来,问笑什么。两人更是笑出眼泪,却说:"这话不能告诉你。"

郝经分担的继位诏书早已写就,还草成了一篇国策《立政议》的初稿。他们救助的那只雁儿伤也好了,他们就把它放归淖尔。那只雁儿在他们头上盘旋了几圈,才留恋不舍地飞去。

子聪、姚枢、窦默、王愕等人的事情也都差不多做完了,他们就一起回开平城准备参加登基大典。

辛卯,忽必烈正式登上汗位,昭告四方曰:"朕惟祖宗肇造区宇,奄有四方,武功迭兴,文治未洽,五十余年于此矣。盖时有先后,事有缓急,天下大业,非一圣一朝所能兼备也。

"先皇帝即位之初,风飞雷厉,将大有为。忧国爱民之心虽切于己,尊贤使能之道未得其入。方董夔门之师,进遗鼎湖之泣。岂期遗根,竟弗克终。

"肆予冲人,渡江之后,盖将深入焉。乃闻国中重以金军之扰,黎民惊骇,若不能一朝居者,予为此惧,驿骑驰归。目前之急虽纾,境外之兵未戢。乃会群议,以济良规。不意宗盟,辄先推戴。咸谓国家之大统不可以久旷,神人之重寄不可以暂虚。求之今日,太祖嫡孙之中,先皇母弟之列,以先以长,止予一人。虽在征伐之间,每存仁爱之念,博施济众,实可为天下主。

"天道助顺,人谋与能。祖训传国大典,于是乎在,孰敢不从,朕峻辞固让,至于再三,祈恳益坚,誓以死请。于是俯徇舆情,勉登大宝。自惟寡昧,属时多艰,若涉渊冰,罔知攸济。爰当临御之始,宜新宏远之规。祖述变通,正在今日,虽承平未易遽臻,而饥渴所当先务。禁约诸路管军头目人等,凡事一新,毋循旧弊。若军前立功者,速行迁赏,例从优渥。外用进奉军前克敌之物,及斡脱拜见撒花等物,并行禁绝。今后应科敛差发,斟酌民力,期于均平安静,俾吾民共享室家之乐。鳏寡孤独不能自存者,所在官司于官仓内优加赈恤。五岳四渎、名山大川、历代帝王及忠臣烈士载于祀典者,官吏岁时致祭。"

继位诏书宣示毕,忽必烈命郝经详细解释祖述变通之事。郝经出班向群臣道:"今主上应期开运,资赋英明,喜衣冠,崇礼乐,乐贤下士,甚得中土之心,久为诸王推戴。今效汉高帝、唐太宗、魏孝文之德度,统行中国之法以立国,保留大扎撒①以治漠北,附会汉法以御中原,则举国昌达。是为祖述变通,乃吾等今日要务,当贯颐奋戟也。"群臣呼诺。

为了庆祝登基,忽必烈赐宴八日。开平城到处飘着马奶子酒和烤羊肉的香味,天天举行那达慕。满载金银布帛的车辆不断从街上走过,那些金银财宝都是赏赐给支持忽必烈登基的宗亲王爷和忽必烈的部下故旧的,整座开平城都沉浸在欢乐的气氛里。

翌日早朝,忽必烈大汗、察必大妃临朝接受众臣拜贺。

子聪出班奏道:"主上既在开平即位,开平即为都城,宜称上都。《易经》含盖万有,纲纪群伦。上都之城门应取名于《易》:正门曰'丽正',东门曰'文明',西门曰'武英',北门曰'安贞'。此皆出于《易经》。"忽必烈准其奏。

子聪复奏道:"主上应期开运,主华夏,不复一族一域也,应废蒙古之称,具华夏之号。自黄帝至舜禹,皆同姓而异其国号,以章明德。《易》曰'大哉乾元,万物资始,乃统天',宜国号为元,年号中统,合罕改称大元皇帝。"忽必烈准其奏,众皆欢呼。

子聪退入班中,翰林学士王鹗出班奏道:"子聪早在陛下即位前就参与军国大事,有劳有功。今陛下即位,万象更新,而子聪仍着僧装,吾等于心不安。应正其衣冠,给以厚爵。"

忽必烈准其奏,赐名秉忠,还其俗姓,拜光禄大夫,掌顾问应对,兼太子太保,参与中书省政事。

---

① 大扎撒即《成吉思汗法典》,在当时的大蒙古国具有最高权威性,亦称祖宗之法。

和尚出班伏地称："臣刘秉忠谢主隆恩。"

独木干公主早把郝经之意语于皇妃,皇妃语于帝。于是忽必烈笑吟吟道："吾尝言,秉忠以事功称,日后定当奖掖。今闻翰林侍读学士窦默有女,名唤素馨,小名药儿。时年已宜婚,愿嫁光禄大夫为妻,不知刘卿然否?"

刘秉忠当时还是身着百衲僧袍,光着脑袋,听了大吃一惊,脸如红布一般,不知所措地望着郝经、王愕。王愕揪一揪子聪僧袍,叫他快回主上的话,刘秉忠鸡啄米似不住叩头谢恩。

皇上乃诏令翰林侍读学士窦默即日嫁女,授女以诰命;赐刘秉忠奉先坊为第;赠千金花红彩礼。刘秉忠披红挂彩,热热闹闹、风风光光地把窦素馨娶到府中。正是:

　　　　簪随药鬓带金泥,冠掩葫芦免玉梳。

　　　　窗下去来颜相对,洞房深浅汝知无?

是夜,郝经在刘府讨喜酒闹洞房,吃得酩酊大醉,不觉想起家来,不知庆娘此刻在做什么。

登基典礼结束,参加忽里勒台大会的宗亲诸王陆续回到各自部落。忽必烈一面颁布继位诏书昭告天下,一面立六部九署,任命官员,置制度典章。待一切就绪以后,他的心才松弛下来。

察必皇妃见忽必烈终于有点空闲,忙叫宫女献上奶茶。忽必烈就招呼身边的几位心腹大臣吃茶闲聊,因问廉希宪道："阿里不哥有消息吗? 他现在的情况怎样?"

廉希宪答道："回万岁爷,适才报马刚刚传来消息,说阿里不哥召集的王爷迟迟没有到齐,急得阿里不哥坐卧不安,一天到晚都在发脾气。"

忽必烈大喜:"好,告诉探马继续监视阿里不哥的行动,有情况立即报告。"

廉希宪遵旨退下。

第三日早朝,忽必烈对众臣道："大元初立,百废待兴。眼下有两件大事使朕放心不下。一件是北方阿里不哥迟早会僭位称汗,西北诸王多为阿里不哥亲信,必须派一员得力可靠的将军前去镇守。不知派谁去合适。再一件就是南方,南宋答应每年向我朝进贡白银二十万两、绢二十万匹,至今却一直未见送来。南宋皇帝昏庸,奸臣当道,惯于言而无信。须遣一位博学多才、机敏善辩、不卑不亢、进退得当的有识之士为使臣,一者通告我大元朝新帝继位,二者兑现鄂州议和合约,确认两国友好关系。不知何人可担此大任?"

"陛下,末将愿领兵三万镇守西北诸道。"忽必烈话音刚落,廉希宪出班领命。

忽必烈道:"希宪自幼为朕效力,廉卿愿去甚合朕意。刘黑马、高鹏霄、史广同去协理。"乃赐金虎符,使节制诸军,且允许诸事由他处置,毋固守常规而坐失时机。

"陛下,微臣愿持节使宋。"安童见廉希宪自告奋勇领了镇守西北重任,也不甘落后。

忽必烈道:"眼下最棘手的问题就是阻止阿里不哥称汗,因此南方必须有一个相对安宁的局面。南宋朝中又十分复杂。你不是汉人,又对南宋缺乏了解,这样的差事怕是难为你了。"

安童说:"不就是送封信嘛,谁去都成。"

"朝廷初立,里里外外的大小事情太多,朕和你姨妃也离不开你。再说,这不光是送封信的问题。南宋一向以天朝自居,视吾国为番夷。朕须遣个博学鸿儒前去,叫彼不敢小觑。"

安童道:"上次鄂州议和不就是郝大人去的吗。一鹤不栖双木,一事不烦两家,大汗何以另选他人?"

忽必烈道:"朕初登大宝,欲亟立'法令''律则''典章''会要',皆委姚枢、郝经、秉忠诸卿,何得分身也?"

郝经出班奏道:"吾读书学道三十余年,竟无大益于世。今上有意息兵,是社稷之福也。微臣可乘机契会,得解两国之斗,活亿万生灵,吾学有用矣。上所托立政之议,业已初成,唯'附会汉法'尚待斟酌。臣当于途中琢之磨之,竣笔即遣人奏报也。"

忽必烈道:"好吧。"乃授经翰林侍读学士,赐佩金虎符;诰封奥淇张氏一品夫人,赐凤冠霞帔。

忽必烈充满期待地对郝经道:"朕今任卿充国信大使,赍国书入宋,通告朕登宝位、诚布通好、弭兵息民之意。望卿早去早回,吾等静待佳音。"

郝经道:"微臣奏请一二蒙古亲僚同行。"

忽必烈道:"只是卿等前往即可,彼之君臣皆书生,言拙者无益也。"乃以何源、刘人杰为副使,高翿为参议,苟宗道为书佐。郝经亲点马德磷、孔晋等十数人同行,其余随团三节人员由姚枢、王文统、刘秉忠酌从有功将士子弟中遴选,计四十六人。

南北两件大事笃定,忽必烈设宴为他们送行。

忽必烈道:"郝卿出使南宋,廉卿镇守西北,朕实在舍不得他们离开,但是没有办法,事关重大,非此二君莫属。祝他们把各自的事情办好,干杯!"

郝经与何源、刘人杰、高翿、苟宗道一边,廉希宪及刘黑马、高鹏霄、史广等站在另一边,一起说:"圣上亲自为微臣送行,微臣实在担当不起呀!臣等先敬万岁一杯!"

"好,来,干!"忽必烈一饮而尽。

忽必烈走到郝经面前,语重心长地说:"郝爱卿,南宋与我朝眼下虽无战事,但敌对已久,再加上贾似道把持朝政,专恣日甚,威福肆行,言而无信。爱卿此去,吉凶莫测,朕很是忧心呀!卿一定要处处当心,好自为之啊!"

郝经点点头。

忽必烈又道:"卿随吾南征北战日久,路经保州,可与家人团聚,安排好家中生理。吾即行文诏告益都行省,先差人达知南宋。南行之事,卿可便宜而行。"

"皇上放心,微臣知道该怎样做!"郝经听着这贴心关爱的话语,眼里闪着泪花。

忽必烈见大家都还站着,便招呼众卿坐下。他把郝经拉到自己身边,殷切地说:"朕初即位,凡事草创,卿今远行,所当之言者,可亟上之。"

次日,郝经奏上《便宜新政十六条》,权且暂行。皇上感激万分,三日后亲送使团出行。欲知后事如何,且听下回分解。正是:

　　　　忠诚贯白日,直己凭苍昊。

　　　　卷舌堕谗诼,惊波息行潦。

第四十六回　张庆贤淑封诰命
姣鸾失宠落胭花

　　世人莫学买臣妻，不耐夫贫愿别离。

　　君看青青池畔草，千年犹是掩羞衣。

　　四句古诗乃唐人过买臣妻墓时所作。具道朱买臣之妻，耐不得丈夫的贫穷，逼讨一纸休书，作了他人之妇。后朱买臣做了会稽太守，妻后悔莫及，苦苦哀求回到朱家，落得个覆水难收的尴尬下场，羞愧难当，自寻短见。朱念其前情，买地葬之，谚云：此地埋骨不埋羞，故作此诗。

　　闲话少叙，言归正传。

　　却说郝经一行数十人，辞别新君忽必烈，赍国书持节使宋。郝经和苟宗道的家都在保州，忽必烈汗恩准郝经回家看看，宗道自然也能跟着沾点光。眼看就到保州，郝经为了不惊动地方，就让使团驻扎在保州城外的武昌寺。

　　说起武昌寺看官可能有点陌生，说铁佛寺看官肯定知晓。想那少年郝经在此苦读十年，成为一代鸿儒。郝经和苟宗道先后就教于此，铁佛寺声名鹊起，后来郝经作了贾张两府的西宾，铁佛寺更是闻名遐迩，这几年因郝经《武昌词》的传唱，言寺必言郝经，言郝经必称《武昌词》。铁佛寺几经修葺，扩大了两三倍，就改名为武昌寺了。

　　老僧张仲安前来谒见，虽老态龙钟，却精神不减，红光满面。郝经乃备斋饭素酒，与仲安和尚叙话。提及当年借僧房教习蒙童之事，郝经仍感激不尽。聊着聊着，说到二老双亲如何教子读书，生活艰辛不易，要能活到现在该有多好，马上要享福了，人却没了，郝经不觉泪流满面。又说到徐老头，成天说他女儿要做封国夫人，还真是没那个命……

"唉——"张仲安无意间提起徐子勤,又觉得说漏了嘴,叹了口气,赶紧把话咽了回去。郝经也不好再问什么。

郝经叫掌寺僧人安排众人住下后同苟宗道各自回府。郝彝、郝庸早来迎接。兄弟相见,分外欢喜,便收拾东西,由四个亲兵跟着回到郝府积庆堂。

及进门,见夫人张庆一身素衣,麟儿和尚未见过面的女儿也是。惊问何故,却道是一年前,就在父帅和郎君鏖战鄂州之时,婶娘毛氏得了一场大病,虽遍请名医,不得而治,溘然逝去。

郝经闻言,颓然萎坐于地上,掩面长哭。庆娘将夫君扶起,细述婶母从得病到去世种种细节。

原来,在张帅围攻鄂州之际,凡从战场上撤下来的伤者,均由夫人组织救治,有时候还亲自包扎、喂药;有因伤重而不治者,夫人亲至其家中吊问,又各与膏腴田宅,而时以珍玩慰结其妻子,故无不感悦尽力。

张帅经常出征在外,军中、府中虽有执事,但重大和机要之事必取决于毛氏。夫人经营次比,烦劳频仍不说,还要筹集资粮马仗以给前方,故张帅在外作战,没有内顾之忧,所以常常攻必获,战必胜。

此次征鄂,经年累月,夫人因劳成疾,便一病不起。广济药局自从何朝奉仙逝,竟没有一个仁心仁术、生死可托好大夫。

夫人病初起时,低烧乏力,畏寒怕冷,嗓子发干,身体各处肌理关节都疼痛难忍。大夫均以时行感冒伤风治之,让喝些柴胡汤、青龙汤、麻黄桂枝汤,却是隔靴搔痒,越治越重。接着,夫人的脖子、腋窝、胸口渐次出现瘰疬、瘿瘤之症,大夫一个个没了主意。

有个大夫说:"我不是自砸招牌,就帅夫人这病,咱们几个恐怕是治不好的。不知哪里能够找到好的医官,可不能耽搁了夫人的身体呀。"

另有一个大夫说:"听说燕京潘浪闲杂剧班子在这里作场,跟随潘家班来的有一个关大爷,本是太医院尹,医术高明。不知因甚不做医官了,且是喜欢诗词曲赋,尤善剧作。街头巷尾,奇闻逸事,信手拈来，敷衍铺陈，作了本子，便叫潘家班歌唱演绎，甚得众人喜欢，就是不知道请得来请不来。"

"他不过是一个跟随戏班子讨饭吃的落魄文人，我们堂堂帅府，怎么会请不来呢？"一个下人说。

当时有人摇摇头说："很难。连他自己都说'我是个蒸不烂、煮不熟、捶不匾、炒不爆、响珰珰一粒铜豌豆'嘞。这样的人肯定难缠——尤其是官宦人家去请，不来的多。"

婶娘听说，便叫人打听来历，原来果有此等人物。姓关，名汉卿，生而倜傥，博学能文，滑稽多智，蕴藉风流。人称梨园领袖，杂剧班头，却是贾帅同乡，祖籍解州，世代习医，师从马宗素，随父居于祁州，却与贾帅是亲煞煞的同乡。此时贾帅已殁，便叫弘良同世兄贾文备携拜礼去至勾栏，恳请关大爷。

关大爷见是同乡至好来请，也不推辞，径来看病。稍事寒暄，就请出帅夫人搭脉。这太医院尹果然名不虚传，未及而立之年，却已然美髯当胸，老成持重，望闻问切，驾轻就熟。

只是越看眉头锁得越紧，诊毕直言道："夫人疾久，何以拖到现在？"

庆娘乃道其年余来，疗伤煎药，筹粮集草，日日烦劳，早知身有病，惮不就医，迁延以至于此。

关太医问及以往医病之方，弘良悉具，汉卿摇摇头，叹息一声道："请夫人回房去吧。"

夫人走后，关汉卿乃对弘良及诸媳道："我怎么也想象不到一个人怎么会有这么大的精力。她做的事是别人十个人也做不了的。她不是病倒的，而是累倒的。"

众人问："敢是常说的五劳七伤吗？"

太医道："非也。此乃精尽力竭之征也。初之低烧乏力，就该调理休歇；至节理肌骨之痛，当以静养补益，反以时疫通里解表，如决口溃堤也，今现瘰疬、瘿瘤，乃凶征也，恐不久于人世。"

子女媳妇皆恸，求太医活命。

关汉卿道："不是我不救她，而是我救不了她。如今夫人犹如将尽之灯，添不得油，见不得风，补又补不得，泻又泻不得。我只能开一个平和的方子，将养着等候大帅，等到等不到，就看她的命了。"

"唉——母亲终究没有等到父帅回来，就这样去了。"张庆抽抽噎噎地说。

听着庆娘的叙述，多少往事涌上郝经的心头："经自弱冠馆于张门，教授诸子者七年，婚后又在帅府做了一年娇客，故受夫人礼遇茂厚，恩莫大焉。经宣抚江淮，至自武昌，则夫人已薨矣，未受子婿半瓢一饮之报，愧疚之心，何时可以已？"乃题诗曰：

> 雍容二十四城春，叶赞元戎作虎臣。
>
> 家法自传王令尹，流风复见谢夫人。
>
> 种香忽去花辞树，秋月俄空镜掩尘。
>
> 最苦一年门下客，不能执绋①在江滨。

郝经庆娘夫妇久别胜似新婚，自有一番亲热。次日，夫妻二人袍笏官带，凤冠霞帔，携子采麟祭于父母墓前。七日后，于府城东原谒毛夫人墓，立碑，书墓志铭。

保州百官，见郝经佩金虎符、袍笏官带，衣锦还乡，都来庆贺。张庆荣膺诰命，庆之姐妹至交也来道喜，一时好不热闹。

将近五月，郝经与家人告别，带着使团离开武昌寺，一路向济南而去。

没隔多久，满城街头巷尾到处有人窃窃私语，说是徐老汉硬是生生地把个拜相封侯的女婿休了，把个能做诰命的女儿也丢了。不知怎的，一传十十传百地传开了。那语气神情，恢恑憰怪，不知道是叹惜同情，还是幸灾乐祸。却也是咎由自取，怪不得旁人。

也是怪事，这里正说着呢，只见徐耕趔趔趄趄沿街走来，见众人

---

① 绋指古代出殡时拉棺材用的大绳，执绋即拉灵。

指指戳戳,心里知道说的是甚,也不搭茬,只气得目睁口呆,面如槁木死灰。正是,早知宫贵生成定,悔却从前枉用心。

后来,满城街上有一穷困潦倒之叟,但见官轿便追着喊:"女儿啊,你做了诰命夫人便不认为父了吗? 你……你不孝啊——"那人就是徐耕,徐子勤。有那良善之人,便舍几文铜钱给他。若遇着那招惹不得的主儿,就叫小厮一顿暴打。虽有大女儿,却也不甚管他。没过多久,便不见了,人们也想不起他来,好像这个人从来就没有存在过一般。

花开两支,单表一朵。就在郝经过保州与家人团聚之时,燕京宣慰使赵璧干了一件大快人心的好事,处死了作恶多端的大斡脱巴鲁。

看官,你道这巴鲁何许人也? 他祖上是牙老瓦赤,花剌子模人,在成吉思汗西征前,已与蒙古建立联系,曾率领成吉思汗的商使前往花剌子模。商使做的是国家或者部落之间的生意,斡脱是蒙古官商,专做高利贷生意,乃世袭之职。

就在六七年前,巴鲁在保州认识了满城的崔用。此人出手大方,奉礼阔绰不说,还特别知趣,时不时弄几个漂亮的汉人小妞供他享受,巴鲁就叫崔用做了个榷场小斡脱。这在别人是万万不可以的,过去从来没有汉人做斡脱的。为什么他敢这么做呢? 因为他有个特别硬气的靠山,就是斡鲁不斤。

斡鲁不斤是巴鲁的嫡亲叔父,多立功,亦多自恣。因为是牙老瓦赤之后,算是宗室子弟,官家拿他没办法,暂充燕京等处行尚书省事。自从大哥巴鲁不斤在岳州因凌辱巴陵女子韩希孟被斩之后,斡鲁不斤见巴鲁可怜,就把他当作儿子一般看待。

话说这保州城,自张柔大帅主政以来,规划市井,营建民居,修建城垣,疏浚河道,利农商工,使保州城得以复兴,成为燕南一大都

---

① 元代官方发放的高利贷,叫斡脱钱,次年转息为本,本再生息。民间称为羊羔息或羔子。

会,春暖花开时节,更是景色如画。所以每年春天巴鲁都要到保州斡脱去收羔子①,自然少不了享受一番。

这一日,巴鲁与崔用走上街头。举目则青楼画阁,绣户珠帘,金翠耀日,罗绮飘香。新声巧笑于柳陌花巷,按管调弦于酒肆茶坊。自槐水巷转去东角楼,有一家银铺,门首高高地挂了个招儿,道是"银匠李"。巴鲁也不看他的首饰,也不看他的酒器,却看见他的娘子柳氏,生得风流,长得可喜,就对崔用说道:"我如今要她,怎么能够……"崔用将巴鲁拉至一旁,如此这般说了一顿,巴鲁喜滋滋地回大斡脱总管署去了。

崔用做了个套儿,说收到羔子,却又有了应酬,不能随身携带,请暂存银铺。那银匠却是本分,见是个官人,推辞不得,只好收了。崔用说是官银百两,少不得个凭证,自己扯下羔子行票填好,叫李银匠盖了银铺戳记收起。

过了两日,巴鲁拿着羔子行票来到银铺,索利一万两,惊得李银匠目瞪口呆,就是忍得讹诈,哪里有得这么多银子,且又理论不得,硬是生生叫巴鲁把个浑家抢走。李银匠打听得有个赵壁,坐了燕京,是个清官,就赶往燕京那个大衙门告状去了。

再说巴鲁自从在保州抢了柳氏,"起初时性命也似的爱她",柳氏却是甚不帮衬,犹如死猪白鱼一般,毫无情致。如今两个眼里不待见她。时遇清明节令,家家上坟祭扫,巴鲁心下暗想,郊野之中必有生得好的妇人,便带着小厮,一路踏青,专要觅柳寻花。

再说那崔用本不是个良善之辈,虽与姣鸾青梅竹马,终成眷属,却不懂得珍惜。那姣鸾自从被父亲踢了一脚,落红小产,至今未有一男半女。崔用对她渐生厌倦,又收了几房娇姜美婢,一味地倚翠偎红,把个姣鸾冷落得三五个月不得一亲肌肤,还叫她做些粗活,侍奉那新来的小妾,如同老妈子一般。

姑妈崔婆子气不忿,上门闹腾了几次,倒被侄子打了出来。连伤带病,一命呜呼。今逢清明,姣鸾带了两个丫鬟,少不得上坟祭扫一番。

也是合该有事，巴鲁斡脱穿着一身华丽衣服，带了两个随从到郊外踏青游玩。那巴鲁只拣妇女丛聚之处，或前或后，往来摇摆，卖弄风流，希图逢着个有缘分的佳人，不想一无所遇，好不败兴。

正没去处，却见一座坟院，有两三娇娘，为首一个面庞白皙如玉，天然艳冶，韵格非凡。看见恁般标致，巴鲁喜得神魂飘荡，就要上前轻薄。那娇娘却放出狠话道："兀那泼皮，你当俺是那寻常人家女娘，我乃保州斡脱崔府家眷。你招惹老娘，岂不是找死！"

"哈哈。"巴鲁喜得合不拢嘴，指着姣鸾吩咐，"吾乃燕京大斡脱巴鲁是也。回去好生打扮，明日叫你家官人送过总管署务。本官也不亏他，有银匠浑家柳氏相赠。"说完打马扬长而去。

徐姣鸾气得脸色红一阵，紫一阵，忙不迭地跑回家中，对崔用又是哭，又是骂，实指望夫君能为她做主，不承想崔用却嬉皮笑脸地说："我的个乖，娘子好造化。你不是说我总不沾你吗？这下好了，那巴鲁就像一只下山猛虎，看他怎把你滋濡。"

姣鸾又是抓，又是打，声嘶力竭地嚎道："崔用，你他妈不是人！"崔用出去，不一会儿叫小妾杨莹儿拿来许多珠钗、璎珞、翡翠、撒花、锦缎华衣、铅膏胭脂。

崔用劝道："妹子，你把大斡脱侍候滋润了，我就交好运了。羔子钱我说要几滚就是几滚。此去不消三五日，等他玩腻了，我就接你回来。那时把王氏休了，你做正房好吗？好生休息，明早我好送你去也。"

崔用将姣鸾安慰一番，美滋滋地回到莹儿房中睡觉，心中却想着银匠的浑家柳氏，梦中几次笑醒。

自潘家班入保州作场以来，徐氏经常光顾，几入痴迷，遂与班主潘珠绣交好，知那人负气仗义，交游豪俊，中怀胆智，趁天黑去找班主求助。潘珠绣慨然应允，适逢关汉卿亦在，即令傅粉墨，更装束，连夜启程，望燕京而去。关大爷道："闻赵璧为燕京宣慰使、中书省平章政事，治事果断，执法如山，莫如到彼处告发，以求公道。"

第二日早，不见了姣鸾，崔用以为在姑父徐翁家，也不着急。巴鲁心痒痒等不得，带了柳氏，亲自来接昨日所见的小娇娘，眼见找不回来，面露怒容，崔用以小妾杨莹儿抵之。巴鲁看了，羡得合不拢嘴："一个好女子也！你倒有这个浑家，我倒无，我带她回去也。"

不想那杨莹儿到得斡脱署务，至死不从，却被巴鲁活活打死。莹儿的哥哥杨璧儿去找崔府理论，被崔用赶了出来。经人指点，也到燕京告状去了。

却说赵璧宣慰燕京，兴利除害，不遗余力，锄豪强，植良善，民奉之若神。见告巴鲁者接二连三，详察细审，意在必除。惮斡鲁不斤从中作梗，阅状偶见银匠自书之状，每每字体疏密失间，故作告《巴鱼日状》①，斡鲁不察。赵璧乃视事保州，将巴鲁就地正法，把柳氏发还于银匠，万民称颂。

赵璧智斩巴鲁，一时传为美谈。关汉卿知根达底，乃作《鲁斋郎》一本，久演不衰。

徐姣鸾出身书香，多才多艺，乃附潘家班，人称赛珠绣，惯演《李娃传》。纵使做不了封国夫人，在戏中过过瘾，也算是圆了梦。只那崔用，失德亏行如此，却未受到惩罚，倒有两个绝色女子为其守志全节，实在令人不忿也。欲知后事如何，且听下回分解。正是：

> 好人常直道，不顺世间逆。
>
> 恶人巧谄多，非义苟且得。

---

① 古时汉语竖着书写，故鲁字易写成鱼日也。

第四十七回　野心贼拥兵自重
奸佞臣闻使惊心

闻道寻源使，从天此路回。

牵牛去几许？宛马至今来。

一望幽燕隔，何时郡国开？

东征健儿尽，羌笛暮吹哀。

此乃唐人杜甫在安史之乱中避难秦州时写下的诗句。诗中所颂的"寻源使"，就是西汉的张骞。

张骞出使西域的故事可谓家喻户晓，且多传奇色彩。坊间有传，张骞奉汉武帝之命，开通西域，曾到了"西天"的黄河源头，会见牛郎织女，带回了大宛的汗血宝马，从此东西方交流不断，开创了各国间千余年友好往来。

不说这位"凿空"西域、远播国威、造福后世的一代名臣。单表故大元朝郝经，身为翰林侍读学士，赐佩金虎符、充国信大使，携国书出使南宋，"告登宝位，布弭兵息民"之意。孰料一路坎坷，听来不免令人倍增酸楚和悲哀也。

闲话少说，言归正传。

却说郝经一行离开保州，一路晓行夜宿，不一日来到山东地界。看看日色西沉，馆驿尚远，见官道旁边有一酒家，就便宿了。明日上路，苟宗道拿出银子与酒家算账，找出来的却是会子。要知道会子乃宋之户部发行的纸币，宗道与那掌柜的理论，酒家道："客官有所不知，在吾益都行省，流通的都是会子，就是拔都①李侯也用此币，所以店里没有散碎银两。"

---

① 对李璮的尊称。

郝经走过来,见是此事,颇感奇怪,就道:"我等俱是公干,烦老人家出个便据可好?"老掌柜说:"可以。"就书了便据,印了戳子,交与苟宗道。

一路之上大家议论纷纷。副使何源道:"此事搁在别处还真是奇怪,但在益都却不是什么新鲜事。汗廷屡禁诸路修置城壁,独益都筑墙掘堑;北方各地军马,无论军民不得括买,而此令独不及益都。李瑭遣部下到辖境以外高价征购,与汗廷抗礼已不是一时半会儿了。"

刘人杰加鞭赶上道:"还远不止如此,蒙哥汗时几次征调诸路兵马,李瑭都诡辞不至。听宗亲王末哥说,就连钓鱼城告急时,蒙哥汗发急诏令李瑭勤王,时益都蓄兵八万,竟无一校以从也。"

这番话引起郝经的警觉。

昔攻鄂时,贾似道作木栅环城,一夕而成,忽必烈顾左右道:"吾安得如似道者用之?"姚枢即荐王文统以为重臣。郝经道:"吾闻文统喜读权谋之书,或为干臣,而非贤臣也。夫贤臣者,请而后为,复而后行,无擅恣之意,无矜伐之色,文统不能也。"王文统闻知此事,心怀忌恨。正是:"是非只为多开口,烦恼皆因巧弄唇。"

忽必烈即大位后,王文统为中书省平章政事。王文统乃益都行省李瑭之岳父也,看来这次要小心了。

果然不出郝经所料,郝经未到,王文统的书信已经在女婿李瑭手中了。

这一天,郝经率使团来到济南,住在驿馆等待李瑭与南宋通使榷谈的结果。几天过去了,迟迟没有回音,郝经决定亲到益都与李拔都面谈。

郝经来到益都,寓于龙兴寺,遣何源达于行衙,越日,李瑭不见。郝经暗忖:蒙哥汗尚且调不动李瑭,正所谓强龙不压地头蛇也。乃吩咐左右准备脚色手本,骑马投行省署衙而来。离行衙一箭之地,郝经下马步行而前。见府门首有许多听事官吏站立。郝经举手问道:"列位,李拔都在堂上否?"守门官上前答道:"拔都昨日行视未归。"从人取交床请郝经在门房中坐下,将门半掩。不多时,行衙中走出一位后生,装束虽异,那面孔郝经却还记得,乃起身道:"这不是泰州的小哥李兴吗?"那后生回头一望:"郝先生,怎么是你?"众官吏皆躬身揖让。后生道:"小人正是李兴,几年前爹爹殁了,老娘带我投亲来到这里,托人找了份差事,得侯爷喜欢,做了个管家。不知先生到这里做甚?"

郝经不便细说,只道要见李璮大人。李兴说:"这门房中不是郝爷坐处,且请进府到书房待茶。"

李兴引郝爷到书房,看了座,命下人烹好茶伺候。"禀郝爷,昨日小的奉侯爷差遣,往绸缎庄取货,不得在此服侍,怎么好?"郝经道:"且请治事。"

李兴去后,郝经见四壁书橱关闭有锁,文几上只有笔砚,更无余物。郝经轻启砚匣,看了砚池,却是一方青州红丝石砚,色如晚霞,丝如鸡血,甚有神采。方欲掩盖,忽见砚匣下露出些纸角。郝经扶起砚匣,乃一方素笺,叠做两折。取而观之,原来是一幅诗稿:

腰刀首帕从军,戍楼独倚间凝眺。中原气象,狐居兔穴,暮烟残照。投笔书怀,枕戈待旦,陇西年少。欢光阴掣电,易生髀肉,不如易腔改调。

世变沧海成田,奈群生、几番惊扰。干戈烂漫,无时休息,凭谁驱扫。眼底山河,胸中事业,一声长啸。太平时,相将近也,稳稳百年燕赵。

调寄水龙吟

郝经读了大吃一惊:此贼果然托大,倘在此书房长待,那厮疑我见了此诗,必不肯罢休,恐有性命之忧。欲待袖去奏明圣上,又恐害了李兴。赶忙默记一遍,仍将诗稿原样折叠,压于砚匣之下,盖上砚匣,步出书房。到大门首,取脚色手本,付与守门官吏,嘱咐道:"李拔都回衙,通禀一声,说郝经在此伺候多时,明日再来拜见。"说罢,骑马回龙兴寺去了。

郝经一夜惊怵无眠,一早,李璮差人将手本送达,信中说:"接诏后曾派刘仙等二人前往宋楚州通报,不意竟遭知州叶再遇杀害。尔等若继续前行,恐遭不测,不若返回汴廷,俟后再议。"

郝经乃回书道:"感谢拔都提醒,我会把拔都之意奏报汴廷。"郝经带着使团马不停蹄离开益都,待出了李璮辖地,郝经才向大家道出缘由,众人无不惊出一身冷汗。

至东平,万户侯严忠济出郭相迎。忠济乃郝经的老师元好问之故交,元先生八至东平,有三次是受严忠济之请,每每提及郝经。忠济与经神交已久,对经青眼有加矣。这次,严侯闻郝经使宋过东平,必欲请书《丰县汉祖庙碑》。

筵席间,严忠济告诉郝经一个坏消息:就在前两日,李璮袭楚州,夺三镇,使元宋边境吃紧。原来李璮得知郝经并没有被自己吓倒而返,而是改道宿州,继续南行,所以违诏款兵侵宋,阻挠使事,欲借南宋之手加害郝经。

郝经不以为意,坚持初衷。严忠济十分赞赏郝经的赤胆忠心,他说宿州守帅正是自己的弟弟严忠嗣,他会写信,备述使宋之重,使其务与款通。

果然,太守严忠嗣亲接使团至蕲阳驿住下,然后多次派员与宋洽接不果。

郝经乃修《立政议》,缜之,慎之,十易其稿。复上表奏曰:"真心想通好弭兵息民者,主上也;和主上合谋启迪、同心同德者,诸王也;愿意千方百计为战乱后的百姓造福者,六七儒生也。然而,怀贪诈之心,利用战乱扩充地盘、谋取私利者大有人在也!燕岭之北,河湟之西,姑置勿论,藩方侯伯,牙错棋置,各土其地,各分其民,擅赋专杀,手握重兵,多者六七万,少者亦不下二三万。皇上怎么可以掉以轻心呢?"

奏章之外,附上益都民间遍通宋币的现状,以及李璮《龙吟曲》,一并交严忠嗣遣王国范回朝密报。正是:言为州郡曲,直结帝王知。

　　安排好上报朝廷之事，郝经即写了《宿州与宋国三省枢密院书》,谴副使刘人杰、参议高翻亲往五河口界宋营边关计议,终无音讯。如是者三,始复待时邀接,久候无闻。毕竟发生了什么事情？

　　看官有所不知,就是这一纸通使关报便把那贾似道吓得口吐鲜血,一病不起,几欲半死。

　　事情还要追溯到一年以前。那时蒙哥汗屯兵合州,谴御弟忽必烈分兵围鄂州、襄阳一带,军情汹惧。枢密院一日间连接了三道告急文书,宋廷大惊,理宗乃以贾似道为右丞相,兼枢密使、京湖宣抚大使,进师汉阳,以救鄂州之围。似道不敢推辞,只得拜命。

　　再说贾似道同门下宾客,文有宋京、廖莹中,武有夏贵、孙虎臣,精选羽林军十三万,兼调江西、两广人马七万,总计二十万。器杖铠甲,任意取办,择日辞朝出师,真个是威风凛凛、杀气腾腾。不一日,来到汉阳驻扎。

　　此时,蒙古攻城甚急,鄂州将破,似道心胆俱裂,哪敢上前？乃与宋京、廖莹中诸人商议,修书一封,密遣心腹宋京诣伯颜营中,求其转达忽必烈,情愿称臣纳币以求退兵。初,忽必烈不许,似道遣人往复三四次。适值蒙哥汗折鞭钓鱼城,御弟忽必烈听从郝经《班师议》之奏,回师即位,无心恋战,乃遣郝经、赵璧与贾似道议请和之事。

　　贾似道以南宋愿意称臣,割江北之地,岁奉白银二十万两、南绢二十万匹为条件,换取忽必烈拔寨撤兵。

　　两下约誓已定,贾似道坐等七日后蒙古撤兵,岂知蒙古军早已奔走一空。接到探马消息,追悔莫及。

　　不管怎样,蒙古军总算走了。贾似道闻之大喜,密嘱宋京、廖莹中勿泄议和之事。乃与其他将领会师, 截杀蒙古殿卒[①]一百七十余人,谎称"蒙古惧己威名,闻风远遁,诸路大捷,江汉肃清,宗社危而

---

　　① 指在撤退时为了保护主力部队不受到追击,而安排在军团中最后的位置以阻止敌方追击的部队。

复安,实万世无疆之福",上报宋廷。

理宗赵昀信以为真,以似道有江山再造之功,爵进少师,封卫国公,遂改元景定,以示庆贺;又赐其西湖宅第,歌姬数名。贾似道瞒天过海,割地求和,反倒成了有功之臣。

贾似道将议和称臣纳币之事瞒过,上表夸张己功,使廖莹中撰为露布,又撰《福华编》,以记鄂州之功,赋木兰花慢,叫歌姬舞唱:

> 请诸君著眼,来看我,福华编。记江上秋风,鲸鲵涨雪,雁徼迷烟。一时多人物,只我公,只手护山川。争睹阶符瑞象,又扶红日中天。
>
> 因怀下走奉橐鞬。磨盾夜无眠。知重开宇宙,活人万万,合寿千千。兔鼍太平世也,要东还,赴上是何年。
>
> 消得清时钟鼓,不妨平地神仙。

一时间,临安遍传贾丞相用兵如神,理宗许其十日一朝。

贾似道于葛岭再起建楼台亭榭,穷工极巧。凡民间美色,不拘娟尼,都取来充实其中。闻得宫人叶氏色美,勾通了穿宫太监,径取出为姜,昼夜淫乐无度。又造多宝阁,凡珍奇宝玩,百方购求,充积如山。每日登阁一遍,任意取玩,以此为常。有人言及边事,即加罪责。

却说这一日午后,贾似道与菡娘、绯儿斗蟋蟀多时,有点犯困,便在倚绣阁假寐一会儿,忽见翠儿娉娉婷婷向他走来。贾似道一时惊怵道:"翠儿,你不是……死了吗?"

翠儿也不言语,只是凝眉冷笑:"嘻嘻……嘻嘻嘻嘻——"其声如在天际。贾似道猛然惊醒,却报宋京求见。

贾似道心里一悸:"嗯?什么事呀?"

宋京说:"忽必烈即蒙古国汗位,派来国信使面见圣上。"

贾似道不耐烦地说:"见就见吧,有什么大惊小怪的。"

宋京说:"可是……可……是。"

贾似道嗔道:"可是什么?这点事还让本相爷教你不成?"

"不，不，下官不是这个意思。"宋京说，"因……因为国信使是……"

贾似道似乎预感到了什么，急问："是谁？"

"郝经！"宋京说出国信使的名字。

"啊！？"贾似道听到这个名字如闻晴天霹雳，惊得面色如土，跌坐在椅子上。

宋京道："郝经使团已到五河口边关，这是通使关报。"说着把《宿州与宋国三省枢密院书》递到贾似道手上。

贾似道闻言，展卷于案，未及细观，便呕出鲜血数口，昏倒在地，宋京急忙传御医救治。至今已是半月有余，尚未痊愈。欲知后事如何，且听下回分解。正是：

　　天可度，地可量，唯有人心不可防。

　　但见丹诚赤如血，谁知伪言巧似簧。

第四十八回　龙虎斗以假对假
　　　　　邦国谋见招拆招

战国何纷纷，兵戈乱浮云。

赵倚两虎斗，晋为六卿分。

奸臣欲窃位，树党自相群。

果然田成子，一旦杀齐君。

此诗出自唐朝诗人李白，李白以战国时期，奸臣拉帮结派，欲篡君位，跃跃欲试的混乱局面，影射唐朝安史之乱发生前后的社会现实。果然历史会重演，惊人相似转鹭灯①。这样的问题同样摆在了初登大宝的忽必烈面前，实在发人深省啊！

闲话少叙，言归正传。

却说大元皇帝忽必烈接到郝经奏报。有《立政议》一卷，略要以国朝之成法，援唐宋之故典，参辽金之遗制，设官分职，立政安民，成一王法。详喻祖述与变通之理，建议方今之势，在于卓然有为，断之而已，去旧污，立新政，创法制，辨人才，绾结皇纲，藻饰王化，偃戈邰马，文致太平。

又有《备御奏目》一折，就军队部署向皇上提出建议。忽必烈看了龙颜大悦。

看着看着，忽又眉头紧锁以至怒不可遏，乃召姚枢、秉忠，将郝经对藩方侯伯的剖辨，以及益都民间遍通宋币的现状、李璮《龙吟曲》叫二卿过目。

当姚枢、刘秉忠看到"不如易腔改调""稳稳百年燕赵"时，大呼："反了，反了！"

①中国传统节日灯具，转动时看起来好像几个人你追我赶，故后来叫作走马灯。

姚枢道："此竖借口防备南宋，'挟敌国以要朝廷，而自为完善益兵计'久矣。且屡次朝觐不至，岁赋不输，私市军马，擅发会子，反状日彰。今又意欲立国燕赵。宜亟调哈必赤、张荣、史天泽合围，灭彼于不备。"

秉忠道："璮乃王文统婿，与其他世侯交往甚密，或有所联络，不得不防。"

姚枢还要说什么，突然，阙门登闻鼓响，"咚！咚！咚"的鼓声，震得人心中颤抖。三人急忙向大殿走去。

值差太监高喊："升朝——皇上驾到——"

诸王和群臣山呼："吾皇万岁！万岁！万万岁！"

忽必烈端坐在御案之后，对诸王和群臣道："诸位爱卿平身。"

"谢主隆恩。"众人站起，退回班列。

不等万岁发问，安童急匆匆气喘吁吁地出班，匍匐跪地奏道："万岁！逆贼阿里不哥在斡难河召开忽里勒台大会，佯称蒙哥大汗遗诏传位于他，已在和林即位！"

忽必烈和群臣既感到意外和震惊，又觉得在意料之中。这一天终于来了，一场不想发生的内乱还是不可避免地发生了。

诸王和各路元帅情绪激昂，纷纷出班请缨。

只见忽必烈非常平静地宣谕："宗亲王末哥听旨！"

"臣在！"末哥出班领旨。

忽必烈道："你带着朕的旨意，到和林去见阿里不哥，就说我十分想念他，真心希望他以草原的祥和、家族的团结为重，能来开平，共掌江山，同治祖宗基业。"

末哥奏道："万岁，四哥历来脾气倔强，只怕去也是白去。不如兴师问罪，天兵所到，说不定彼能望威而伏。那时可念兄弟情分，赦其无罪。如仍不服，也好早除祸害。"

忽必烈何尝不了解阿里不哥，但仍坚持道："那也得去，朕要做到仁至义尽，方能于心无愧。"

末哥还能说什么呢，无可奈何地摇着头道："微臣领旨。"

退朝以后，忽必烈一面写好书信，交给末哥去劝说阿里不哥，一面与安童在偏殿筹划如何虏骑突至，以捍牧圈，做好两手准备。

忽有黄门官报，益都行省李璮之子李彦简亲送塘报到达。

忽必烈御览，只见奏折写道："南宋扣留国信使郝经，既不接见又不放归，还调兵遣将，囤粮积舰，意欲攻我益都涟水。是可忍孰不可忍！无奈我益都兵马有限，粮草不足，难以与之相匹。"另有奏报曰："犬子李彦简资质愚钝，唯其忠心可托，意欲留都听用，以期成器，望陛下玉成。"

忽必烈急召姚枢、刘秉忠和窦默，指着李璮的塘报，说："这是益都行省李璮刚送来的紧急搪报，请众卿过目。"

姚枢听说是李璮的塘报，拿起来看了看，不屑道："李璮曾多次向汗廷要钱要粮，每次的理由都是加强边备，防止南宋入侵，其中多有夸大不实之词。可是这次，陛下恐怕……"

皇上又问："卿等对李璮送子留都之事有何看法，又当如何处置？"

刘秉忠道："想不到李璮也玩这一套。可惜呀，司马昭之心路人皆知，怎能瞒得过万岁。不过，当今内乱当头，还顾不上理他。他想让陛下放心，陛下就让他放心好了。"

忽必烈转身对安童道："把李公子领下去，另置书房，令好生读书。衣食宛如真金，不禁行止，许王文统任意接近。设专人暗中监视，一旦有人接走，不必阻拦，及时告报。彼亡走时，即举事时，亦吾切痈除疽之时也。"

安童道："遵旨。"乃出去安排。

忽必烈又问道："众卿，这样做，李璮可以放心了吗？"

窦默道："万岁，仅留质难以安李璮之心，依南宋犯边之奏，可置虚衔、拨银两，以姑息十月之安，待靖北方，可绥东南也。"

"姚卿拟旨："忽必烈终于下了决心，"着，加封李璮为江淮大都督，江淮、山东和东南沿海，尽归李璮管辖。拨银十万两，以作军资。"

另下旨:"着,擢升王文统平章政事,掌管全国钱粮。"

姚枢、刘秉忠和窦默疑惑地望着皇上。忽必烈狡黠地眨眨眼,君臣会意,哈哈大笑。

不久,廉希宪发来塘报:阿里不哥兵分两路,大举南下。东路军由刘太平、药木忽儿、哈剌察儿统率,自和林逾漠南进。西路军由阿兰答儿、浑都海和哈剌不华统领,直指六盘山。

末哥一去,音讯全无。忽必烈决定率军亲征。

按下忽必烈命廉希宪、商挺抚定关中,亲自率师北征不提。

却说贾似道听说忽必烈的国信使是郝经,可把他吓坏了。躺在床上,翻来覆去地睡不着,一件件往事涌上心头。

当年丧权辱国的议和合约,就是他与郝经签订的。郝经一到,自己背着朝廷私自议和割地进贡的事就全露馅儿了,《福华编》上那些把蒙古军打得闻风丧胆、落荒而逃的"丰功伟绩"就全被揭穿了。

不行!绝不能叫郝经入朝,更不能叫他见皇帝!可是,怎么办呢?把他赶回去?不行。杀掉?不,不,不,更不行——想到这里,贾似道仿佛听到忽必烈愤怒的呵斥声,蒙古军队的铁蹄声、马嘶声、刀剑的撞击声……贾似道一时想不出妥帖的办法。

没隔多久,宋京又送来郝经《宿州再与三省枢密院书》。

书中说:"最近,朝廷得知我还没有进入宋境,就召我回,还说等秋高马肥时,当整六师载为南伐,我想这肯定不是两国所希望的。于是我上章说,既然来了,就要完成弭兵息民的使命,实在不行了,我再回去。

"使我不解的是朝廷初发二使,一入高丽,一入宋国。出使高丽的使者还没有到达,高丽已先后派出两位使者来到我朝,一贺登宝位,一请复故疆,主上嘉之而许其请。

"我等离开上都已经三个多月了,未见次第,已被责问。我想,如果失去这次机会,边衅复动,兵连祸结,何时而已?所以我宁愿冒着获罪的责任,坚持等待。一旦议和成功,明主上之意,活两国之人,虽斥逐戮辱,死且无恨。"

这一番话说得贾似道后背发冷,叫宋京赶快把廖莹中、翁应龙、赵分如找来商量。

"郝经等人……咳……咳,现在何处?"贾似道叫他们在榻前坐下,有气无力地问。

赵分如说:"使团尚在大元宿州蕲阳驻扎,两位副使已在五河口我军营中,等候相爷处置。"

宋廖翁赵乃相府四大门客,诟天侮鬼,兼恶天下,人称四害。一个个老奸巨猾、阴险狡诈、两面三刀、沆瀣一气。

宋京说:"三位大人,丞相的意思你们很清楚,就是无论如何也不能叫郝经入朝。不然,咱们跟蒙古人私自议和割地进贡的事,就全暴露了,也不能让他们回去。那样蒙古人就有了攻打我们的借口。"宋京最会揣摩贾似道的心意。

四人中赵分如对贾似道最是忠诚,脸上挂着谄媚的奸笑说:"那还不好办?下官早已想好,不叫他们入朝见皇上,也不叫他们回去!"说着还在贾似道耳边嘀咕一番。

贾似道听了放下愁眉,露出笑颜说:"好,这事就交给你和宋京去办,真州大营统领段佑也是我的门生,绝对可靠。把这些蒙古信使全部滞押在真州大营,没我的手谕,不许他们离开大营一步,也不能叫任何人见到他们!违令者斩!记住了?"

赵分如、宋京忙说:"是,下官晓得。"

赵分如告别宋京,来到真州大营,向大营统领段佑传达了贾似道的命令,段佑不敢怠慢,立马准备接待大元使团。

宋京来到五河口,带了副使刘人杰、参议高翙到宿州蕲阳驿去见郝经。郝经见宋京到来,寒暄一番后,以国使的身份说:"忽必烈王爷已承袭蒙古汗位,称大元皇帝,特命下官为国信使出使贵朝,拜见贵国皇帝,表达我朝交好善意,现有国书和金虎符为凭。本使已到达多日,望宋大人尽快安排入朝拜见之事。"

宋京皮笑肉不笑地说："那是,那是,我朝已遣扬州制置使朱宝臣、陈州通判秦之才、怀远军拓抚司参谋潘拱伯前来相伴,接贵使入朝。"

郝经和他的僚属对宋京的话深信不疑,根本没有想到其中会有阴谋,一点警惕也没有。过了中秋节,三位伴使来到,八月二十四日,郝经一行辞别宿州太守严忠嗣,跟随伴使登舟离开蕲阳驿前往临安。

秋高气爽,两岸稻粱已熟,淮河像一条翡翠色的缎带,在江淮大地金黄色的地毯上飘过。

三位伴使在船上设宴招待郝经和两位副使。南笋炖羊肉正是应时美味,又有北方难得一见的火腿烧王八,菜肴十分丰盛。潘拱伯、朱宝臣、秦之才轮番向郝经、何源、刘人杰敬酒。

郝经眼看就要见到南宋皇帝,虽是秋日,心中却漾起些许微微春风,他带着大元朝的太平构想,带着南宋百姓安居乐业的期许,不辱使命,归国有期矣。此刻,郝经心头集聚已久的郁闷,随着淮河上空的习习秋风而飘散,心中高兴,就多喝了几杯。朱宝臣、秦之才、何源、刘人杰也喝得酩酊大醉。

这顿酒从中午一直喝到夕阳西下。潘拱伯轻轻地呼唤道:"郝大人,郝大人。"

郝经早已不胜酒力,醉眼惺忪,昏昏欲睡,含含糊糊地应了一声,唧唧咕咕吟道:

　　　　谁将元气酿春风,解泼愁人磊魄胸。

　　　　只是忘忧不忘国,径当一饮竭千钟。

潘拱伯借着酒劲儿对郝经道:"郝大人,卑职奉两淮制置使李庭芝之命,来讨贵朝国书,请大人拿出来吧。"

郝经的眼皮努力向上耸了两下,终未能睁开。见经不语,只有微微的鼾声,潘拱伯把手伸向郝经腰间的招文袋。

郝信使一下子警醒过来,按住招文袋斥道:"你这是干什么?"

潘拱伯的脸红一阵白一阵,嗫嚅道:"这个……这个,李庭芝大人要我先看看贵朝的国书。"

郝经正色道:"岂有此理,我朝国书是要递交贵朝国君看的,漫说你一个参谋,就是制置使李庭芝有这个权力吗?"

潘拱伯见状只得觍颜笑道:"郝大人息怒,卑职喝多了,请海涵。"

郝经这一激灵酒完全醒了,想想真是后怕。一旦国书丢失,进不能见南宋国君,退不能回大元国朝。他哪里知道这都是贾似道相府四鬼出的主意,就是要郝经进退失据,为以后说服郝经降宋使的阴招。

秋九月末,使团弃舟登陆,乘车前行,来到真州忠勇军的大营。郝经一行被安排在忠勇军营中总制事的院子里。

最前面一栋房子住着潘拱伯、朱宝臣、秦之才三位伴使及其属下;最后面一栋住着都管成玉和魏斌,带着二十名护卫,负责使团的安全保卫;东西厢房住着十几名三节等使团普通小吏及总领宋琚;中间有一座独立的小院,郝经和何源、刘人杰两位副使及参议高翙、书佐苟宗道就住在里面。①

郝经和他的使团在这里焦急地等待着入朝见驾的公文,却杳无音信。与何源、刘人杰商议后,写了《与宋国两淮制置使书》,让潘拱伯送达李庭芝,催促宋方于近日选吉日晤谈。信送出去一个多月如石沉大海。

十一月初,两淮制置使咨议官来到真州。咨议官名叫卫司愈,他带来了李庭芝的《李制置使回书》,同时也带来一场初雪。

听当地人说真州很少下雪,可是这一年却早早地飘起了雪花,天气潮湿阴冷。

李庭芝在回书中责怪道:"蒙古遣使是为了两国弭兵,我相信郝

---

① 南宋对元交聘中,按照出使和接待对方使者两种职任的不同,分为"出使"(信使、常使、泛使)与"伴使"(接伴使、馆伴使、送伴使)两大类。介佐、参贰是信使或伴使的副手和僚属,由有品级官员担任。其下需要配备负责各方面工作的文武掌事和通事(翻译),其员为吏,根据等级分为中节和三节。

公是怀着美意而来。但是李璮不断在边境制造是非,挑起事端,怎么能以此而和呢?姑留郝大人于真州,俟后相机衔命造朝。"

郝经看后怒道:"堂堂大宋而与区区一镇将校论短量长?况我辈乃元朝皇上之使臣,非李璮之使臣。这都是什么时候的事了,还屡屡拿出来说事,太不应该了!"

送走卫司愈,郝经把《李制置使回书》给两位副使看,何源、刘人杰大骂李璮这个奸贼坏了国家大事。

郝经道:"事情恐怕没那么简单,李璮袭扰淮安是我们还没有到东平时的事,已经过去半年多了。李庭芝还拿它说事,看来是有人不想让我们见南宋皇帝,故意找理由拖延。"

何源问道:"那会是谁呢?"

三人百思不得其解,望着纷纷飘落的雪花,阵阵寒意袭来,不只在身上,更是在心里。欲知后事如何,且听下回分解。正是:

战哭多新鬼,愁吟独老翁。

乱云低薄暮,急雪舞回风。

第四十九回　宝臣故遗假塘报
伯常诚教圣贤书

莫言下岭便无难，赚得行人空喜欢。

正入万山圈子里，一山放过一山拦。

看官，此诗乃南宋诗人杨万里所作。正所谓人生在世处处难。郝经经过不懈努力，终于来到宋国，本以为可结两国之好，可解生民之困。没想到处处受阻，更有节外生枝，真的是"一山放过一山拦"。难，难，好难哪！

闲话少叙，言归正传。

却说国信大使郝经不知因甚不得入朝，更不知何人从中作梗，又给李庭芝写了《再与宋国两淮制置使书》，仍如泥牛入海。

使团在真州大营度过了一个寒冷的冬天，眼看到了阳春三月，惨淡的阳光没有给他们带来一丝暖意。他们终日被困在忠勇营内，既不能外出，又无人来访，过着与世隔绝的生活。两位副使不堪忍受，十分郁闷。郝经叫他们出来散散心，三人在院中坐下，谁也不吭声。忽然一阵轻风吹过，点点桃花从墙外飘进来，落在地上。郝经乃作诗道：

重围雨久塌莓苔，火铺喧呼著棘栽。

唯有东风难禁约，隔墙吹过落花来。

众意稍解，郝经把他们的处境和不满告诉了伴使。

真州是一座临江古城，大运河在这里入江，沟渠池塘皆与潮通。忠勇军营外东边的池中有一水阁凉亭，池植莲蒲，岸有柳荫，名镜芗亭，是漕盐商贾纳凉憩息之处也。

潘拱伯接受郝经的建议，邀请使团人员游镜芗亭，领略江淮风光。郝经也有诗作：

薄薄轻云似雾尘，阴阴江气冷侵人。

一庭芳草留连客，两树夭桃断送春。

槛外流莺仍语巧，梁间旅燕又巢新。

东城饮伴西湖柳，寒食中间入梦频。

郝经和他的副使确认使团被羁押了，却想不出其中的缘故。他们见李庭芝不再理会，就直接给皇帝宋理宗和丞相贾似道写信，先后写了《上宋主请区处书》《与宋国丞相书》《再与宋国丞相书》。考虑到可能宋国对忽必烈与阿里不哥的争位有看法，又写了《复与宋国丞相论本朝兵乱书》。越四年，又写了《上宋主陈请归国万言书》。前前后后，郝经为达成两国通好和议，仅书信就写了五万余言，俱交由潘拱伯或朱宝臣转达。却是杳如黄鹤，有去无还。可叹，"万言修好安南北，一片赤诚付东流"。

一天下午，郝经又写了《与贾丞相书》，去找潘拱伯不遇，焦急地在院中踱着步等待。忽然听到东厢房里有嘤嘤哭声，啼如小儿。入而探看，见使团三节人员俱在。

哭泣者叫马德璘，二十出头的后生，因父军功入选。马德璘从来没有出过远门，被困这里，常常因想家偷偷流泪。今日与孔晋学聊天，说到不知这辈子能不能再见到妈妈了，压抑了很久的情绪一下子爆发出来，不能自已。

大家看到郝经，就像见到爹娘一般。满屋子的人都哭起来，有哭昏了翻白眼的，有以头撞墙的，呼天抢地，痛不欲生。总领宋琚的拳头在墙上捶得鲜血淋漓。

郝经问是怎么回事，宋琚拿出一纸塘报，说是襄阳、武昌、楚州各地皆获蒙古密报，说忽必烈战死，阿里不哥登上汗位；益州李璮献涟、海诸城降宋；各军事重镇、边防要冲，务必日夜怵惕，加强布防云云。

郝经的脸色凌厉起来，吼道："此等大事如何不报我知？"

宋琚道："正欲禀报，尚未来得及。还有就是，此报乃朱大人约请三节人员安抚勉诚，忽称有事，仓促出门，偶然遗落，被郅国、薛良看到,好一番责罚。"

郅国、薛良近前跪下,看得出来,两人脸上臂上皆有伤痕。

郅国哭着说:"大人饶命。我们刚捡起来还没有来得及细看,朱大人就回来了,叫人暴打一顿后对我们说'其实你们知道了也好。忽必烈已死,你们不必为他卖命了。只要你们肯为宋国效力,朝廷可以给你们官做'。"

薛良说:"朱大人还说,千万别让国信使及介佐参贰①知道,也不能告诉使团行府提控,你们和他们不一样。你们什么也不是,只要投降,可以给你们官做。国信使是忽必烈封的官,提控是保护使团的。人家是有身份的人,不会投降的。再说彼等投身异族,侵我大宋,就是投降了,我大宋也不会饶过他们的。"

不知甚时,刘人杰来到东厢,成玉也站在他的身后。刘人杰义愤地喊:"岂有此理! 我们找他去。"

"不用去找,我来了。三省枢密院已有移文,责我等案牒疏遗失职,罚俸三月,谨牒通报。"朱宝臣说着,走到郝经跟前,对郝经说,"郝大人,我等受罚,自是应该;大人律下不严,也是难辞失察之责的。你说是不是?"

郝经义正词严地回道:"伴使谬矣! 三节人员属我行府,不请而诫,是大人越权行事也;文书遗地,三节俯拾,是君子之德也;大人不加褒赏,反而责罚,是大人失察也。"

朱宝臣一时张口结舌,说不出话来。嗫嚅了半天才说:"不管怎样,塘报是我机密,他们总归是不能看的……"

郝经道:"错! 大人自遗,非彼启管钥而窥,何罪之有?"

朱宝臣理屈词穷,转了个话题道:"不说这些了,贾丞相烦请在下传语使者,闻先生有治国经邦之才,既然阿里不哥即位,先生与他并无君臣之义,不如归降,定列三公之位。"

---

①指副使、参议及书佐等使团高层。

"住口！招降二字休再提起。三节受责，必欲致歉。我朝异闻，当属伪报，定要澄实。"

"对，给我们说清楚！"不知何时，除魏斌及护卫外，使团人员悉数到场，将朱宝臣围住。

朱宝臣见不是事，忙说："责罚之事，确有不周之处，贵朝之变，现有各处关隘塘报，千真万确。俗话说识时务者为俊杰，各位大人，谁有什么想法，可随时找我叙话。"说完扭头就走。

郝经让大家各回居所，乃与何源、刘人杰一起传郄国、薛良问话，细证末节。

何源惊道："这是他们离间之计，欲使我等自相疑忌，以起降意也。"

刘人杰若有所思道："我怀疑塘报是朱宝臣故意遗落的，诱使我们上当。"

苟宗道、高翙异口同声问道："那就是说，塘报是假的了？"

郝经道："对，这样的事绝对不会发生。不过难保行使府内人人坚信。当务之要，贵得人和，所以请大家想想办法。只要我等上下一心，彼谋即不攻自破，难以得逞矣。"

不等郝经说完，大家就七嘴八舌议论起来。

第二天，郝经还未起床，朱宝臣即来问罪："贵使如何将三节总领宋琚放走？去了哪里？"郝经吃了一惊。

郝经略一迟疑，即刻核实，果然宋琚中宵离营，不知所去，遂谓朱宝臣道："我等奉节入宋，本应受到尊重与保护，今属下失踪，死生不明。吾尚未究尔罪，君竟诘难于我，何也？况吾等自馆于忠勇营，即为池鱼笼鸟，管钥在汝，藩篱在汝，鱼跃鸟飞，其怪谁软？"

伴使朱宝臣无以应。旋将馆门落锁，无故不复启钥。院中旧有大树数株，尽皆砍去。墙增到丈余，上则树以芦栅，下则荐以棘。外又掘壕沟。并置铺屋，兵卒坐铺者百余人。昼则周围监视，夜则巡逻击柝。所以防闲挫抑者，无所不至也。

郝经乃书《过总管回降与贾丞相书》，书中说："大元宫变，此事断无。若本朝不幸，果如所言，讫无所归。则吾等必不偷生，苟且自秽！"严词拒绝了宋国招降。最后，奉劝对方即刻发还，以保全使者之节，也保全宋朝礼仪之邦的面子。

宋始终不予回复。

郝经乃与何源、刘人杰商量，叫使团人员整理行装，在院子里露宿，随时准备返程。

此前，有滕州郭侃向忽必烈皇上奏道："宋人羁留我使，宜兴师问罪。"今又有使团露宿抗议，贾似道惧，乃授意朱宝臣厚着脸皮承认塘报宫变系假，但李璮兵变是真。一场恶作剧终于落幕，郝经也开诚布公地正告朱宝臣，李璮之变乃意料中事，似此等贰臣，必无善终。这场闹剧竟持续了一个多月。

不幸的是宋琚逃出仪真，吃尽千辛万苦，还是在淮海边境被抓，发回真州，依旧羁于忠勇营中。

经过这番较量，使团和伴使俱已疲惫不堪。忠勇营弥漫着地狱般的寂静和令人喘不过气来的沉闷，哭声、尖叫声以及歇斯底里的呼喊声不绝于耳。他们不知道能不能出去，甚至不知道能不能活到明天。以头触地者有之，寻死觅活者有之，郝经陷入无边的苦痛之中。

馆中没有了树木，旋风在院子里打着圈，转到郝经脚下停住，有几片从外面刮进来的残叶，他知道，秋天来了。郝经弯腰想捡几片做书签，那树叶秃噜噜又被旋风卷走，穿过高墙上的栅栏，发出呜呜的叫声，如同鬼哭一般。夜深了，郝经感到一阵凉意，但他没有进屋，独自坐在院中一株被砍伐了的树墩上，看着亏月穿云的窘境，由不得感伤吟唱道：

> 危墙阔峻倒插棘，四檐抵匝无罅隙。
> 东日晒透西日炙，周兴铁瓮炽火逼。
> 置予此中不许出，虐哉狠墙甚狠石。
> 呜呼！何时见天日？

悲凄的诗韵惊动了一位宋方伴使,他就是那个平时一言不发的秦之才。

秦之才提着一壶酒走过来说:"先生,天凉了,喝几口吧。"

郝经感动得眼圈红红的,默默地接过酒壶,抿了一口,"呵——"出了一口长气。

秦之才说:"先生忧心太重了,要是信得过我,就和我聊聊。秦某虽然帮不上什么忙,说出来总比闷在肚子里强。"

郝经说:"谢谢秦先生,我忧的不是自己,是我使团全体难友的出路啊!"

"不,先生忧的是天下的太平,是天下百姓的出路啊!我敬佩你呐。"

刹那间,两人相拥在一起,四行热泪跨越了两个政治集团之间的鸿沟,熔铸了世间人性的美德。

二人一递一口喝干了那壶酒,话也多了起来。秦之才说:"早就听说先生是位博学多才的鸿儒,又是书法大家。我看你们使团里年轻人不少,这么憋着闷着容易出事的,何不教他们读些经史,学点儿书法,这样既长才干,又能打发时日。说不定哪天就能做成大事,也不可知。"

郝经突然拍了一下额头:"哎呀,气死我了,秦先生怎么不早说?"转身就走。

秦之才拉住他,笑着说:"郝先生原来这么不着调啊,怎么就气死你了?"

郝经长揖再拜道:"谢谢!谢谢!"

秦之才小心地拿出一样东西,塞到郝经手中,说:"这东西也许对你有用,但是只能你自己看,看后最好烧掉它。"

郝经点点头,回屋去了。

郝经迫不及待地拿出秦伴使所赠之物,看后方知:"当年我主回师北撤,贾似道不守和约,出兵追杀了我百余名殿后之兵。回到临安,未将议和之约如实禀奏,却谎报社稷再造之功以邀赏。门客廖莹中乃作《福华编》和《木兰花慢》,歌功颂德,肉麻至极。啊呀呀,我道为何入宋六年,尚未一觐天颜。原是此竖子惮我撞破彀中,横加阻拦。贼子在宋势盛,一时半会儿不会倒下。"郝经烧掉《福华编》和《木兰花慢》,躺在床上思前想后,终于明白了见不到南宋皇帝的原因,也做好了长期滞留真州的打算。

郝经决定在忠勇营开馆办学。他要在这漫长的被囚禁的苦难岁月里,教使团人员读书识学,寻求出路。他把自己的想法和两位副使商量,何源、刘人杰都赞成。

开学第一天,郝经隐隐约约、转弯抹角地分析了此次出使的意义和面临的困境,让大家做好长期滞留和斗争的准备,劝慰大家珍惜人生,绝不能将宝贵的光阴白白地荒废,鼓励大家以积极入世的态度面对现实,克服畏难情绪,认真读书识学,待回朝之日,方大有用矣。

郝经和副使及苟宗道轮流授课,又于授课之余练习书法,使团人员皆能通书传,作字便有楷法。

一时间,郝经营中授课在真州传为美谈,伴使行府中节人员亦常来听讲。有好学上进者,郝经便赠诗以嘉。马德璘、孔晋学皆在标榜。

赠马德璘

从君跃马入长途,樽酒风云日便疏。

白璧暗投皆若此,赤心知己更谁欤。

不能北阙纡奇策,甘向南山守敝庐。

抱膝长吟意萧索,半生辜负五车书。

勉孔晋学

万卷撑肠是丈夫,岂宜冠玉作庸愚。

学书便得吾家法,开卷愿为君子儒。

十载甘心作苏武,九龄谁意得童乌。

天将男子屠龙技,著力须探颔下珠。

看官,你道自从盘古开天地,三皇五帝到宋元,有过这样的学校吗?没有。这是世界外交史上的空前创举,也是世界教育史上的绝无仅有。欲知后事如何,且听下回分解。正是:

何言中路遭弃捐,零落飘沦古狱边。

虽复沉埋无所用,犹能夜夜气冲天。

第五十回　是是笑嗔乡愿客
　　　　　非非苦劝路岐人

是是非非竟不真，桃花流水送青春。

姓刘姓项今何在，争利争名愁杀人。

看官，此诗乃唐末五代僧人贯休所作。诗中说世间没有对与错，是是非非都是虚无缥缈的，只有时间的流逝才是真的，所以要把名利看淡。

话虽这么说，他自己却也做不到。一日贯休为节度使成汭祝寿献诗，戋戋百人，品评列三，十分生气。贯休又善书画，后成汭向贯休请教书法，贯休因寿诗列于第三，感觉受辱，因道："此事须登坛方可授，安得草草而言！"成汭怒，驱贯休出江陵。可知言之非难，行之不易也。

对与错是客观存在的，不会因为时间而改变。坚持真理，反对错误，乃千古不灭之圣贤之言。

闲话少叙，言归正传。

却说贾似道与手下四大门客，诟天侮鬼，欲使郝经降宋，可谓费尽心机。

先是欲赚国书不得，郝经严词以拒。一计不成，又生一计，乃借李璮款兵相讶，又被郝经驳回。既而伪报大元异闻，以期投降，结果阴谋败露，黔驴技穷。

今使团行府于忠勇营中读书兴学，声名远播，贾似道恐闻于朝廷获罪，乃命李庭芝上了一道奏折，言道："蒙古遣使交通。来使郝经，博通坟典，淹贯古今，有经天纬地之才、济世匡时之略。北主甚重，后必为患。宜留真州，相机抚降，大有用矣！"理宗准奏，贾似道长期羁留大元使团遂有据矣。

没过多久，理宗去世，太子赵禥接受遗诏，即皇帝位，是为度宗，荒淫甚于理宗。宫中旧例，如果宫妃在夜里奉召陪皇帝睡觉，次日早晨要到阁门感谢皇帝的宠幸之恩，度宗继位之初，一日谢恩者三十余人。贾似道见度宗比理宗还要昏庸，就更加肆无忌惮，专横跋扈。

贾似道能将一国之君玩弄于股掌之间，在郝经面前却束手无策，往往失意，一日斥宋京等道："郝经，区区一书生尔。汝等号称相府四客，屡折于前，养汝何用哉？"宋京、翁应龙不语。

廖莹中道："吾闻儒者好面子。唯有使其受辱、失雅、无颜，挫其志，或可受降。"

赵分如进言道："门下有客苏鹤，字逸飞者，素善机辩，真个开言欺陆贾，出口胜隋何。宜充中节，使说郝经，或能摧其锐，夺其志。也未可知。"

贾似道说："那就试试呗。"

按下贾似道设计耍笑、嘲弄、侮辱郝经之事暂且不表。

却说郝经于羁留中办学甚有成效。河阳苟宗道初为学伴，后拜于门下，成了郝经的学生，以书状官的身份从行。郝经及两位副使有署务在身，教授的任务主要由宗道承担。苟宗道不负先生重托，五年之间，讲肆不辍，从者皆通于学。

为了提高使团人员的书法水平，郝经编写了书法教材，名为《叙书》。《叙书》从文字的起源，到书法的演变、流派，及谋篇布局、书写技巧，都做了深入浅出的讲解。《叙书》还鼓励大家创新，其"无意而皆意，不法而皆法"尤为后世所重。

《叙书》成，激起了苟宗道扩展教学领域的热望，请传《春秋》之学，苦于无书以为据。郝经凭着记忆，开始编写《春秋外传》。

这年秋天，伴使团行府来了一位中节，自称苏叟。四十余岁即留长须，体态中庸，满面红光；善交际，游走于大元使团三节中，谦谦然君子之风，平易近人；交谈时好语家常，互致乡井，众皆悦之。使团和伴使团之间的关系似日渐融洽，深得潘大人青睐。

宗道告诉先生,觉得苏叟怪怪的,和三节人员过从甚密,且极力讨好郓国、薛良。郝经说他知道。

《春秋外传》渐成,郝经让苟宗道抄写一遍,以充教材。为了方便教授和传习《春秋》一书,郝经又编写了《比类条目》《三传折中》《列国序论》等辅导资料,也一起交给了苟宗道。

完成了这件事情,郝经想好好休息一下。何源、刘人杰、高翱无事也不来打扰郝经。

过了春节,天气一天天变暖,两位副使和参议高翱想到镜艿亭望春,请国信使出面向伴使潘大人提出请求。一进屋便看到郝经正在往墙上写字,地上落着几页纸片。

"你在写什么呀?"何源不解地问。

"奇文共欣赏,疑义相与析,你们且看看再说。从此,我这间屋子有了名号,就叫'是是堂'。先叫宗道过来,把那个堂号贴到门头再说。"郝经爽朗地说道。

苟宗道早已听见,口中嚷着:"来了,来了。"桌子上果然有"是是堂"三个楷书大字,便与高翱一起贴于门额。

郝经写完一段,洗洗手,把秦之才大人送的碧螺春泡上,请大家一边品茗,一边品文。

众人端着茶水,慢慢地看,郝经坐下,款款地叙说着:

"昨天,刚吃过午饭,有中节人请见,说:'听说先生的《春秋外传》写完了,小人有几句肺腑之言,可以和你谈谈吗?'我说:'可以。'"

"是苏叟吗?"苟宗道问。

"他叫苏鹤,赵太守门人也。"郝经点点头,继续说。

"那人重新行过礼,显得特别谦逊。

"那人冲我笑了笑说:'听说先生在保州还是小孩子时就闻名四方,对你的学问文章,有说好的,有说不好的。那时候就有了一身的是非。

"后来被征北上,在朝中做了官。你赞天子,改制度,施教化,引荐贤才,黜退小人,也是有人说对,有人说错,又惹出一国的是非。

"没过多久,你奉大元皇帝之命,带着国书使宋,却见不了宋国皇帝,退不回大元故土。你又写信,又书陈情表,又上万言书,想用这些来说明诚伪、仁暴、战和、安危、利害的道理。可惜呀,没有人给你上报也是枉然。对此又是有人说你做得对,有人说你做错了。你一身兼了两国的是非啊。一身之是非没有结束,加以一国之是非;一国之是非没有结束,加以两国之是非。

"就这样先生还不满足,要作《春秋外传》。那么长时间里的人和事,哪些写,哪些不写,哪些该褒扬,哪些该批评,都是你自己说了算,难道都能做到恰如其分,结论都是正确的吗?后世之人的看法都能和你一样吗?肯定又有是者,有非者,万世之是非都到你身上啦。'"

郝经给自己续了一杯茶,喝了两口接着说:"那人不怀好意地笑笑问我:'为什么你身上的是非那么多呢?难道你就不因为害怕而感到苦闷和急躁吗?'"

正说到这里,宋琚走了进来。原来刚才郅国、薛良与马德、孔晋学他们吵起架来,宋琚来请先生过去劝架,刚好赶上郝经娓娓而谈,听到这里,气不打一处来,骂道:"什么鸟中节使?平时假惺惺装出一副温文尔雅的样子,出言何其不逊!"

何源文绉绉道:"此乃戏辱先生也,揶揄之意彰矣。是可忍,孰不可忍?"

刘人杰也道:"这家伙,怎么能这样?对使团公然挑衅。"

高翮问道:"先生是怎样回答的?"

郝经站起来,饱蘸浓墨,继续写道:"我回答:'正如先生所言,我的是非是多,然而我不能躲避而只能欣然接受。因为孟子说过,知道对与错是正确认识客观世界的开始,如果心中没有是非的概念,那他就不是人。'"

苟宗道带头鼓掌道："痛快！痛快！"

郝经继续写："至于那些担任公职时，披着忠信、廉洁的外衣，言行不一，当面一套，背后一套，四方讨好，八面玲珑的伪君子就叫'乡愿'，就是败坏道德之贼。在闲居独处时，他们无论什么坏事都做得出来。当他们见到那些有道德修养的人，却又躲躲藏藏，企图掩盖他们所做的坏事，而装出一副似乎做过好事的模样，设法显示自己的美德，这样的人就是翻墙穿洞的强盗。"

"说得好！"众人齐声欢呼。

郝经扔掉那支已经被磨秃了的毛笔，再换一支另起一行继续写道："曾子说：'一个人的所作所为，若是被许多双眼睛注视着，被许多只手指点着，难道不是一件严肃而可怕的事吗！'这样的事我是不敢做的。所以，无论在保州、在朝廷、使宋和著书，我都是以公善公恶为标准，大家都能看见的，经得起道德考验的。"

又是一阵热烈的掌声。郝经环视众人，笑着说："谢谢。"

"但是其所是，不非其所是，非其所非，而不是其所非，夫是之谓真是非。非其所是，不是其所是，是其所非，不非其所非，夫是之谓伪是非。予之是非虽大且多，顾自取之，不得而辞。第不以真是非自欺而为非，不以伪是非欺人而非人，批评错误和坚持真理都是正确的，又有什么可害怕的呢？"

郝经洋洋洒洒，挥笔不辍，一口气写下这一段话。

先是宗道拿纸抄录，后来大家都抄写起来。

宋琚说："什么'是是非非，非非是是'，我怎么一点儿也听不懂呢！"

苟宗道拉过宋琚指着先生刚刚写在墙上的字，一边读一边解释："是其所是，第一个'是'表示肯定，第二个'是'指正确的东西。这句话是说，做人做事要坚持真理，反对错误把对的认为是对的，把错的认为是错的，比喻要分清楚是非、好坏，不能是非、对错不分，更不能颠倒是非。"

"哦——"宋琚恍然大悟,带头鼓掌叫好。

何源道:"是是非非谓之知,非是是非谓之愚。"

大家又是一齐鼓掌,对郝先生敏锐的外交洞察能力和犀利的语言表达能力都佩服得五体投地。

"后来呢?"高翶问道。

郝经微微一笑道:"那个人连忙说:'这样的话,则先生都对,是小人错了。敢请罪!'我说:'我只能反省自己,哪里敢责备别人呢?''是,是……'那人舔了舔发干的嘴唇,嗫嚅着,躬身却步退了出去。"

郝经从屋里走出来,大家都跟在他后面。望着"是是堂"端端正正的三个大字,苟宗道意味深长地说:"是呀!我们一定要以先生为榜样,坚持真理,反对错误,把出使宋国的任务完成好。"

有话即长,无话即短。转眼到了中秋节,伴使团送来的供给中,除鱼米之外,多了几坛酒,还有桂花饼和几只大雁。伴使秦之才请使团行府人员就在营中院子里赏月过节。

人们常用月圆月缺来形容悲欢离合,客居他乡的游子常常以赏月寄托思念家乡、思念亲人的情怀。"举头望明月,低头思故乡""露从今夜白,月是故乡明"的佳联美句不断在使团行府中每个人的心中涌动。桂花饼本是江南时令小吃,适逢中秋又寓含团圆之意。触景伤情,大家不免伤心落泪。

秦大人为了缓和一下气氛,叫人开了一坛洋河,吩咐厨子烧几只大雁佐酒。郝经忽然想起什么,招手让马德璘过来说了几句话。德璘便像个孩子似的,很兴奋地跑出去了,没一会儿,又无精打采地回来,用失望的眼神望着先生摇摇头。

几杯酒下肚,话也多了。郝经乃问:"是怎么逮到这么多大雁的?"

秦之才说:"每到秋天,北方气候严寒,不再适合大雁生存,大雁便会飞往温暖的南方,这时候就是渔人捕获大雁的季节。他们先利用渔船上的灯光晃动,抓到一两只,加以训练,让它们发出求偶的叫声,然后张网以待。渔人把经过这样训练的大雁叫作'媒子',同类听到雁媒叫声,就会撞到网里,这办法可灵啦。"

使团里都是北方人,哪里听过这样的故事,都津津有味地围着秦大人问这问那。

郝经却陷于深思,遂叫宗道取纸笔来,当即赋《雁媒》一诗:

> 云衢眇飞鸿,往来解随阳。序当夜有所,次进朝有行。
> 瀚海天山西,卵育岁为常。八月秋风高,雍雍共南翔。
> 水国足汀洲,江湖多稻粱。晻霭带残芦,老岸青草长。
> 哀鸣洞庭月,乱点潇湘霜。太和开冰天,北去顽穹苍。
> 信禽法天运,断不为炎凉。偶为篝灯误,缚足离江乡。
> 饮啄养为媒,朋俦总相忘。嗷嗷解愁人,乃反无愁肠。
> 弋人见冥鸿,矰缴潜施张。置媒使号呼,投网来抢攘。
> 奄忽一举尽,羽毛皆摧戕。厌然束缚去,又向云间望。
> 嗟嗟罔民徒,诡计不可防。被获反为用,竭力如鬼伥。
> 有信复无智,终自为身殃。误己更误人,不误真可伤!

郝经说:"大雁本来是一种守信的德禽,一旦做了媒子,被人利用,反过来祸害自己的同类。这就是我们常说的'为虎作伥'啊!譬如李璮,背叛了朝廷,把州城献给宋国不说,还阻止两国通好,帮着宋国攻打自己的同胞。这贼子害人害己,终究不会有好下场。"

"是的。忽必烈克服阿里不哥后,分兵平叛,李璮被史天泽杀死,已经过去四五年了吧。"秦大人一时嘴快说了出来,又觉不妥,掩口告辞道,"时候不早了,诸位也早点歇息吧。"

回到小院,宗道问:"大哥,刚才你叫马小儿去做什么来?"郝经苦笑了一声,什么也不说,却在《雁媒》诗下又题《馆人饩雁》一首:

> 持节江头久食鱼,馆人供雁意踟蹰。
> 呼儿细看云间足,恐有中原问讯书。

郝经道:"当年吾师赵仁甫,尝宿家中蜗壳庵,时霜清月冷,闻角声嘹亮,乃作《听角行》以赠其行,有云:'汉家有客北海北,节毛落尽头毛白。听此空令双泪垂,中原雁断无消息。'今忽想起,使探看也。"苟宗道说:"那不过是个传说而已。"

郝经道:"宁可信其有,不可信其无。"

话分两头。却说三节人员回到宿处,马德璘、孔晋学还在议论鸟媒子和为虎作伥的事。说虎咬死人,死者的鬼魂就跟着虎,名为伥鬼。伥走在虎前面,途中遇到猎人的陷阱,就领着虎绕开。遇到人,人的衣带会自己解开,其实都是伥帮虎做的。虎吃人后,剩下的赏给伥吃,伥还美得不行。

郐国听了不忿:"你说人都让虎吃了,他不跟着虎,跟谁去?他不吃虎吃剩的,吃什么?"

孔晋学说:"我看你就是为虎作伥,那年不是你和薛良帮着朱宝臣散布谣言,招我等降宋来着?"

薛良也恼了:"说什么呢?信不信老子打断你的腿!"说着就要动手。

马德璘过来劝架,郐国以为是来帮晋学的,劈面一拳打去,德璘的鼻血一下子喷了出来。大家一看不好,有的扶着马德璘敷药去了,有的撸起袖子准备干架。

宋琚拉开马德璘,说了郐国几句。郐国说:"我知道你们都是一伙的,欺负我们这些无依无靠的人。"说完"哇哇"的号哭起来,薛良也在旁边抹泪。

他们打架已经不是一次两次了,宋琚只好把郝经请过来。

郝经问清情况,对郐国、薛良说:"他们那样说你是不对的,但是对于媒子和伥的看法含糊不得,对就是对,错就是错,不能对错不分,更不能把错的说成对的。"

转而对宋琚道:"抽空你把《是是堂记》的'是是非非'给他们讲讲。"宋琚答应道:"是!"

谁也想不到,这样一次批评教育,几乎给郝经招来杀身之祸。几个月后,使团行府发生了一件惊天动地的大事。毕竟发生了什么大事,且听下回分解。正是:

> 哭鸟昼飞人少见,怅魂夜啸虎行多。
>
> 满身沙虱无防处,独脚山魈不奈何。
>
> 甘受鬼神侵骨髓,常忧歧路处风波。
>
> 南歌未有东西分,敢唱沧浪一字歌。

第五十一回 嫁祸栽赃遗笑柄
著书立传炳千秋

天王推恩下宝书，龙节玉币金虎符。

边臣喜兵祸二国，阴使竖子来相图。

七年奸凶缄髓骨，故作狼蜷期一扑。

朦人救死趋夜发，群起先尸帐下督。

拔栅登门强斩关，直入卧内杀长官。

汹涌逆气喷信函，模糊生血撼帐竿。

魏斌慷慨掉臂入，举头为城令避贼。

抱书登墉性命存，黑风卷地飞沙石。

……

看官，这首《入奏行赠千户魏斌》，乃郝经回朝后，向皇上忽必烈为魏斌请功时写的一首诗。这首诗描述了他们昔日被囚真州，发生"丙寅之变"的真实情景。诗中对"丙寅之变"发生的因由、奸凶潜伏的过程、事变的血腥场面，以及魏斌临危不惧、从容对敌的英勇事迹，叙述得井井有条，描绘得栩栩如生。毕竟当时发生了什么事情，且听说话的慢慢道来。

闲话少叙，言归正传。

却说郝经对在是非面前认识模糊的郅国和薛良进行了批评教育，还让苟宗道于教授之余，重温《是是堂记》中的是非观，要求使团人员都要做到：在是非面前能详察独见，在小惠面前要洁身自好，在批评面前善反躬自省。

无独有偶，伴使潘拱伯也时招二人诫勉。二人果然洗心革面，谦恭礼让、笃学有加，多次求宋琚带他们亲自向郝先生求教。求教之余，端茶倒水，扫地拂床，无微不至。凡马德璘、孔晋学做事即来帮衬，德璘甚厌之，晋学乃劝其不计前嫌，与人为善，遂视如兄弟。

在编写《春秋外传》时，郝经辑录了许多宝贵的资料，遂决定将其编撰成册。他辑录了历代学问大家一百五十余人的名篇佳作，名之曰《原古录》，推广圣经之余裔，以为斯文之命脉。写好序，一并交与苟宗道誊写。此时已是年底。

丙寅春节过后，郝经休息了一个月，开始编写《周易外传》和《太极演》，同这两部书密切相关的还有"太极图""先天图""一贯图"，也计划一并整理，最后辑为《图说》。

这是一件非常费心耗力的事情，常常需要反复推演，悉心描画，以至于终夜不眠。郅国、薛良几次到郝经居所请教学问，总是看到先生或是全神贯注，专心写作，或是身心交瘁，伏案假寐，只好默默退出。

这天夜里，郝经正在整理文稿，忽听营中有铿锵打斗之声，闻都管成玉大呼："郝大人，有刺客——"

郝经连忙扯起床单，把文稿扒拉到里面，此时，杀声已至院门。郝经一时不知所措，副都管魏斌进来，拉着他向屋后跑去。魏都管将国信使匿于树丛之中，嘱其勿动，乃与两个追来的贼人格斗起来。

成玉见有贼人入郝经室，声索郝经之名，不敢恋战，冲入屋内，将贼杀死。不料后背中枪，倒在地下。

何源、刘人杰梦中惊醒，乃与高翻、宗道一起将桌子砸了，举着桌腿、灯柱打了出来。

此时总领宋琚与马德璘、孔晋学等人，已将外面的贼人拿获，赶到屋后。贼人拿枪频频向树丛乱戳，魏斌见宋琚等到来与贼接战，忙将郝经从树丛中拉出，尽力将其托举上墙，使跳墙外。苟宗道见郝经逃了出去，拉着高翻翻身冲出小院去找他。

残月终于爬上屋顶，打斗的影子映在粉墙之上如皮影一般。

"郅国！你这个为虎作伥的狗东西，拿命来！"

说时迟，那时快。只见宋琚一刀将郅国的脑袋劈了下来，自己也被郅国的长枪刺中，扑倒在地。行府提控的护卫赶到，把所有作乱之人一一制服。

忽然间灯火通明，朱宝臣领着忠勇营兵卒将使团行府团团围住，把国信使与介佐参贰以及三节中手无寸铁之人撤离。其余，死者验明身份，活者拘禁于室。

好不容易盼到天亮，经忠勇营总制事厅核查，在这次相殴事件中死四人，有使团行府提控总管成玉，三节总领宋琚，三节人员郐国、薛良；伤十三人，其中提控护卫和三节人员各有不等。宋方单方面宣布，这是一起使团内部斗殴事件。

刘人杰列举之前伴使行府频频单独诫勉、编造异闻、制造矛盾的事实，反驳道："这应该是宋方蓄意挑唆造成破坏元宋和谈的事件。"

忠勇营总兵段佑道："是的，贵使说得一点不错，确实有人蓄意破坏和谈，但不在我大宋。作为一国使臣，说话必须有证据，不能以臆断罪人。我方认定是贵行府内斗，是有充分的依据的。郐、薛二人乃李璮亲兵，为阻贵使通好，先有款兵犯边，今有内殴生事者也。"乃出示从郐国、薛良身上搜出的几封书信以证。

从笔迹来看，确实是二人亲笔。书信有写给中书省平章王文统的，有写给益都侯李璮的，内容涉及在五河口某某提出回朝、某某坚称使宋、某某诽谤李璮拔都、某某议论平章王文统，不一而足。书信上并无血迹，折叠整齐，似先前所为。郝经和何源仔细看了，既感到惊讶，又觉得不是那么回事。两人频频摇头，把信递给高翿和宗道。

高翿看都不看，责问道："如果属于内斗，请问肇事三节者所用之兵刃从何而来？为何不是弯刀和标枪，而是朴刀和长枪？"

苟宗道也指责说："忠勇营高墙密栅，使团行府四周坐铺兵勇昼夜巡逻监视，这些刀枪分明是你们提供的。"

总兵段佑被问得张口结舌，不住地看潘拱伯和朱宝臣。

郝经和何源简单交换了一下意见。郝经乃道："既然你们认定是一场内斗，那就交由我方处置吧。"潘拱伯忙不迭地点头答应，遂叫人买来四口棺材,把成玉、宋琚、郅国和薛良的尸体装殓了,暂厝于营外寺中。郝经复有《祭成玉》文,《烈士吟》赠总领宋琚诗。

高翿不忿,郝经解释说:"事情是他们搞的,他们能查出个什么结果?徒增死尔。"

在惶遽和不安中遇到副使何源的生日,郝经乃赠诗曰:

> 岁月闲丹灶,乾坤坐白头。
>
> 几回看北斗,何日见西周?
>
> 盘谷兰花老,天坛桂叶稠。
>
> 会当逃世网,共与赤松游。

诗中对归国之事充满了忧虑。送走死者,郝经含着热泪对大家说:"吾一介书生,蒙主上两征而起,一命为宣抚使,再命为国信大使,舍忠与义,其何以报?向在淮北犹豫顾望,畏避不前,我之罪也。一渡长淮,宋既接纳,其死生进退在于彼国,吾唯有一守节不屈耳。吾祖宗以来七世读书,宁肯为不忠不义以辱及中州士大夫乎?但君等不幸,同在患难,且宜忍死以待。吾以天时人事测之,宋之气数不远矣。"众皆悦服。

其实这次事件真的是一个天大的阴谋。昔,朱宝臣以李璮已降宋,诱郅国、薛良投宋。二人用写给王文统和李璮的信证明自己的真实身份,乃用苦肉计,矫报大元异闻,不得逞。后,赵分如偕苏鹤至真州,搜罗郝经轶事,以开玩笑的手法羞辱郝经,欲使其失颜而后降,又不得逞。赵乃密报贾似道国信使不可撼,欲除之。贾似道惧元问罪,且不合邀例,不可为。于是,授意朱宝臣,不妨寻隙使三节内讧,死生皆责不在宋。乃唆使二贼合三节中多怨嗟者杀长官以为功,于是就发生了"丙寅之变"。

赵分如生怕真相暴露,不能再让他们和曾经参与起事者住在一起,乃另筑新馆别居。三伴使亦相继离任。

秦之才调任扬州淮东制置使,临行带了厨子酒食来与郝经辞行。先生赠诗道:

东风吹落琼花雨，南浦潜生荔子烟。

夜久有怀闻独鹤，春归无语怨啼鹃。

天沈海底涵金锁，日隐鳌头顿玉鞭。

千尺丝纶万年井，文园消渴竟谁怜。

酒过三巡，秦大人说："郝大人，我本汴梁人氏。自幼失父，是母亲和哥哥把我拉扯大的。哥哥为了寻找交战被俘的父亲，浪迹朔方四五年之久，受尽了折磨，回来不久就死了。时有从伯父知真州事①，便来投之，至于今。自从伯父天年，堂房亲属四散。及先生馆于真州，仰之弥高。今方自孤，欲拜先生为兄长，不知道能不能有幸做先生的弟弟。"

郝经起身谢道："自入宋以来，秦大人对使团行府安排周到，照顾有加，交无欺，言无妄。郝经感激不尽，在心里早就把你看作兄弟了。"乃八拜，众皆举杯相贺。

酒阑，何源、刘人杰相继告退。秦之才对宗道等说："你们也都去吧，我还有话和郝大人讲。"

秦之才招招手，进来两个厨子打扮的人，跪在地上，口称"恩公"，因问郝经道："不知兄台还能认识否？"

郝经仔细看看，其后生者，甚壮，二十五六，有老妇人五十余岁，却是想不起来。

秦之才道："先生在保州可曾舍银救助过一个叫秦之用的一家三口？"

郝经一拍脑门儿："哦，想起来了。怎么，长这么大了？"秦之才说："可不是哩。"

"谢谢恩公，谢谢恩公。"娘母俩磕头如同鸡啄米一般。

秦之才道："我这侄子叫秦中，略通文字。我走之后，他会时常来看你的。大哥有什么需要帮助，都可以告诉他。"郝经连声说好。

---

① 担任真州知事。

新伴使西珪到任,关防依旧,唯日给甚丰。秦之才交割时特地关照,许侄子随时探视郝经。

自古不朽有三:立德、立功、立言。郝经自忖:"片天之下,四壁之内,秋霜夏暑,吾所能者,唯万折而不衄,著书、吟诗。立言以传之无穷,冀后者继吾之未竟者也。"

历时两年,终于完成《周易外传》八十卷、《太极演》二十卷,皆有序。整理辑成《太极图说》《先天图说》《一贯图说》三册。乃作诗曰:

> 十年方成一贯图,恍然才见未生初。

> 仲尼没后遗言绝,且读遗书莫著书。

这的确是一项浩大的工程,书成之日,郝经身心俱疲,竟然病倒,水米不进。卧床半个多月,方才缓过劲来。

伴使西珪请来真州名医沈如桂。医官一搭脉,脸色严肃起来,问:"你们怎么现在才让我看?"

西大人问:"怎么样,很严重吗?"

沈大夫说:"可不!先生脉象细涩、沉弦,偶有结代。主阴虚血衰,肝郁不舒。久之胸闷、咯血,那就不好治了。"

西大人说:"早就说请大夫来看,可郝先生一定要把书写完才肯,你看这可如何是好?"

沈大夫看看郝经床边的书稿,差不多与身等齐,不禁肃然起敬。

郝经说:"你放心,我的身体我知道。吃几服药就好了。"

沈大夫说:"那可不行!最少卧床休息半年。病好之后,该做什么做什么。这著书是最伤神的,可是身体垮掉,那就什么也做不成了。"

郝经若有所思,说:"好,好,大夫说得对,就依先生。这著书还真是比不得读书。我读书可以吗?"

沈大夫说:"看你怎么读啦,是像孔子一样读,还是像荀子一样读?"

郝经说:"孔子便怎样读,荀子又怎样读?"

沈大夫说:"孔子说'学而不思则罔,思而不学则殆'。然思伤脾。脾气郁结,久则伤正,运化失常,食少纳呆,胸脘痞满,腹胀便溏。先生受不起也。荀子说'吾尝终日而思矣，不如须臾之所学也'。须臾可也，厚积薄发，不亦乐乎？"

郝经乃向伴使西珪借书读。西大人说："我是一个懒散之人，哪里有书？不过，我听说李庭芝大人急走襄、樊督师，遗下许多古籍善本，不知新大使印应雷肯不肯借，先生且择了书目，待我试来。"

没过多久，一乘满载古书的车子赶进忠勇营新馆，郝经摩挲着前后《汉书》、《三国志》、《晋书》、《资治通鉴》、《通鉴纲目》等自己急需的书籍，喜极而泣，遥谢印大人。

沈大夫每日过馆监督郝经服药，更重要的是监督先生读书，一晌不过半个时辰。时邀介佐参贰闲谈，各有诗歌酬唱。经过半年的调养，郝经的身体渐渐恢复元气。沈大夫走时嘱其按时服药，注意休息。

西珪大人为了让郝先生补虚损，壮颜色，早日康复，特意为他寻得牛酪相送。郝经赠诗道：

> 深凝碧碗玉脂香，轻结酥皮蜡面黄。
>
> 斫雪径调倾一碗，大江忽在铁林傍。①

郝经十分感激这些在自己生病的日子里关心、照顾和陪伴自己的朋友。

书读得多了，郝经便觉得各种典籍中的记载常有不一致的地方，甚至互相矛盾，有些观点更是不敢苟同。

想起当年于铁佛寺中读书时，父亲曾亲授《三国志》。郝经以为陈寿所编《三国志》，魏、蜀、吴三国各自成书，过于简略，且统纪紊乱。没有记载王侯、百官世系的"表"，也没有记载经济、地理、职官、礼乐、律历等的"志"，不符合《史记》和《汉书》所确立下来的一般正史之规范。且尊魏抑汉，后世不公之甚。

于是，郝经乃作"后汉"正史。以裴松所注《三国志》之异同，《资治通鉴》之去取，《通鉴纲目》之义例，参校刊定，归于翔实。以昭烈纂

---

① 大江指长江，暗喻南方；铁林本意契丹骑兵，此指北方。

承汉统,魏吴为僭伪,书名为《续后汉书》。

冬十月,《续后汉书》写成,其年表一卷、帝纪二卷、列传七十九卷、录八卷,共九十卷,奋昭烈之幽光,揭孔明之盛心,也算是完成了郝经的一大夙愿。

嗣后,郝经把自己一生零零散散所作诗词歌赋、铭文杂记、奏章国策、使宋文移,分门别类地整理编辑成册,又将真州馆中著述各序及《仪真馆中暑一百韵》《幽思》等组诗,加入其中,名曰《陵川集》。是不忘其自也。

完成这般鸿篇巨制,郝经已是身心交瘁。吃了医官沈如桂几服草药,略有恢复。在苟宗道的协助下,开始编写《玉衡真观》。这是一部研究天象、星辰和历法的著作,具述"天命不违人心,人事合于天道"之理。

眼看又到七月。一日,听伴使西大人说,督师襄、樊的李庭芝又回来了,郝经听了面露冷笑。毕竟何事让郝经有如此表情,且听下回分解。正是:

> 落落长才负不羁,中原回首益堪悲。
> 英雄此日谁能荐,声价当时众所推。
> 一代高风留异国,百年遗迹剩残碑。
> 经过词客空惆怅,落日寒烟赋黍离。

第五十二回　出生入死全节义
天风海涛铸忠魂

丞相祠堂何处寻，锦官城外柏森森。

映阶碧草自春色，隔叶黄鹂空好音。

三顾频烦天下计，两朝开济老臣心。

出师未捷身先死，长使英雄泪满襟。

看官，你道诸葛孔明乃中国历史上的一代圣贤，是忠的代表，是智的化身。然而终究没能实现他的平生夙愿，没能光复汉室以报先帝的知遇之恩。他殚精竭虑，鞠躬尽瘁，一生只为酬三顾，却终究客死北伐途中，九仞只差一篑功。

想那郝经一生致力于中华之一统，以生民为己任，为实现诸华通好，弭兵息民，不遗余力。却没有想到，遭遇两国中误国欺君、间探造凿之人，反复奸宄之徒，使南北修好成为泡影，抱恨终身。怎能不叫人泣血宵吟、扼腕长叹也？

闲话少叙，言归正传。

却说伴使西大人说，督师襄、樊的李庭芝大使又回来了，郝经听了面露冷笑。众人忙问："为何先生闻李制置使回而面露如此之表情？"

郝经道："之前闻李大人督师襄、樊，必是边关有事。襄、樊乃军事重镇，能有什么事？肯定是我朝兵临城下。李庭芝，老成持重，作战勇敢。如果打了胜仗，应该入朝领受封赏，而今落寞而归，哼哼……"

众人会心一笑，唯有西珪脸上有些挂不住，不免有些尴尬，应酬了几句就走了。

众人感觉归国有望，心中窃喜。孰知郝经此时心中却是打翻了五味瓶，说不出来是个什么滋味。自主上初登位，赍国书持节入宋,至今已经一十五载,说不想家那是假话。时值孟秋,又见双星,望着天上一弯新月,想起家中妻子儿女,不觉潸然泪下,含泪吟道:

> 只见星杓挂月钩,银河依旧隔牵牛。
>
> 遥怜玉雪佳儿女,泪满西风乞巧楼。

能够归国自然应该高兴,遗憾的是,自己本是肩负两国通好的使命而来,如今却要靠大兵压境才能回去,岂不是个天大的嘲讽?何况很有可能自己被宋羁留,已经成了主上出兵的借口!"天呐,老天为何对我如此不公!啊——"

一声长啸,郝经倒在地上,呕出几口血来,几欲气绝。正在兴奋地议论何时可以到家的孔晋学、马德璘等人,慌慌张张跑了出来,把郝经抱到床上,又是掐人中,又是灌蜂蜜水,折腾了半天,才把先生抢救过来。

半个月过去了,郝经的病没有一点起色。痰中带血,夜不能寐,连喘气都觉得累,身体仿佛被掏空。

西大人又把医官请过来。沈如桂望闻问切,仔细诊过,不住地摇头。西珏急了:"究竟怎样,你倒是说啊。"

沈大夫说:"郝先生一半是身病,一半是心病。你看这一屋子的书稿,摞起来比人还高。莫说是肉体凡胎的人,就算是神仙也要脱壳羽化了啊。再加上心情不好,忧思过度,郁结于心,心烦脾虚,神魂无主,则不能寐,不能寐则体益虚,病因病证,互为因果,则久难愈矣。"

沈医官开了方子,叫人取药。乃与郝经论说时事家常,命运际遇,以舒情志。郝经叹道:

> 久客难撼病,衰颜倍觉秋。
>
> 空杯仍自举,堕甑复何求!
>
> 两度交金火,连年犯斗牛。
>
> 道穷还遇此,安得见西周?

沈大夫道："万事皆有定数，先生还须把心放开。君不闻子瞻[①]《定风波》乎：

> 莫听穿林打叶声，何妨吟啸且徐行。竹杖芒鞋轻胜马，谁怕？一蓑烟雨任平生。

> 料峭春风吹酒醒，微冷。山头斜照却相迎。回首向来萧瑟处，归去。也无风雨也无晴。

"先生自诩通《太极》《先天》，岂不晓'知不可奈何，而安之若命，唯有德者能之'也？"

郝经点头，心稍慰。

感时花溅泪，恨别鸟惊心，落花啼鸟总关愁。郝经对寓意团圆的节日特别敏感，这不，他最怕过的中秋节又到了。伴使西珪送来馆供，自然少不了洋河大曲、桂花酥饼和仪真毛蟹。马德璘说："怎么没有大雁？"说者无心，听者有意。

第二天，西大人叫人送来了几只大雁。马德璘一只一只检查雁足。心中默念："呼儿细看云间足，恐有中原问讯书。"

虽然得不到家乡的消息，大家吃着雁肉，心中还是充满了北归的希望。

因为是利用媒子诱捕的生雁，吃不了的就关在栅栏里，用米饭、小鱼、小虾或者蛤蜊什么的养着。

天气一天冷似一天，秦之才的侄子秦中来看郝经，带来几件御寒的衣服，又送来几只大雁。他说："听叔叔说过，伯父不喜欢长年食鱼，所以特地从捕雁的人那里买来几只大雁送给伯父。"他还说，"随着气候变冷，捕雁的人就不出来了。这也是今年最后的存货了。"郝经谢过，问了一些秦大人的情况。

临去时，秦中表露，开春后可能要去汴梁为父亲扫墓，不知能不能帮到伯父。郝经乃取出皇上昔日所赠之佛珠，取下三粒交与秦中，

---

① 苏轼，字子瞻，世称苏东坡。

说是只要献于汴梁官署即可,秦中诺,郝经送秦中出了新馆。

大雁被关进了栅栏里,一个个扑扑腾腾,想要挣脱樊笼。只有一只默默地望着马德璘和孔晋学,黯然神伤,也没有做无谓的挣扎。看着秦中远去,郝经返了回来。忽然那只大雁兴奋起来,"嘎,嘎"地叫着。听到叫声,郝经向栅栏走去,下意识地发出"咕嘎,咕嘎"的声音,招呼着这只雁。这只雁从栅栏里伸出脖子,用嘴叼啄郝经的衣服和绦带。

郝经仔细端详着这只大雁,似曾相识,就叫马德璘把它放开。马小儿怕大雁飞走,磨蹭着不肯。孔晋学见先生执意,就钻进笼子里把这只雁抱了出来。

郝经抱着大雁有些吃力,梳理了几下背上的羽毛,就把它放在地上。令人意外的是,大雁并没有飞走,而是围着郝经不停地叫唤,还用头蹭着郝经的衣服撒娇。郝经若有所思,搔了搔头上的白发,对马德璘和孔晋学说:"你们做事去吧,这只雁就交给我了。"

按下郝经皓首北望暂且不表,北国大地早已阳和又兴。却说这一日,汴京金明池上,桃红铺锦地,柳绿拂清风,花间粉蝶成双舞,枝上黄鹂捉对鸣。正是:

> 万座星歌醉后醒,绕池罗幕翠烟生。
>
> 云藏宫殿九重碧,日照乾坤五色明。
>
> 波面画桥天上落,岸边游客鉴中行。
>
> 驾来将幸龙舟宴,花外风传万岁声。

忽必烈此刻正在临水殿与都元帅刘整商量加强元军水师的事。刘整奏道:"我精兵突骑,所当者破,唯水战不如宋耳。夺彼所长,造战舰,习水军,则事济矣。"忽必烈准奏,谕其造船五千艘,日练水军,待时而用。

忽报独木干公主与皇后察必驾到。

原来朝廷收到刘整奏章,言"无襄则无淮,无淮则江南唾手可下"。为了实现了由川蜀战场向荆襄战场的转移,忽必烈此次南行,就是实地考察它的可行与否，以及和刘帅商谈整饬大元水师的事。适逢独木干公主前来朝觐皇兄皇嫂，二人听说汴梁城金明池春景甚美，即随驾来游。

方才姑嫂二人在仙桥凭栏观景，忽有南雁北飞，其一循桥而绕，凡三匝，落于地上。皇后道："我听说大雁是个守信的禽儿，岁岁北归，敢是守园的兵丁射下不成？"

独木干近前看了道："这雁儿并未受伤，左足上还系着一个油纸包，任人摩弄，毫不惊愕，也是奇事。"

两人将油纸包儿拆开，却是一幅帛书。仔细一看，吃惊不小，原来帛书正是十几年来一直苦苦找寻的国信使郝经所书。

两人叩见皇上，独木干公主将帛书呈上，忽必烈龙目一观，只见帛书上写道：

> 霜落风高恣所如，归期回首是春初。
>
> 上林天子援弓缴，穷海累臣有帛书。
>
> 中统十五年九月一日放雁，获者勿杀。
>
> 国信大使郝经书于真州忠勇军营新馆。

帛博二尺，高五寸。背有陵川郝氏印方一寸，文透于面，可辨识。安童在旁忽问："但不知那雁儿现在何方？"

独木干这才想起："哦呀——彼时刚解系书，即长鸣飞去，你看看……我……"

忽必烈道："今方至元十二年，书中中统十五年者，盖因郝卿羁禁中不知我朝改元。推算起来，乃去岁之事也。"

安童奏道："昔者，皇上多次遣崔道明、李金义为详问官，诣宋访国信使踪迹。或不得入境，或言已死。今既知郝大人在真州，当使重臣问罪。"

忽必烈准奏，即遣礼部尚书海牙、郝经二弟行枢密院都事郝庸入宋，赴临安问执拘使者之罪。

是时度宗驾崩，不满五岁的恭宗赵显即位，祖母谢太皇太后、母亲全太后垂帘听政。恭宗吓得钻进全太后怀里。

谢太后指着《罪宋表》上郝经的名字说："这，这是怎么回事？上面说我朝扣押了人家的使臣，居然达十几年之久？还是鸿雁传书始知尚羁于真州。这到底是怎么回事呀？"

众大臣听了甚感吃惊。众皆侧目丞相，不敢言语。

谢太后把头转向贾似道问："太师，你是首辅大臣，应该知道是怎么回事吧？"

"这……臣……"贾似道嗫嚅道，"臣虽为首辅，终非事事亲为。似此胆大妄为者，或是一些无法无天的边将所为，也不可知。"

"哼！"谢太后愤愤地说，"如此祸害国家，殃及社稷，是必严惩，绝对不能轻饶！"

"是，是，待臣查明，一定严惩不贷！"贾似道连连答应。

走出大庆殿，贾似道不住地用袖子擦汗，连忙招来相府四客商议。

赵分如脸色阴沉，目露凶光，咬牙切齿地说："相爷，事到如今，瞒也瞒不住了，不如……"说着做了个杀人的手势。翁应龙点点头说："就是！"

贾似道瞪了他们一眼，摇摇头。

廖莹中说："不行，不行。不如下令，让真州忠勇营总兵段佑礼送郝经北归，然后劳烦宋大人再入大元军营议和为好。"

宋京连忙摇手推却。商议了半天，连个去真州传令的差事都没人敢应承。

廖莹中小眼骨碌了两下说："相爷如果能把郝经的亲笔书信赏于下官，廖某倒是可以去真州走一遭。"贾似道不耐烦地向他挥挥手，算是答应了。

却说郝经，自从养了那只大雁之后，每日与之形影不离，亦不许再杀他雁。到了月底，料捕雁人已息渔猎，乃于南行时所穿之衣袖里撕下一条缣布，裁成数段，写好帛书，用油纸包好。九月初一日，真州官民忙于祭祀场圃仓神。郝经将帛书裹于几只健雁之足。至晡，暗招介佐参贰等人，礼拜默祷之后将雁尽放。

却说郝经等自从放雁以来,每日里盼望朝中来人解救,看看冬去春来,心中充满了希望,却做梦也没有想到自己的弟弟会亲自来接他。相隔一十六年,手足再相逢,疑是梦中,喜极而泣,放声大哭。

总制厅事里,每日间好酒好菜招待着上国特使和使团行府人员。总兵段佑从来没有像今天这样卑微过,小心翼翼地伺候着每一个人。

苟宗道和马德璘、孔晋学忙忙碌碌地整理着郝先生的行装,光书稿就装满五只箱子。

皇上又派特使带着迎接郝经的车队来到真州。这一回来的是怯薛长扎礼,和他一起来的还有两名御医,由秦中领着来到真州忠勇大营。

秦中备述前去汴梁扫墓,持珠觐见大元皇上,却好此时海牙、郝庸刚刚离开汴梁前往临安。秦中禀报了郝大人在真州的详细情况,又细陈了郝大人的身体状况和病情。忽必烈复遣怯薛长扎礼带着车队和御医前去迎接郝经,赐秦中千户。秦中谢绝了大元朝廷恩赏,即刻随特使起身南行,郝经感激之情无可名状。

经过精心调理,加之心情愉悦,郝经的身体得到很好的恢复,回朝的准备工作也做好了。浩浩荡荡的回朝大军踏上了归程,所过郡邑,不远数百里来观者如市。父老闻郝大人全节不屈,皓首而归,往往有泣下者。

四月初,郝经来到大都燕京,很远就看到了皇城的金顶,红墙黄瓦,光华熠熠,耀人眼目。郝经说:"果然恢宏壮丽,一定又是秉忠的杰作。"迎接使者称是。

燕京城里,清水洒过的街面,夹道欢呼的人群等待着这位以生民为己任、豪迈、有崖岸、尚气节的大英雄。郝经为了弭兵息民,在宋羁押一十六年忠贞不屈的事迹在坊间传得家喻户晓。人们看着这位受尽磨难、龙钟皓首的老人,由衷发出唏嘘和感叹,抽噎哭泣之声不绝于耳。郝经不停地抱拳致谢。

郝经的车队迤逦来到皇宫门外,郝经急忙让车队停下,要下车进宫见驾。可是,还没等他走下车子,忽必烈和察必便急切地从皇宫走了出来,后面跟着王公大臣。

郝经看见皇上,激动的泪水夺眶而出,急不可待地从车上跳下车,踉踉跄跄地向忽必烈奔跑过去,嘴里喊着:"万岁! 万岁! 老臣可算见到你了! "说着就要行大礼。

忽必烈一把扶住,用他那宽阔臂膀把郝经紧紧抱住,泪眼婆娑地喊着:"郝经——郝爱卿! 我可把你等回来了。"两人久久不愿分开。及午,大元朝开国皇帝忽必烈偕察必皇后在大明殿盛宴为郝经接风。

至晡乃出,时有旅雁行空,雁群排成整整齐齐的人字形,啸鸣北去,郝经望空抱拳遥谢。

刘秉忠乃作《传书雁歌》:

> 冷冽秋风,北雁南飞,些许哀鸿。
>
> 陷鸟媒勾引,网罗入笼;随时炙煮,作馔盘中。
>
> 哪里堪挣,幸逢恩主,肯放生还待暖生。
>
> 关山远,洗尘归故土,帛讯传通。
>
> 诸华岁月峥嵘,历弱宋强元血雨风。
>
> 看文忠郝圣:河东罪奏,班师谏议,总念苍生。
>
> 十六淮囚,初心不改,著作同身未计功。
>
> 朝金阙,绕龙城几匝,翱翥长空。

宴毕,召入廷殿赐座论事。郝经奏报使宋始末及"丙寅之变",列诸臣从者功。

忽必烈历数郝经之功,颁旨表彰,封赏魏斌、苟宗道等有功之臣,抚恤烈士成玉、宋琚。

时逢有臣奏呈谕宋诏草,忽必烈看了,甚不称意,遂付与郝经修改。

郝经看了看,援笔立就。观其形制非关非牒,既不是国书,也不是文移,直言诏告,心说:"宋亡矣。"

翌日，忽必烈亲送郝经至上都，让他在家好好养病。原来皇上早已将郝经家眷子女接到了开平，赐第"侍圣坊"。郝经一家团聚，五味杂陈，悲喜交集。

郝经拉着庆娘手说："只是连累夫人，十六年朝思暮盼，受尽凄凉也。"夫人说："那不过儿女之情，何须挂齿。"

郝经见当年七夕《明月》诗尚悬于壁，乃吟道：

关山明月杜鹃魂，阿庆香闺旧句存。

张庆接道：

十六年来淮海系，羁愁领略付吟樽。

却说郝经身体一日好似一日，乃开箧整理昔日文稿，张庆怕夫君劳累，往往代为誊写抄录。一日问道："夫君，为何诗中多有'西周'句也？诸如'几回看北斗，何日见西周''道穷还遇此，安得见西周'。"

郝经道："西周，吾志之所之也。夫周者，中国古之盛世也，自兹，民族与部落渐相融合，华夏遂成。其中夷、蛮、越、戎狄、肃慎、东胡等渐融入其中，正应中国之征也。"庆频颔首。

"唉——"郝经喟然长叹一声，仿佛自言自语道，"可叹吾生不逢时，风云开阖，生民涂炭。及吾遇明主，四上国策，上皆用之。吾以统行'中国之法'立国，保留蒙古祖宗之制以治漠北，'附会汉法'以御中原，举国昌达也。此次使宋，欲推其法，南北各行其制，衅虽积而可消，兵虽交而可弭，亿万性命可存，挽回元气，春动诸华，祚天地人神之福。奈何不敌奸宄之徒，彼宋休矣！彼民灾矣！我恨呀——"

张庆问："敢问何为'诸华'者？"

郝经答道："《春秋左传》有云：'诸华，中国也。'"

一日，郝经批检书稿困顿，释卷假寐，忽觉回到陵川棣华堂中，父亲和母亲正于厅中对坐博弈。

郝经叩谢，泣道："孩儿未能完父母所托'拯民于水火'之命，诚有罪。"乃跪行向前，愈前行，愈觉远。

远远看去,是一座桥。哦——是了,分明就是陵川和壶关的界桥。自己不是还在桥上斗棋,赢了一个叫桥将的小村子吗?下棋的那是我吗?分明是一个道长、一比丘尼在那里对弈。仔细辨认,好像天倪子和守贞妹妹,却又随风飘逝。

那桥越来越远,越拉越长。忽然风云变幻影,化成汪洋绕神州。祥光笼宇宙,瑞气照山川。天风习习,千层雪浪吼青霄,海涛涌涌,万迭烟波涛白堤。伶仃洋上,水飞四野,金门岛边,浪滚周遭。水飞四野振轰雷,浪滚周遭鸣霹雳。元始天尊执白子洋洋洒洒,布盛世之局;观音菩萨拈乌扁从从容容,寻共域之径。一盘大棋无胜负,两相手足共中华。

郝经乃意气激发,执如椽之笔,望空书下"天风海涛"四个大字。

看官,《郝经传奇》到此终了。正是:

> 百战归来力不任,消磨神骏老骎骎。
>
> 垂头自惜千金骨,伏枥仍存万里心。
>
> 岁月淹延官路杳,风尘荏苒塞垣深。
>
> 短歌声断银壶缺,常记当年烈士吟。

后 记

——在历史的灰烬中寻找郝经的足迹

一

在太行南部的大山深处,有一个小小的村落名叫鲁山。村子四面环山,北高南低,树林茂密,景色宜人,漫山遍野开着星星点点不知名的野花,老人肚子里是比山上野花还要多的传奇故事。我就是在那个寂寞的年代、封闭的环境里,听着那些絮絮叨叨、曲折离奇的故事长大的。

故事虽然很多,主人公却永远只有一个,那就是郝经,在鲁山是不能直呼其名的,只能说郝圣人。

听说我的曾祖父是前清秀才,不知怎的,到了父亲这一代却没落到入了赶脚①的行当。村子里有八九个脚户,是一个小驮帮,父亲负责联系活计,起驮和散庄都在我家。俗话说:"天下三百六十行,除了赶脚莫放羊。"赶脚乃天底下最苦的活计。候活的无聊,旅途的寂寞,打尖②的空隙,分庄的等待,都是他们施展"访古"③才华的时候。他们所讲的故事,同样的情节往往有好几个版本,各持己见,互不相让,常常争得面红耳赤,想想也有趣。父亲讲的故事最好,因为父亲是个读过《论语》《中庸》《大学》的人。在苦力行他是个读书人,在读书人里他是个受苦人。一个读书人,就用这样的方式打发着受苦的日子,标榜着自己读过书。

---

① 指赶着驴或骡子为人送货的职业。
② 指途中吃便饭。
③ 即讲故事。

我于 1963 年参加工作，少小离家，从事教育事业 43 年；退休以后，偶回家乡，提起郝经，村民竟不知其为谁；便是郝氏后人，对其先祖事迹也是一头雾水、满目茫然。

现在交通如此便利，信息如此发达，广播、电视、手机……快餐式的娱乐把乡村生活填得满满的。现在的鲁山村，年轻人外出打工，"直把他乡作故乡"；留守老人和儿童忙于陪读和择校，"不知今夕是何年"。谁还记得郝经是谁。在闭塞中能流传近千年的故事，在开放的现代生活中，只怕几年工夫就会流失殆尽，一点痕迹也留不下。

然而，郝经反对"华夷之辨"，推崇四海一家，主张天下一统，辅助忽必烈使国家逐步走向大治，且通字画，达理学，善诗文，著述颇丰，堪称元代大儒，总归有人不会忘记。20 世纪 90 年代初，秦鸿昌老先生为郝经作传，邀我谋划，遂为挚友。书成，秦老说："传，博引旁征，以史证史，难免枯燥无味，鲜能遗世。希望写成小说或拍成影视作品，方能广为流传。"当时我欣然应诺，并将设想和部分情节和秦先生交流，得到秦老支持，始做小说。

二

本以为流传于民间的故事情节是现成的，耳熟能详，只需要铺陈敷衍，编年纪事，即可成书，谁知道真做起来却不是那么一回事。因为民间故事里的情节往往是"荒诞不经"的，甚至是"无稽之谈"。这样的材料作为茶余饭后的谈资倒还可以，要是写进小说中，成为反映社会生活的文学作品元素，就必须认真对待了。

首先要面对的就是故事中的关键人物是不是真实存在过；故事中讲的经典情节是不是确有其事；真有的实事，他们讲的是不是靠谱。这样的窘境迫使我不得不在历史的灰烬中寻找郝经的足迹。

要说和郝经交集最早、影响最大、故事最多就是郝经青梅竹马的恋人。这个人物在故事中是这样的:说有个蒙古王爷的妃子生了个女儿是个呜嘤（呜嘤就是蝉的俗称），一生下来就"呜嘤——呜嘤——嘎（或喳 chā）——"的叫唤，就起名叫呜嘤嘎（或喳），后来宫廷内乱逃了出来给郭家当了闺女。郝经从小就喜欢郭姑娘，两家大人的关系也很好，就给他们订了婚。正当两人要结婚时，蒙古王宫找到了郭姑娘，把她带回王宫。她的生母逼着她嫁给了一个远在天边的亲戚，赏给她一副金碗银筷木头棍，叫她嫁鸡随鸡嫁狗随狗永远不许回来。呜嘤嘎说要讨个封号，蒙古妈看了看她手中的木棍，连个权柄也没有，就封了她个"独木棍"公主。后来她很想念郭家，从老远的没天边①来山西认亲，她的郭爸爸当了和尚，她很伤心也出家修行了。

你说历史上真的会有这样古怪的名字和离奇的封号吗？真有嫁到没天边的公主吗？

再说说郝经的婚姻，这是父辈们最能打别②的情节。有的说是万户张（柔）做了汝南王，他有个八岁的闺女叫张庆，汝南王相中了郝经，就把闺女许配给了他。有的说张庆是万户张他哥哥的闺女，一个封了万户的王爷，怎能舍得叫自己的亲闺女嫁给自己家的教书先生呢？他怕郝经不好好教他的孩儿，就把哥哥的闺女说成是自己的闺女圪哄③郝经哩。这样的事件是不会载入史册的，这样的素材该如何区处也是个费脑筋的事。

更有一诗人浇灭两圪堆④火的故事，说的是忽必烈平大理回来遭到奸臣暗算，想要兴兵问罪。郝经说唐朝有个诗人说：

　　　韩信功高死到未央宫，岳飞功高死到风波亭。

　　　郭子仪功高不盖主，做了皇上亲家公。

郝经告诉忽必烈要把自己的位置摆对："君是君来臣是臣，不君不臣要灭门。"忽必烈就交出了兵权，保住了性命。奸臣见一计不成

---

① 陵川土话，意为很远的地方。
② 争论。
③ 陵川土话，有骗的意思，也有讨好的意思。
④ 陵川土话，量词，就是"堆"。

又生一计，撺掇大汗扣押忽必烈的妻子和儿子做了人质。忽必烈气得要造反，郝经掐指一算，忽必烈还真有天子的命，但是时机不到也不行。郝经说还是唐朝那个诗人说：

虎落平阳被狗欺，凤凰落架不如鸡。

有朝一日春雷动，想上龙门也有梯。

忽必烈听取了郝经的意见，按下心中的无名烈火，忍辱负重，等待时机，终于登上皇帝宝座。且不说有没有这档子事，我知道真的是没有这样的唐诗。

为了探求历史的真相，塑造接近真实的人物，展示符合当时社会特征、人物性格、人际关系的典型情节，就需要阅读大量文史资料、文学作品，了解当时的风土人情、市井民俗，探察相关的奇闻逸事、俚语村言。

经过不懈的努力，终于在《元史》《蒙古秘史》《蒙古黄金家族世系表》中查找到线索：元代嫁到外族的共 38 女，其中皇女 10 位、同姓宗室女 22 位、身份不明者 6 位，下嫁汪古部落 16 位、畏兀儿 9 位、高丽 9 位、吐蕃 4 位。其中就有："独木干公主"（拖雷女，皇女孛儿只斤氏）嫁汪古部首领聂古台，后嫁其弟察忽，比较接近故事中的"独木棍"公主。

又通过查阅上千个蒙古人的名字，发现"乌英嘎"是蒙古族古典女孩子名，意为动听的歌曲或旋律，也有心灵美或优雅的意思。很显然，呜嘤嘎是根据声音和联想汉化了的蒙古人名。

同时还查阅到：独木干公主不仅能够封授监临河东（包括山西）的达鲁花赤，还能给汉地高僧加封徽号。《华严寺明公和尚碑》则记载，壬子（1252）独漠干翁主（独木干公主）"权倾朝野，威震一方"，曾给西京大华严寺明公和尚海云加封"佛日圆照"的徽号，可见独木干在山西地区佛教事务中具有重要影响。掌握了这些资料，"郭守贞、乌英嘎、独木干"的形象逐渐丰满，逐渐活了起来。

既然"独木棍"公主是真有其人，那么，郝经和张庆的故事是不是也是确有其事呢？元代宋裒（jiǒng）《张女挽诗并序》说："女讳阿庆,汝南忠武王第八女,今翰林待制郝陵川所聘也。日诵数百言,尤工属对,十岁而逝。元遗山《续夷坚志》记其事。"

那么,宋褧提到的《续夷坚志》中到底有没有记述这件事呢?一查,还真有:"张女,庆,资质秀爽,眼尾入鬓。丙午秋,入小学,生七年矣。日诵数百言,比戊申二月,女史属词,孝经、论语、孟子、易乾传至下系、诗二南、曲礼、内则、少仪、中庸、大学、儒行、祭统、祭义、经解、冠、婚诸篇,班氏女诫,郝氏内则、内训、通丧记六卷,皆成诵。日兼二诗,古律至十篇。学书下笔即有成人之风。旦夕家居,见家人或不整肃,以礼责之。又所诵书多能通大义,时为讲说。其属对,才思敏捷,无小儿女子语,云云。识者谓此诗不佳,后日果得病,又四日亡,甫九岁。郝伯常为诗吊之。"

从文中我们发现:丙午(1246)秋张庆入小学时是七岁,推其生年为1239年。郝经1223年出生,比张庆大十六岁,郝经十岁逃难来到保定,再过六年张庆出生,那时郝经十六岁。张庆八岁(七周岁)时,郝经二十三岁,已经和满城徐氏结婚三年多,儿子都两岁了,这一段姻缘因为缺乏事实依据的支持,所以我只好忍痛割爱了。

郝经和徐氏的婚姻并没有维持多久,传闻万户张柔的哥哥叫张近(按远近刚柔排序),在河南淇县一带教书。张近死后,他的妻子带着女儿来投奔弟弟万户张柔,时张柔女张庆既殁,万户张柔的嫂嫂不久也病死了,万户张柔就收养了这个侄女,仍名张庆,给郝经做了填房。看起来这个情节比较可靠,和《元史》记载的郝经继娶奥淇张氏也是一致的,同时还有郝经的《挽毛夫人诗》可作佐证,诗曰:

> 雍容二十四城春,叶赞元戎作虎臣。
> 家法自传王令尹,流风复见谢夫人。
> 种香忽去花辞树,秋月俄空镜掩尘。
> 最苦一年门下客,不能执绋在江滨。

执绋，指古代出殡时拉棺材用的大绳，陵川土话叫作驾灵拉纤。诗中表达了郝经因为时在鄂州前线不能为毛夫人驾灵拉纤而负疚之情，说明郝经是以子婿自居的。《陵川集》中有"最苦一年门下客"解释为郝经曾经在张柔府做塾师肯定是错误的，因为郝经任张府西席有七八年之久，与"最苦一年门下客"的叙述不符，再者也没有西宾为女主人驾灵拉纤的道理。最合理的解释应该是娇客，古时以婿为娇客也，郝经婚后在张家住过一段时间，才有了"一年门下客"的感叹。因为素材很充足，情节很精彩，所以写起来得心应手，也不乏神来之笔。奥淇张氏为郝经生了两子一女，阿长早卒，没有写入小说中。

比较而言，查找一位诗人的两首"灭火"诗就容易得多了，有韩信、岳飞、郭子仪以及龙门、等待时机等关键词，又有唐代诗人的搜索范围，百度一下很快就找到上百万条相关信息，其中樊川居士杜牧的两首诗映入眼帘。一首是《云梦泽》：

> 日旗龙旆想飘扬，一索功高缚楚王。
>
> 直是超然五湖客，未如终始郭汾阳。

诗中有韩信，有郭子仪，虽然没有岳飞，但范蠡是功成名就之后急流勇退的典范，坊间有《打金枝》一戏，可以对应第一首。又得《使回枉唐州崔司马书兼寄四韵因和》，诗中有：

> 人心计日殷勤望，马首随云早晚回。
>
> 莫为霜台愁岁暮，潜龙须待一声雷。

意为潜伏在水中的龙一旦听到雷声就会腾空而起，比喻不要被厄境压倒，要等待时机，与"春雷动""跃龙门"的意思相谐。

最有意味的是民间传说中"女娲造人"的故事，说女娲为了造更多的小人儿，一天天不休息地工作着，还是造不出很多的人来。有什么更好的办法可以使这造人的工作更便捷呢？有一次，她无意间捻指弹崩清除手上的黄泥，落地即为人。于是，她用弹指的方法把黄泥崩到四面八方，就有了中华各民族的繁衍滋生。这又与郝经反对"华夷之辨"、主张四海一家的思想契合。

老辈人口中和郝经有关的人和事还有很多,有些和以郝经为主线之情节的铺开没有交集,派不上用场。但在我的脑子里挥之不去,我想在这里做个交代。

一个是李璮,本欲乘忽必烈靖北之时中原守备空虚起事,却因郝经不经意间得《水龙吟》窥破阴谋,朝廷早有准备,姚夫子俟李彦简逃离,即刻调兵遣将前去平叛,李璮在济南被史天泽打败杀死,死前见了讨贼檄文,才知道失之一诗,深悔当初没有亲自接待郝经,使其撞破密谋泄露先机,乃呼"核桃柿饼老枣",终不知其意也。(有人说,郝也读 he,李璮本来想下个套借宋灭郝,结果被郝经套走了想造反的消息;史天泽有把柄在李璮手中却没有用上就被史灭了口;起事有点早了。)

再一个是秦中,凭佛珠得见皇上,状郝经情形,随特使引御医以就先生。郝经回朝时欲赠佛珠以帮其自保,秦中坚辞不受,或说请伯颜派兵保护,都被秦中婉言谢绝。他说:"议和不成,开战在即,身为南宋子民,覆巢之下,焉有完卵?死乃应该,不死是我造化,凡事随缘。"果然动乱之中秦家安然无恙,后娶妻生子,终生不仕元。

还有一个是翠儿,在父辈讲的故事中她是一个类似红拂的侠义女子。翠儿是贾似道的小妾,阅人无数,初见郝经就慧眼识英雄,不禁一见倾心。翠儿被贾似道害死后多次在郝经危险时托梦提醒,"丙寅之乱"中,她不仅给郝经托梦说有人暗害,而且冒着触犯地府阴规的风险,化作厉鬼背着郝经从窗户逃走。但是这样的情节难免有封建迷信之嫌,故舍弃不用,轻描淡写一带而过。

最后说说苏赫兰儿,忽必烈平定斡难河之乱后,本欲处死阿里不哥,按照蒙古族收继婚的习俗收苏赫兰儿为妃,哪承想苏赫兰儿誓死不从。忽必烈想起郝经的话:"这可是一个为了心爱的人,可以献出生命的女人呀,赤心可嘉,宜善待焉。"乃赦免阿里不哥死罪。从此,苏赫兰儿和阿里不哥带着几名亲信向南逃去,隐于云梦泽,不敢称蒙古人。苏赫兰儿和阿里不哥生了五个儿子,阿里不哥病死后,苏赫兰儿自称兰儿,子孙匿于水而不忘岸,遂以陆为姓。

三

郝经的出生地一直是个广受争议的问题。我是鲁山村人,祖祖辈辈流传下来的故事,都毫不含糊地说,郝经就出生在这里。可是在当今,所有介绍郝经的文章,第一句话都是"郝经,元初名儒。字伯常,泽州陵川人,生于许州临隶之城皋镇"。

这句话出于何处?追本溯源,那就是清代王汝楫等编撰的《郝文忠公年谱》,纪年时事首行是这样记载的:

"冬十一月,公生于许州临隶之城皋镇。"

而且在《郝文忠公年谱叙》中特别强调:

"公为陵川人,其生其殁皆不于陵川。而当留移转徙、幽囚拘系之时,其著书立说,必揭'陵川'于姓名之上者,盖以先人丘垄所在,未忍一日忘也。"

这一段文字坐实了郝经没有生在陵川的"史实",也成了本土学者秦鸿昌《郝经传》和董小苏《郝经研究集》引用的根据,后来的郝经研究者莫不跟风,人云亦云。这与鲁山村人祖祖辈辈流传下来的故事大相径庭。那么事实究竟是什么?就让我们抽丝剥茧,还原历史的真相吧。

《郝文忠公年谱》成书年代是嘉庆十五年(1810)。校刻是由王汝砺和杨豫成于道光十六年(1836)开始的。即使年内完成,距郝经逝世也已经过了555年。

再往前追溯,《元史》郝经传是这么记载的:

"郝经,字伯常,其先潞州人,徙泽州之陵川,家世业儒。祖天挺,元裕尝从之学。金末,父思温辟地河南之鲁山。"

这就是《元史》对郝经籍贯的描述。这段文字没有说郝经生于陵川鲁山，也没有说他是生于河南临颖。《元史》成书于洪武三年(1370)，距郝经去世95年。

但是，郝天挺客死他乡，嘱咐郝思温一定要葬其于叔祖东轩老人之墓侧。于是，夫妇负骨殖回到陵川。乃生经，十岁始重至河南鲁山，这是有记载的。请看——

《元故翰林侍读学士国信使郝公神道碑铭》载：

"公讳经，字伯常，郝氏自潞徙泽之陵川始。公八世祖祚。曾祖昇。祖天挺。父思温，既殁，其徒相与号'静直处士'。有三男子，公其长子也。公八世祖而下皆同居，业儒不仕，以淑其里。竭滀休庆，乃发于公。"

也就是说，郝氏自潞州迁移到陵川，始于八世祖郝祚，一直延续至郝经。"业儒不仕，以淑其里"不包括彝和庸。

碑文的作者卢挚(1242—1314)，字处道，翰林学士，诗曲俱佳。卢挚比郝经小20岁，郝经去世时卢挚是33岁。《元故翰林侍读学士国信使郝公神道碑铭》完成时距郝经去世为0年。

《元故翰林侍读学士国信使郝公墓志铭》载：

"公讳经，字伯常，姓郝氏，系出有殷帝乙，之支子封太原郝乡，子孙因士命氏。八世祖祚，自潞徙泽之陵川，遂为陵川人。祖讳天挺，考讳思温。考殁，门人谥曰'静直处士'。 静直公三子，公其长也，幼不好弄，沉厚寡言，金季乱离，父母挈之河南。"

从一个"挈"字，我们仿佛亲眼看到思温夫妇牵着郝经的小手出太行，渡黄河，在离乱的人群中奔走。

墓志铭的作者是阎复(1236—1312)，字子靖，高唐(山东聊城)人。经元好问校试，预选他与徐琰、李谦、孟祺四人，号"东平四杰"。阎复比郝经小13岁，郝经去世时他40岁。元好问考过他，从传统意义上说，他是郝经的师弟。《元故翰林侍读学士国信使郝公墓志铭》完成时距郝经去世0年。

《元故翰林侍读学士国信使郝公行状》载：

"公讳经，字伯常，姓郝氏，系出有殷帝乙，之支子封太原郝乡，子孙为世。八世祖祚，自潞州徙泽之陵川县，故世为陵川人。曾大父讳昇，字子进，母某氏。大父讳天挺，字晋卿，母某氏。父讳思温，字和之，既殁，门人谥曰'静直处士'。母许氏。自八世祖以下，皆同居业儒，匿德不仕，教授乡里，为一郡望族。"

《行状》首段是叙述世系的，这里除了"陵川县"，没有出现其他地域名称。接下来是叙述其生平的文字：

"静直君生三子，长即公也，次曰彝，曰庸。公幼不好弄，沉厚寡言，始知读书，能强记不忘。岁辛卯，静直君与夫人许氏携公避难于河南鲁山。"（请注意，这里是携公避难于河南鲁山，而没有携彝和庸。）

岁辛卯即 1231 年（金哀宗正大八年，蒙古太宗三年，宋理宗绍定四年），郝经虚岁十岁，彝和庸尚未出生。

我想，还有什么样的文字能比这样的叙述更清楚、更准确呢？没有，绝对没有！而且这些与郝经《太行望》中"当初十岁初渡河"的诗句也是十分吻合的。

这一段记载表明：郝经不仅生在陵川，长在陵川，而且他的启蒙教育是在陵川完成的。

《元史》载：苟宗道，字正甫，河阳（今河南孟州市）人，弱冠从郝经，往为书佐，及归竟以儒名家，官至国子祭酒。

苟宗道幼时在钧州战乱中与郝经相识，20 岁正式拜郝经为师，37 岁随郝经使宋，被拘 16 年，回来后做了教育部部长。也就是说从儿时一直到郝经去世，40 多年都和郝经形影不离。苟宗道的话，我相信！《元故翰林侍读学士国信使郝公行状》完成时间距郝经去世为 0 年。

考证到距郝经去世最近的年代，继续考证的就该是距郝经出生最近的年代了。距郝经出生最近、最权威的文献资料，当然是郝经自己写的《先妣行状》。行状中是这样写的：

"元光元年,复渡河。冬十有一月,生经于许州临颖之城皋镇。"

当我第一次看到这段文字时,我懵了。这是郝经自己写的,这是铁证呀。别说是我,换了任何人,他都得信啊!

然而,"郝经生在陵川,长在陵川,学在陵川"一直固执地在我脑海里萦绕。如果这是真的,那些发生在陵川的故事就成了无源之水、无本之木。我就一直盯着这段文字看,看了一遍又一遍,还是百思不得其解。

我忽然想到,会不会因某种原因,有人故意对原文做了手脚? 我就这个问题向很多朋友咨询过。有朋友说,有这种可能。他还说,这样的事情不是没有发生过。远的不说,就说郝经的学生吧。他叫张弘范,于公元 1279 年扫平闽粤,马踏崖山,覆灭南宋流亡政权。于是,挥毫泼墨,自题"镇国大将军张弘范灭宋于此",刻石勒功,以传后世。可是,就这么一句记功之言,日后却引发了一桩公案,明代有书生在"镇国大将军"前面加了一个"宋"字,然后,记功之碑就摇身一变成了欺国灭祖的铁证。张弘范父亲张柔是蒙古世侯,他本人和宋朝更是没有一点关系,怎么就成了灭国之贼呢? 像郝经这样的人物,在历史上也曾遭到过非议,特别是在明初。也许是郝经的后人在辗转流徙再回到陵川鲁山之前,故意这样做的。有一个喜欢收藏的朋友说,古人都比较迷信,但凡做了"伪"和"假",他们怕遭报应,都要故意留下破绽。他建议我看一看 2017 年 6 月 11 日的《一锤定音》。这一点在栏目中得到了验证。故宫博物院古书画专家金运昌先生在点评一件自称是黄君璧的山水画时说:"之所以说这件藏品是假的,是因为题跋诗中多出两个字来。这些作者都是大家,怎么会犯这么低级的错误呢? 所以,有些有一点年代的伪作或赝品,造假者往往在题的诗句中故意写错一个字,或者多写一两个字。意思是,看不出来是你的问题,可别怪我没有提醒你。"

一语点醒梦中人。于是,我就盯着这句话反反复复地看。朋友提醒我:一定是特别明显的,一定是故意的,一定是一看就能看出来的。现在我就把这句话抄在这里,看看大家能不能看出点什么来。

元光元年复渡河冬十有一月生经于许州临颍之城皋镇

不知道你看出来了没有,反正我觉得我看出来了:

1.故意把生年写错

郝经是生于元光二年(1223)的。按照上述文字的记载,无论如何句读,也只能理解为是生于元光元年(1222)的。古文是没有标点符号的,大家不妨读一读:"元光元年,复渡河。冬十有一月,生经于许州临颍之城皋镇。"我想,郝经怎么也不会把自己的生年写错吧。郝经自书的《先父行状》《先妣行状》皆有"元光元年复渡河"一句,概无余事,只为证明郝经生于河南临颍。

2.故意把生地写错

"城皋镇"这三个字是独属郝经的。除了介绍郝经外,这个地名是不存在的。

说起来河南确实有个同音地名,叫"成皋关",在洛阳东,属荥阳管辖。此处历来是兵家必争之地,如果是躲避战乱是绝对不会到这个地方的。自西汉置县,从来也没有叫过"城皋"。成和城不是通假字,像郝经这样的大文豪不会也写错别字吧?而且是写自己的出生地。稍加考证即知,原来那个被反复引用之"城皋镇"其实叫作城高村。城高村隶属河南省漯河市郾城区裴城镇,因村西有高出地面6~8米的土城而得名,与郝经出生地风马牛不相及。以讹传讹真的害人匪浅呀!

3.故意把体例写错

《陵川集》有行状四篇,有类似文章诸如墓志铭、碑铭、志等 十八篇,其中有两篇写给女性,一篇是写给先妣许氏,另一篇是写给张柔夫人毛氏。

元代写文章是讲究"制义"的,就是按规定格式写。这类体裁一般有世系、生平、子女、赞铭等。写子女部分,通常是"子男几人,长某某,次某某;女几人,各适某某氏"。观郝经所有文章,皆合体例,唯有《先妣行状》不合,独书其母亲于何时生郝经于何地。这有点像郝经知道自己将来要成为名人,必定有人要为他编写年谱,预先留下"铁证"一般。

也许有人会说,人家郝经给别人写会粗糙一点,写自己的妈妈就详细一点。

错!郝经还有两个弟弟、一个妹妹,要详细就该都详细呀。为什么两个弟弟是这么写的:"天兴元年,河南亡,携经北渡,居于保,继举彝、庸二弟。"又是详写郝经北渡及居所,略写两弟出生。写弟弟怎么就惜墨如金了呢?按说,郝经写《先妣行状》,应该与父亲和弟弟商量着写,怎么也不能六个字就把两个弟弟交代了吧? 这也太不像郝经的为人了呀?

4.故意把款识缺掉

《陵川集》有行状四,郝经本状为苟宗道状,《乔千户行状》系郝经代乔千户子珪状,《先父行状》为郝经状,唯独《先妣行状》缺少款识。这么大的遗漏说明了什么? 正如金运昌老先生所说的:像郝经这样的文学大家,怎么会犯这样低级的错误?

于是,可以得出这样的结论:郝经是生在陵川的,至于你看成生在河南那是你的事,可别怪我们的先人没有提醒你哦。在这样的"铁证"面前,我是不改初衷的。我不敢怀疑圣人,却也不是甚人也相信。我就是怀着这种虔诚的信念娓娓叙述郝经在陵川的一举一动、一言一行的。

除了考证史料,从郝经的文章和诗作中也能体现郝经是生在陵川长在陵川的。

> 故国包全晋,吾家压太行。
> 高寒雄地势,潇洒静云庄,
> 六月衣冠冷,千年草木香。
> 长松撼潮海,绝壁隐虚堂。

这是郝经在真州中暑后思念家乡的清凉而写的,含于《仪真馆中暑一百韵》,收入《陵川集》。

诗中自豪地赞美家乡山川的雄伟、秀丽,有非常难得的清凉气候以及静怡闲适的生活情调。如果没有在陵川亲身生活的体验,哪能描摹得如此贴切。

> 都门长啸气凭陵,瓜割中原霸业兴。
>
> 夜葬山间人不见,至今犹有守坟僧。

这是郝经写的一首《石勒墓》,陵川县崇安寺的大雄宝殿内东墙曾有一石碑,上刻:

> 冢口腹闻诋石勒,千秋而后传遗愿,
>
> 或云真冢佛龛下,伪冢疑是寺门侧。

这是郝经在崇安寺随喜时对石刻诗的回应。

石勒,羯民族,奴隶出身,崇儒。他建立了当时北方最强盛的后赵。在郝经眼里,石勒是一个有作为的皇帝。这也体现了郝经"能行中国之道,则为中国之主"的思想:"过了这么多年,还有僧人为石勒守坟诵经,一定有他的道理。世人诋毁他只不过因为他是胡人而已。"

> 半天遮断连青城,参差雉堞云间横。
>
> 当时十岁初渡河,舟中错愕来相迎。
>
> 今年恰得到苏门,百泉亭上更峥嵘。
>
> 千岩万壑入绝壁,落日倒衔山尽赤。

这首《太行望》是郝经三十七岁时随忽必烈南征途经卫州(辉县)苏门山时所作。其中"当时十岁初渡河"的回忆,真实地再现了思温夫妇携子逃亡的情景。这与墓志铭中"金季乱离,父母挈之河南"以及行状中"岁辛卯,静直君与夫人许氏携公避难于河南鲁山"一致。

再往前推,二十九岁的郝经在保州贾副元帅家就教,一位陵川道士赴燕都上香朝拜,过保定时,向郝经哭诉了家乡百姓深受蒙古官僚压迫而流离失所的悲惨景象。郝经听了家乡道士的哭诉,泪且火,奋笔写下了《河东罪言》,冒着不测的风险,上书给蒙古统治集团。奏章后面"经本泽人,旅食他方二十余年"句又与"十岁渡河"相印证。这些证据链环环相扣,百无一疏,郝经生于陵川确凿无疑矣。

郝经一生，留下数百卷著作，文章丰蔚豪宕，长于议论，诗词以奇崛为特色。使宋被拘期间，亦有大量著作问世。如和陶诗计一百一十八首，《仪真馆中暑一百韵》等，都是鸿篇巨制，内涵丰富。郝经将其编撰成集，特命名为《陵川集》。与人交结，必自称郝陵川。郝陵川也成了后来文人对郝经的特别称谓。

由此可见，郝经是生在陵川、长在陵川、学在陵川、心系陵川的，是地地道道的陵川人！

郝经是仁义礼智信的化身，忠孝节义的典范，"中华民族"之首倡，也是在诸华一统的前提下，允许蒙古民族和南宋地区用各自的制度进行治理的治国理念之先驱；为人尚气节，坚持真理，反对错误，是非分明。郝经是陵川人的骄傲，与圣为邻，为之传奇，幸甚。

《郝经传奇》的创作和出版是在陵川县人民政府和文化部门的支持下完成的，也是在各级领导和陵川文化界朋友的鼓励和帮助下不断完善的。值此《郝经传奇》即将付印之际，在此特别感谢两届陵川文联主席马素花和岳玉红的关心和指导，衷心感谢老朋友郎贵法激励我阅读了大量的文史资料，使作品更加贴近当时的社会背景和生活场景，同时感谢李艺平、李有喜、刘燕虎、申莉萍、付宇、和晓俊、王建军、陈秀良老师对作品提出的宝贵意见，使之更加完美。感谢所有关心、支持和帮助《郝经传奇》创作和刊发的朋友们，谢谢。

郭平和
2017 年孟冬